Liebe unter Wissenschaftlern … George, ein verträumter Kosmologe, erforscht den Ursprung des Universums. Irene, die pragmatische Astrophysikerin, erschafft schwarze Löcher im Labor. Als beide sich am bekannten Institut für Astronomie in Toledo begegnen, passiert es: Die Liebe schlägt ein wie ein Blitz und wirft beide aus ihrer Umlaufbahn. Irene und George scheinen wie füreinander geschaffen. Ein glücklicher Zufall? Daran glauben Astrophysiker prinzipiell nicht. Dann findet Irene auch noch heraus, dass ihre und Georges Mutter einander kannten und ganz eigene Pläne mit den beiden hatten … Steht ihre Liebe unter keinem guten Stern?

Lydia Netzer wurde in Detroit geboren und wuchs unter dem endlos weiten Sternenhimmel des Mittleren Westens auf. Unzählige Nächte verbrachte sie wach, den Blick auf die Sterne gerichtet, und dachte sich Geschichten aus. Heute lebt sie mit ihrem Mann, ihren beiden Kindern, zwei Boston Terriern und einem Pferd auf einer Farm in Virginia.

Lydia Netzer

Das Liebes-Projekt

ROMAN

Aus dem Amerikanischen
von Beate Brammertz

btb

Die englische Originalausgabe erschien 2014 unter dem Titel *How to Tell Toledo from the Night Sky* bei St. Martin's Press.

Der Verlag weist ausdrücklich darauf hin, dass im Text enthaltene externe Links vom Verlag nur bis zum Zeitpunkt der Buchveröffentlichung eingesehen werden konnten. Auf spätere Veränderungen hat der Verlag keinerlei Einfluss. Eine Haftung des Verlags ist daher ausgeschlossen.

MIX
Papier aus verantwortungsvollen Quellen
FSC® C014496

Verlagsgruppe Random House FSC® N001967

1. Auflage
Deutsche Erstveröffentlichung Juni 2016

Umschlaggestaltung: semper smile, München
Umschlagmotiv: © Shutterstock/Natalia Toropova; © Shutterstock/Orfeev;
© Shutterstock/Macrovector; © Shutterstock/happy_fox_art
Satz: Uhl + Massopust, Aalen
Druck und Bindung: GGP Media GmbH, Pößneck
AH · Herstellung: sc
Printed in Germany
ISBN 978-3-442-71402-5

www.btb-verlag.de
www.facebook.com/btbverlag
Besuchen Sie unseren LiteraturBlog www.transatlantik.de

Für Joshilyn und Susannah,
MEINE SCHWESTERN

Ein Wiegenlied

Sanft über dich neigen
Sich himmlische Boten
Sind müde vom Reigen,
Vom Tanz mit den Toten.

Den Herrgott entzückt es,
Wie artig du bist;
Die Sterne beglückt es,
Wie fröhlich Er ist.

Ich seufze und küß dich,
Gesteh es mir ein:
Ich weiß, ich vermiß dich,
Bist du nicht mehr klein.

– William Butler Yeats[1]

---

1 Aus: William Butler Yeats, »Die Gedichte«, herausgegeben von Norbert Hummelt, Luchterhand 2005.

Ein Testfeld, das sich zunächst in Form einer Reihe einheitlicher Wellen auf ein Kerr-Newman-Schwarzes-Loch zubewegt, erfährt am Cauchy-Horizont eine Verdichtung der Wellen durch Gravitations- und Doppler-Blauverschiebungen ins Unendliche. Solche störungstheoretischen Forschungsergebnisse lassen die Vermutung zu (für die es keinen Beweis gibt), dass ein Beobachter, der sich im Inneren eines schwarzen Lochs befindet, welches durch einen vollständigen Kollaps entstanden ist, in Richtung des inneren Horizonts fällt und von einer Wand aus (klassischerweise) unendlicher Dichte umschlossen wird, gleich nachdem die gesamte Zukunft des äußeren Universums im Bruchteil einer Sekunde vor seinem inneren Auge abgelaufen ist.

– E. Poisson und W. Israel, »Inner-Horizon Instability and Mass Inflation in Black Holes«

(*Physical Review Letters*, volume 63, Seiten 1663-66,1989)

Prolog

Am Abend von Georges und Irenes Geburt ging die Sonne am Himmel von Ohio in einem glühenden Funkeln aus rötlich orangen Streifen unter. Die Einwohner von Toledo blickten aus ihren Fenstern gen Westen in die Abenddämmerung, stellten die Kragen ihrer Pyjamas gegen die Kälte hoch und ließen die Jalousien herunter, während sich die Dunkelheit herabsenkte. Sie legten sich in ihre Betten und schliefen ein. Einige drehten sich auf die Seite, manche schüttelten erst die Kissen auf, andere seufzten. Aber der Schlaf empfing sie alle, einen nach dem anderen, und sie hießen ihn mit offenen Armen willkommen. Keiner kämpfte gegen ihn an. Keiner sträubte sich gegen ihn. Im Schlaf verloren sie jegliches Gefühl für Zeit und Ort. Sie befanden sich nicht mehr in Toledo, sondern in Paris oder in der Vergangenheit oder auf dem Mond oder in einem Buch, das sie zuvor gelesen hatten. Hinter ihren geschlossenen Augen waren die Schlafenden verschwunden.

In welch tiefen Brunnen fielen sie alle, jeder von ihnen, einer nach dem anderen? Auf welch winzigem Vorsprung hockten sie und stürzten dann vom Wachzustand in den Traum, vom Leben in den Tod? Ein Mensch, der einschläft, gleicht einem Taucher, der ins Wasser gleitet. Und doch rührt sich der Körper des Schlafenden nicht vom Fleck, ruht unbewegt unter einer dünnen Decke. Man könnte die Körper der Schläfer in eine Kiste legen. Man könnte die Kiste im Boden versenken.

Der Schlaf ist ein oberflächlicher Tod, den wir jede Nacht trainieren. Stadt um Stadt, während die Erde sich um die Sonne dreht, legen wir uns nieder und schließen die Augen. Wir probieren ihn aus, diesen Tod, für eine Zeitspanne von ungefähr acht Stunden. New York, Toledo, Dallas, Los Angeles: Wir alle begeben uns zur Ruhe. Unser schlafendes Bewusstsein lässt die Grenze zwischen unserem Körper und unserer Vorstellung der Welt zu etwas verschwimmen, das man ansonsten als Wahnsinn bezeichnen würde. Im Schlaf verfügen wir nicht über wirkliche Sinne, nur über eingebildete, wir begreifen nicht, was uns widerfährt, auch wenn uns eine Art von Sicherheit begleitet, wie sie einem Verrückten eigen sein mag. Geistesgestört zu sein ist dasselbe, als würde man schlafen, und zu schlafen ist dasselbe, als würde man sterben. Es ist sogar ganz genau das Gleiche, denn der Körper muss es ja tun. Er hat keine andere Wahl.

Sobald die Einwohner von Toledo dann tatsächlich sterben, werden sie den Tod schon tausendmal davor erprobt haben. Das Gefühl des Untertauchens wird ihnen vertraut sein. Das Gefühl, sich von seinem Verstand zu lösen, wird ihnen nicht fremd sein. Sie werden sehr gut im Sterben sein, sobald sie es tun müssen. So gut, dass es absolut unwiderruflich sein wird. Alle scheinen das für eine gute Idee zu halten. Am Abend von Georges und Irenes Geburt war die Stadt stumm von den Mühen des Schlafs, und alle Astronomen und Astrologen, alle Prediger und Historiker, alle Mädchen und Jungen waren in die Dunkelheit hinabgeglitten.

Es gab nur ein einziges Krankenhaus in Toledo, ein großer Kasten voller Licht und nervöser Energie in der ansonsten schlafenden Welt. In seinem Innern waren die Menschen hellwach. Auf der Entbindungsstation drückten und pressten zwei Mütter, um ihre Kinder zur Welt zu bringen. Vielfaches Stöhnen war zu hören, durchbrochen von kurzen Augenblicken angespannter Stille, Menschen zählten bis zehn und dann kamen die Babys heraus, eingehüllt in Liebe und Blutschlieren. Die Mütter, die sie geboren hatten, lächelten einander an. Diese Geburten waren sorgfältig geplant.

George und Irene wurden geboren, um zusammen zu sein.

Der Nachthimmel war dunkel und windig von all den explodierenden Sternen. Doch als die Babys herauskamen, waren sie perfekt: ein Junge und ein Mädchen. Die hellwachen Hebammen meinten sogar, wie wunderschön und groß und gesund sie seien. George und Irene sahen sich nicht ähnlich. So wie auch Götter den Menschen nicht ähnlich sehen oder der Himmel der Erde. Sie waren gleich alt, ganz genau gleich alt. Kein älterer und jüngerer Zwilling, sondern zweimal derselbe Zwilling. Es ist sehr schwer, verwandte Seelen zu erschaffen. Es ist nicht nur eine Frage von Zwillingskinderwagen und riesigen Windelpackungen. Zu bedenken sind subtile Feinheiten und geschickte Überredungskünste, und es folgen Momente des Leids, wenn alles den Anschein erweckt, als könnte es doch nicht funktionieren. Denn in der Tat, wie häufig ist es schon gelungen, echte Seelenverwandte zu erschaffen? Man denke nur an Antonius und Kleopatra als Paradebeispiel eines solcherart gescheiterten Versuchs.

Man denke nur an Kastor und Pollux, die sich am Ende auffraßen. Zumindest glauben das die Menschen. Aber vielleicht setzten sie sich auch auf ein ungemachtes Bett und fingen an, sich zu küssen, und bedeckten den Mund des jeweils anderen mit ihrem eigenen Mund und begannen zu atmen, ein und aus, während sie sich umschlungen hielten und das Kohlendioxid des jeweils anderen gierig aufsogen, bis ihre Augen hervorquollen und sie starben.

Was die Seelenverwandtschaft von George und Irene anbelangt, so beginnt hier ihre Geschichte. Wie sie sich auf Erden trafen und wie sie schliefen und sich Nacht für Nacht auf ihren Tod vorbereiteten und sich in manchen Träumen begegneten und sich lieben lernten und einander verloren und weiterlebten.

1

In jenem Augenblick, als ihre Mutter in Toledo die Stufen hinab in den Tod stürzte, war Irene weit weg in Pittsburgh und arbeitete in ihrem Labor. Als ihre Mutter in einer hell leuchtenden Stadt am funkelnden Ufer des Eriesees die Treppe hinabfiel, saß Irene in einem dunklen Zimmer im Untergeschoss eines hässlichen Gebäudes, in der tristen Universität einer verlassenen Stahlstadt. Irenes Mutter hieß Bernice. Sie hatten seit Jahren nicht mehr miteinander gesprochen.

Irene zog sich den Laborkittel fester um den Körper und starrte konzentriert durch ein kleines Glasfenster an einem großen metallenen Apparat. Sie verschwendete keinen Gedanken an ihre Mutter. Im Grunde dachte sie ausschließlich an ihre Arbeit. Als ihre Mutter mit gebrochenen Armen und Beinen am Fuß der Treppe landete, konzentrierte sich Irene einzig darauf, die Daten von ihrer Maschine zu übertragen. Die Tage davor hatte sie, genau wie diesen, allein verbracht, eingepfercht in die Leere ihres eigenen Kopfes. Ja, sie hatte einen Freund, eine Mutter, einen Boss. Aber sie war hier, und dort war alles andere. Sie war hier, und dort war die Welt. Es gab einen Grund dafür. Es war nicht nur bloße Eitelkeit.

Während die Gliedmaßen ihrer Mutter auf die Treppe krachten, zerschmetterten und sich am Boden um sie herum anordneten, spähte Irene erneut in das Fenster in der Mitte ihres Apparats. Er füllte den gesamten Raum aus und hatte die Form einer Acht, gefertigt aus glänzendem Metall. Irene beugte sich über ihn und sah zu der Stelle, wo sich die Kurven der Acht trafen. Die Maschine summte unter ihrer Hand. Im Innern wirbelten kleine Teilchen durcheinander. Irene war Astrophysikerin und versuchte, ein schwarzes Loch zu beobachten, indem sie die Teilchen in der Maschine beschleunigte. Das war alles, was sie in den vergangenen Monaten getan und gedacht hatte: den Beweis zu erbringen, dass es überall um uns herum schwarze Löcher gab und wir unser gesamtes Leben durch sie hindurchspazierten. Daraus bestand ihre Arbeit, der sie ihre ganze Aufmerksamkeit widmete.

In Toledo sickerte Bernices Rückenmarksflüssigkeit in das Körpergewebe um ihren Halswirbel, und dickflüssiges Blut rann aus ihrem Ohr. In Pittsburgh konzentrierte sich Irene darauf, eine nummerierte Wählscheibe zu drehen, ein leises Klicken nach dem anderen. Obwohl ihr die Augen vor Müdigkeit fast zufielen, machte sie weiter.

Sie drehte an einem anderen Knopf an ihrem Schaltpult und legte einen Schalter um. Sie machte sich an den Knöpfen zu schaffen und starrte durch die Scheibe, immer und immer wieder. Es gibt viele Kommazahlen zwischen null und eins. Es gibt viele Graduierungen zwischen an und aus. Sie musste sie alle ausprobieren. Eine fast unzählbare Abfolge an Fehlversuchen lag hinter ihr. Obwohl sie annehmen musste, dass die Kette an Misserfolgen nicht abreißen würde, machte sie weiter.

Kein einziges Mal hatte sie das Bedürfnis verspürt, mit den Fäusten auf die Maschine einzuhämmern, sie zu schütteln, sie anzuschreien. Aber sie hatte sich vorgestellt, wie es sich anfühlen würde, sie sanft an der Stelle ins Wasser gleiten zu lassen, wo die beiden Flüsse in Pittsburgh aufeinandertrafen, und ihr dann selbst hinterherzuspringen. Sie würde auf der Maschine ins Meer hinausreiten, wie ein Fass über einen Wasserfall. Dann würde sie sich in einem gemächlich einschläfernden

Rhythmus auf den trägen Wellen treiben lassen. Geschehen war jedoch Folgendes: Sie war endlos angespannte Minuten an der Brüstung der George Westinghouse Bridge gestanden, wild keuchend, hatte hinab auf die von Büschen gesäumten Zugschienen gestarrt und darüber nachgedacht, ob sie springen sollte.

In Toledo verstarb schließlich ihre Mutter nach einem letzten zitternden Atemzug. Irene wusste nichts von diesem Kampf, den ihre Mutter genau in diesem Augenblick austrug.

Außerhalb Pittsburghs lud ein Laubwald mit Flüssen und Weißkopfseeadlern zum Wandern ein. In der Stadt lockten Gebäude, die man besichtigen, besuchen und an denen man sich erfreuen konnte. Eine Seilbahn fuhr auf und ab, auf und ab, aber Irene war noch nie eingestiegen. Sie interessierte sich für all das nicht. Mit gekrümmtem Rücken stand sie über ihren Apparat gebeugt, ihre Aufmerksamkeit galt nur dem Experiment. Einige Dinge sind allen Städten gemein. Universitätslaboratorien, Selbstmordbrücken, kleine Appartements, feste Freunde.

Irene hielt den Kopf ruhig, die Augen starr auf die Maschine gerichtet. Wenn sie arbeitete, bis ihr Gesicht mit dem Detektor verschmölze, wenn ihr Gehirn in den Weg des Teilchenbeschleunigers käme, wenn es von Pionen durchdrungen und wenn ein kleines schwarzes Loch in ihrem Schädel entstehen würde, dann hätte sie zumindest alle Daten für diese Versuchsreihe abgeschlossen. Sie blinzelte, um die Müdigkeit abzuschütteln, drehte den Knopf klickend weiter und spähte in die Maschine, wie all die Male zuvor. Ihre Mutter hingegen hatte nichts mehr in sich, um sich wach blinzeln zu können. Irene konnte nicht aufhören.

In weiter Ferne starb ihre Mutter.

Doch diesmal, als Irene erneut in das kleine Fenster starrte, offenbarte sich ihr etwas völlig Neues. Diesmal, noch bevor sie die Stirn gegen den surrenden Stahl drückte, bemerkte sie ein winziges purpurnes Glühen. Ein klitzekleiner Lichtpunkt drang aus dem Fenster, in das sie hineingeschaut hatte. Licht, das zuvor nicht dort gewesen war.

Ihr Magen vollführte einen Salto. Ihr Gehirn erwachte schlagartig. Sie holte tief Luft und spürte, wie ihr Herz zitternd gegen die Rippen pochte. Im Labor war es vollkommen still, eine schwere Tür hielt jegliche Geräusche aus dem Flur ab. Es gab keine Fenster und keine Topfpflanzen, keine tickenden Uhren, keine Sterne, die übers Firmament huschten, keine himmlischen Zeugen. Irene saß wie erstarrt da, vibrierte innerlich, während das purpurne Glühen aus dem Fenster der Maschine ihren Augen entgegenleuchtete. In diesem Moment konnte sie kaum noch hinsehen. Es war überwältigend.

Als die Person, die im Haus ihrer Mutter oben im Korridor gestanden hatte, langsam die Treppe zu dem Leichnam hinabschritt, eine Stufe nach der anderen nahm, presste Irene ihr Gesicht ein letztes Mal voll Hoffnung an das Experiment, riss die Augen weit auf und starrte auf den Beweis vor ihr.

Zum ersten Mal war er da. Tausendmal schöner, als sie ihn sich je vorgestellt hatte. Ein winziger Nadelstich im Weltraum, der Teilchen absorbierte und wieder abgab, Strahlung absonderte, die in Form von Licht durch den Detektor, den sie gebaut hatte, zu ihr drang. Das Licht loderte in den tiefsten Violetttönen bis zum kräftigsten Lavendel auf und hatte, soweit dies ihr menschliches Auge beurteilen konnte, die Größe eines Staubkorns. Sie atmete schneller. Ihr Blick wollte sich nicht von diesem Bild lösen, wollte das Fenster nicht verlassen, während sich der purpurne Schimmer auf die harten Linien ihres Gesichts, ihr spitzes Kinn, die müden Lider, den längst vergessenen Bleistift hinter ihrem Ohr legte. Ihr Finger drückte auf einen Knopf, um eine Aufnahme zu machen. Dann noch eine.

Und dann, in einem Nebel aus Lavendel, war das Licht auch schon wieder verschwunden. Sie blinzelte. Ihr Herz machte einen Satz und prallte schmerzhaft gegen die Rückseite ihres Brustbeins. Adrenalinstiche kribbelten an ihren Armen und Beinen. Ihre Hand glitt in ihren Schoß und fischte in dem Laborkittel herum, bevor sie einen Bleistift fand. Die Hand erspürte die Entfernung zwischen der Spirale und dem äußeren Rand des Notizbuchs, tastete sich bis zur Mitte und dann, während ihr Gesicht immer noch an der Maschine zu haften schien, begann sie zu schreiben.

> *Bestrahltes Argon. Polarisation 60 %. Frequenz 16 PHz. Wellenlänge 47 nm. Sichtbare Hawking-Strahlung von möglichem schwarzem Loch. Geschätzte Masse: 1 ng. Geschätzter Radius der Anomalie: 0 nm. Geschätzte Dichte: unendlich. Halbwertszeit …*

Sie hörte auf zu schreiben. Hatte es zwei Atemzüge lang gedauert? Drei Sekunden? Hatte sie eine Stunde zugesehen? Sie beugte sich wieder über die Maschine und starrte in den Detektor. Die Partikel schwirrten unaufhaltsam durch den Teilchenbeschleuniger. Schon bald würde sich ein neues schwarzes Loch bilden. Jetzt fiel es ihr nicht mehr schwer, wach zu bleiben.

Eine Stunde verstrich. Nach zwei weiteren Stunden blickte sie immer noch in die Maschine. Sie sah noch ein schwarzes Loch, dann noch eins, aber sie hatte immer noch nicht genug. Irene war unersättlich. *Nur noch eines*, flüsterte es in ihrem Kopf. *Zeig mir noch eines. Dann gehe ich schlafen.* »Mehr Gas«, schrieb nun ihre Hand. *Ein reineres Substrat. Protonen ver-*

suchen, für einen perfekten leptonischen Zerfall. Die Farbe von Schwertlilien im Frühling.

Als sich Irene schließlich ein Stück weit von ihrer Maschine entfernte, hatte sich durch das angespannte Beobachten der Abdruck der Linse in ihre blasse Gesichtshaut gegraben. Lächelnd glitt sie mit der Hand durch die Luft vor ihrem Körper.

Schwarze Löcher waren entstanden und hatten sich aufgelöst, ohne dass sie das Universum oder auch nur Pittsburgh verschlungen hätten. Jedes hatte eine kleine radioaktive Wolke hinterlassen, genau so, wie es sein sollte, und dann waren sie verschwunden. Ein Energieverlust, der gemessen, dokumentiert, grafisch dargestellt, auf Papier gebracht, gefaxt, gemailt und der Welt offenbart werden konnte. Die kleinste Kollision, das kleinste Absaugen von Masse hin zur Singularität, das schnellste Verschwinden, der köstlichste Moment von sich auflösendem, strahlend purpurnem Licht, wie flacher Atem, der rasch ausgestoßen wird. Durch ihre Konstruktion war es sichtbar geworden. Sie hatte die Röntgenstrahlen gesehen, die es ausstieß. Das war bisher noch niemandem auf der Welt gelungen. Überall im Universum kam es ständig zu winzigen Kollisionen. Materie, die sich wie eine Pfütze bei starkem Regenfall kräuselte. Irene fühlte sich so gut wie nie zuvor in ihrem Leben. Hätte sie ein Lied gekannt, hätte sie es vielleicht angestimmt. Wäre jemand bei ihr gewesen, hätte sie vielleicht mit lauter Stimme zu ihm gesprochen. Vielleicht hätte sie es sogar zugelassen, dass dieser Jemand ihr die Hand schüttelte.

Da klingelte ihr Telefon.

Steifbeinig ging sie zu ihrem Schreibtisch und hob das Handy von der Stelle hoch, an die sie es vor gefühlten Jahren gelegt hatte. Ein Blick auf die Uhr überraschte sie. So viel Zeit war verstrichen. Sie klappte das Telefon auf und drückte auf einen Knopf.

»Sparks«, sagte sie.

Irene war eine kleine Person mit einem trapezförmigen Gesicht. Ihr Lächeln, blitzte es denn überhaupt einmal auf, hätte man als einnehmend beschreiben können, doch ihrer Stimme fehlte es an jeglichem Charme. Sie knarzte und war unangenehm. Gelegentlich kultivierte Irene diese Hässlichkeit noch. Außerdem bemühte sie sich um einen beißenden Sarkasmus. *Kleine Frauen sind dazu gezwungen*, hatte sie häufig selbst zu sich gesagt. *Es ist schlimm genug, dass ich winzig bin. Ich muss nicht auch noch süß sein.*

»Irene? Bist du das?« Die Stimme am Telefon hatte den unverkennbar beflissen-öligen Tonfall des Pastors ihrer Mutter.

»Hallo, Pastor Allen«, begrüßte ihn Irene. Warum rief er an? Sie hatte seit dem letzten bedauerlichen Vorfall mit ihrer Mutter nicht mehr mit ihm gesprochen. In ihre Glückseligkeit bohrte sich ein Funke des Zweifels, schraubte sich spiralförmig nach unten und sandte einen Schwall Besorgnis durch ihren Körper.

»Meine Liebe«, hob Blake Allen an. Seine Stimme klang wie ein Wasserfall aus Olivenöl. »Bist du allein? Ist jemand bei dir?«

»Ja.« Sie ging zurück zu ihrer Maschine und lehnte das Gesicht gegen das Metall. Kühl schmiegte es sich an ihre Stirn. Sie spürte, wie ihr Atem schneller ging, wie ihr Blut durch die Arterien in ihrem Kopf rauschte. Etwas tief in ihrer Brust strahlte einen leichten Schmerz aus. Gleich würde etwas Schlimmes passieren.

»Okay, Irene, ich bin bei deiner Mom.«

»Wo ist sie?«

»Sie ist hier in ihrem Haus, Irene. Ich bin jetzt bei ihr zu Hause, und es tut mir leid, aber sie ist für immer von uns gegangen.«

»Was? Wovon reden Sie?« Das waren nicht die Worte, die

Irene von ihm erwartet hatte. Vielleicht auf die Nerven gegangen. Auf eine Sauftour gegangen. Aber nicht für immer von uns gegangen.

»Es tut mir so leid, Irene. Es ist schrecklich, dir diese Nachricht überbringen zu müssen.«

»Wo ist sie? Wo sind Sie?« Irenes Stimme kratzte an ihrer Kehle entlang, Tränen traten ihr in die Augen.

»Sie ist hier in ihrem Haus, und ich bin bei ihr. Meine Liebe, sie ist wohl die Treppe hinuntergefallen.«

»Sind Sie sicher, dass sie tot ist? Hat das wirklich jemand überprüft? Sie hat einen … tiefen Schlaf«, sagte Irene. Ihr Gesicht war mittlerweile ganz nass von Tränen. Irene wischte sich mit der Hand über die Augen. Dann streifte sie sich den Laborkittel über, was einen feuchten Fleck auf dem Stoff hinterließ. Sie begann, Schalter auf dem Steuerpult zu bedienen, fuhr die Maschine herunter, schaltete alles aus. Sie dachte nur *aus, aus, aus*, während sie die Metallschalter umlegte.

»Ja, es tut mir leid. Anscheinend ist …« An dieser Stelle hustete er. Blake Allen war Pastor der Unitarian Church. Ihre Mutter besuchte jede Woche den Gottesdienst, betete in einem Gebetskreis, strickte Schals für trauernde Hinterbliebene. Natürlich praktizierte sie gleichzeitig die Kunst des Handlesens, legte Tarotkarten und machte astrologische Weissagungen. Das Rezitieren von Liturgien, meditative Gesänge, Altardecken, Schnurbatik, Kristallkugeln, Hostienkelche, all das gehörte zu ihrem Repertoire. Alles, was zu einem festen Glauben erforderlich war. »Anscheinend ist die Nachbarin vorbeigekommen, um nach ihr zu sehen. Sie tranken wohl für gewöhnlich ihren Nachmittagstee zusammen. Wie dem auch sei, sie hat sie gefunden.«

»Wollen Sie etwa damit sagen, dass sie jetzt in diesem Moment am Fuß der Treppe liegt?«

»Ja, aber der Gerichtsmediziner wird sie bald wegbringen. Ich möchte dich nur wissen lassen, dass ich mich hier um alles kümmern werde. Du musst dir um nichts Gedanken machen.«

Irene zögerte. Sie hatte das Gefühl, als befände sich zu viel Sauerstoff im Raum. Ihre Lunge füllte sich unaufhörlich, der Sauerstoffvorrat in ihr wuchs und wuchs, und trotzdem saugte sie unerbittlich immer mehr Luft ein. Es war wie beim *Zauberlehrling* mit diesem verfluchten Besen am Brunnen. Sie konnte ihre Mutter sehen, preisgegeben auf dem Boden neben der untersten Stufe liegend, eine Hand unter dem Kinn geballt, die andere geöffnet, mit der Handinnenfläche nach oben, als wollte sie sagen: »Komm mit mir.«

»Ist sie gefallen? Hat sie sich das Genick…« Irene begann zu husten.

»Wir kennen die Todesursache nicht. Vielleicht hatte sie einen Schlaganfall oben auf der Treppe, einen Herzinfarkt, wir wissen es einfach nicht.«

Es hatte Zeiten gegeben, da hatte ihre Mutter gesagt: *Ich werde sterben. Ich muss zum Friseur und mein Testament machen.* Irene hatte dann immer die Augen verdreht. Das war, bevor Irene sagte: *Ich verlasse Toledo und werde nie mehr zurückkehren. Ich werde nie wieder ein Wort mit dir sprechen.*

»Es tut mir so schrecklich leid. Ich weiß, dass ihr beide, du und deine Mutter, einander nicht sehr nahe standet«, sagte der Pastor.

»Wir *standen* uns nahe«, widersprach Irene. Sie unterdrückte ein Schluchzen.

»Natürlich, natürlich. Sie hat so oft von dir gesprochen.«

Irene hörte den Pastor etwas zu einer Person dort im Zimmer im Haus ihrer Mutter in Toledo sagen. Sie stellte sich vor, wie er leichtfüßig über den Leichnam ihrer Mutter stieg, behände zur Haustür ging und hinaus auf die Veranda trat. Jetzt war Verkehrslärm zu hören. Wahrscheinlich trug er einen maßgeschneiderten Anzug. Er war stets schick gekleidet.

»Ich will nicht nach Hause kommen«, sagte Irene benommen. Sie wusste nicht, was sie sonst sagen sollte.

»Wirklich?«, wollte Blake Allen wissen. »Deine Mutter meinte immer, du würdest davon träumen, nach Toledo zurückzukehren.«

Sie träumte tatsächlich davon, nach Toledo zurückzukehren und im Toledo Institute of Astronomy zu arbeiten. Aber doch nicht, solange ihre Mutter dort lebte oder ihr Experiment erfolglos war. Nun hingegen …

»Ich kann nicht …«, begann Irene.

»Irene, einen Augenblick bitte«, sagte Blake Allen. Er legte die Hand über das Telefon, und Irene wartete, lauschte der Stille in der Leitung und spürte, wie ihr Herz in unregelmäßigem Rhythmus gegen ihre Rippen hämmerte. *Ich muss mich hinsetzen*, dachte sie. *Ich bekomme auch gleich einen Herzinfarkt. Und werde eine Treppe hinunterfallen.*

»Irene, ich habe gerade mit dem Gerichtsmediziner gesprochen. Laut dem, was er bisher sagen kann, meine Liebe, hatte sie am Ende keine Schmerzen.«

»War sie nur müde, oder war sie verwirrt, oder war sie …« Eigentlich wollte Irene *betrunken* sagen, aber das war etwas, das sie niemals laut ausgesprochen hätte. Ihre Gedanken jedoch ließen sich nicht bezähmen: War sie besoffen? Sternhagelvoll? Blau? War sie »Juhuu! Nichts wie runter!«?

»Meine Liebe, das wissen wir einfach nicht. Wir wissen es nicht. Hör mal, ich muss hier mit ein paar Leuten sprechen, die gerade eingetroffen sind. Ich rufe dich später wieder an.«

Irene klappte das Handy zu und legte es weg. Da war ein schweres, sonderbares Gefühl in ihrer Brust, als wäre die Freude über den Erfolg, endlich Ergebnisse in ihrem Experiment beobachtet zu haben, mit dem grotesken Horror, dass ihre Mutter an einem Genickbruch gestorben war, ungebremst aufeinandergeprallt und als hätte sich ein schwarzes Loch in der Mitte ihrer Brust gebildet, das all ihre Gefühle und ihren Willen in sich aufsog. Irene begann zu weinen. Sie setzte sich auf den Stuhl und legte die Hände in den Schoß, hustend und schluchzend.

Stimmt einen der Tod immer traurig? Was tut man, wenn jemand stirbt? Was, wenn dieser Mensch dein ganzes Leben lang ein schreckliches und unlösbares Problem dargestellt hatte? Was, wenn dieser Mensch deine Mutter war?

Irene weinte und weinte, konnte nichts dagegen tun. Ihre Mutter war eine schlechte Mutter gewesen, und trotzdem war Irene nun traurig. Sie konnte der Traurigkeit nicht Einhalt gebieten, nur weil es vernünftig wäre, Erleichterung zu verspüren. Sie versuchte sich auszumalen, was sie in einer solchen Situation zu einem anderen Menschen sagen würde. Vielleicht löst sich der Schrecken all der Jahre mit einem Schlag auf, wenn eine schlechte Mutter stirbt, sodass im Grunde nichts übrig bleibt als Traurigkeit. Oder vielleicht würde Irene zu diesem Menschen sagen »Mein Beileid« und weitermachen, als wäre nichts geschehen.

Erschöpft vom Weinen blickte Irene schließlich auf, und ihr Blick fiel auf ihre funkelnde Maschine. Sie rief sich das Gute ins Gedächtnis, das ihr heute widerfahren war, und überlegte, was jetzt zu tun wäre. Dann holte sie ihren Rucksack und ihre Schlüssel und ging aus dem Labor und die Treppe hinauf. Sie fiel nicht hinunter. Sie starb nicht. Sie schloss die Türe ab.

Draußen bemerkte sie, dass es Nachmittag geworden war. Der blaue Herbsthimmel schien nur knapp über den farblosen Gebäuden zu schweben. Der leichte Wind, der sie streifte, fühlte sich kühl an, aber die Bürgersteige um sie herum gaben eine angenehme Wärme ab. Irene war sich sicher, dass es Montag war. Lärmendes Geschrei drang aus dem Stadion, und sie wusste, dass dort ein Footballtraining stattfand. Eine Gruppe Männer rief etwas im Sprechchor, während die Männer vorwärts, zur Seite, rückwärts oder mit gebeugten Knien liefen. Irene klappte ihr Handy auf und wählte die Nummer des Toledo Institute of Astronomy. Als sie zu sprechen begann, klang ihre Stimme ausgelassen und heiter.

2

Das Toledo Institute of Astronomy war 1837 als Stickney Library of Almanacs (oder al-manakhs) von Angelica Stickney gegründet worden, deren Familie es durch die Schifffahrt zu Reichtum gebracht hatte und deren lebenslange Leidenschaft das Beobachten des Nachthimmels gewesen war. In ihrer Bibliothek beschäftigte sie zwei Wissenschaftler. Der ältere der beiden, Dr. Claude Pooley, war eingestellt worden, um die Informationen in Mrs. Stickneys außergewöhnlicher Sammlung an Almanachen zu erforschen und zu katalogisieren, angefangen von einer sumerischen Schrifttafel, die die Bewegungen der Planeten darstellte, bis hin zu einem Dokument aus dem sechzehnten Jahrhundert, das angeblich aus der Feder von Francis Bacon stammte. Der zweite Wissenschaftler, der ebenfalls in ihren Diensten stand, war eine weibliche Autodidaktin und ein Wunder an Gelehrsamkeit, Esther Birchard. Sie war damit beauftragt, die Sterne und Wetterlagen zu studieren, um die Entscheidungen besser zu untermauern, die von dem Familientransportunternehmen der Stickneys getroffen wurden, deren Routen hauptsächlich entlang des Miami-Erie-Kanals und seiner Verlängerung, dem Wabash-Kanal, führten. Birchards Gatte war Fahrstuhlführer und von Natur aus ein argwöhnischer Mensch.

Pooley, der Bibliothekar, der sich sein Wissen durch das Studium altertümlicher Texte und Tafeln angeeignet hatte, war mit kleineren Experimenten beschäftigt, durch die erforscht werden sollte, woraus dic chemische Zusammensetzung der Sonne bestand. Seinen Beobachtungen war ein derart großer Erfolg beschieden, dass er allmählich begann, seine Arbeit zu publizieren und weitere Forscher um sich zu scharen, die mit ihm zusammenarbeiteten. Der andere Beschäftigungszweig von Stickney Carriers hingegen hatte eine weniger erfolgreiche Bilanz vorzuweisen, denn ein Großteil der Frachtschiffe fiel Stürmen, mechanischen Schäden und der Kriminalität zum Opfer. Esther Birchard, deren Aufgabe es war, die Kapitäne dieser Schiffe zu beraten, zog sich immer mehr zurück, während sich ihre Vorhersagen zunehmend als unzutreffend herausstellten. Im Laufe der Jahre verließ sie sich immer weniger auf ihren Winddruckmesser und stattdessen immer mehr auf inbrünstiges Beten, um dem Schicksal des Unternehmens unter die Arme zu greifen. Schließlich verlor sie ihre Arbeit. Als sich Angelica Stickney genötigt sah, ihre Entscheidung zu begründen, erklärte sie mit ruhiger Stimme, Esther Birchard sei eine Wetterhexe und müsse demzufolge des Unternehmens verwiesen werden. Ihr Gatte fiel alsbald in einen Aufzugsschacht und verstarb, wobei er eine kurze Notiz an seine Kinder hinterließ, in der stand, dass seine Ehefrau keinerlei Schuld träfe. Esther Birchard indes ward nie wieder gesehen oder gehört.

Angelicas Sohn Harold Stickney, ein vorausschauender Mann, der den Untergang der Kanäle und zugleich die herausragende Bedeutung der wissenschaftlichen Arbeit in seiner Bibliothek richtig einschätzte, verkaufte klugerweise die Anteile seiner Familie an der Schifffahrtsindustrie und investierte das Familienvermögen in die Gründung eines wissenschaftlichen Colleges in dem sumpfigen Gebiet nördlich des Flusses. Er träumte davon, ein Mekka der Gelehrsamkeit und Kultur zu erschaffen, das es mit den Universitäten der Ostküste aufnehmen könnte. Diese hatten ihm zwar zweihundert Jahre

Vorsprung voraus, ihn jedoch zeichneten ein unbändiger Wissensdurst und ein ebensolches Streben nach der Wahrheit aus. Sein Motto lautete *Scientia vincere tenebras* oder »Die Dunkelheit durch Wissenschaft besiegen«, und an seinem bescheidenen akademischen Außenposten am Maumee River hissten Stickney und Pooley eine Flagge der Vernunft. Tief in den Wäldern beschwor Esther Birchard den Wind herauf.

Fast zweihundert Jahre später hatte sich das Toledo Institute of Astronomy zum Epizentrum des Wissens und der Forschung entwickelt, ganz so, wie es sich seine Gründer einst ausgemalt hatten. Seine Vorlesungssäle und Laboratorien wurden von interessierten Unternehmen kapitalkräftig finanziert, seine Stiftungen von großzügigen Privatpersonen unterhalten, sein Campus bildete ein prächtiges Beispiel des Historismus der Pionierzeit und 1992 dehnte es seinen Einflussbereich bis ins Weltall aus, als das erste *Toledo Space Telescope* via Spaceshuttle in die Erdumlaufbahn geschossen worden war. Die Stadt Toledo war stolz auf ihre Astronomen, stolz auf ihr Prestige, denn immerhin standen sie Seite an Seite neben Brüssel, Shanghai oder Sydney in dem Bestreben, dem Universum seine Geheimnisse zu entlocken und die Tiefen der Geschichte der Sterne zu erforschen.

George Dermont, Forschungsstipendiat, Postdoktorand und Lieblingsdozent der meisten weiblichen Studenten am Toledo Institute of Astronomy, blieb im Treppenhaus des Stickney Centers stehen und suchte nach einem Automaten, der seinen Dollar annahm. George hatte Kopfschmerzen. Starke Kopfschmerzen. Es fühlte sich an, als wären die Nervenfasern seines Gehirns mit einer Eisschicht überzogen und jeder Herzschlag zertrümmere sie unaufhörlich, einem Hammer gleich. Es war schrecklich.

Am Automaten konnte er Kopfschmerztabletten kaufen. Und einen Energydrink. Im Toledo Institute of Astronomy waren die Automaten mit Waren bestückt, die speziell auf die Zielgruppe junger Wissenschaftler ausgerichtet waren. Man konnte dort Reinigungssprays, Sekundenkleber, Klemmen, *Altoids*-Lutschpastillen und Wundbenzin finden. Natürlich gab es auch Medikamente gegen Migräne: vasokonstriktorische Mittel, Sumatriptan, selbst opiumhaltige Nasensprays. Aber Georges Dollarschein war derart alt und zerknittert, dass es nicht den Anschein hatte, als würde er auch nur bei einem einzigen Automaten auf dem Campus Glück haben. Der Dollar wurde einfach immer wieder ausgespuckt.

George verließ das Treppenhaus und betrat den Korridor in Richtung des Vorlesungssaals. Ihm blieben fünf Minuten, um zu seinem Kurs zu gelangen, die Notizen vom letzten Semester zu überfliegen und sich ins Gedächtnis zu rufen, was er den neuen Studenten sagen würde. Er schob sich durch die Doppeltüren, und ein Schweigen senkte sich über das Geschnatter des Kurses. Er zog seine Anmerkungen aus der Aktentasche und tat so, als sähe er sie durch, während er beiläufig die Augen schloss. Es war Anfang September. Es gab keinen Grund zur Panik.

Er öffnete die Augen, drehte den Kopf nach links und rechts und warf seinen Kursteilnehmern ein Lächeln zu. Das hier war der Grund, weshalb sie in diesem Saal waren. Um die Geschichte der Astronomie zu erlernen. Und er würde sie ihnen beibringen, diesmal anhand des Buchs: Ptolemäus, Kopernikus, Galileo und der ganze Rest.

Manchmal versuchte er, seinen Studenten etwas Besonderes vom Universum zu zeigen und ihnen einen ersten Einblick in das zu offenbaren, was das Toledo Institute of Astronomy wirklich zu bieten hatte. Dann blinzelten sie, scharrten mit den

Füßen, legten den Kopf auf die Seite. Als wäre dieser Vortrag nichts, was sie hören wollten. Als würden seine Worte schräg an ihren Gehirnen entlangschrubben und Kratzer hinterlassen. Er wusste, wenn er zu häufig abschweifte, würde es immer schwerer werden, zu den beruhigenden Seiten des Lehrbuchs zurückzufinden. Es würde damit enden, dass er in einer Ecke stünde, mit dem Gesicht zur Wand, und sich in Schimpftiraden erging. George Dermont war der hell leuchtende, junge Stern am kosmologischen Lehrstuhl, der »It-Boy« für jegliche Belange des gesamten Weltraums und darüber hinaus. Aber was, wenn er ihnen erzählen würde, was wirklich in seinem Gehirn vor sich ging? Wenn er ihnen tatsächlich die Tiefe seines Glaubens offenbarte? Würden sie weiterhin lächeln, ihm zuwinken und zuzwinkern? Oder würden sie zu ihm sagen: »Was zum Teufel soll das?«, und ihn als Hochstapler bloßstellen?

George begann mit seiner Vorlesung, und die Studenten lernten. Sie nickten mit den Köpfen. Nach zwanzig Minuten erspähte George ein Mädchen in der dritten Reihe in einem Tanktop und khakifarbenen Shorts, die wie eine junge Lara Croft aussah, nur ohne die Pistolen und mit doppelt so vielen Zöpfen. An beiden Seiten ihres Kopfs hing ein geflochtener Zopf herab und umschmeichelte jeweils eine ihrer üppigen Brüste. George beschlich das Gefühl, als hätte er sie schon einmal gesehen. Ihre Zöpfe hatten etwas an sich, das ihm bekannt vorkam. Die Art, wie ihre Augen seine durchbohrten. Die Art, wie sie seinem Blick standhielt. Und plötzlich musste George feststellen, dass er von seinem Vorlesungsskript abgewichen war. Er hatte sich warm geredet. Anfangs hatte er sich strikt daran gehalten, was er sagen sollte, aber nach der Einleitung und den ersten sechs Sternbildern waren die Pferde mit George durchgegangen.

»Erinnern Sie sich an die Assyrer?«, fragte er. »Sie waren diejenigen, die sich wie ein Fuchs im Hühnerstall aufgeführt haben. Sie hatten Götter. Ebenso die Babylonier. Die Griechen hatten ebenfalls Götter: Gemeinhin waren sie weiß gekleidet und hatten sehr schön geformte Brauen. Römer hatten Götter. Verdammt noch mal, ja, alle hatten Götter.«

Die Studenten nickten und kicherten. Sie erinnerten sich. Das hier war etwas in der Geschichte der Astronomie, das sie verstanden: Menschen, die Götter anbeteten. »Heutzutage nehmen wir an, dass es im Großen und Ganzen drei Götter gibt. Unseren und die in den Religionen der anderen.«

George lächelte trotz des Hämmerns in seinem Schädel. Die Lara Croft aus dem ersten Semester strich mit einem Zopf kitzelnd über ihren Brustansatz. Die andere Hand ruhte auf ihrem Laptop, aber sie schrieb nicht. George sah sie an, blieb jedoch ungerührt. Vor vielen Jahren hätte er sich vielleicht von einem Mädchen wie ihr bezirzen lassen, mit ihren Zöpfen, die über ihre Brüste hüpften, hätte sie vielleicht auf ein Durcheinander an Zierkissen geworfen und sich im Stillen gedacht: »Wir sind in Toledo. Was kann schon schiefgehen?«

»Drei Götter. Die Weltbevölkerung hat sich mehr oder weniger darauf verständigt, abgesehen von den Indern, die störrisch auf ihren Polytheismus beharren, und den Buddhisten, die nicht einmal richtige Götter haben.«

George zögerte. Die Studenten sahen ihn immer noch an, warteten ab, dass er zu Kapitel 1 »Die Antike« im Lehrbuch zurückkehrte. Lara Croft nickte zu langsam, als würde sie eine ganz andere Frage bejahen. Dann begann sie auf sonderbare Weise zu glühen. Ihr Gesicht verschwamm einen Moment, während sich Georges Kopf zu einem einzigen stechenden Schmerz verkrampfte, und dann modellierten sich ihre Züge in rötere Lippen und dunklere Augen um. George blinzelte und kniff die Augen zusammen. Ihre Haare wuchsen, bis sich ihre Zöpfe um ihre Füße wanden, ihre Arme und Beine dehnten sich in die Länge, und ihr Körper nahm Pin-up-Proportionen an. Jetzt bemerkte George, dass sie kein Tanktop und keine Shorts mehr trug, sondern ein Bustier und eine Art Spitzendessous, das George einmal als »Spanking-Wäsche« bezeichnet hatte.

»Niemand heutzutage betet zum Beispiel noch Zeus an«, fuhr er forsch fort und schloss die Augen, um den Anblick der Lara Croft auszublenden. »Oder Ra. Wohin sind all diese Götter bloß verschwunden?«

Einer der jungen Männer im Kurs hob die Hand.

»Ja«, sagte George. »Ihr Name?«

»David«, antwortete der Student. »Auf welcher Seite sind wir?«

»Wohin sind sie verschwunden?«, drängte George ungerührt weiter. »Sitzen sie in einem Seniorenheim für greise Gottheiten? Trinken sie Tee und fragen nach ihren Söhnen, deren Besuch sie heute zu erwarten meinen? Und wiederholen ihre Nachfragen an jedem einzelnen Tag, bis die Krankenschwestern schließlich jemanden als Sohn verkleiden müssen und diesen falschen Sohn in alle Zimmer schicken? Und den Göttern fällt nichts auf? Weil sie senil sind?«

Die Femme fatale mit den Zöpfen erhob sich nun in die Lüfte und schüttelte den Kopf, als wollte sie sagen: Nein, nein, nein!

George wurde lauter. »Bedeutet der Umstand, dass sie nicht überdauerten, dass sie nicht real waren? Greta, glauben Sie, dass die Götter niemals real waren?«

»Nun ja …«, begann ein Mädchen in der ersten Reihe. Sie schüttelte den Kopf, wollte wohl gerade anmerken, dass ihr Name nicht Greta lautete.

»Diese Vorstellung wäre schrecklich!«, unterbrach er sie. »Götter sterben nicht – sie verschwinden nicht einfach. Das dürfen sie nicht.«

Jetzt nickte das herrliche, glühende Geschöpf hoch oben im Vorlesungssaal, und während es nickte, führten seine köstlichen Kurven einen langsamen Tanz für George auf. Das war etwas, wovon er niemandem erzählen durfte, niemandem im Vorlesungssaal, im Büro, in seinen wöchentlichen Berichten an den Institutsleiter bei ihren Treffen in seinem Zimmer: »Hi, Dr. Sanji. Meine Arbeit an meinem jüngsten astronomischen Projekt geht zügig voran und, oh, außerdem sehe ich manchmal Götter, die in der Luft schweben. Und jetzt hat Dr. Jones das Wort.«

Religion ist Privatsache. Etwas Privates zwischen dir und dem ungefähren Dutzend an Gottheiten, die dich an den unpassendsten Gelegenheiten aufsuchen.

George umklammerte das Stehpult mit beiden Händen und kniff die Augen fest zusammen. Dann blickte er erneut in die Runde seiner Kursteilnehmer. Die Studenten saßen aufrecht da, mit leuchtenden Augen, in Alarmbereitschaft versetzt. Etwas war geschehen – sie hatten es erkannt. Ein echter Astronom sprach jetzt zu ihnen, hier im Toledo Institute of Astronomy, wohin sie gekommen waren, um von echten Astronomen unterrichtet zu werden. Sie beugten sich vor, hingen begierig an seinen Lippen, wollten hören, was er als Nächstes sagen würde. George ließ den Blick durch den Saal schweifen, sparte nur die Kurven und Farben des Mädchens aus. »Wenn sie in einen Zustand des Verfalls geraten, müssen wir uns dann rückwirkend als Ungläubige bezeichnen? Sind wir einfältig? Werden wir betrogen? Wenn es Ra passiert ist, kann es jedem passieren! Ra war ein Superstar. Ra war der Sonnengott! Wie konnte das Ra passieren?«

Niemand hob die Hand. Das Mädchen, das Lara Croft glich, hatte sich nun vollends in die prächtige, unwiderstehliche Gestalt einer Göttin verwandelt, die ihm nur allzu vertraut war. Sie war ihm schon einmal erschienen, aber noch nie bei der Arbeit. Jetzt schob sie sich mit gespreizten Beinen an der langen fluoreszierenden Halogenlampe in der Nähe der Decke entlang und schaukelte von einer Seite zur anderen, wobei ihre langen Zöpfe wie Angelschnüre vor den arglosen Studenten herabbaumelten. Sie lachte still in sich hinein, aber George konnte sie hören und erinnerte sich an ihre Stimme, die ihm genau befahl, was er zu tun hatte. Die Göttin des Sex. Amerikanisches Pantheon. Gegenwart. Sein Kopf knarzte vor Schmerz, und er roch Zimt, wie von einem sehr starken, exotischen Tee.

»Vielleicht …« George hielt inne. Er begann, auf der Bühne umherzulaufen, vor und zurück, während er verzweifelt versuchte, nicht zu jener Stelle über den Köpfen der Studenten zu blicken. Die Göttin des Sex schwang fröhlich ihre Beine, biss sich auf die Unterlippe und winkte ihm zu. *Hallo George*, schien sie zu sagen. *Ich bin hier oben.*

»Vielleicht wurde Ra in ein Wurmloch gesaugt«, erklärte George. »Vielleicht ist er aber auch freiwillig in das Wurmloch zurückgekrochen, aus dem er ursprünglich gekommen war. Etwas muss am anderen Ende eines Wurmlochs passieren, denn wo zur Hölle bleibt andernfalls euer Energieerhaltungssatz? Nirgends, einfach nirgends!«

Einige Studenten nickten. Die Mädchen lächelten. Irgendein Lehrbuch fiel zu Boden und wurde nicht aufgehoben. Ein Student in der hintersten Reihe kaute auf einem Bleistift. »Können Sie sich vorstellen, dass ein Wurmloch in einem uralten babylonischen Tempelturm endet?«, fuhr George fort. »Einer Kathedrale in Frankreich? Einem menschlichen Uterus? Vielleicht verlange ich eine freiere Interpretation des Energieerhaltungssatzes als diejenige, zu der Sie bereit sind, mir zu folgen.«

George schritt nun schneller auf und ab, und die Sexgöttin schaukelte im Gleichklang. Seine langen Beine durchmaßen hastig die Bühne des Vorlesungssaals, während ihr über die Halogenlampe gebeugter Körper schmolz und auf den Boden troff. Die Studenten starrten ihn mit weit aufgerissenen Augen an. Einigen stand der Mund offen. Er würde ihnen den Gedanken in den Mund stopfen, das Kinn hochklappen, ihnen über die Kehle streicheln. Selbst wenn der Gedanke heller Wahnsinn war, würden sie versuchen, ihn zu schlucken. Es war nicht von der Hand zu weisen, er hatte das gewisse Etwas, dieses besondere Charisma, diesen unwiderstehlichen Charme. Aber wenn er sagen würde: »Sehen Sie nur, über Ihren Köpfen, eine moderne Göttin. Sehen Sie nur!« Würden sie aufblicken? Würden sie nicken und lächeln und sich Notizen machen? Er strich sich das Haar aus dem Gesicht und bedachte seine Zuhörer mit einem einnehmenden Lächeln. Er breitete die langen Arme aus, die Finger gespreizt, während das weiße Hemd über seiner Khakihose und seine Halbschuhe von der Bühnenbeleuchtung angestrahlt wurden.

»George!«, rief die Göttin von der Decke. Er ignorierte sie. Er versuchte, selbst die Vorstellung von ihr zu ignorieren. »Erzähl es ihnen!«

»Vielleicht bitte ich Sie, an den Erhalt von Göttern und Göttinnen zu glauben. Oder ist es einfach unmöglich, das zu glauben?«

Der Kurs wartete ab.

»Denken Sie darüber nach. Nichts kommt von nichts!«, flehte er sie an.

Der Kurs neigte den Kopf nach rechts.

»Es muss ein Tor geben, aus dem sie alle gekrochen sind

und in das sie alle wieder zurückkriechen. Kinder, da gibt es ein riesengroßes schwarzes Loch im Zentrum unserer Galaxie. Was tut es dort draußen? Schlägt es einfach nur die Zeit tot, indem es Asteroiden frisst? Es leuchtet. Röntgenblitze: Weiß einer von Ihnen, was sie verursacht? Die NASA weiß es nicht. Ich weiß es nicht.«

Sämtliche Augenpaare waren nun fest auf ihn gerichtet, jedes kleine Licht verschlang gierig seine Worte, niemand senkte den Blick auf seinen Laptop oder ließ ihn zu den anderen Studenten in den anderen Reihen schweifen. Lag es an seinem Lächeln, seinen rosigen Wangen, dem Schwung seines dunklen Ponys auf seiner vornehmen Stirn? Lag es an der Göttin über ihnen, die die Nervenzellen zwischen ihren Ohren steuerte? George war der höchstgewachsene Astronom in Toledo. Er war breit gebaut und hart wie ein Stein. Er kehrte zur Mitte der Bühne zurück. Die Worte brachen ohne Überlegung aus ihm heraus. Ihn beschlich das sonderbare, wenn auch vertraute Gefühl, dass er stellvertretend für die Göttin sprach, dass sie ihm spaßeshalber Worte in den Mund legte und sie dann an einer Schnur wieder herauszog.

Die Tür am anderen Ende des Vorlesungssaals öffnete sich polternd und zum Vorschein kam einer der älteren Professoren, Georges Boss. Warum war er hier? Um den Kurs zu überwachen? Um ihn zu feuern? Um herauszufinden, ob er lediglich das Sprachrohr einer Göttin war?

»Wer sang, bevor die Engel sangen? In welcher Form haben sich die Sterne aneinandergereiht, bevor sie die Gestalt griechischer Propheten und römischer Krieger annahmen? Wo fiel das erste Messer aus Feuerstein aus einer wettergegerbten Hand, damit diese Hand ein kupfernes Götzenbild ergreifen konnte? Wer baute den Tempel von Eridu?«

Was zur Hölle ist Eridu?, dachte George. Er spürte Panik in sich aufsteigen. Sein Gehirn führte ein Eigenleben. Er würde seinen Job verlieren. Er würde den Verstand verlieren. Diese Vorlesung war ihm völlig entglitten. Die sexy Göttin auf der Beleuchtungsinstallation zuckte mit den Schultern und warf ihm eine Kusshand zu. George schob sich zum Rednerpult zurück, legte die Fingerspitzen sachte aneinander und neigte den Kopf schief, als wollte er sagen: *Namaste. Auf Wiedersehen.* Er bedachte den Professor an der Tür mit einem matten Lächeln. Die Studenten hingegen atmeten ein, atmeten aus, warteten gebannt, dass er seinen Vortrag beenden würde. Sie wollten, dass er noch etwas sagte. Doch was würde es sein? Was könnte es sein?

Er öffnete den Mund und heraus kam: »Was ist Geschichte anderes als eine Abfolge von Königen?« Er entschied, dies sei das Ende der Vorlesung. Es war nicht sicher, noch etwas hinzuzufügen. Dann nickte er entschieden ein letztes Mal mit dem Kopf.

Stille senkte sich über den Saal. Die Studenten packten ihre Bücher ein und gingen, tuschelnd und sich immer wieder erstaunt zu George umblickend. Die Geschichte der Astronomie war im Toledo Institute of Astronomy eine Pflichtveranstaltung für alle Erstsemester. George war der beliebteste Dozent, und in diesem Herbst war es das sechste Mal in Folge, dass er diese Vorlesung hielt. Normalerweise waren in der ersten Stunde keine Götter zugegen. Normalerweise hatte er unter Kontrolle, was er sagte. Und sein Kopf tat nicht so weh.

»Du vergeudest dein Talent«, hatte seine Mutter gesagt. »Hier, nimm die hundert Dollar. Geh zum Friseur.«

Seiner Mutter gefiel es nicht, dass er seine Zeit damit verbrachte, Erstsemester zu unterrichten. Ihr gefiel sein Wagen nicht. Ihr gefielen die Frauen nicht, die er mochte. Im Grunde wollte seine Mutter, dass er Toledo gänzlich den Rücken kehrte.

»Du bist hier nicht glücklich, George, und das warst du noch nie.«

»Aber das werde ich sein«, antwortete er dann.

»Aber das bist du nicht«, erwiderte sie daraufhin. »Das wollte ich nur einmal anmerken.«

Seine Mutter war Anwältin. Dinge anzumerken, war ihr Spezialgebiet. Doch George wusste, dass sie sich irrte. Er würde glücklich werden.

Der Professor am anderen Ende des Saals eilte rasch auf das Rednerpult zu, während die Studenten im Gänsemarsch hinausspazierten.

»Dr. Bryant«, sagte George zur Begrüßung. Was könnte er anderes sagen?

Dr. Bryant wurde häufig veröffentlicht, zitiert und bewundert. Von ihm war nie verlangt worden, Studienanfängern die Geschichte der Astronomie zu vermitteln oder Vorlesungen aus einem Lehrbuch zu halten. Er hätte es auch nie getan. Aber jetzt schnappte der ältere Astronom nach Luft und hastete verschwitzt den Gang hinab.

»George, sie hat es getan«, keuchte Dr. Bryant.

»Wirklich, nun ja, dann auf fünfundzwanzig weitere glückliche Jahre, Sir. Das ist …«

»Nein, nein, nein«, stotterte er weiter. »Ich spreche von dieser sonderbaren jungen Frau in Pittsburgh. Irene Sparks.«

»Oh, ja«, sagte George. »Wenn ich mich recht erinnere, war sie davon überzeugt, dass es schwarze Löcher im Tee gibt.« George begann, seine Unterlagen zusammenzusammeln.

»Genau. Das ist sie«, sagte Dr. Bryant. »Allerdings nicht im Tee. Sie war wegen eines Vorstellungsgesprächs hier, vor vielen Jahren. Mit dem Forschungsprojekt für einen Mikroteilchenbeschleuniger.«

»Und? Hat sie etwas beschleunigt?«

»George, ja. Sie hat – verstehen Sie –, sie hat schwarze Löcher hervorgebracht. In einem Teilchenbeschleuniger, den sie in Pittsburgh gebaut hat, können Sie sich das vorstellen? Das ganze Experiment hat die Größe eines kleinen Pick-ups! Hawking-Strahlung, sichtbar für die menschliche Netzhaut. Anscheinend … hat es geglüht.«

»Das ist unmöglich«, entgegnete George. Er nahm seine Aktentasche und machte sich auf den Weg zur Tür, seinem Büro, seinen Schmerzmitteln. Dr. Bryant jedoch hängte sich an seine Fersen.

»Sie hat Zahlen. Der Strahlungsverlust ist aufgezeichnet worden. Und ich habe ein Foto gesehen. Mit eigenen Augen.«

George legte die Stirn in Falten. Kurz vor der Tür blieb er stehen. »Und was bedeutet das für … unten?« Er senkte die Stimme zu einem Flüstern und zeigte auf den Boden. Dr. Bryant kam näher.

»Ich denke, es könnte uns gelingen, sie hierher zu bekommen, George. Sie könnte die Krönung des gesamten Projekts werden! Unglaublich, nicht wahr?«

»Ich verstehe«, sagte George. »Und … wird sie dann hier lehren?«

»Wen interessiert das schon?«, erwiderte Dr. Bryant. »Lehren? Was bedeutet das überhaupt? Wir waren die Ersten, die sie angerufen hat, George. Das ist doch etwas, oder?«

»Interessant«, sagte George.

»Oh, warten Sie, bis Sie es gesehen haben«, sagte Dr. Bryant. »Ich will sie hier haben, bevor … *DISCOVER* … *TIME* … Sie wissen, was für ein Medienspektakel das herrufen wird. Sobald sie mit Journalisten spricht.«

George legte Dr. Bryant die Hand auf die Schulter. Der alte Mann stand kurz davor, in Ohnmacht zu fallen.

»Geht es Ihnen gut?«, fragte er. »Sie wirken … überdreht.«

»Ich gehe gleich zur Verwaltung runter«, sagte er. »Ich werde jetzt einen Antrag stellen, jetzt sofort. Ich will sie morgen Abend hier haben«, sagte Dr. Bryant. »Das ist zwingend erforderlich. Wie konnten wir nur so blind sein, sie einfach ziehen zu lassen?« Er sah seinen jüngeren Kollegen an, als könnte er sich kaum mehr an Georges Namen erinnern.

»Okay«, rief er ihm hinterher. »Wenn Sie das sagen. Solange Sie ihr nicht mein Büro geben, in Ordnung?«

»Oh, George«, rief Dr. Bryant über die Schulter. »Ich kann nicht glauben, dass ich das vergessen habe – das ist der eigentliche Grund, warum ich Sie sprechen wollte. Wir geben ihr Ihr Labor. Und Sie müssen bis spätestens morgen draußen sein. Vielen Dank für Ihr Verständnis.«

Während er Dr. Bryant nachblickte, der geschäftig in den Korridor stürmte, zwangen seine Kopfschmerzen George fast, das rechte Augenlid zu schließen, und er konnte auf einmal an nichts anderes denken, als in sein Büro zu eilen, das Licht auszuschalten und zu sterben. Doch dann kam ihm plötzlich ein Gedanke. Ein neuer Gedanke, und seine Hand schoss nach vorne zur Tür, damit er sie aufschieben und in den Korridor hinausrufen konnte.

»Dr. Bryant?«, brüllte George. »Welche Haarfarbe hat sie?«

»Welche Haarfarbe?«, fragte der ältere Mann. »Welche Haarfarbe? Ich glaube braun. Braune Haare. Was spielt das für eine Rolle?«

Und dann war der ältere Professor verschwunden und ließ George zurück, der darüber nachsann, ob es nicht vielleicht doch eine Rolle spielte.

3

Irene ging nach Hause. Sie fühlte sich beschwingt, sonderbar, leer, als wäre ihr bahnbrechender Artikel längst ins Tschechische übersetzt worden. Gleich nachdem sie ihre Daten nach Toledo geschickt hatte, hatten sie sie gebeten, umgehend zu kommen. Nach einem Blick auf die Zahlen waren sie sich bereits sicher, ähnlich wie ein Gerichtsmediziner bei einem Genickbruch sicher ist, dass das Genick gebrochen ist.

Was hätte ihre Mutter dazu gesagt, wäre sie nicht die Treppe hinuntergestürzt und an diesem Nachmittag gestorben? Was hätte ihre Mutter gesagt, wenn Irene vor ihrer Haustür aufgetaucht wäre? *Oh, Irene,* hätte sie vielleicht gesagt. *Du bist zurück in Toledo. Das ist alles, was ich mir je gewünscht habe.* Wäre sie überhaupt in der Lage gewesen, nach Toledo zu fahren, wenn ihre Mutter nicht gestürzt wäre? Wenn sie nicht oben den Flur entlanggegangen, gestolpert und nach unten gesegelt wäre?

Sie öffnete die Wohnungstür zu ihrem Apartment, aus dem ein Schwall kalter Luft herausströmte. Irenes Apartment war spärlich möbliert. Es gab keine Zimmerpflanzen, keine Pariser Reklameposter hingen an den Wänden. Irene hatte kein Händchen fürs Dekorieren. Sie war keine gute Hausfrau, ebenso wenig wie sie sich in Zimmern wohlfühlte, die von einem Ideal durchdrungen waren namens Zuhause.

Irene warf ihren Rucksack auf die Küchenanrichte, nahm einen Plastikbecher und goss sich etwas Wasser aus dem Kühlschrank ein. Sie trank und gab sich ihren Schuldgefühlen hin. Sie hätte bei ihrer Mutter bleiben müssen, sie nicht alleinlassen dürfen. Niemand sollte allein sterben, nicht einmal Alkoholiker. Sie stellte den leeren Becher auf die Arbeitsplatte. »Komm zurück«, hatte ihre Mutter geschrieben, auf einer Postkarte, die Irene in den Abfall geworfen hatte. Denn sie wusste, würde sie zurückkehren, würde es heißen: »Willkommen zurück esis' wunderschön, wunerschön, wunerschööööööön«, und sobald all die Worte im Mund ihrer Mutter zusammenliefen, müsste Irene von einer Brücke springen. Manchmal muss man sich von den Dingen fernhalten, die versuchen, dich zu töten, selbst wenn es dieselben Dinge sind, die dich geboren haben. Manchmal sind diese zwei Dinge ein und dasselbe, und ihr Name lautet Mutter.

Sie verließ die Küche und ging zurück durch das Apartment in das hintere Zimmer, wo ihr Freund Belion bei gedämpftem Licht über seine Tastatur gebeugt saß. Drei Monitore waren vor ihm aufgereiht, seine großen Hände hämmerten aggressiv auf die Tasten ein. Belion war riesig, sowohl im wortwörtlichen als auch im übertragenen Sinne, einer jener Menschen, die elektrische Schwingungen in ein Zimmer auszusenden und an jede Wand zu stoßen scheinen, obwohl sie sich in der Mitte des Raums befinden. Er hatte lange, gelockte schwarze Haare, die ihm über die gewaltigen Schultern fielen wie die Mähne eines Tieres. Seine Hand schoss zur Seite und bewegte die Maus, dann klickte er dreimal.

»Was zum Teufel, Irene«, knurrte Belion.

»Was zum Teufel, Babe«, erwiderte sie. Sie schritt auf ihn zu und lehnte sich gegen seinen schier ungeheuren Rücken, der sich über die Lehne seines Bürostuhls erhob.

»Was zum Teufel, aber jetzt echt«, sagte er. »Diese Frau treibt mich in den Wahnsinn.«

»Wer?«, fragte Irene und sah sich um.

»In dem Spiel«, erklärte Belion.

Belion war Game-Designer und Programmierer für ein Online-Fantasy-Rollenspiel. Der Name, den ihm seine Mutter bei der Geburt gegeben hatte, lautete Arturo, doch er hatte sich selbst Belion genannt. Sein Onlinename war Belion, Erzmagier der Unterwelt, den Namen auf seinem Pass hatte er jedoch noch nicht gänzlich geändert.

Irene hob einen seiner Arme an und kroch darunter hindurch auf seinen Schoß. Sie setzte sich auf seinen Oberschenkel, den Arm um seinen Kragen geschlungen, die Hand unter seiner herabhängenden Haarpracht. Ihr Kopf ruhte an seiner Wange. Sie presste die Stirn gegen den festen Umriss seines Kiefers.

»Mist«, murmelte er. »Jetzt tut sie's schon wieder. Jemand benennt all die Bären um meine L-förmige Hütte um. Sie heißen jetzt ›Auf Wiedersehen, Silvergirl‹ oder ›Lebe wohl, Silvergirl‹ oder ›Bye, Silvergirl‹.«

»Wie unanständig.«

»Ja, unanständig.«

»Ein Bär sollte einfach nur ›Bär‹ heißen.«

»Ja, weißt du was, ich werde die Umbenennungstaste für Spieler sperren, außer das Tier ist ein Haustier.«

»Zumindest bis sich dieses Silvergirl umgebracht hat und ihr Benutzerkonto erloschen ist. Hört sich an, als könnte das jeden Moment passieren.«

Dieser Kommentar veranlasste Belion, seinen großen Kopf zu wenden und Irene nachdenklich anzusehen. Sie zuckte mit den Schultern. »Hört sich doch wirklich so an!«

»Ich kann nicht zulassen, dass diese verdammten Bären um meine Hütte herumwandern wie ein Rudel Grußkarten.«

»Wie sieht sie denn aus? Dieses Silvergirl?«

»Keine Ahnung. Hab sie nie gesehen.«

Irene begann wieder zu weinen. Immer noch von seinen Armen umfangen legte sie die Hände in ihren Schoß, und Tränen tropften ihr vom Gesicht.

»Hey, was ist los, Babe?« Belions gewaltige Augenbraue war nun vor Sorge gefurcht. »Geht's dir gut? Bist du krank?«

»Meine Mutter ist die Treppe hinuntergestürzt«, sagte sie. »Und gestorben.«

»Was? Sie ist die Treppe hinuntergestürzt? Wo?«

»In ihrem Haus. Belion, ich muss nach Toledo umziehen.«

»Warum nach Toledo?« Sein Gesicht war immer noch auf den Computerbildschirm gerichtet, wo er nun den Quellcode betrachtete.

»Dort hat sie gewohnt, du Arsch, hast du auch nur den blassesten Schimmer, wovon ich gerade rede? Sie hat in Toledo gewohnt, und ich bin in Toledo geboren.«

»Ja. Ja, das weiß ich. Wow, das tut mir echt leid.«

Sein Blick glitt zu ihr, und sie sah seine zusammengewachsenen Augenbrauen und die braunen Augen darunter, die lange Nase, das lange Kinn, alles lang, als könnte er die gesamte Welt verschlingen. Sie erzählte ihm von ihrem Tag: dem schwarzen Loch im Teilchenbeschleuniger, der Entdeckung der Nachbarin, dem Anruf beim Toledo Institute of Astronomy, der bevorstehenden Beerdigung, dem Haus.

»Ich bring den Bastard für dich um«, sagte Belion, und seine Stimme grollte tief. »Wenn du das willst. Es ist immer der Nachbar. Wahrscheinlich hat er sie umgebracht.«

»Der Nachbar ist eine Frau. Hörst du mir eigentlich überhaupt nicht zu?«

»Frauen können auch Bastarde sein. Das ist wissenschaftlich belegt.«

»Du hörst mir nicht zu«, sagte Irene. »Ich habe die Möglichkeit, am Toledo Institute of Astronomy zu forschen, zu arbeiten und zu lehren. Das ist etwas, wovon die meisten Physiker nur träumen.«

»Ich will nicht, dass du weggehst. Du arbeitest doch schon an einer coolen Universität, und die bietet außerdem den Vorteil, dass sie genau hier ist.«

»Aber das ist nicht dasselbe«, sagte Irene.

»Herrgott noch mal, sie hat eine Cathedral of Learning. Wie kann Toledo damit konkurrieren?«

»Zum einen gehört die Cathedral of Learning zur U Pitt, nicht zur Carnegie Mellon. Aber vergessen wir den Umstand, dass du nicht einmal weißt, welche Universität mich bezahlt. Es ist nicht bloß der Job. Da ist auch das Haus meiner Mutter, um das ich mich kümmern muss und das jetzt mir gehört.«

»Mach es mit einer Atombombe aus dem All platt«, schlug Belion vor, eine Seite seines Gesichts vom Schein des Monitors angeleuchtet.

»Also, nein«, sagte Irene. »Das tun Menschen im wirklichen Leben nicht.«

»Das ist Mist. War sie nicht … irgendwie … verheiratet?«

»BELION! Ist das jetzt echt dein Ernst?«

»Ich kann mich nicht erinnern! Tut mir leid! Hey, du sprichst nie über sie. Ich wusste nicht einmal von ihrer Existenz!«

Irene schob sich von seinem Schoß, kletterte unter seinem Arm hindurch und legte seine Hand zurück auf die Tastatur.

»Nein, sie ist nicht verheiratet. Das war sie nie.«

»Oh. Tut mir leid wegen der Bastardbemerkung vorhin. Ich wusste nicht, dass du ein …«

»Ein Bastard?«

»Ja, wenn man es, ich meine, tudormäßig ausdrücken will.«

»Na ja, wie dem auch sei. Ich muss schlafen. Ich bin müde.

Ich glaube, ich habe zwei Tage am Stück durchgearbeitet und meine Mutter …« Irene biss die Zähne fest zusammen, aus Sorge, sie müsste sonst wieder weinen.

»Willst du Gesellschaft?«, fragte er. Er drehte sich zu ihr um und streckte flehend die Hand aus, aber Irene schüttelte den Kopf und ging.

Sie zog ihr Tanktop aus, hängte es über ihren Bettpfosten und schleuderte ihre Jeans auf den schmalen Vorleger neben dem Bett. Nachdem sie die Tagesdecke und ihre Decke aufgeschlagen hatte, glitt sie in die Kühle darunter und legte sich ausgestreckt hin. Sie löste ihre Haare aus dem Pferdeschwanz und schnalzte den Haargummi vom Finger in Richtung Kommode.

Sie schloss die Augen und atmete aus, dann zuckten ihre Lider wieder auf. Hastig sprang sie aus dem Bett und schloss die Tür ab, bevor sie sich wieder hinlegte. Das hier war etwas Persönliches. Wie beten. Würde sie beten, würde sie sich auch von niemandem beobachten lassen wollen. Hätte man sie gefragt: »Irene, meditierst du oder machst du sonstige Entspannungsübungen?«, hätte sie wohl geantwortet: »Nein.« Wahrscheinlich hätte sie noch hinzugefügt: »Und all das ist Mist.«

Irene war Empirikerin. Sie glaubte an die Wissenschaft, an Mathematik und Zahlen. Sie glaubte nicht an die Liebe oder irgendeinen Gott. Sie glaubte nicht an: »Eines Tages wirst du glücklich sein«. Sie empfand eine ausgeprägte Abneigung gegen Romane, die meisten Gedichte und jegliche Art von Tanz. Dennoch war sie eine bewusste Träumerin. Sie konnte ihre Träume steuern. Es lag daran, dass ihre Mutter ein solch überzeugter Hippie, eine Astrologin, Gedankenleserin, Teetrinkerin, Verrückte gewesen war und Irene das luzide Träumen eingetrichtert hatte, bevor das Leben sie lehrte, argwöhnisch zu sein.

Es hatte mit dem Vertreiben von Albträumen begonnen, genau auf die Art, wie jede Mutter ihrem Kind beibringt, den Traum zu kontrollieren und ihm den Schrecken zu nehmen. Aber Bernice hatte es nicht dabei belassen. Sie hatte Irene gezeigt, wie man den Körper zum Schlafen brachte und dabei den Verstand wachhielt, wie man völlig losgelöst in einer einsamen Welt hinter dem körperlichen Wachsein reiste. Sie war seit Jahren nicht mehr dort gewesen, hatte sich einst geschworen, nie wieder dorthin zurückzukehren. Aber jetzt musste sie es tun, um mit Gewissheit sagen zu können, ob ihre Mutter wirklich, wirklich tot war.

Irene blinzelte dreimal und schloss die Augen. Sie flüsterte dreimal die Worte »Ich träume, und ich bin wach« und begann dann, ihren Atem zu regulieren. Vor ihrem geistigen Auge betrachtete sie ein kleines Regal mit Nippes im Haus ihrer Mutter. Das war ihr alter Weg ins Innere, wie ein Portal. Nur ein Brett, dunkles Holz, angeschraubt an die Wand im Haus ihrer Mutter in Toledo, auf dem Glöckchen aufgereiht waren. Sie glitt die Abfolge an Glocken entlang und ließ jede in ihrem Bewusstsein läuten. Die kleine dunkle Glocke in Form eines Schafs. Das winzige goldene Glöckchen, ein Souvenir aus Galveston. Die silberne Glocke von einem Hochzeitsempfang. Das bescheuerte, dickbauchige Exemplar, das Irene als Kind im Kunstunterricht getöpfert hatte. Die Porzellanglocke in Form einer Katze, die sich im Garn verwickelt hatte. Eine blaue Glocke zum Gedenken an die Zweihundertjahrfeier Amerikas.

Sie wusste, noch bevor sie die letzte mit Juwelen besetzte Glocke ohne Klöppel erreicht hatte, würde ihr Körper längst schlafen, doch ihr Verstand wäre hellwach. Sie würde sich dann an dem Ort befinden, den sie und ihre Mutter das »Hinterland« nannten, und sie würde träumen. Und ihre Mutter, ihre Mutter wäre dann vielleicht auch dort. Sie musste es einfach versuchen und nachsehen.

Wenn ich die letzte Glocke hochhebe und läute, höre ich ein leises Klingeln. Das Geräusch verrät mir, dass ich träume und gleichzeitig wach bin. Ich weiche vom Regal mit den Glocken zurück und verlasse das Haus meiner Mutter.

Astrologie ist die verrückte Schwester der Astronomie. Meine Mutter ist eine vorhersagende Astrologin und noch dazu ein Medium. Sie beherrscht das volle Programm: Teeblätter, Handlesen, was auch immer ihrem Gegenüber das Gefühl gibt, ihr vertrauen zu können. Ich habe ihre Kunden dort auf dem Sofa sitzen gesehen, die Hälse gereckt und die Köpfe zur Seite geneigt, jeder ernsthaft lauschend, so viele Narren. All ihre Magie gipfelt in Ratschlägen, die auch ein guter Organisationsberater erteilen könnte. *Es ist immer einfacher, die Probleme anderer Leute zu sehen,* pflegte sie zu sagen. *Ich kann dein Haus besser aufräumen als mein eigenes.* Dann nahm sie immer einen kleinen Schluck Gin. Einen großen Schluck Gin. Ein ganzes Glas Gin, bis zum Rand gefüllt.

Meine Mutter und ich haben eine komplizierte Beziehung zueinander. Außerhalb des Hinterlands ist sie eine Säuferin, und ich schäme mich für sie und habe Angst. Im Hinterland ist sie stets nüchtern. Weshalb ich hergekommen bin, auf der Suche nach ihr. Ich vermisse sie. Ich kann mich nicht dagegen wehren. Selbst jetzt, wo ihr Körper tot ist, frage ich mich, ob ihr Bewusstsein noch hier ist. Vielleicht ist sie im Tod in einen letzten Traum hinübergeglitten. Vielleicht kann ich sie hier vom Alkohol abbringen. Das Hinterland ist trostlos und leer. So habe ich es gestaltet. Ich habe nie zugelassen, dass es allzu üppig ausgeschmückt ist, denn das ist töricht und reine Zeitverschwendung. Deshalb gibt es abgesehen vom Haus selbst, dem trüben Staub der Erde und der grauen Umfassung des Himmels sehr wenige Dinge. Es gibt nur ein einziges weiteres Gebäude. Ich nenne es das »dunkle Haus«. Die Außenfassade ist die eines dreistöckigen viktorianischen Herrenhauses.

Als ich mich zum ersten Mal in das dunkle Haus geträumt hatte, war ich sehr jung und träumte davon, ein altes Haus zu erforschen. Ich öffnete ein Zimmer nach dem anderen. Genau in der Mitte, zwischen all den Räumen, stieß ich hinter einer Einfassung aus herabgefallenen Balken und zerschlissenem Stacheldraht auf einen pfeifenden Abgrund im Boden. Beinahe wäre ich hineingefallen, und der Abgrund jagte mir einen solchen Schauder den Rücken hinab, dass ich taumelnd vor ihm zurückwich, eine kalte Brise im Gesicht. Ich konnte nicht einmal in das Loch hineinblicken. Das war das erste Mal.

Danach landete ich in meinen Träumen immer wieder im dunklen Haus, stets aus einer anderen Richtung kommend, aber mit demselben Ziel, dem fast senkrechten Loch in der Mitte, diesem bösen Ort. Ich habe es ins Hinterland gestellt, ihm Wände und eine Außenfassade gegeben, um etwas Kontrolle über den schrecklichen Schlund zu haben. Ich bin nie ins Zentrum des dunklen Hauses gesogen worden. Monster, Trauer und Opferungen warten dort. Genau dort am Rand. Manchmal träume ich, dass ich schlau und frei bin, aber schlussendlich lande ich jedes Mal im dunklen Haus und schleiche taumelnd über den Rand der Dunkelheit. Es ist ein guter Traum, wenn ich wieder herauskomme, ohne ins Schwarze zu fallen. Bisher waren es also allesamt gute Träume.

Als ich sechs war, hat meine Mutter unser Haus niedergebrannt. Nicht das Haus aus dem Traum, sondern ein richtiges Haus. Bis auf die Grundmauern. Ich erinnere mich an nichts vor dieser Zeit. Sie will das Haus im Hinterland neu errichten, aber ich lasse sie nicht.

»Dann bau du etwas«, sagte meine Mutter einmal zu mir.

»Das habe ich doch«, erwiderte ich. »Ich habe das hier erbaut.« Es ist eine Schreckenskammer. Doch meine Mutter sagt nichts dazu.

Ich haste nun durch alle sicheren Zimmer, bis ich außer Atem bin, aber ich bin weiterhin vollkommen allein. Mir gehen die Ideen aus, wo ich noch nach ihr suchen könnte. »Mutter!«, schreie ich. Sie muss doch hier sein. Ich drehe das Gesicht zur Mitte des Hauses und rufe erneut: »Mutter!«

Eine undeutliche Bewegung schiebt sich in mein Blickfeld. Ist sie das? Ich wirble herum und sehe eine hochgewachsene Gestalt, die einen Schritt zur Seite macht und dann hinter einer bröckelnden Wand verschwindet. Das ist nicht meine Mutter. Das ist jemand anderes. Meine Mutter ist eine kleine Person mit langen Haaren. Der Fremde ist eine große Person, das Haar ist kurzgeschnitten. Ein Fremder ist im Hinterland. Sucht er etwa nach mir, nach meiner Mutter, nach dem Zentrum des dunklen Hauses? Mein Albtraum: Jemand ist gekommen, um mich ins Loch zu schubsen.

4

George hatte ein Foto von sich, als er zwei Jahre alt war. Es zeigte ihn als fettes Baby mit einer Seifenblasenpfeife in einer Hand, die er fest umklammert hielt. Die Kamera hatte ihn beim Laufen eingefangen, wie er die freie Hand nach oben ausstreckte, um die Seifenblasen zerplatzen zu lassen. Was George jedoch an diesem Bild interessierte, war nicht er selbst. Es waren seine Mutter und sein Vater im Hintergrund des Schnappschusses gewesen, den ein Freund oder Nachbar geknipst haben musste, denn er zeigte die ganze Familie. Seine Mutter war jung, die langen blonden Haare trug sie offen. Sein Vater sah glücklich aus, und sein Gesicht war rasiert. Seine Mutter saß auf dem Schoß seines Vaters, hatte den Ellbogen um seinen Hals gelegt und ihn an ihre Brust gezogen, während sein Vater albern wirkte. Die Zähne seiner Mutter standen unglaublich schief. Und jeder einzelne war zu sehen.

Georges Mutter war eine hochgewachsene Frau mit geschmeidigen, langen Beinen wie die eines Models. In ihrer Jugend hatte sie lange blonde Haare gehabt, und ihre Zähne waren groß wie die eines Kaninchens gewesen. Sobald sie genügend Geld verdient hatte, ließ sie sie richten, und jetzt war sie eine attraktive Fünfzigjährige mit makellosen Zähnen. Weise, selbstsicher, mit kurzen aschblonden Haaren und kunstvoll gebundenen taubengrauen Halstüchern. Der Anblick seiner Mutter mit diesen schrecklichen Zähnen rührte

George an. Insbesondere der Umstand, dass sie wie ein Honigkuchenpferd grinste und es ihr offensichtlich völlig egal war, wie sie aussah.

George fuhr die Interstate 75 nach Süden in Richtung Bowling Green, einer Universitätsstadt ganz in der Nähe von Toledo, um seine Mutter dort vom Gericht abzuholen. Sie hatte einen Klienten ins Gesicht geschlagen und ihm die Nase gebrochen.

Am Telefon hatte seine Mutter gesagt: »Er hat sich wie ein Idiot aufgeführt. Hättest du dich so verhalten, hätte ich dir auch eine verpasst. Jeder weiß, dass er es verdient hat. Sie sind nur übervorsichtig, weil er ein Student ist. Die haben alle eine Tracht Prügel verdient.«

»Mom«, erwiderte George. »Hör bitte auf, andere Leute zu schlagen.«

»Ich kann nichts versprechen«, sagte sie.

»Soll ich Dad Bescheid geben?«, wollte George wissen.

»Erzähl deinem Vater nichts davon. Apropos, fahr lieber hin und sperr das Haus ab, damit er erst hineinkann, wenn ich zurück bin.«

»Mom, ich bin in zwanzig Minuten da.«

»Nur keine Eile. Ich schnapp mir einfach ein paar neue Klienten, wenn ich im Gefängnis bleiben muss.«

Dann sagte jemand: »Kommen Sie, Lady. Jetzt ist Schluss.« Und die Leitung war tot.

Müsste George genau den Augenblick benennen, als sich seine Mutter von der lebenslustigen Frau mit den langen Haaren und krummen Zähnen in die Frau verwandelte, die sie jetzt war, so entschlossen und vernünftig, schroff und geradlinig, würde er wohl sagen, dass alles anfing, als er ungefähr sechs Jahre alt war.

In seiner Erinnerung ging seine Mutter, als er noch ganz klein war, mit ihm auf den Schultern im Wald spazieren und zog auf ihren endlos langen Beinen einen raschelnden Pfad durch Gebüsch und Gestrüpp, während sie »I got a brand new pair of roller skates« sang und George in die Baumkronen greifen konnte, wenn ihm der Sinn danach stand. Die Mutter seiner frühen Kindheit war eine wunderschöne, entzückende, idyllische Mutter. Er erinnerte sich an einen gestreiften Poncho, den sie immer trug, und wie sie Erdnüsse im Auto aßen und die Schalen lachend auf die Rückbank warfen.

Sie las ihm jeden Abend aus einem Buch mit irischen Gedichten vor. Sein Lieblingsgedicht stammte aus der Feder von Yeats, »Das geraubte Kind«. Es war ein Lied über Feen, die ein kleines Kind aus der ihm vertrauten Welt fortlocken wollten. Es wirkte am Ende vielleicht ein wenig düster, aber es war gleichzeitig wunderschön. Die Feen kamen, erkannte der junge George, und führten das glückliche goldene Kind in ein Zauberland voller Magie und Gesänge.

Manchmal durfte er allein aus dem Haus, und dann lief er in das kleine dunkle Wäldchen, das sich ganz in der Nähe ihres Hauses befand, draußen im Westen der Stadt am Lake Sawyer. George erinnerte sich, wie er in einer Lichtung im Wald saß und sich in eine entrückte Hypnose steigerte, bis er das Flattern der Reiher und die müden Ratten aus dem Gedicht hören konnte, die Lippen auf die Ohren schlafender Forellen gedrückt, und wusste, dass er auf dieser belaubten Insel saß und seine Mutter und seinen Vater zurückließ. Wenn er sich konzentrierte, konnte sich George an eine Zeit erinnern, als er mit einer Fee tanzte. Er wollte dieses gute Gefühl zurückhaben. Er war überzeugt davon, dass die Fee erneut im Wald auftauchen, seine Hand nehmen und ihn wegführen würde. Wann immer er wollte, konnte er den sonderbaren Umriss ihres Feengesichts in seinem Gedächtnis heraufbeschwören. Es war wunderschön gewesen.

George fuhr einen Volvo. Seine Mutter hatte ihm das Auto zum Collegeabschluss gekauft in der Hoffnung, er würde in New England bleiben oder nach Kalifornien oder irgendwohin ziehen, nur weit weg von Toledo.

»Ich vermisse Toledo«, hatte George aber gesagt. »Ich will im Institute of Astronomy studieren.«

»Komm bloß nicht zurück«, hatte ihm seine Mutter entgegnet. Doch George war trotzdem zurückgekehrt. Was war geschehen, dass sich seine lachende Mutter in die Frau verwandelt hatte, die sie jetzt war?, fragte sich George häufig. Was war geschehen, was war nur geschehen? Heutzutage war sich seine Mutter in allem so sicher und ständig wütend. Die Feenträume seiner Kindheit bezeichnete sie als »diesen verrückten Mist«. Sie ging mit Georges Vater hart ins Gericht, ebenso wie mit George.

Der Wagen rollte die lange, ebene Strecke zwischen Toledo und Bowling Green entlang. Es war Spätsommer, der Himmel in das tiefste Blau des Jahres gefärbt, das Getreide in endlosen Reihen hochgewachsen und spröde. Den Straßenrand säumten braune Grasbüschel, und die Wildblumen schienen im Wind auf ihren trockenen Stielen hin und her zu hüpfen. Der Nordwesten Ohios knirschte unter dem Fuß des herannahenden Herbstes. Als Akademiker waren George der Pflanz- und Erntezyklus fremd, doch er konnte nachts zum Himmel hinaufschauen und die Uhrzeit bestimmen. Im Spätsommer war Sagittarius zu sehen, der Schütze, der babylonische Kriegsgott, der den Bogen gespannt und den Pfeil direkt auf das Herz des Skorpions gerichtet hatte, achtundzwanzig Grad nordöstliche Richtung.

Im Alter von neun Jahren wurde George schlaksiger und war nicht mehr so feist um Armgelenke und Fußknöchel. Er wusste, die Feen würden ihn nicht mehr als prächtige Beute betrachten, die es fortzulocken galt. Weinend vor Enttäuschung saß er eines Abends im Dunklen in seinem Zimmer und sah, wie seine Eltern im Türrahmen erschienen. Seine Mutter erklomm damals in ihrer Firma gerade die Karriereleiter, versuchte, Teilhaberin zu werden, Geld zu scheffeln. Sein Vater malte, präsentierte seine Werke in Kunstausstellungen, war viel auf Reisen. George wollte ihnen ganz im Geheimen anvertrauen, dass es ihm leidtäte, dass die Feen ihn noch nicht gestohlen hatten und ihn allmählich die Angst beschlich, es könnte niemals passieren.

Doch als er den Mund öffnete, um es ihnen zu verraten, tat er es nicht. Stattdessen kamen andere Worte heraus. »Ich vermisse sie.« Und während er dies aussprach, wusste er, dass er genau das von Anfang an hatte sagen wollen.

»Ich vermisse sie«, wiederholte er, nun mit festerer Stimme, und dann begann er zu weinen. »Ich will sie zurück.«

Seine Mutter kam herüber und kletterte zu ihm ins Bett, wo sie die Schuhe abstreifte und ihre langen in Nylonstrümpfe gekleideten Beine unter seine Steppdecke schob. Sie hielt seine Arme fest an seine Seite gepresst, während er neben ihr weinte. Sein Vater saß schweigend am Bettrand.

»Wen vermisst du, Baby?«, fragte sie. »Wer ist es, den du vermisst?«

»Da war eine Fee«, schluchzte er. »Ich habe sie einmal getroffen. Ich vermisse sie.«

»Du hast nur geträumt«, entgegnete seine Mutter. »Da war niemand. Niemand. Es war ein Traum.«

»Oh, Mommy«, weinte er. »Was, wenn ich was Böses gemacht habe und sie niemals zurückkommt?«

»George, suchst du nach einer verlorenen Fee?«, fragte sein Vater. George nickte.

»Hör auf, Dean«, sagte seine Mutter. »Wie kann er nur? Sie vermissen? Wie?«

Sein Vater hob seinen langen Arm und zeigte zum Fenster, wo sich der Nachthimmel endlos erstreckte.

»Dort oben sind Feen, George«, sagte er. »Sieh nur, du kannst sie sehen.«

George bog von der Interstate auf den Highway. Seine Mutter würde längst warten, die Netbooktasche unter den Arm geklemmt, ungeduldig mit den Füßen klopfend. Als er den Blinker betätigte, um sich in die linke Spur einzufädeln, warf er einen Blick auf die Rückbank und erspähte eine weitere Göttin.

Sie saß hinter dem Beifahrersitz auf der mit Leder bezogenen Rückbank. Ihre Beine waren weit gespreizt, ihre Arme locker vor der Brust verschränkt. Sie trug weiße Laufshorts, ein Tanktop, ein Paar Nikes mit Söckchen und ein Frotteestirnband. Ihr angespannter Mund bearbeitete einen Kaugummistreifen, was George auch riechen konnte. Pfefferminze? Eukalyptus? Ambrosia? Als er sie bemerkte, verlangsamte er sogleich das Tempo, bog von der Straße ab und hielt am Standstreifen. Die Göttin blickte aus dem Fenster, die Augen zusammengekniffen, das Kinn in die Luft gereckt. Sie löste die Arme vor der Brust und trommelte mit den Fingern auf die Armlehne.

»Fahr, fahr, fahr«, sagte sie.

»Nein, es ist keine gute Idee, Auto zu fahren, wenn du in der Nähe bist«, sagte George. Als Begründung klopfte er sich an die Schläfe.

»Ich bin keine Halluzination«, sagte die Göttin. »Ich bin eine Göttin. Fahr. Fahr schneller!«

»Du bist die Göttin des …« George blinzelte und starrte hinaus auf die Felder.

»Des Wettrennens, des Wettrennens!«, rief sie. »Amerika, Gegenwart, du, ich. Beeil dich. Los. Sie werden dich schlagen. Sie werden gewinnen. Ich bin hier, um es dir zu sagen. Du musst dich beeilen. Du hast nicht mehr viel Zeit.«

In ihren Augen blitzten Silber und Stahl auf, und als sie seinen Blick auffing, spürte er, wie es in seinem Kopf kalt wurde und sich sein Gehirn zusammenzog.

»Wer wird gewinnen und mich schlagen?«

»All die anderen Physiker, George. Sie werden gewinnen! Wir haben dir eine Vision gezeigt. Kannst du sie der Welt nicht verkünden?«

Sie winkte heftig mit der Hand, begleitete ihre Frage mit grimmigen Gesten, während die andere Hand weiterhin auf der Armlehne trommelte, immer weiter trommelte, wie ein galoppierendes Pferd.

»Ich schaffe das schon. Ich schaffe das schon«, sagte George und rieb sich mit der Hand über die Augen. Er drehte sich in seinem Sitz um, damit er sie besser sehen, sie mustern konnte. »Ich habe nur Probleme, die Achse des Tores zu bestimmen. Jedes Mal wenn ich anfange, sie festzulegen, stimmt irgendetwas nicht. Ich habe Computer, die jetzt in diesem Moment daran arbeiten. Irgendwann …«

»Das Tor wurde dir längst erklärt«, fauchte die Göttin. Sie kaute den Kaugummi mit offenem Mund, wodurch sich die Linien um ihren Kiefer deutlich in ihr Gesicht gruben. Ihre Haut war makellos. Die Adern traten bei jeder Bewegung an ihren Arm- und Beinmuskeln hervor und kräuselten sich leicht auf ihrem Körper.

»Allerdings von der Göttin der Liebe«, zeigte George auf. »Also, ja, aber sie ist so vage, was die tatsächlichen Zahlen und Werte anbelangt, verstehst du, und Physiker wollen Daten sehen. So ist das nun mal.«

Georges Visionen der Götter hatten mit Eintritt der Pubertät begonnen. Sobald seine Mutter genügend Geld hatte, zog sie in die Innenstadt und kaufte eine Eigentumswohnung. Sie behielten zwar das Haus im Wald für ihren Vater, doch seine Mutter kam kaum mehr dorthin. Ihre Liebe zu ihrem früheren Zuhause war innerhalb von Nanosekunden in Hass umgeschlagen, was dazu führte, dass George der Kopf schwirrte. Er fühlte sich entwurzelt. »Aber *dich* liebe ich immer noch, Baby«, sagte sie. »Komm in die Stadt mit mir.« George mochte es, wie in alten Zeiten still auf der Lichtung zu sitzen, aber jetzt rauchte er gelegentlich Pot und bekam Besuch von Gestalten, die er anfangs für die verheißenen »Feen der Sterne« gehalten hatte. Sie erklärten ihm, dass sie Götter und Göttinnen waren, stellten sich ihm jeweils vor und erzählten ein wenig von sich. Ihm gefiel das.

Wenn die alten Götter zu ihm sprachen, geschah dies durch Rauch und Feuer. Doch die neuen Götter erschienen höchstpersönlich, trugen Kleidung, manchmal Ohrhörer und hatten Wickeltaschen oder moderne Waffen bei sich. Gelegentlich waren sie völlig in ihre Handys vertieft. Sie halfen ihm, die Geschichte des Weltalls zu verstehen, die Dinge, die Pythagoras gesehen hatte, die Bewegung von Kristallkugeln und warum Dinge auf Erden verfaulten, nicht jedoch im Himmel. Als sie ihm schließlich eine Ebene der Symmetrie zeigten, auf der sich das Universum zusammenfalten und verdoppeln ließ, sagten sie: »Das hier ist wichtig. Das ist etwas, das niemand außer dir weiß.«

»Okay«, sagte George. Er hörte ihre Stimmen, die sich überlagerten, und als er zum Himmel emporblickte, sah er die Sterne, wie sie statisch und unerbittlich auf ihn einredeten.

»Es gibt ein Tor, an dem sich das Universum falten läss
eine Seite auf die andere, eine Achse, auf der es vervielfälti
und transformiert wird.«

»Transformiert«, sagte George.

»Trage die Botschaft in die Welt hinaus«, sagten die Götte

»Sie ist dort«, erklärte die Göttin der Liebe, die unvermi
telt auf dem Gras neben ihm auftauchte und in ihrem Seide
kleid wie ein Filmstar aussah. »Glaub mir. Auf dieser Seite, di
eine Sache. Auf der anderen, genau dasselbe. Alles durchläu
das Tor. Verkünde es ihnen. Die Antwort lautet nicht Symme
trie. Sondern Asymmetrie.« Er wusste, es war verrückt, das
er Götter sah und hörte oder sie auch nur wahrnahm, wes
halb er niemandem davon erzählen durfte. Aber er wollte si
unbedingt weiterhin sehen. Sie vertrieben seine unerträgliche
Einsamkeit.

»Das Tor Gottes« wurde zu Georges Forschungsprojekt. Es war ein betörendes Konzept: Irgendwo im Universum existierte eine Ebene der Symmetrie, sodass Galaxien und Nebel in berechenbaren Mustern aufeinander abgebildet werden konnten. Der Grund, weshalb diese Symmetrie bisher nie entdeckt worden war, so Georges These, war der, dass es in Wirklichkeit eben keine Ebene der Symmetrie war, sondern eine Ebene der Asymmetrie, und die Zuordnung zwischen den Sternen auf der einen Seite und den Sternen auf der anderen konnte daher auch nicht durch eine einfache Gleichung beschrieben werden, sondern erforderte eine komplexe Gleichung mit verschiedenen Variablen. Es gab eine Verbindung zwischen der einen und der anderen Seite, die nicht einfach eins zu eins abgebildet werden konnte. Vielleicht war es eine Konstante. Vielleicht ein Exponent. Würde man George genügend Zeit geben, würde er es herausfinden.

Er erzählte allen von dem Tor, was seine Karriere als Physiker unsäglich beflügelte. Der einzige Mensch, dem er jemals von den Göttern erzählt hatte, war sein Vater, und das auch nur ein einziges Mal. George war ein Teenager, und Dean war gerade von einer Reise nach New York zurückgekehrt, wo er sich mit Kunden und Kuratoren von Galerien getroffen hatte. Er und George machten eine Wanderung in den Wäldern.

»Ich habe mit Athene geplaudert«, sagte George beiläufig, während er neben seinem Vater dahintrottete.

»Hier gibt's Zecken«, sagte Dean. »Pass gut auf.«

»Ich habe mich mit Athene unterhalten, Dad, und ich bin ziemlich sicher, dass sie es war. Also wirklich *sie.*«

Dean blieb stehen, lehnte sich mit einer Hand an einen Baum und wischte sich die Stirn mit seinem hochgerollten Ärmel ab.

»Ich glaube, ich verstehe dich, George«, sagte Dean. »Ich glaube, ich verstehe, was du meinst, wenn du das sagst, aber verlier mir ja nicht den Verstand, mein Sohn. Ich liebe dich. Ich will nicht, dass sie dich in eine Anstalt stecken.«

»Ich bin nicht verrückt«, entgegnete George.

Deans Gesicht hatte denselben Ausdruck angenommen, mit dem er seine Gemälde betrachtete. Wie erstarrt hielt er in der Bewegung inne, und von seinem Pinsel lösten sich Farbtropfen, um schließlich auf den Boden zu fallen. Sein Kiefer spannte sich an, und er atmete schnell.

»Rede mit niemandem darüber«, sagte sein Vater schließlich. »Es hört sich zu verrückt an.«

»Ich bin dein Sohn«, sagte George und versuchte, den peinlichen Moment mit einem Lachen zu überspielen. »Nicht wahr?«

»Vergiss das nicht«, sagte Dean.

So geschah es, dass George weiterhin Götter sah, aber trotz all ihrer Besuche und Botschaften nie jemandem von ihnen erzählte. Und er vergaß auch nie diese erste Erscheinung, die er weiterhin für eine Fee hielt, diejenige, die er immer noch zu vermissen glaubte, die er gekannt und dann verloren hatte.

Sie bedeutete ihm eine sehnsuchtsvolle Erinnerung, einen unvergesslichen Traum. Er spürte ihre Gegenwart wie einen Schatten auf der anderen Seite der Ebene der Symmetrie, ein Schatten, der nicht dupliziert worden war, sondern ein und derselbe war. Er wusste, dass sie es war. Wäre er ein Stern auf der einen Seite des Tors, dann wäre sie der Stern auf der anderen Seite, ihre Lage bestimmt durch die Anwendung einer Gleichung, die er noch nicht niedergeschrieben hatte. Er wusste, dass sie früher einmal da gewesen war, dass er sie gekannt, berührt, gespürt hatte, doch jetzt war sie fort. Im Schlaf, in seiner Fantasie hörte er sich häufig sagen: »Ich vermisse sie, ich vermisse sie.« Da gab es noch eine weitere Seite bei seiner Gleichung. Es gab eine weitere Hand, die nach ihm griff, von jenseits des Gleichheitszeichens.

Georges Mutter wurde eine erfolgreiche Anwältin und besaß nun Geld, und sein Vater wurde ein erfolgreicher Maler und war berühmt. George verfügte über jegliche Privilegien und Annehmlichkeiten. Er war gut aussehend und führte ein behagliches Leben. Als Teenager begann er, mit hübschen Mädchen zu schlafen, die ihre Beine auf eine Weise um ihn schlangen, die tröstlich war. Sie lächelten und führten ihn direkt in sich ein, und das alles war äußerst verlockend. Keine von ihnen war jedoch die Eine – wie hätten sie es auch sein können?

In Georges Vorstellung wurde die Fee erwachsen, ebenso wie er selbst. Und während des Sex, im Rhythmus des Eindringens, der jeden anderen Gedanken in seinem Kopf ausblendete, überkam ihn das Gefühl, als würde er zu ihr durchstoßen, zu derjenigen, die er vermisste. Jeder taufrische Busen unter seiner Brust, jedes feste Paar Beine um seine Hüfte, jede heiße Spalte, in die er stieß, war immer besser, ein bisschen besser. Manchmal biss er die Frauen sanft mit den Zähnen, manchmal drang er so langsam und tief in sie ein, dass sie schrien: *Hör nicht auf, hör nie wieder auf!* Aber er versuchte immer, diese Hüllen von ihnen abzustreifen, versuchte, den einen transzendenten Punkt zu finden.

Und sobald er sich George wieder entzog, machte er sich auf die Suche nach einem neuen Mädchen, einem anderen Mädchen. Alles, was er sagen musste, war: »Mom, ich vermisse sie«, und jedes Hindernis, das mit Geld aus dem Weg zu räumen war, löste sich in Luft auf. Seine Mutter gab ihm alles, was sie ihm geben konnte. Er wurde zum begehrtesten Junggesellen von ganz Toledo. Und dennoch schabte er immer knapp darüber, kratzte an diesem Defizit, an dem Verlangen und versank niemals wirklich darin.

War er der Sohn seines Vaters? Floss das Blut seiner Mutter in ihm? Oder gehörte er zu einer anderen Gemeinschaft, einem Zwilling aus einem vergangenen Leben, einem anderen Weltenplan jenseits der vorhersagbaren Abfolge der Genealogie? War er verrückt? Waren die Götter real? Sollte er es irgendwann irgendwem erzählen? Als er nach Toledo zurückkehrte, um am Institute of Astronomy zu lehren und zu arbeiten, war er immer noch leer. Immer noch verloren. Vielleicht war sein Gegenstück immer noch dort draußen. Vielleicht war die Sache rein hypothetisch, wie eine Ebene der Symmetrie im Universum oder die Dichte eines schwarzen Lochs oder Liebe.

George wandte sich an die Göttin des Wettrennens, die am Standstreifen des Highways in seinem Volvo saß. Er wählte seine Worte mit Bedacht. Die Göttin schien gereizt zu sein.

»Ich will dich nicht enttäuschen, aber ich arbeite so schnell ich kann.«

»Das sagt doch jeder«, spottete sie. »Und es war nie unzutreffender.«

»Kannst du mir sagen, wo das Tor liegt?«

»Kann ich nicht«, sagte sie. »Ich weiß es nicht.«

Sie lächelte fast.

Georges Kopf begann zu hämmern.

»Ich muss meine Mutter abholen«, sagte er. »Sie wartet im Gefängnis auf mich.«

»Ich verschwinde nicht«, entgegnete die Göttin. »Das muss ich nicht und das werde ich nicht. Und sobald du dich umdrehst und mich siehst, wirst du wissen, dass ich sage: Fahr schneller. Du hast nicht mehr viel Zeit.«

Als er vor dem Gefängnis anhielt, plauderte seine Mutter mit einem der Cops. Bevor sie das Gespräch beendete, drückte sie diesem ihre Visitenkarte in die Hand, schloss seine Finger darum und tätschelte ihm die Schulter. »Hat mich gefreut, Sie kennenzulernen«, sagte sie dann, tänzelte über den Gehsteig zu Georges Auto, schob die Tür auf und ließ sich auf den Beifahrersitz gleiten.

»Alles gut?«, fragte er. Er warf einen nervösen Blick über die Schulter, und die Göttin des Wettrennens äffte ihn tonlos nach: »Alles gut?«

5

Belion war im Appartement. Irene war fort. Er rang um die Entscheidung, ob er ihr nach Toledo folgen sollte. Wahrscheinlich würde er es tun. Andererseits vielleicht auch wieder nicht. Während er sich auf die anstrengenden körperlichen Arbeiten beim Umzug freute, missfiel ihm jedoch der Gedanke an eine Veränderung. Er saß auf dem Bürostuhl vor seinen Computern, spielte sein Spiel, arbeitete. Während Irenes Abwesenheit hatte sich nicht viel verändert. In gewisser Hinsicht fühlte es sich fast so an, als wäre sie überhaupt nie dort gewesen.

Im Laufe der vierundzwanzig Stunden, nachdem Irene nach Toledo aufgebrochen war, musste sich Belion allmählich eingestehen, dass er Silvergirl stalkte, jene Spielerin, welche die Bären in seinem Spiel umbenannt hatte. Er wollte sie aber nicht stalken. So ein Unsinn. Anfangs hatte er sich noch vorzumachen versucht, er würde in seiner Rolle als Spieladministrator verantwortungsbewusst auf einen Spieler aufpassen, der möglicherweise labil oder suizidgefährdet war. Aber in Wirklichkeit war er gar nicht die Art Administrator, der irgendeinen Grund sah, mit den Spielern auch nur flüchtig in Kontakt zu treten.

Er war ein Weltenschöpfer, kein interaktiver Gott. Dennoch hatte Silvergirl etwas an sich, das sein schlummerndes Zartgefühl ansprach. Sie war schwermütig und traurig und irgendwie verführerisch. Zuerst war er wütend gewesen, weil er noch nie jemanden kennengelernt hatte, der solch sonderbare und unlogische Zeichen in seiner Welt hinterlassen hatte. Der Bären umbenannte. Der mysteriöse Haufen Fische hinterließ, die wie senkrechte Steine angeordnet waren. Der Maulbeeren in die Taschen eines jeden Goblins im Wald steckte. Er begann, nach ihrer Handschrift zu suchen, und schob ihr alles in die Schuhe, was nicht ins Bild passte, ob sie nun dort gewesen war oder nicht. Ein achtlos weggeworfener Beutel lag in einem Minenschacht. In ihm befanden sich nur Silbermünzen. Gehörte er ihr?

Mit jeder neuen Entdeckung steigerte sich sein Interesse an ihr. Er, Belion, Erzmagier der Unterwelt, verfolgte die Spur einer anderen Spielerin, deren Statistiken und Aufenthaltsort ihn in Aufregung versetzten. Jedes Mal wenn er etwas Neues herausfand, schaltete er den Computer auf Standby, drehte sich von den Monitoren weg und stemmte ein paar Gewichte auf seiner Trainingsbank. Anfangs tat er nur das, was er im Verborgenen bewerkstelligen konnte. Er besah sich lediglich die Daten, die er in seiner Programmiersprache lesen konnte, und interpretierte sie dementsprechend.

Dann, spät in der Nacht, stellte er fest, dass er eine Menge Limonade getrunken hatte. Als Irene noch hier wohnte, trank sie die ganze Zeit dieses pinkfarbene Zeug. Er hatte noch nie pinkfarbene Limonade in ihrer Gegenwart getrunken. Genau genommen hatte er einmal, als sie ihm ein Glas angeboten hatte, gesagt: »Irene, das ist ein Mädchengetränk.« Aber er hatte es gewollt, selbst in dem Moment, als die zurückweisenden Worte aus seinem Mund gekommen waren. Sobald Irene fort war, gab es keinen Grund mehr, die Limonade nicht zu trinken, und er musste erkennen, dass sie richtig lecker war und er einen ganzen Liter hinunterstürzen konnte, ohne ein einziges Mal Atem zu holen. Nun, spät in der Nacht, in einer

Wolke aus rosa Zucker, erinnerte er sich, dass Irene sich nach Silvergirls Aussehen erkundigt hatte. »Wie sieht sie aus?«, hatte sie gefragt.

Da der Vorschlag von Irene stammte, sollte er es tun. Vielleicht würde sie es wissen wollen, beim nächsten Mal, wenn sie sich sahen. Also suchte er ihren Namen auf einer anderen Benutzeroberfläche, und ihr Avatar erschien auf dem Bildschirm. Silvergirl war groß und schlank wie fast jede Frau in dieser virtuellen Welt. Aber sie war von Kopf bis Fuß in eine bodenlange metallene Robe gekleidet, die an ihrem Kopf spitz zulief. Mit einem Mausklick hätte er diesen Aufzug verschwinden lassen und sich den nackten Körper ihrer Figur ansehen können, doch das wäre sinnlos gewesen. Im Grunde sahen sie alle gleich aus. Hatte sie dunklere oder hellere Brustwarzen ausgewählt? Hatte sie ihren Bauchnabel näher an ihrem Brustkorb oder ihren Hüften platziert? Hätte er es gewollt, hätte er sich den ganzen Tag über die Avatare anderer Spieler ansehen können, doch das wäre bescheuert. So etwas würde er nicht tun. Außerdem hätte man ihn dafür gefeuert.

Belion hatte es sich noch nicht wirklich eingestanden: »Meine Freundin und ich haben uns getrennt.« Er hatte den Umstand noch nicht verinnerlicht, dass Irene in einem anderen Bundesstaat leben würde. Zum einen, weil Irene nicht darüber hatte sprechen wollen. Mehrmals hatte sie gesagt: »Du kannst tun, was du willst.« Wenn das bedeutete, nach Toledo zu fahren, so hatte sie nicht ausdrücklich gesagt, dass es falsch oder unerwünscht wäre.

Belion nahm einen langen, erfrischenden Zug pinkfarbener Limonade direkt aus der Flasche. Er zog Silvergirl die metallene Robe aus. Pfirsichfarbene Brustwarzen, klein. Runde Brüste, schmale Hüften. Überraschung, da gab es überhaupt keinen Bauchnabel. Während Silvergirl auf einem Podest in dem Spieler-erstellen-Modus vor ihm stand, drehte er sie nach links und rechts und besah sie sich aus jedem Winkel. Ohne ihre Haube konnte er sehen, dass sie lange dunkle Haare hatte, Standard für eine Druidin. Keine Tätowierungen oder Piercings. Er ermahnte sich, kein solcher Einfaltspinsel zu sein. Silvergirl könnte der Avatar eines dreihundert Pfund schweren Kerls oder eines dreizehnjährigen Mädchens oder eines Golden Retrievers sein. Er hatte keinen Zugriff auf die persönlichen Daten ihres Benutzerprofils.

Belion verbrachte mehrere nachdenkliche Minuten mit der Betrachtung des nackten Silvergirls auf seinem Bildschirm. Er erinnerte sich an den Beutel mit Silbermünzen, die Bären mit dem Namen *Auf Wiedersehen, Silvergirl* und die anderen geheimnisvollen Gaben. Verwundert fragte er sich, ob er mit ihr kommunizieren sollte, im Computerspiel. Er könnte eine der computergesteuerten Personen zum Leben erwecken, die auf Bänken herumsaßen, und Silvergirl würde wissen, dass etwas Besonderes im Gange war. Er könnte sie zum Ententeich bei den Weiden führen und fragen: »Warum sagst du auf Wiedersehen?« Was würde sie antworten? Würde sie sagen: »Ich kann alles erklären, aber lass mich dir erst einen blasen, bis dir die Augen aus dem Kopf fallen.« Im realen Leben hatte Belion noch nie eine reale Freundin betrogen. Aber er hatte all seine realen Freundinnen online betrogen. Er konnte nicht erklären, warum er es tat. Er wollte nur sichergehen, dass sein virtueller Schwanz verlässlich die nötige Aufmerksamkeit bekam. Wenn es einen anderen Grund gäbe, einen virtuellen Schwanz zu besitzen, so kannte ihn Belion nicht.

Belion war kein selbstreflektierender Mensch. Sein Verhalten rührte von einem Ort des unmittelbaren Verlangens und der Befriedigung, etwa drei Millimeter unter seiner Haut. Im echten Leben war er treu. Im Spiel war er ein Hurenbock.

Aber welcher Gott war es nicht? Er konnte den Körper des wachhabenden stählernen Kriegers vor den Stadttoren besitzen, einer vorbeikommenden Maid arrogant, wenn auch eindringlich seine unsägliche Liebe verkünden, und bevor er sichs versah, verdrückte er sich mit ihr in den Ankleideraum der Klosterkapelle auf der anderen Straßenseite, und sie riss sich das Wams vom Leib, zog sich die Hose herunter und fuhr mit ihren verpixelten Händen zu ihrem verpixelten Schritt, drängte ihn zwischen ihre Beine und krallte sich an seinem Hals fest. Frauen liebten die besondere Aufmerksamkeit von Göttern. Sie wussten nie, wen sie vögelten, es interessierte sie auch nicht, und so war es schon seit Anbeginn der Zeit. Fragt Leda. Oder irgendjemand anderen. Lasst einen Gott in Menschengestalt herabfahren, und seht zu, ob ihr die Beine zusammenhalten könnt.

Zwei Tage nachdem Irene nach Toledo gezogen war, ging Silvergirl in eine Höhle und blieb reglos stehen. Belion machte sich Sorgen. Vielleicht hatte Silvergirl im realen Leben den Kopf in den Ofen gesteckt und das Gas angedreht. Das wäre so verdammt schade. Er brauchte mehr Zeit, um ihr aufzulauern, ihr nachzuspionieren, sie zu verführen, sich in eine Falte ihrer silbernen Robe zu drängen. Belion kapitulierte und hackte ihre Benutzerdaten. Als er sah, dass sie sich bei ihrem letzten Besuch aus Toledo eingeloggt hatte, schob er verblüfft die Tastatur von sich weg. Ein Gedanke schlich sich in sein Bewusstsein und krallte sich dort fest. Silvergirl war Irene. Er überflog ihr Protokoll und sah, dass sie kaum redete, sich keiner Gilde angeschlossen hatte und keinerlei Verbündete besaß. Nun war er überzeugt. Spionierte sie ihn etwa aus? Aber warum? Wollte sie ihm etwas sagen?

Es war früher Morgen in Pittsburgh. Belion war die ganze

Nacht wach gewesen. Er aß ein bisschen frische Salsa aus einer Plastikschale, stopfte Vollkorn-Tortilla-Chips in sich hinein, schaufelte sich die Tomaten- und Zwiebelstückchen in den Mund. Er war nervös und durcheinander. Ohne Irenes beruhigende Gegenwart hatte er das Gefühl, als wäre seine Stirn von unvergänglichen Sorgenfalten durchfurcht. Es war nicht so, als würde er ihre Gespräche vermissen, denn sie führten keine, oder ihre Liebe, denn sie hatte ihn nie geliebt. Auch war es nicht so, dass er den Anblick von Irenes nacktem Körper vermisste, denn ehrlicherweise hatte sie ihm diesen Anblick nie gestattet. Helle oder dunkle Brustwarzen, Bauchnabel, er wusste es nicht. Zeigte sie sich ihm etwa online, durch diesen Avatar? Sollte er dieses Rätsel lösen, das sie ihm gestellt hatte? Wie?

Es hatte Zeiten gegeben, da war Belion frustriert und übellaunig von seinem Drehstuhl aufgestanden und zu Irene gegangen, die am Küchentisch über ihren Laptop gebeugt dasaß. Er hatte sich dann neben sie gestellt und ihr seine große Hand auf den Kopf gelegt. Vielleicht hatte er gesagt: »Hey.« Sie hatte sich umgedreht und auf den Schritt seiner Hose geblickt. Dann hatte sie seinen Knopf aufgemacht. Den Reißverschluss geöffnet, mit ihrer weichen Hand hineingegriffen und ihn zusammen mit seinen Eiern aus seiner Unterwäsche herausgeholt. Seine Eier hingen dann über dem Reißverschluss, was zunächst ein wenig unangenehm war, später aber nicht mehr. Sie hatte ihn in den Mund genommen, alles nacheinander geschluckt und dann die Hand auf sein Hinterteil gelegt, um ihn näher an ihr Gesicht zu bringen. Forsch.

Von der Sekunde, wenn sie seinen Reißverschluss hinunterzog, bis er schließlich erzitterte, rauschte sein Leben verschwommen an ihm vorbei. Während sie seine breite Hüfte fest mit dem Arm umschloss, konnte er die Hände auf einen

Balken in der Küchendecke legen und immer tiefer in ihren saugenden Mund eindringen. Dann taumelte er davon. Beim Umblicken, wenn er sich denn einmal umblickte, sah er, wie sie in ein Papiertaschentuch spuckte. Ihre Lippen sich zu einem Lächeln verzogen. Ihr Gesicht sich zurück zum Leuchten ihres Laptops wandte. Dann setzte das Tippen, das Klackern der Tasten wieder ein. War es ein einsamer Akt, wenn sie bei Belion ein so verdammt gutes Gefühl hinterließ? Was ist schon Einsamkeit? Wie lange würde es dauern, um nach Toledo zu fahren?

Er entschied sich dafür, die Höhle zu betreten. Vielleicht würde Irene ihm in einer virtuellen Höhle erlauben, was sie ihm im realen Schlafzimmer bisher verweigert hatte: sie nackt zu sehen, sie mit seinen Händen zu berühren oder ihr mit dem Gesicht nah sein zu dürfen. Er hatte sich immer danach gesehnt und auch ernsthafte Versuche unternommen. Stets hatte sie ihm eine Abfuhr erteilt. In ihrem Verhalten lag kein Groll. Aber dennoch war es eine Abfuhr. Und wenn es etwas gab, das Belion über Frauen wusste, dann, dass man sich zurückziehen musste, sobald man einen Korb bekam, selbst wenn man sein Gesicht aus einem Schoß zurückzog, der zu einer Frau gehörte, die dir von Haus aus gestatten sollte, das Gesicht genau dort zu lassen. Warum sonst hatten Menschen Beziehungen, dachte er.

Belion, Erzmagier der Unterwelt, war ein riesiger Mann, teils Oger, teils Wasserbüffel, gekleidet in schwarzes Leder mit einem langen, herrschaftlichen Umhang um den Hals. Er trug einen Lederhelm in Form eines Büffelkopfs samt Hörnern, der ihm bis über die Schultern reichte. Seine Füße steckten in schweren Stiefeln, in den Händen hielt er einen eisernen Knüppel. Er war unendlich stark. Hätte er es gewollt, so hätte er die ganze Welt auf seinen Schultern tragen können. Hätte fliegen können. Absolut alles stand ihm in dieser Welt offen, jeglicher Befehl, jegliche Macht, einfach alles. Es gab nichts, was er nicht hätte herausfinden oder ausprobieren können.

Belion teleportierte sich zu der grasbewachsenen Fläche vor der Höhle und marschierte geradewegs hinein, ohne sich um die Figuren zu kümmern, die um ihn herumstanden. Seine animierten Beine trugen ihn rasch hinein. Er berührte eine Taste auf der Tastatur und schaltete von der Vogelperspektive in die eigene Perspektive, sodass er auf seinen Bildschirm blickte, als sähe er durch die Augen seines Avatars. Hatte Zeus diese Fähigkeit genossen? War Apollo in der Lage gewesen, jeden Gegenstand, jedes Wesen, jedes Objekt heraufzubeschwören? Wahrscheinlich war es so.

Die Höhle war tief, jedoch erleuchtet mit Wandfackeln. Belion wusste genau, wo sich Silvergirl in dieser Höhle versteckt hielt und wie er zu ihr gelangen konnte. Er marschierte durch die düstere Höhle und vernahm dabei die Geräusche, die seine Stiefel beim Gehen verursachten. Als er sich ihr näherte, zögerte er, und sein Avatar ließ sich auf einer Kiste nieder, um nachzudenken. Es wäre höchst unwahrscheinlich, dass Irene mit ihm in einer Höhle Sex hätte, mit einem Büffelkopf. Sie wollte nicht einmal Sex mit ihm in einem Bett haben, mit *seinem* Kopf. »Vom Hals abwärts bin ich Jungfrau«, sagte sie immer. »Lass uns diesen Traum nicht zerstören.« Sein Avatar erhob sich. Die Lichter in der Höhle flackerten. Er entschied sich dafür, sein Glück zu versuchen. Pittsburgh war weit entfernt von Toledo. Er marschierte um die Ecke, um ihr von Angesicht zu Angesicht gegenüberzutreten. Sein Puls beschleunigte. Seine Stirn war ein gordischer Knoten.

Sie saß auf einem Felsvorsprung über seinem Kopf. Ihr in Falten gelegtes, silbernes Gewand hob sich leuchtend gegen das dunkle Grau der Höhlenwand ab. Der Vorsprung befand sich auf halber Höhe zur Decke. Sein Avatar musste hochblicken, um sie zu sehen. Sie saß reglos mit den Händen im Schoß da. Lange, nackte Füße hingen herab. Irenes reale Füße sahen anders aus, dachte Belion. Irene trug Schuhgröße sechsunddreißig. Ein paar Minuten wartete er ab, ob sie etwas sagen würde, doch sie schwieg.

»Silvergirl«, sagte Belion. Er benutzte einen speziellen Kommunikationskanal, der Botschaften an einen Spieler auf sein Handy oder an seinen Computer schickte, selbst wenn dieser nicht vor seinem Bildschirm saß. »Silvergirl«, wiederholte er. »Ich bin hier. Ich habe dich gefunden. Ich habe deine Botschaft erhalten.« Sie rührte sich nicht.

Belions Hand glitt an seine Leiste. Er trug sehr weite Sportshorts aus weichem Jersey, die Sorte, die aus zwei Lagen Stoff besteht. Unter der inneren Lage schwoll er gegen den Saum an. Er blickte zu der silbernen Robe, die Silvergirl trug, und erinnerte sich an ihre pfirsichfarbenen Brustwarzen, erinnerte sich an ihre runden Brüste. Er rieb sich mit einer Hand, als würde es ihn jucken und er müsste sich kratzen. Er war ganz allein in seinem Apartment, es war Morgen, und er war müde. Aber er konnte nicht schlafen. Er konnte nicht zu Bett gehen, bevor nicht etwas passiert war. Wenn nichts geschah, würde er einfach wach bleiben, weiterarbeiten, es weiter versuchen. Er verlagerte ein wenig sein Gewicht und lockerte die Shorts um seine Hoden, doch er steckte die Hand nicht in den Stoff.

Nach ein paar Sekunden öffnete Silvergirl die Augen. Die Spielerin war zum Spiel zurückgekehrt. Belion legte beide Hände auf die Tastatur.

»Hallo«, sagte er. »Irene?«

Silvergirl schüttelte den Kopf, hüpfte vom Felsvorsprung

und begann, die Höhle zu durchqueren, tiefer hinein, von ihm weg. Er hatte keine andere Wahl, als ihr zu folgen.

»Ich bin nicht Irene«, sagte sie im Gehen.

»Du bist Irene. Du bist Irene, Silvergirl.«

»Du hast meine Botschaften gefunden. Das ist gut.«

Welches Spiel auch immer sie spielte, welche Lehre auch immer sie ihm erteilen wollte, er verstand sie nicht. Würde sie zulassen, dass er ihr die Robe über den Kopf zog? Würde sie neben ihm stehen, ohne jede Kleidung am Leib? Würde dieser Wasserbüffelkopf zu Gesicht bekommen, was seinem menschlichen Kopf verweigert wurde?

»Wie läuft's in Toledo?«, fragte er. Die Worte erschienen in einer Sprechblase über dem Kopf seiner Figur.

Sie blieb stehen. »Woher weißt du, dass ich in Toledo bin?«

»Ich weiß alles. Ich bin ein Administrator.«

»Ich weiß nicht, wer du bist.«

»Ich bin Belion, Erzmagier der Unterwelt.«

Sie drehte sich um und murmelte einen Zauberspruch, während ihre verpixelten Hände zwei kleine Kreise beschrieben. Ein Teil der Höhlenwand bröckelte ab, und Silvergirl öffnete eine kleine Tür, die in den Stein gemeißelt war. Dahinter lag ein Korridor, den er nicht kannte. Belion war frustriert und wollte aufstehen, sich am Küchenbalken abstützen und in den Rachen einer kleinen, willigen Person eindringen. Ich vermisse meine Freundin, dachte er. Ich vermisse sie! Ich sollte nach Toledo fahren. Das ist bescheuert. Es reicht, wenn du deinen Schwanz in jemanden stecken kannst. Es muss nicht die Vagina dieser Person sein.

»Geh durch diese Tür«, sagte Silvergirl.

»Okay, okay«, sagte er und versuchte, sich durch die Tür zu quetschen. Aber sie war zu klein. Seine Spielfigur war XXL. Er kam nicht durch die Tür.

»Schrumpfzauber?«, schlug sie vor.

»Verflucht noch mal, wie schon gesagt, ich bin ein Admin«, sagte Belion. »Ich kann jederzeit schrumpfen, wenn ich will, aber weshalb sollte ich es wollen?« Er würde seinen Avatar niemals schrumpfen lassen. Nicht für irgendeine Tussi. Auf keinen Fall.

»Ich brauche deine Hilfe«, sagte sie.

»Bist du Irene? Irene? Bist du das? Ich denke, ich vermisse dich. Ich will nach Toledo kommen.«

Silvergirl ging durch die Tür. Sie ließ sie hinter sich offen, doch er folgte ihr nicht. Dann war er allein in der Höhle, völlig allein. Dieser Zustand erfüllte ihn mit Wut. Er wand sich vor frustrierter Enttäuschung. Vor seinem erschöpften inneren Auge rieb er über den silbrigen Seidenstoff von Silvergirls Kleidung, das ganze Silber zerrte an ihm. Die Lider geschlossen, schob er die Tastaturablage von sich weg. Ihre Hände waren um ihn, glitten zwischen die Lagen seiner Sportshorts, und mit gesenktem Blick, der ihn durchbohrte, wirbelte sie wie auf dem Avatar-Felsvorsprung herum, die Hand perfekt gekrümmt, um ihn zu halten. Er stieß vor und zog sich zurück, spürte es genau vor ihm, durch die Lagen, wurde immer wärmer und fiel hindurch, bis er schließlich tief im Innern war, dort, wo sich das Mädchen befand.

6

Während sich das Toledo Institute of Astronomy in der zweiten Hälfte des neunzehnten Jahrhunderts als akademisches Zentrum etablierte, seine Blütezeit erlebte und eine internationale Renaissance für die Wissenschaft der Gestirne schuf, erlebte auch ihre sonderbare Schwester im Schatten der glänzenden neuen Institutsgebäude eine Renaissance: eine Wiedergeburt in der Kunst und Wissenschaft der Astrologie. Vielleicht hätte man dieses neue astrologische Erbe bis zu jener außergewöhnlichen Hexe Esther Birchard zurückverfolgen können, die man ihres Postens als leitende Forscherin der Wetterkunde für die Stickney-Carriers-Flotte enthoben hatte. Vielleicht wurde dadurch ein natürliches Gleichgewicht geschaffen zu all den strikt wissenschaftlichen Tätigkeiten, die hinter den Mauern des Instituts betrieben wurden. Was auch immer der Grund dafür war, die Symptome breiteten sich wie ein Lauffeuer aus: Heilige Haine tauchten in den Gärten der Bibliothek auf. Gebetsfahnen flatterten von Reihen von Satellitenempfängern. Voodoo-Hütten schossen im Sumpfland entlang des Ufers des Maumee River aus dem Boden, während jeder den Blick nach oben richtete.

Die erste bedeutsame Entwicklung, die sich aus den vereinten Forschungsbemühungen von Astrologen und Mystikern im nordwestlichen Ohio ergab, war das Projekt, die Linse eines Teleskops mit den Elementen eines indianischen Medizinrads zu überlagern, sodass sich die Grade eines Kreises mit den weißen, schwarzen, roten und gelben Quadranten und den sechsunddreißig Steinen vermischten: Schneegans, Westen, Erleuchtung, Mutter Erde etc. Diese Entwicklung der Sternenkarte wurde niemandem zugeschrieben, und niemand erhob Anspruch darauf, ganz im Gegensatz zu den Patenten und mit Namen versehenen Sternenhaufen, die das Institute of Astronomy wie am Fließband hervorbrachte. Doch die Sternenkarte erfreute sich großen Zuspruchs, ebenso wie mehrere andere effektive Praktiken, bei denen wissenschaftliche Instrumente mit spirituellen Symbolen verwoben wurden.

Bevor man herausfand, dass die Sonne nichts weiter als ein Stern war, hatten Astrologen Seite an Seite neben Akademikern aus der Medizin und Physik gesessen. Heutzutage war die Astrologie schon längst in das Reich der Pseudowissenschaft verbannt worden. Manch einer nannte sie sogar eine Religion. Aber in Ohio lehrten und lernten die Hellseher und voraussagenden Astrologen, die Menschen mit medialen Fähigkeiten und Wahrsager nach strikten Prinzipien, die Ausbildung wurde formeller, Lehrpläne wurden festgeschrieben. Nein, es gab kein Handbuch für weise Menschen, kein Lehrvideo zum Verstehen der philosophischen Grundlage einer astrologischen Methode. Die Menschen konnten sich nicht einmal wirklich darauf einigen, ob philosophische Grundlagen überhaupt existierten oder gar schriftlich festgehalten werden sollten, falls dem denn so sei. Doch während ihre Methoden immer wissenschaftlicher und exakter wurden, mit Hühnerknochen, die in Nanometern gemessen, und Teeblättern, bei denen Massenspektrometer eingesetzt wurden, arbeiteten die Sterngucker von Toledo auf eine gemeinsame disziplinarische Grundlage in Theorie und Praxis hin, was Symbole, Interpretationen und Instrumente betraf. Und das war der Grund, weshalb ambitionierte Astrologen nach Toledo kamen. Trotz des Fehlens einer Führungsriege, von Hierarchien oder auch nur irgendeiner Art von Organisation gelang es Toledo, auf diesem Gebiet den Ton anzugeben.

Es existiert kein Beleg oder Beweis für die Legitimität irgendwelcher Theorien oder Prinzipien der Astrologie. Es gibt keinen Grund anzunehmen, dass Sterne oder Planeten oder ihre Bewegungen auch nur den geringsten Einfluss auf das Leben von Menschen oder die Länder der Erde haben könnten. Ebenso wenig existiert ein empirischer Beweis dafür, dass die wahre Liebe nichts weiter als ein von Menschen geschaffenes Konstrukt ist, das Familienverbunde stärkt, die auf Monogamie und einer starken, mannigfaltigen Abstammungslinie der Spezies beruhen. Es gibt keinen Beweis für irgendeinen wahren Gott. Und dennoch beobachten wir die Sterne, verlieben uns und beten. Deshalb sind Gelehrte der Astrologie, Liebe und Religion gezwungen zu akzeptieren, dass etwas real sein kann, selbst wenn es nicht wahr ist. Wissenschaftler gestehen ein solches Paradoxon natürlich nicht ein.

Irene kam aus südlicher Richtung zurück nach Toledo und überquerte den Maumee River auf der Interstate 75. Der Bahnhof lag zu ihrer Rechten, dahinter befanden sich die glitzernden Türme der Innenstadt. Die späte Nachmittagssonne fiel schräg auf die Gebäude und Hochhäuser, überzog die schimmernden Flächen der »Glasstadt« mit einem rötlich orangen Glühen. Irene neigte den Kopf nach Westen, um den höchsten Turm des Toledo Institute of Astronomy zu erspähen, der sich aus dem Ackerland erhob, in sicherer Distanz zu den Lichtern der Stadt. Die Turmspitze in der Mitte war mit einem prachtvollen Observatorium gekrönt. Doch das konnte sie nicht sehen. Es war zu weit weg.

Das Haus, das abgebrannt war, hatte sich in der Altstadt

befunden, aber jetzt lebte ihre Mutter, oder besser gesagt, sie hatte bis vor kurzer Zeit in einem kleinen Haus an der West Bancroft in der Nähe des Krankenhauses gelebt, wo ständig Krankenwagen vorbeifuhren. Jedes Mal wenn ein Rettungswagen vorbeischoss, hatte sie gesagt: »Vergib ihm, Heilige Mutter Gottes, denn er ist dein Kind.« Oder stattdessen: »Vergib ihr …« Sie behauptete, immer zu wissen, ob ein Mann oder eine Frau im Krankenwagen lag.

»Und wenn der Krankenwagen leer ist?«, hatte Irene einmal gefragt. »Logischerweise muss er es sein, zumindest die Hälfte der Zeit über.«

»Es gibt immer jemanden, der fährt, Irene«, hatte ihre Mutter entgegengehalten.

Irene bog nun mit ihrem kleinen grauen Fiat vom Freeway auf die Bancroft Street und fädelte sich in den Verkehrsfluss ein. Wenig hatte sich in Toledo verändert, was sie mit bloßem Auge erkennen konnte. Dieselben Supermärkte, dieselben Schaufensterfronten, die klobigen Fertighäuser und Rasenflächen, denen Hitze und Wind des Sommers stark zugesetzt hatten. Ihre Mutter hatte nicht im guten Teil von Toledo gewohnt. Das hier war der schäbige Teil.

»Das ist okay«, konnte sie ihre Mutter hören. »Schäbig ist gut. Die Hälfte meiner Kunden bezahlt mich mit ihrem Mietgeld. Das Wissen um die Sterne liegt ihnen mehr am Herzen als ein neues Auto.«

»Mit Mietgeld kauft man kein neues Auto«, erklärte Irene kritisch. »Damit bezahlen sie ihre Miete. Sagen die Sterne, dass sie bald obdachlos sein werden?«

»Irene, hör auf«, sagte dann ihre Mutter. »Nimm nicht immer alles so schrecklich genau. Nicht jedes Wort bedeutet das, was du glaubst, das es bedeutet.«

Irenes Zunge fühlte sich dick in ihrem Mund an, und ihre

Lunge schien zu groß für ihre Brust zu sein. Ihr Herz machte einen Satz, drängte sich gegen ihre schweren Rippen, klopfte gegen die undurchdringliche Hülle ihres Körpers. Vielleicht war ihre Mutter herzkrank gewesen. Vielleicht war ein Herzinfarkt für ihren tödlichen Sturz verantwortlich. Drohte Irene nun dasselbe Schicksal? Wann schlug das Herz der Mutter im Körper der Tochter? Sie fuhr weiter, ohne nachzudenken. Es kribbelte in ihrem Brustkorb. Der Gedanke an das Haus ihrer Mutter, leer. Der Gedanke an ihre Mutter, tot.

In einer langen Reihe heruntergekommener Häuser erschien das sorgsam gepflegte Haus ihrer Mutter nur noch malerischer, und der Rasen leuchtete inmitten all der verwilderten Gärten herrlich smaragdgrün. Aus einem ordentlichen Rosengarten sprossen junge Triebe zur Veranda hin und umrankten das Geländer, während zwei Krüge mit Petunien auf den Stufen standen. Im Fenster hing ein Schild, auf dem HELLSEHERIN geschrieben stand, darunter war ein großes Auge zu sehen. Wenn ihre Mutter zu Hause war, war das Auge erleuchtet und blinzelte. Jetzt war es dunkel. *Ich will nicht hineingehen,* dachte Irene. *Ich will es nicht sehen.*

Sie parkte an der Straße und wand sich aus dem Auto, die Tür lediglich einen Spalt geöffnet, um den Verkehr nicht zu behindern. Den Schlüssel in der Hand ging sie auf die Veranda zu. Der Briefkasten an der Hauswand war bis zum Bersten mit Reklamezetteln, Briefen und Katalogen gefüllt. Automatisch zog Irene die Post aus dem Briefkasten, wie sie es immer für ihre Mutter getan hatte. Der Briefkasten war immer randvoll gewesen, sodass dieser Umstand für sich allein genommen noch nicht zwangsläufig bedeutete, dass jemand gestorben war. Es sah nicht anders aus als an jedem anderen Tag. Sie blickte hinab zum Schuhregal neben der Tür. Bernice vertrat die Ansicht, dass Schuhe nicht ins Haus gehörten.

Irene steckte den Schlüssel ins Loch und stand eine Minute reglos da. Dann öffnete sie die Tür, wiederum nur einen kleinen Spalt, und schob sich hinein. Alles war genau so wie in ihrer Erinnerung.

Außer dass es am Boden, am Fuß der Treppe, eine Stelle gab, wo ihre Mutter gestorben war. Da war kein Blut, kein Fleck oder irgendein schockierender Umriss. Da war nur ein glatter Linoleumboden neben einer mit einem Teppich ausgelegten Treppe, das war alles. Das Haus war unerträglich still, roch nach Räucherstäbchen und fühlte sich seltsam feucht an. Irene holte mehrmals tief Luft, spürte, wie ihr Herz raste. Sie legte die Schlüssel auf das Treppengeländer, so wie sie es immer getan hatte.

Der Eingangsbereich und das Wohnzimmer gehörten den Kunden. Batiktücher, geraffte Dekoschals und Perlenvorhänge bedeckten Wände und Fenster. Eine hohe Stehlampe stand in der Ecke. Ein langes dunkles Sofa erstreckte sich unter dem Fenster, gleich daneben stand ein roter Samtsessel, auf dem ihre Mutter bei Kundenbesuchen saß. Irenes Blick fiel auf das Sammelsurium an Gegenständen auf dem Couchtisch, die Bernice für ihre Arbeit gebraucht hatte: die Kristallkugel, Tarotkarten, Knochen in einem kleinen Becher. Bücher, um Sternenkarten und Schaubilder nachzuschlagen. Ein alter Kassettenrecorder in einem Lederetui, den Bernice benutzte, um all ihre Sitzungen aufzuzeichnen, nur für den Fall, dass sie sie später noch brauchen würde. Irene durchschritt das Zimmer und hob eine große Holzschatulle hoch, in die das Bild eines Vogels ohne Schnabel eingraviert war. Sie war verschlossen. Irene fiel ein neuer Schemel auf, den Stickereien von Bäumen und Reben zierten.

Irene setzte sich aufs Sofa und ließ den Blick durch den Raum schweifen. Es überwältigte sie, dass das Haus ihrer Mutter plötzlich so leer wirkte und sich dabei doch gleichzeitig überhaupt nichts darin verändert hatte.

Es klopfte.

Irene ging hinüber und öffnete die Haustür. Es war Mrs. Betty, die Nachbarin.

»Oh, Liebes«, sagte Mrs. Betty. »Es tut mir so leid.«

»Danke«, sagte Irene.

»Ich vermisse sie so schrecklich«, fuhr Mrs. Betty fort. »Sie war ein Engel, ein Engel.«

Mrs. Betty streckte den Arm aus, als wollte sie Irene umarmen, doch als Irene sich nicht vorbeugte, tätschelte sie ihr stattdessen nur die Schulter.

»Vielen Dank«, sagte Irene.

»Als ich sie gesehen habe, habe ich nur geweint«, sagte sie. »Deine liebe, liebe Mutter und all der Ärger und die Probleme, die sie in ihrem Leben hatte, und all das Gute, das sie für andere Menschen getan hat, und all die Menschen, die sie liebten und …«

»Das muss schrecklich für dich gewesen sein – sie hier zu finden«, sagte Irene. »Tot.«

»Oh, es tut mir wegen dir so viel mehr leid, Liebes. Wo du doch so weit weg warst, als es passiert ist.«

»Vielen Dank«, wiederholte Irene. »Nun, ich werde dir auf jeden Fall Bescheid geben, falls es eine Beerdigung geben sollte.«

Mrs. Betty blieb zögernd auf der Türschwelle stehen.

»Da war noch etwas, das ich dir sagen wollte«, bemerkte sie.

»Was?«, erkundigte sich Irene.

»Sie hatte einen Kunden an jenem Tag.« Mrs. Betty sah Irene mit hochgezogener Augenbraue an. »Direkt davor.«

»Wirklich?«, fragte Irene. »Sie muss andauernd Kunden gehabt haben …«

»Ja, sicher«, sagte Mrs. Betty. »Dieser Kunde war der Letzte, der sie … gesehen hat. Aber ich weiß nicht, wer es war.«

Irene schluckte schwer und starrte Mrs. Betty stirnrunzelnd an. Sie interessierte sich nicht für die Kunden ihrer Mutter. Hastig schlug sich die Nachbarin die Hand vor den Mund und sagte: »Tut mir leid, jetzt habe ich dich aufgewühlt. Ich gehe lieber.«

»Ist schon okay«, begann Irene, war jedoch erleichtert, als die Frau sich umdrehte, um zu gehen.

»Und falls du irgendetwas brauchen solltest, komm bitte …«

»Dann rufe ich sofort an«, beteuerte Irene.

»Du kannst zum Abendessen rüberkommen«, fügte Mrs. Betty hinzu. »Komm einfach rüber. Du brauchst vorher nicht Bescheid zu geben.«

Irene ging zurück durch den Perlenvorhang in die Küche, den Teil des Hauses, zu dem Kunden grundsätzlich keinen Zutritt hatten. Sie stellte sich neben den Mülleimer und blickte auf das Geschirr in der Spüle: eine große Tasse, in der zwei Teebeutel hingen, deren Schnüre um den Henkel geschlungen waren. Ein großer Löffel. Ein Teller, auf dem etwas Undefinierbares lag. Ein Glas, einen Fingerbreit mit Wasser gefüllt. Neben dem Wasserhahn lagen eine Zahnbürste und eine Tube Zahnpasta. Anscheinend hatte ihre Mutter unten geschlafen. Auf dem Fensterbrett lag eine Haarbürste voller Haare. Sie sollte alle Haare herausziehen und sie wegwerfen oder sie für immer behalten, für den Fall, dass ihre Mutter irgendwann geklont werden könnte. Sie sollte ihre Mutter besser niemals klonen. Oder Irene sollte sie klonen und sie wie ihr eigenes Kind aufwachsen lassen, sie richtig erziehen, damit sich die Dinge für ihre arme, bedauernswerte Mutter anders entwickeln würden. Irenes Herz pochte gegen ihre Brust wie ein Eichhörnchen, das ununterbrochen um eine ihrer Rippen kletterte. Sie legte die Finger auf ihr Handgelenk und fühlte ihren Puls. Schnell. Sie wartete nicht ab, um die Schläge zu zählen. Sie spürte sie hinter ihren Augen hämmern. *Beruhige dich, Herz!*

Neben der Spüle auf dem Abtropfgitter lagen eine rote Schüssel und etwas Besteck, eine Bratpfanne, zwei kleine Teller und ein ausgewaschener Becher Hüttenkäse zur Wiederverwendung. Den sollte sie einfach wegwerfen. Niemand benutzte gebrauchte Hüttenkäsebecher wieder. Sein Anblick ärgerte sie, insbesondere da sie ihrer Mutter jahrelang Tupperware und andere Behälter gekauft hatte, damit diese aufhörte, Plastikbehälter von der Wursttheke, von Käse, Joghurt und Ähnlichem wiederzuverwenden.

»Das ist zum Wegwerfen, Mutter«, hatte Irene sie ermahnt.

»Unsinn, es ist einwandfrei«, hatte ihre Mutter erwidert und gefragt: »Sieh es dir nur an. Wie kann man so etwas wegwerfen?«

Irene nahm den Hüttenkäsebecher und öffnete den Mülleimer. Er war halb voll. Sie zog in Erwägung, den Müll ihrer Mutter zu durchwühlen, um die letzten paar Tage vor ihrem Tod zu rekonstruieren. Was hatte sie gegessen? Was hatte sie sonst noch weggeworfen? Offensichtlich keine Post. Die war nämlich überall auf dem Esstisch verstreut.

Ihre Mutter warf nie Post weg. Sie warf nie irgendetwas weg. Der halb volle Müll war wahrscheinlich gefüllt mit dem Abfall von mindestens einer ganzen Woche, und dann handelte es sich sicherlich auch nur um Dinge, die sie keinesfalls in Schachteln stecken, aufheben, in Tüten packen oder ausspülen konnte. Kaffeesatz, Teebeutel, verschrumpelter Salat. Eine leere Packung Hafermehl. Und etwas am Boden, das klackerte, laut klackerte. Mit der Hand fuhr sie durch all den Abfall und zog ein langes Objekt heraus, das in mehrere Plastikbeutel eingewickelt war. Irene zog die Hand zurück und ließ die Flasche wieder fallen.

Sie machte den Deckel des Mülleimers zu. Dann setzte sie sich an den Tisch in dem kleinen Wohnbereich ihrer Mutter, wo ihr Computer und ihr Fernseher standen, wo sie sich ihre Privatsphäre geschaffen hatte. Das ungeheure Ausmaß der zu erledigenden Aufgabe überwältigte Irene. Das Haus musste ausgeräumt werden. Oder sie könnte es einfach so lassen, wie es war. Die Angelegenheiten ihrer Mutter mussten in Ordnung gebracht werden. Oder sie könnte abwarten, bis irgendjemand an die Tür klopfte und das Gas abdrehte oder mit einem Bulldozer vorfuhr.

Vielleicht wollte sie doch, dass Belion kam.

Wenn sie sagen würde: »Belion, räum das Haus aus«, dann würde Belion mit einem Armvoll Habseligkeiten nach dem anderen aus dem Haus ihrer Mutter trotten und sie unerbittlich in einen Container werfen, den sie sicherlich irgendwo besorgen konnte, und dann wäre all ihr Zeug verschwunden. Belion würde ihr diesen Gefallen tun, ohne eine einzige Frage zu stellen, ohne darüber nachzudenken, was er trug, ohne vor der Anstrengung zurückzuschrecken. Sie sollte ihn anrufen. Aber dann müsste sie ihm die Sache mit ihrer Mutter erklären, und sie sprach nie mit anderen über ihre Mutter. Wenn die Leute es nicht selbst herausfanden, dann waren sie zu dumm, die Wahrheit zu erkennen. Im Grunde hatte sie sich ihr ganzes Leben gefragt, wie es andere Menschen nicht bemerken konnten? Wie konnten sie es nicht sehen? Und was mussten sie alle die ganze Zeit über sie, die böse Tochter, gedacht haben? Weil ihre Mutter alles geheim hielt.

Irene stand auf und begann, den Fernsehschrank zu durchsuchen. Sie öffnete jede Schublade in der Küche, zog haufenweise Spüllappen heraus, mehrere ungeöffnete Stapel Plastikbecher und Servietten, Schachteln mit Plastikbesteck, unzählige ausgewaschene Joghurtbecher, Ameisenfallen, Kakerlakensprays, Vorratspackungen von Kaffeefiltern, Keksausstecher und tausend Einkaufstüten aus Plastik. Sie warf Telefonbücher auf den Boden, Telefonbücher von jedem einzelnen Jahr, seit sie in dieses Haus eingezogen waren. Sie zog einen Stapel Krimis und mehrere Spiralblöcke heraus.

Sie wusste, dass das, wonach sie suchte, im Erdgeschoss war, aber wo? Auf der Toilette fand sie eine Schublade voller Weinkorken. *Jetzt kommen wir der Sache näher*, dachte sie. Dann, am Boden einer antiken Kupferschüssel voller Klopapierrollen, fand sie die Flasche, halb leer.

»Gin«, sagte sie laut. »Hier steckst du also.«

Wäre ihre Mutter am Fuß der Treppe mit einer Flasche gelandet, halb leer und halb über ihren Beinen ausgeschüttet, wäre das etwas Neues gewesen. Aber stattdessen war es dasselbe wie immer, keine plötzliche Heldentat oder heroische Entscheidung, sondern ein langsamer und stiller Tod, Milliliter um Milliliter, abgemessen in Gläsern und Schlückchen.

Irene brach in Tränen aus. Sie ging zurück zum Mülleimer und fischte den Gegenstand heraus, der dort am Boden lag. Sie zerfetzte die Einkaufstüten, warf sie in den Abfall und hielt dann eine identische Flasche Gin in Händen, nur dass diese leer war. Sie schluchzte und blinzelte mit den Augen, bevor sie sich zwang, mit dem Weinen aufzuhören. In jeder Hand hielt sie eine Ginflasche. Irene spürte, wie ihr Gesicht seinen gewohnten Ausdruck annahm, um ihrem Platz in diesem Haus zu entsprechen. Dieses Gesicht war leer. Es besaß eigentlich gar keinen Ausdruck. Denn die andere Person, die in diesem Haus lebte, war zu betrunken, um in einem Gesicht zu lesen, das eine Reaktion auf etwas zeigte, oder zu betrunken, als dass es sie gekümmert hätte.

»Du hast das getan«, sagte Irene. »Du hast mir das angetan. Du bist ein Feigling, ein Feigling, ein Feigling!«

Sie sagte nicht: *Du hast mich verlassen und jetzt bin ich allein. Eigentlich müsste ich jung und glücklich und stolz sein, aber jetzt stehe ich hier mit deiner Ginflasche in der Hand und die einzige Entscheidung, die eine Rolle spielt, ist die, ob ich mir einen Schluck genehmige oder nicht, ob ich in deinem Bett schlafe oder in deinem Sessel, ob ich deine Kleidung trage oder verbrenne.*

Wahr und gleichzeitig auch wieder nicht. Irene saß mit einer Flasche Gin in der Hand da. Doch es gab niemanden, dem sie sie hätte entreißen, und keinen Ort, an dem sie sie hätte verstecken müssen. Sie war verloren, und sie war allein, aber sie wusste, sie würde diesen Gin nie, nie, nie trinken.

7

Drei Jahre bevor Irene nach Toledo zurückkehrte, hatte George eine Astrologin aufgesucht. Als ein Astronom, ein Doktor der Wissenschaft, hätte er, während er die Straße nach einem späten Abendessen auf einem einsamen Barhocker hinabschlurfte, jeden Grund gehabt, kopfschüttelnd über das Haus der Astrologin zu spotten, wo sie mit einem blinzelnden Auge auf einem Leuchtschild Reklame für sich machte. Stattdessen aber war George stehen geblieben und den gepflasterten Weg hinaufgetorkelt.

Das Medium hatte ihm die Haustür geöffnet. Sie trug einen Seidenrock, der um ihre Beine wirbelte, einen um den Kopf gewickelten Seidenschal und unzählige Ringe an den Fingern. George spürte augenblicklich, dass sie ihn kannte und froh war, ihn zu sehen. Es war ein durchdringendes Gefühl, das er nicht infrage stellte. George war kein Mensch, der die Existenz von Dingen infrage stellte, die ihm sonderbar vorkamen. Er hatte seine Gründe. Es war nicht einfach bloß Wahnsinn.

»George, komm herein«, hatte sie gesagt. »Dein Name ist doch George, oder?«

»Ja«, erwiderte George beeindruckt. »Er ist George. Ich heiße George.«

Sie zog ihn am Arm herein. Sie wirkte aufgeregt und behandelte ihn, als sei er ein Weltwunder. Von außen war das Haus der Astrologin unauffällig. Es war weder von unpassenden Palmen gesäumt noch verfügte es über eine goldene Auffahrt. Es hatte nichts von der protzigen Aufmachung, die für gewöhnlich an den Arbeitsstätten der anderen Astrologen der Stadt zu finden war. Aber es hatte den Vorteil, genau auf halber Strecke zu seinem Büro zu liegen, zu dem er nun nach einem Restaurantbesuch wieder zurückkehren wollte.

George war an diesem Abend ein bisschen beschwipst. Und ein bisschen niedergeschlagen, nachdem er seiner neusten Eroberung gerade den Laufpass gegeben hatte. Er war nicht sonderlich niedergeschlagen wegen dieser speziellen Frau, nur wegen des Zustands im Allgemeinen. *Es spielt keine Rolle*, ermahnte er sich, während er in Richtung seines Büros schlenderte, wo er seinen Wagen stehen gelassen hatte. Sie war nicht die Eine. Und nun, ein bisschen betrunken und ein bisschen deprimiert, hatte er das Neonlicht des Mediums gesehen, das in ihrem Fenster blinkte: ein grell erleuchtetes, bewimpertes Auge, das ihm entgegenblinzelte. Er hatte an ihrer Türe angeklopft.

Das Medium bat ihn, sich hinzusetzen. Während sie seinen Ellbogen festhielt, schien sie ein wenig zu schwanken. Als George auf das Sofa des Mediums sank, kam ihm der Gedanke, dass sie womöglich ebenfalls ein bisschen betrunken war. Vielleicht waren sie beide betrunken. Na und, warum nicht? Sollten seine Kollegen am Institut herausfinden, dass er hier gewesen war, bräuchte er eine gute Ausrede. »Ich war betrunken«, könnte er sagen. »Das hat nichts zu bedeuten. Es spiegelt keinesfalls meine innersten Überzeugungen wider.«

»Sag mir, was du wissen willst«, beschwor sie ihn. »Frag mich alles.«

»Keine Ahnung«, sagte er. »Ich weiß nicht, was ich wissen will. Ich schätze mal, ich suche nach jemandem. Einer Frau.«

»Glaubst du an die Liebe?«, fragte sie. Sie nahm seine Hände in ihre, sodass er nicht mit ihnen in der Luft herumfuchteln konnte. Ihre Ringe waren warm.

»Natürlich«, erwiderte er. »Ich meine, nicht auf eine Huey-Lewis-Art, aber ja.«

»Und bist du bereit, dich ganz der Liebe hinzugeben?«, fragte das Medium. Sie ließ den Kopf auf eine sehr überzeugende Weise vor- und zurückschnalzen, und ihre herabhängenden Ohrringe prallten abwechselnd gegen die beiden Seiten ihres Halses. In seinem leicht alkoholisierten Zustand wirkte sie auf ihn ziemlich cool. Irgendwie authentisch.

»Ja, ich bin bereit, mich der Liebe ganz hinzugeben. Für die Liebe. Wegen der Liebe. Was auch immer.«

Das Medium hörte auf, sich vor und zurück zu wiegen, und ihre Fingernägel bohrten sich in Georges Handfläche.

»Was hält deine Mutter von der Sache?«

George wich zurück. »Sehen Sie etwas über meine Mutter? Lesen Sie etwas dort in meiner Hand?«

Das Medium nahm ihr Schaukeln wieder auf. »Ich sehe deine Mutter. Sie steht in dem Canyon, und ihr Körper wird zu einer Mauer, wird zu einer harten, hohen Mauer und trocknet aus, wartet auf Wasser, aber das Wasser ist hinter der Mauer deiner Mutter, sie hält es von dir ab.«

»Sie hält das Wasser von mir ab?«

»Wasser bedeutet Liebe«, sagte das Medium knapp. »In dieser Geschichte ist Wasser ein Synonym für Liebe.«

»Was kann ich tun?«, fragte George. »Muss ich sie irgendwie durchlöchern? Mich unter ihr hindurchgraben? Was?«

Das Medium ließ die Hände sinken.

»Willst du, dass ich in meine Kristallkugel schaue?«

»Das können Sie? Ich meine, das gibt's wirklich?«

»Ja, natürlich gibt's das wirklich«, sagte das Medium. »Du glaubst nicht daran?«

»Ich glaube, ich glaube«, sagte George. »Es ist nur meine Canyon-Wand-Mutter, die hält das alles für Unsinn.«

»Aber du hältst das nicht für Unsinn?«, fragte sie.

»Ich glaube an alles«, sagte George. »Es gibt nicht viel, das ich leugne. Wahrscheinlich habe ich gerade selbst Kristalle in meiner Tasche. Ich rede zu Wolkenformationen. Ich bin Ihre ultimative Zielgruppe. Das können Sie mir glauben.«

Das Medium erhob sich und nahm mit einem Rascheln von Seide in einem Sessel neben dem niedrigen Tisch Platz, direkt gegenüber von George. Sie holte tief Luft und lächelte ihn an. Ihr Gesicht war traurig, von zahlreichen tiefen Falten verunziert. Der seidene Schal verformte sie, zog die Haut von den Knochen zurück. Ihre Augen waren wässrig. Sie legte die Hände auf beide Seiten der Kristallkugel und begann, sie zu drehen, sie zu rotieren, sie vor und zurück zu wirbeln. Schließlich hörte sie damit auf und starrte hinein, nur ihre Fingerspitzen berührten sie noch. Ihre Nase war wenige Zentimeter vom Glas entfernt.

»Ich sehe sie«, sagte sie nach einer Weile.

»Sie sehen wen?« George sprang regelrecht über den Tisch.

»Ich sehe deine Liebe. Sie ist hier in der Kugel. Ich sehe sie.«

»Wie sieht sie aus?«, fragte George. »Kann sie Sie sehen? Kann sie mich sehen?«

»Sie ist wunderschön. George, ich kann mich ihrer nicht erwehren, ich liebe sie ebenfalls.«

»Ich brauche Einzelheiten«, drängte George. »Wie kann ich sie finden?«

»Sie hat braune Haare«, erklärte das Medium. »Wunderschöne braune Haare.«

»Okay«, sagte George, »das ist hilfreich. Das ist im Grunde sehr hilfreich. Vielen Dank. Allerdings brauche ich mehr.«

»Du wirst sie in Toledo finden«, sagte das Medium.

»Gut, auch gut«, sagte George. »Ich wohne im Moment in Toledo. Das ist also sehr praktisch. Wissen Sie …«

»Sie ist eine Träumerin«, sagte das Medium. »Eine Träumerin der Träume.«

»Großartig«, sagte George. »Ich finde das toll, denn eine Träumerin der Träume ist so viel besser als eine Träumerin der, nun ja, Fruchtstände am Straßenrand. Kein Spitzenmädchen würde jemals von ...«

»Sie ist Astronomin«, sagte das Medium.

»NEIN«, rief George, mit einem Mal hellwach. Er lehnte sich vor, als könnte auch er in die Kristallkugel blicken. »Eine Astronomin, sagen Sie? Aber das ist – wussten Sie, dass ich Astronom bin?«

»Das ist alles«, erklärte das Medium. »Das ist alles, was ich dir sagen kann. Ich kann sie sehen, als würde sie leibhaftig vor mir stehen. Und sie wird dich finden. Das wird sie. Ich glaube daran. Du auch?«

George nickte eindringlich. »Nun ja, sagen wir lieber, ich werde SIE finden. Ich werde SIE finden. Haben Sie irgendeine Idee, wann ich sie finden werde?«

»Das sehe ich nicht«, sagte das Medium. »Aber ich kann dir sagen, was ich fühle. Ihr werdet zusammen jung sein, du wirst geliebt werden, und es wird schöner sein, als jeder von euch es sich jemals hätte vorstellen können. Denn das ist das Mindeste, was sie verdient. Hörst du? Das Mindeste, was sie verdient.«

George erhob sich taumelnd. Mit einem Mal war er von einer Unruhe getrieben, die er nur teilweise dem Alkohol zuschreiben konnte, und er verspürte ein unbändiges Bedürfnis, die Frau zu finden und die Schönheit zu erfahren, von der er und nun auch das Medium wusste, dass sie ihn erwartete.

»Was schulde ich Ihnen?«, fragte George, der es auf einmal schrecklich eilig hatte mit dem Gehen. »Soll ich Ihnen Silberstücke in die Hand legen? Das wollte ich schon immer mal tun.«

»Du schuldest mir überhaupt nichts, George«, sagte das Medium. »Ich habe gesehen, dass wir uns wiedersehen werden. Deine Schuld gilt nicht mir, sondern den Sternen. Sie brauchen dein Geld nicht. Sie wollen deinen Geist. Bist du bereit, ihn loszulassen?«

Das war genau die Art Hokuspokus, die seine Mutter vor Verachtung schnauben ließ.

»Geh nicht zu hart mit deiner Mutter ins Gericht«, sagte das Medium scharf. »Sie hat oft unrecht, aber sie liebt dich.«

George hatte es sicher zurück zum Campus geschafft, zurück zu seinem Labor, wo er seinen Rausch auf einem hübschen Ledersofa ausschlief und erfrischt erwachte.

Seit diesem Abend waren die Frauen von Toledo vor seinem geistigen Auge wie auf einer Zielscheibe angeordnet. In dem äußeren Ring, die Frauen von Toledo. Im nächsten Ring, die Frauen von Toledo mit braunen Haaren. Im Innern wurden die Ringe immer spezifischer, bis es genau in der Mitte einen Punkt gab, der ihm so lieb und teuer war, dass sein Pfeil nicht in der Scheibe stecken bleiben, sondern geradewegs hindurchflöge und niemals aufhören würde zu fliegen, bis zum Ende des Universums. George hatte seit diesem Morgen, als er in seinem Labor erwacht war, bereit für die Jagd, viele Dartpfeile abgeschossen, ohne allerdings bisher die Mitte getroffen zu haben.

Nach dem Unterricht am zweiten Tag des Semesters packte George sein Skript zusammen und rauschte durch die Türen des Hörsaals, ohne auch nur einen einzigen Blick zur Decke zu heben. Keine Sexgöttin. Eine langweilige Vorlesung über die Ägypter und Kopfschmerzen, das war alles.

Eine nette Doktorandin kam auf dem Gehweg vor dem Gebäude auf ihn zu, doch George warf sich seinen leichten Rucksack über die andere Schulter, grinste winkend und trottete weiter.

»Hi, George! Was tust du gerade? Unterrichten?«

»Hey, Lucy! Super! Wir sehen uns später!«

Lucy war blond.

Seit seinem Besuch bei dem Medium war George der festen Überzeugung, dass die wahre Liebe hier in Toledo auf ihn wartete. Immer weiter hatte er das Feld eingegrenzt und alle brünetten Astronominnen, die auch nur halbwegs als Träumerinnen durchgingen, getestet. Seine Hoffnungen wurden, einem Photon gleich, das aus einem Gravitationsfeld verschwand, immer schwächer. Dennoch gab er seine Suche nach der Liebe nicht auf.

Dann, letzten Frühling, genau in dem Moment, als er schon glaubte, sich durch alle annehmbaren Kandidatinnen durchgearbeitet zu haben und ihm die Optionen ausgingen, traf er Kate Oakenshield. Sie war ganz offensichtlich brünett, eine Astronomin höchster Güte und eine Träumerin, zumindest hoffte er das. Er stellte ihr schon den ganzen Sommer nach und tat es noch immer. George hatte vor, in ihr Büro hinaufzugehen und sich an Charme selbst zu übertreffen. *Bist du die Eine?*, würde er sie fragen. Und vielleicht würde Kate Oakenshield laut hörbar sagen: *Ja, das bin ich.*

Vielleicht auch nicht. Denn Kate Oakenshield war großgezogen worden, als wäre sie von Geburt an stumm. Bis zum Alter von fünf Jahren durfte sie nichts weiter als Musik hören, keine Sprache, woraufhin der Staat eingriff und sie ihrem durchgeknallten Vater wegnahm. Als Resultat ihres mangelnden Kontakts mit der Sprache hatte sie sich zu einem mathematischen Genie entwickelt, ganz so wie es ihr Vater geplant hatte. Sie reagierte auf Georges Annäherungsversuche nicht wie andere Frauen, doch, wenn überhaupt möglich, überzeugte ihn gerade das nur noch mehr davon, dass sie die Eine war, der Mittelpunkt seiner Zielscheibe.

Kate Oakenshield war als Kind von ihrem Vater auf dessen ländlichem Anwesen eingesperrt worden. George hatte sich gelegentlich der Fantasie hingegeben, wie er in ein Turmzimmer stürzte, das von den Strahlen der spätnachmittäglichen Sonne erleuchtet war und wo ein kleines Mädchen am Fenster mit einem Spatz oder irgendeinem farbenprächtigeren Vogel zwitschernd eine Unterhaltung führte. Er fragte dann nach ihrem Namen, woraufhin das Mädchen sich umdrehte, verwirrt, aber freundlich, mit einem Schlag zwanzig Jahre alt, und sich ihrer Kehle ein pfeifender Ton entrang. Er hob sie in einer geschmeidigen Bewegung hoch und sprintete mit ihr die Treppe hinab, an dem Vater vorbei, der gerade von der Polizei verhaftet wurde, und hinaus ins Freie, wo es urplötzlich Nacht geworden war. Dann begann er, ihr das Sprechen beizubringen.

Sie war natürlich längst gerettet worden und hatte das Sprechen gelernt. Kate Oakenshield konnte – obwohl sie großgezogen war, als sei sie von Geburt an stumm – den Umständen entsprechend passabel sprechen. Was die Mathematik betraf, war sie jedoch ein Genie. Sie musste ein unglaubliches Gehirn besitzen, frei von sämtlichen Kinderreimen, Maßregelungen und Fernsehen. Das Gehirn, das von Fugen erschaffen worden war, hatte *Psychology Today* geschrieben. Die Wissenschaft liebte sie, und George hatte das Gefühl, er könnte sie ebenfalls lieben.

Bislang war es ihm gelungen, sie offiziell zu seiner Freundin zu machen, zumindest soweit es ihn betraf. Zumindest hatte er ihr gesagt, dass sie es sei, mehrmals, und sie hatte den Eindruck vermittelt, als hätte sie ihn gehört. Als Nächstes würde er sie ins Bett bekommen. Das wich zwar vollkommen von

Georges sonstigen Gewohnheiten ab, aber die Dinge liefen nun einmal anders, was Kate Oakenshield anbelangte. George hielt es für ein vielversprechendes Zeichen.

Ein weiterer Kollege näherte sich George, als er gerade die Steintreppe zu Herschel Hall hinaufschritt. Der Kerl kam die Stufen herab, und George wäre fast mit ihm zusammengeprallt.

»Hi, George«, sagte der Kerl. »Hattest du, äh, Zeit, dir die Zahlen von dem neuen Teleskop anzusehen?«

»Sicher, Ken.« George winkte ihm abwehrend zu und galoppierte die Treppe hinauf. »Ich werde mir die Zahlen von dem neuen Teleskop auf jeden Fall anschauen, sobald ich zurück in meinem Büro bin. Tolle Arbeit. Prima.«

»Mein Name ist Frank«, sagte der Kerl. Aber George schob bereits die Tür auf und betrat das Gebäude.

Herschel Hall war ein vierstöckiges Gebäude mit einem gewaltigen Atrium im Innern. Der Eingangsbereich überwältigte jeden Besucher mit einer riesigen Eichentür, Marmorpfeilern und einem imposanten Kronleuchter. An den Seiten spannten sich mächtige Fensterbögen bis zum hinteren Ende des Saals, und eine Gewölbedecke erhob sich unter einem Spitzdach. Entlang der Wände, unterhalb der Fenster, stellte ein gigantisches Wandrelief aus Mosaiksteinen ein farbenprächtiges Sonnensystem dar, mit herumschwebenden Kometen und Quasaren. Der Boden war aus Stein gefertigt, und Sofas und Tische waren raffiniert zwischen verschiedenen Grünpflanzen, Topfpalmen und größtenteils Feigenbäumen arrangiert. Ein Brunnen plätscherte in der Mitte des Saals, welcher das gesamte Gebäude einnahm. Der Zierbrunnen bestand aus einer grob gehauenen, menschlichen Gestalt, die Hesiod darstellen sollte, den griechischen Astronomen. In einem sanften Sprühregen schoss Wasser aus seinem Kopf.

In einem der oberen Stockwerke lag Kates Büro. Es war ein

Durcheinander aus Topfpflanzen mit einem Vogelkäfig in der Ecke, der mehrere Finken beherbergte. George holte ein paarmal tief Luft. Lag es an den Pollen, dass sein Schädel so schmerzhaft pochte? Der Boden ihres Büros war mit einem Teppich aus Schilf bedeckt, und als er den Kopf durch die Tür steckte, das strahlendste Lächeln im Gesicht, vernahm er das Trällern einer Flöte. Kate saß bei offenem Fenster auf dem Fensterbrett, die Beine nach draußen baumelnd, und spielte auf dem Instrument.

»Kate!«, sagte George. »Kate Oakenshield! Wie schön, dich zu sehen!«

Es fiel George schwer, ihrem Namen nicht den Zusatz »das Mädchen, das großgezogen war, als sei es von Geburt an stumm« hinzuzufügen. Aber er hielt sich zurück. Ihretwegen.

Sie zuckte zusammen, und für einen Moment fürchtete er, sie würde aus dem Fenster fallen. Doch dann zögerte sie, legte die Flöte in den Schoß und lehnte die Schultern gegen den Fensterrahmen.

»George«, sagte Kate. Sie sagte alles mit Nachdruck. Nicht wie eine Ausländerin. Aber mit einem emphatischen Unterton. George hatte das Gefühl, dass diese Vehemenz die einzige Möglichkeit für sie darstellte zu sprechen, anstatt eine Sonate zu trillern.

George machte einen Schritt ins Büro und trat auf die Schilfmatte. »Hey!«, sagte George. »Warum kommst du nicht vom Fenster weg? Das wäre doch besser.«

Dann lehnte er sich gegen die Wand, entspannt und friedfertig. Gewiss nicht bedrohlich genug, um jemanden derart zu ängstigen, dass er aus dem Fenster fiel. Nach wie vielen Metern würde sie ihre Endgeschwindigkeit erreichen?

»Hallo, George«, sagte sie.

»Ich bin hochgekommen, weil ich dich sehen wollte«, sagte George.

Kate Oakenshield nickte nachdrücklich.

»Das ist eine tolle Flöte. Tolles Lied. Möchtest du einen Teil meines neuen Artikels lesen? Ich habe ihn für die *Dark Star Review* verfasst. Ich meine, ich schreibe noch dran. Das ist ein erster Entwurf, willst du ihn lesen?«

George zog ein Blatt Papier aus seiner Hosentasche und faltete es auseinander. Es war ein einziges Blatt, auf dem kleine Buchstaben zu erkennen waren.

»Leg es auf den Tisch«, sagte sie.

»Du musst ihn nicht sofort lesen«, sagte George.

Kate Oakenshield bellte ihn an, eine Art tröstliches, beruhigendes Bellen tief unten in ihren Stimmbändern, und er erkannte, dass sie unbedingt weiter Flöte spielen wollte, während sie mit dem halben Körper aus dem Fenster hing. Vielleicht rechnete sie in Gedanken die Masse eines Neutronensterns aus.

»Willst du einen Happen essen?«, setzte er nach. »Oder vielleicht irgendetwas anderes unternehmen? Einen Spaziergang machen?«

Kate Oakenshield hustete oder summte und schüttelte den Kopf. Ein gemeinsames Essen oder ein Spaziergang wären eine Qual, das wusste er, für sie beide. Er, der sich ins Zeug legte und mit allen Mitteln versuchte, sie zum Reden zu bewegen, und sie, die das Reden verwirrte und frustrierte. Er kam sich wie der Kerl mit den Weintrauben im Wasser vor, nur dass die Weintrauben eine hübsche Frau waren, die leider verrückt war, und das Wasser sein brennendes Verlangen darstellte, sie dazu zu bewegen, sich in ihn zu verlieben. Oder so etwas in der Art.

»Warte mal«, sagte George. »Vielleicht könntest du mir deine Antworten aufschreiben? Anstelle mit mir zu reden! Ich meine, wenn das Schreiben nicht zu große Umstände macht? Du könntest mir beim Essen deine Antworten zeigen. Wir könnten uns schreiben, hin und her, auf Papier!«

Liebe Kate, dachte er im Schreibmodus. *Magst du mich? Kreuze bitte ja oder nein an. Vielen Dank, dein George.* Aber sie runzelte die Stirn. George strich sich mit den Fingern durch die Haare. Natürlich. Derart auf ihre Schwäche hinzuweisen war ein Fehler. Sie war wahrscheinlich wütend oder traurig und würde jetzt vor ihrem Computer weinen, dumpf tönende Geräusche von sich gebend wie eine Klarinette mit einem feuchten Wattebausch im Mundstück. Jetzt öffnete und schloss sie rasch die Augen. Er wollte nicht verantwortlich dafür sein, dass sie eine Art medizinischen Rückschlag erlitt.

Dann hörte sie auf zu blinzeln und sprach ihn an, singend.

»Ich erforsche jetzt die Akkretion schwarzer Löcher«, sang sie. »Es ist Dr. Bryants Forschungsschwerpunkt.«

George wusste das. Für ihn hatte sich Akkretion immer wie Verstopfung angehört. Aber es war der längste Satz, den sie jemals zu ihm gesprochen hatte. Was es ungemein aufregend machte, zumindest im Hinblick auf eine bevorstehende Verführung.

»Ich habe mich selbst immer sehr für die Akkretion schwarzer Löcher interessiert«, sang er zurück. Er versuchte, so zu klingen, als sei er in der Oper, so wie sie dort ohne einen ersichtlichen Grund sangen. Und immer noch höhere Töne trällerten. »Interess-IERT!«

Kate Oakenshield schlängelte sich vom Fenster zurück ins Zimmer, ohne dass George auch nur einen klitzekleinen Blick auf ihr Bein erhascht hätte, und als sie mit den Füßen wieder auf dem Boden stand, kam sie lächelnd auf ihn zu. Sie legte ihm die Hand auf die Brust unter dem gebügelten weißen Hemd und schob ihn rückwärts. Würde sie ihn zu Boden stoßen, wie ein Geier über ihn herfallen und ihn in Stücke reißen, immer lauter kreischend? Aber sie schob ihn lediglich aus dem

Zimmer. Das Letzte, was er sah, bevor sich die Tür zwischen ihnen schloss, waren ihre Zähne.

Auf diese Weise plätscherte es seit Wochen zwischen ihnen so dahin, Kate mit ihren sonderbaren Geräuschen in der Kehle und George, der sie ins Bett bekommen wollte, während beide fleißig im Toledo Institute of Astronomy arbeiteten und auf einen Durchbruch hofften. Tief in seinem Herzen fragte sich George, ob sie wirklich die Eine für ihn war. Aber eingedenk der Worte der Hellseherin, wie könnte es anders sein?

8

Die Allee, die zum Campus des Toledo Institute of Astronomy führte, war von hohen Zedern gesäumt, zwischen denen vereinzelt Skulpturen weltberühmter sowohl orbitaler als auch erdgebundener Teleskope und Kameras standen. Irene fuhr die breite Auffahrt zum ersten Mal mit einem Parkausweis der Fakultät hinauf, der an ihrem Rückspiegel hing. In dem Fiat war die Klimaanlage aufgedreht. Irene konnte keinerlei Geräusche hören. Sie hatte das Radio ausgeschaltet. Sie zählte ihre Atemzüge, konzentrierte sich auf ihr Herz, das gegen ihren Brustkorb stach, und darauf, wie sich ihre inneren Organe wie Murmeltiere wanden, die mit aller Macht versuchten, einen Weg nach draußen zu finden. Auf dem Beifahrersitz neben ihr lag ein Stapel Papiere, all die Ausdrucke der freudigen E-Mails, die ihr vom Institut zugeschickt worden waren. Da gab es einen vorläufigen Ausweis, eine Karte des Campus, zwei Tickets für eine Schifffahrt auf dem Maumee River und ein Formular mit Interviewfragen für die Campuszeitschrift. Jemand schrieb einen Artikel über sie.

Wie hatte sie sich gefühlt, als sie die schwarzen Löcher zum ersten Mal sah? Aufgeregt. Wie lange hatte sie an diesem Experiment gearbeitet? Monate. Wer hatte den Mikroteilchenbeschleuniger entworfen? Sie selbst. Wer hatte ihn gebaut? Ein Techniker. Wie sahen ihre Pläne für die Zukunft aus? In Toledo schwarze Löcher erzeugen. Abgesehen davon waren ihre Pläne unbestimmt.

Stellen Sie es nicht auf Twitter ein, hatten sie gesagt. Kommen Sie nach Toledo, und wir erklären Ihnen alles.

Während sie die Allee hinabfuhr, hatte sie das Gefühl, als würde sie eine Parade samt Blaskapelle und Menschen in Ganzkörperkostümen anführen. Es hätte sie nicht überrascht, wären plötzlich kreischende Fans vor ihrem Auge aufgetaucht, die sich am Randstein drängelten, von den Bäumen herabhingen und sie mit Rosen bewarfen.

Ich hab's geschafft, dachte sie. *Ich. Ich bin hier. Ich habe nicht versagt. Im Gegenteil.*

Allein, in der kühlen Stille des Fiats, auf der von Bäumen gesäumten Straße, hatte sie triumphiert. Endlich ging alles Erträumte in Erfüllung, und sie zwang sich, es zu genießen. Viele wunderschöne Dinge konnten im Bruchteil einer Sekunde verschwinden. Ein Gefühl, eine Erinnerung, ein in einem Gefäß hell glühendes, schwarzes Loch.

Irene parkte den Fiat, stieg aus und spürte die Septemberhitze auf sich niederbrennen. Sie spazierte über den sonnigen Parkplatz, atmete die heiße Luft Ohios ein. Ihr Herz musste noch seinen eigenen regelmäßigen Rhythmus finden. Im Moment klopfte und sprang und raste es, um das schlagende Herz ihrer Mutter zu finden. Während Irene den Bürgersteig entlangmarschierte, presste sie sich die Laptoptasche an die Brust. Sie las die Namen der abseits gelegenen Gebäude auf ihren Messingschildern: COPERINICUS POWER CENTER, THE PLANCK FOUNDATION, GALILEO HEALTH ATRIUM.

Sie ging an drei gewaltigen animierten Metallskulpturen vorbei und erinnerte sich, über jede von ihnen etwas gelernt zu haben, als sie den Campus in der Grundschule besucht hatte. Da war ein Gyroskop, das sich ruhig um seine Achse drehte. Daneben schwangen zwei aufeinander abgestimmte Pendel in einem Rahmen. Dann folgten die Cardanischen Kreise, ein riesiger Kreis mit einem genau halb so großen Kreis im Innern. Der innere Kreis rollte am Rand des größeren Kreises entlang, und ein schwarzer Punkt bewegte sich auf dem Durchmesser des großen Kreises geradlinig auf und ab. Sie erinnerte sich, wie ihr Lehrer die Funktion dieser Skulpturen mithilfe eines Laserpointers erklärt hatte. Jetzt war sie kein kleines Kind auf einer Exkursion oder eine Touristin oder eine Bewerberin für einen Job, hoffnungsvoll und nervös, sondern ein Mitglied des Lehrkörpers, auf dem Weg, sich zum ersten Mal das ihr zugewiesene Labor anzusehen. Wenn sie etwas bräuchte, könnte sie darum bitten. Sie würde sogar einen Assistenten bekommen.

Irene näherte sich dem gewaltigen schmiedeeisernen Tor, das Menschen am unbefugten Betreten des Instituts hinderte. Den älteren Teil des Colleges umschloss eine drei Meter hohe Backsteinmauer, die mit Zinnen versehen und zur Vogelabwehr mit Metallspitzen bewehrt war. Neben dem reichlich verzierten Tor, das sich für Autos öffnen ließ, gab es eine kleinere Tür zum Pförtnerhäuschen. Sie legte die Hand auf den Griff. Er war silbern und fühlte sich glatt an. Der Geruch von versengtem Rasen im herbstlichen Ohio stieg ihr in die Nase, von ausgetrockneter Erde und heißem Asphalt, und sie hörte das Summen Tausender Insekten auf den Feldern und Wäldern um das Institut.

Im Innern des Häuschens befand sich ein Mann in der Uniform eines Wachmanns. Das Emblem des Toledo Institute of Astronomy prunkte auf seinem Jackenaufschlag. Er streckte die Hand nach Irenes vorläufigem Ausweis aus und winkte sie dann durch. Sie marschierte zur zweiten Tür, auf der anderen Seite des Pförtnerhäuschens, und öffnete sie. Sie war angekommen.

Irene erinnerte sich an das letzte Mal, als sie dort gestanden hatte, gleich nach ihrem Collegeabschluss. Sie war wegen eines

Bewerbungsgesprächs ins Toledo Institute of Astronomy gekommen, und nachdem sie diese Tür aufgeschoben hatte, hatte sie sich hastig zur Seite gedreht und in einen Busch übergeben. Sie hatte das Zimmer gefunden, in dem das Vorstellungsgespräch stattfand, und hatte dann alle Fragen, die der Professor ihr gestellt hatte, so dermaßen in den Sand gesetzt, dass er sie fast mitleidvoll angesehen hatte.

»Wollen Sie diese Stelle denn wirklich?«, hatte der Professor gefragt. »Sie scheinen ein wenig überfordert zu sein!«

Am Abend vor dem Bewerbungsgespräch war Irene in der Küche ihrer Mutter gestanden, die Autoschlüssel und ihre Tasche in der Hand. Sie war erschöpft von der Autofahrt, aber sie durfte nie nach Hause fliegen, weil Bernice eine Vision gehabt hatte, in der sie bei einem Flugzeugabsturz auf einer Ebene starb, weshalb sie Irene eindringlich bat, keines zu besteigen. Weinte. Flehte. Irene hatte in diesem Punkt nachgegeben und auf jegliche Flugreisen verzichtet. Bernice packte Irenes Gesicht mit einer Hand und tat ihr irgendwie weh. Die Worte, die sie formte, klangen wie »hab's dir gesagt, habsgesagt, habsagt«, und Irene fragte sich verwundert: Wie kann dieser Mensch nur sein Leben führen und Freunde haben und ans Telefon gehen, ohne dass alle wussten, dass diese Frau eine Schnapsdrossel war, in ihrer silbergrauen Strickjacke und ihren Birkenstock-Sandalen und einer Wolke aus Lavendelöl und totem Meersalz und Jazz?

Irene hasste Jazz. Hasste alles, was damit zu tun hatte.

»Sieh nur«, hatte ihre Mutter gesagt, »ich hab etwas vorbereitet. Ich hab etwas vorbereitet. Bereit ...« Ihre Mutter lächelte entschuldigend und zuckte mit den Schultern. »Ich bekomm den Satz nicht richtig raus!«, sagte sie. Zwei rote Flecken leuchteten auf ihren Wangen, und ihre Augen waren wässrig. »Ich bin so froh, dass du hier bist«, sagte ihre Mutter. »Ich hab ein Abendessen vorbereitet. Bereitet. Bereit ...« Die zitternde Hand ihrer Mutter hob den ovalen Deckel eines riesigen elektrischen Schongarers hoch. Im Innern gab es irgendetwas Graues und Braunes. »Wurzelgemüse«, sagte ihre Mutter, »Rinderfüll ... Ich krieg's nicht raus. Rinderfilet. Das ist es. Jetzt hab ich es lange gekocht. Und dann. Nun. Nimm dir einen Teller. Ich hol dir einen Teller. Setz dich ins andere Zimmer.«

Irene fand es nicht lustig. Kein bisschen. Es ist nicht lustig, wenn es deine eigene Mutter ist.

In dem Fernseher ihrer Mutter flirrte der Kochkanal Food Network. Bobby Flay präsentierte mehrere Köche, die Appetithäppchen aus Zutaten zubereiteten, die in freier Natur zu finden waren. Indianer-Schlangenwurzel. Wildpilze. Wilde Brombeeren. Die Köche waren außer Atem, angespannt, rot im Gesicht. Ihre Mutter brachte einen Teller ins Zimmer, genau genommen einen Pappteller, der in eine kleinere Keramikschale gestopft war. Auf dem Teller lag ein Stück Fleisch, das Rinderfilet. Dazu gab es in Würfel geschnittenes Gemüse und eine dünnflüssige Soße, die sich unter all dem Essen sammelte, und dazwischen schwammen Pilzhälften, die aussahen, als hätten sie eine ganze Weile im hinteren Teil des Kühlschranks gelegen.

Ihre Mutter hatte wiederholt erklärt, wenn etwas nur lang genug gekocht wäre, sei es fein. *Isfein. Nein, ist es nicht. Isfein. Es ist ein Kühlschrank, keine Kryobank. Isfein.*

»Ich esse keine Pilze, Mom«, sagte Irene. »Ich mag keine Pilze.«

»Oh, nun, du kannst sie rauspicken. Das sind Steckrüben. Das ist Rind. Willst du Suppe? Ich hab auch Suppe gemacht, aus Sellerie, und die is' im Auto. Im Gefrierfach. Sie schmeckt lecker.«

»Ich will keine Suppe«, sagte Irene.

Sie schabte ein Stück Rinderfilet von dem Fleischbrocken und steckte ihn sich in den Mund. Als sie ein Kind war, erinnerte sie sich, hatte es verwässerte Lasagne, Erdnusssuppe mit Kohlblättern, zu kurz gebackenes, feuchtes, mit Sojasoße bestrichenes Fladenbrot gegeben. Irene hatte nie einen Geschmack für Essen entwickelt. Sie hatte es stets als eine stumpfsinnige Notwendigkeit erachtet.

»Isst du nichts?«, fragte Irene ihre Mutter. »Isst du gar nichts?«

»Nein«, sagte ihre Mutter. »Ich bin nicht hungrig. Jetzt hab ich meins schon gegessen, und es ist weg.«

Ihre Mutter ließ sich in ihren roten Plüschsessel plumpsen und sah fern, während Irene aß. Sie aß die Steckrüben und die Pastinaken, aber das Fleisch schmeckte, als wäre es in Pastinakensaft gekocht worden. Sie zerkleinerte das Fleisch und entschied dann, es auf dem Teller liegen zu lassen. Als sie sich zu ihrer Mutter umdrehte, war Bernice in ihrem Sessel eingeschlafen. Irene ging hinauf in ihr Bett, beugte sich über ihren Laptop und lernte. Das Bewerbungskomitee könnte sie nach tausend Sternen fragen. Sie könnten sie bitten, die aristotelische Trennung zwischen dem perfekten Himmel und der verfaulten Erde, dem Geist und dem Selbst, den Sternen und dem Menschen zu erklären. Sie könnten sie bitten, Loyalität zu erklären oder in einem Aufsatz darzulegen, warum eine junge, intelligente Frau nach Hause zurückkehren und bei ihrer Mutter einziehen wollte, wenn diese Mutter Steckrüben in Rinderpampe kochte und es dann tagelang auf der Küchenzeile stehen ließ, wo sie immer wieder eine Portion davon aß. Die Antwort wäre wohl stets: »Schuldgefühle.« Wer entdeckte die Ringe des Saturn? Schuldgefühle. Wer lieferte Pythagoras' Pizza aus? Schuldgefühle. Was brachte Irene dazu, den

Versuch zu unternehmen, nach Toledo zurückzukommen? Schuldgefühle.

Als sie im ersten Stock saß, weit weg von ihrer komatösen Mutter, und wissenschaftliches Zeug auf ihrem Laptop nachschlug: Das war ein Moment, in dem Irene das heftige Verlangen packte, eine hohe Brücke über einem tiefen Fluss zu finden. Die Anthony Wayne Bridge war Toledos Selbstmörderbrücke Nummer 1. Jemand hatte sogar ein Tumblr eröffnet, um aus morbider Faszination heraus die Selbstmorde, die an dieser Brücke stattgefunden hatten, zu dokumentieren. *Es ist eine schreckliche Art zu sterben!*, wollte der Autor des Tumblr seine Leser wissen lassen. *Als würde man von einem Auto überfahren werden, aber dann ertrinkt man!* Was hielt sie davon ab, über die Brüstung dieser Brücke zu steigen, fragte sich Irene. Was hielt sie wach? Schuldgefühle, Schuldgefühle, Schuldgefühle.

In jener Nacht, der Laptop war längst zugeklappt, die Papiere geordnet, Toledo war überall um sie herum in Bewusstlosigkeit versunken, träumte sie sich ins Hinterland. Das luzide Träumen fiel Irene im Haus ihrer Mutter am leichtesten, wo sie sich doch auch so deutlich an ihre erste Lektion in dieser Kunst erinnern konnte. Im Haus ihrer Mutter musste sie nicht einmal auf den Trick zurückgreifen, die Glöckchen auf dem Regal zu läuten, weil sie bereits zu Hause war. Sie konnte beinahe die Finger ihrer Mutter auf ihrer Stirn spüren, ihre Stimme hören, die die Worte psalmodierte, mit denen sie Irene in einen Traum versetzte und ihr half, in diesem Zustand zu verweilen. *Ich will, dass du in deinem eigenen Kopf sicher bist*, hatte ihre Mutter immer gesagt. *Ich will, dass du immer in der Lage bist, mich zu finden, egal, was passiert.*

Wenn Schlafen dasselbe wie Sterben ist, hatte ihre Mutter

ihr beigebracht, dann ist Träumen dasselbe wie der Himmel. Wenn Träumen dasselbe wie der Himmel ist, dann kannst du dir deinen eigenen Himmel erschaffen, wenn du nur weißt, wie du es anstellen kannst. Oder du kannst dir deine eigene Hölle erschaffen, ein gewaltiges viktorianisches Ungetüm mit elf mächtigen Flügeln, die durch pfeifende Trümmer miteinander verbunden sind und dich zerstören wollen. Irene hatte entschieden, dass Träumen vielleicht eine Art Vorschau auf das Leben nach dem Tod war, ein zielloses Umherschlendern durch unsere kostbarsten Wünsche, unsere größten Ängste, unser geheimstes sexuelles Verlangen, unsere tiefste Verwirrung. Wie das Leben, wie das Gedächtnis erleben wir das meiste davon so intensiv und können uns später doch nicht mehr daran erinnern. Irene wusste, dass die Wissenschaft ihr kaum etwas über Träume sagen konnte. Und nahezu nichts über den Tod. Die wichtigsten Dinge im Leben sind große Geheimnisse: das Universum und die Art, wie wir sterben.

Schlafend saß sie auf der Veranda im Haus ihrer Mutter, ins düstere Hinterland starrend. Irene presste die Zähne zusammen und die Lippen fest aufeinander, um all die Schuldgefühle in sich zu halten, die sich nun auf ihrer Zunge anhäuften, bis ihr übel wurde. Als ihre Mutter endlich aus dem Haus trat, erhob sich Irene und setzte sich auf die Brüstung. Sie nahm einen Trieb der Kletterrose in die Hand, der sich um das Geländer gerankt hatte. Er tat nicht weh. Die Rosen der Traumwelt hatten keine Dornen. Wenn du mit den Fingern zählst, erhältst du die falsche Zahl. Wenn du dir die Haare auszupfst, werden sie zu Gänseblümchen. Wenn deine betrunkene Mutter mit dir redet, ergibt es Sinn.

»Es tut mir leid, Irene«, sagte ihre Mutter.

»Ist schon okay«, erwiderte Irene.

»Nein, es tut mir wirklich leid«, sagte ihre Mutter nachdrücklich. »Zum ersten Mal seit einem Jahr bist du wieder zu Hause, und ich koche dir Pilze. Das ist ein Fehler, den ich mir niemals verzeihen werde.«

Ihre Mutter sagte nicht: *Es tut mir leid, dass ich betrunken bin. Es tut mir leid, dass man mich nicht versteht. Es tut mir leid, dass ich dich fast verbrannt habe. Es tut mir leid, dass ich dich geboren habe. Es tut mir leid, dass ich dich von dem Ort weggerissen habe, an dem du vor deiner Geburt warst. Es tut mir leid.*

»Ist schon okay«, wiederholte Irene.

»Hast du sie herausgepickt?«, fragte ihre Mutter.

»Ja, habe ich.«

»Und hast du das Rindfleisch gegessen?«

»Hmm«, sagte Irene.

»Wenn ich aufwache, werde ich mich wahrscheinlich nicht erinnern«, sagte ihre Mutter. »Wenn du mir also eine Lüge auftischst, bin ich dir gnadenlos ausgeliefert. Aber du wirst es immer wissen.«

»Das werde ich sicherlich«, sagte Irene.

»Was willst du tun?«, fragte ihre Mutter.

»Ich will über mein Bewerbungsgespräch sprechen«, sagte Irene. »Ich will nicht verzweifelt wirken. Aber ich glaube, ich bin verzweifelt.«

»Das bist du.«

»Ja, ich will unbedingt dorthin.«

»Hast du es aus dem Brunnen geholt? Hat dir der Brunnen dieses Stipendium gezeigt, Irene? Oder hast du versucht, es selbst in den Brunnen zu stopfen?«

In der Mitte des viereckigen Platzes im Hinterland gab es einen tiefen alten Steinbrunnen, der keinen Grund besaß. Als sie als Kind das luzide Träumen von ihrer Mutter gelernt hatte, hatte diese den Brunnen benutzt, um ihren Verstand auszutricksen, um Zugang zu ihrem Unterbewusstsein zu erlangen. Sie sagte manchmal: *Nun, zeig mir etwas Schönes.* Dann griff sie hinein und zog einen Gardenienstrauch hervor. *Nun, zeig mir, was ich zum Prinzenball tragen soll.* Sie griff hinein und zog ein Kostüm heraus. Da sie ihr träumendes Ich jetzt besser unter Kontrolle hatte, benutzte sie den Brunnen nicht mehr so häufig. Aber als ihre Mutter fragte: »Hast du es aus dem Brunnen gezogen?«, wollte sie von Irene wissen, ob sie es wirklich wollte oder ob es nur ihr Versuch war, es zu wollen.

»Mom, ich würde dort als Hausmeisterin arbeiten und wäre froh, den Job zu bekommen. Als Doktorandin, wunderbar. Dafür würde ich bezahlen. Als wissenschaftliche Hilfskraft, großartig. Her mit dem Job. Ein Forschungsstipendium, o mein Gott. Könnte ich das überhaupt jemals verdienen?«

»Du verdienst alles«, sagte ihre Mutter. »Du bist der klügste Mensch auf der Welt, und ich bin so stolz auf dich.«

Irene entspannte sich. Sie legte den Kopf in den Schoß ihrer Mutter. Dann glitt sie tiefer in den Schlaf. Sie verließ das Hinterland, ohne einen Fuß in das dunkle Haus gesetzt zu haben. Es war ein wunderschöner Traum.

Am nächsten Morgen lag ihre Mutter im Bett und stand nicht auf.

»Wie bist du ins Bett gekommen?«, fragte Irene. »Wie hast du es die Treppe nach oben geschafft?«

Ihre Mutter lag im Bett, die Decke bis zum Kinn gezogen, ein Arm schützend über dem Gesicht, die Nase unter ihrem Ellbogen vergraben. Ihr Schlafzimmer war anheimelnd und ruhig, weiße Wände und ein Teppich, eine gusseiserne Bodenlampe mit einem zart gemusterten Lampenschirm und eine viktorianisch anmutende Patchworkdecke mit Spitzenumrandung auf dem Bett. Unzählige Dekokissen, ebenfalls mit Spitze eingefasst. »Ich habe Kopfschmerzen«, sagte ihre Mutter. »Ich stehe nicht auf.«

»Mein Bewerbungsgespräch ist erst um elf«, sagte Irene. »Kann ich dir etwas bringen? Tee? Tabletten?«

»Tee und Tabletten«, sagte ihre Mutter.

In der Küche holte Irene drei Teebeutel aus der Dose und goss einen Schwall kochendes Wasser in die Tasse. Sie wickelte die Schnüre um den Griff, drückte zwei Kopfschmerztabletten aus der Folienverpackung und trottete die Treppe zurück nach oben.

»Stell es einfach auf den Nachttisch«, sagte ihre Mutter, die sich nicht gerührt hatte.

»Mom, was riecht hier so komisch?« Ein scharfer Geruch hing in der Luft.

»Ich hatte ein Problem«, murmelte ihre Mutter unter ihrem Ellbogen hervor. Ihre schmalen Lippen presste sie fest aufeinander.

Wie befohlen stellte Irene den Tee und die Tabletten auf den Nachttisch. Sie ging ins Badezimmer und begann, die frei stehende Badewanne auf Klauenfüßen zu füllen. Sie war breit und tief, spektakulär. Irene gab einen Spritzer Lavendelschaumbad in das fließende Wasser, woraufhin sich kleine Bläschen bildeten. Als die Wanne dampfte und voll war, ging Irene zurück ins Schlafzimmer. Ihre Mutter saß nun aufrecht im Bett und hatte die Tabletten mit dem kochenden Tee geschluckt.

»Geh in die Wanne«, sagte Irene. »Wirf deine Kleidung vor die Tür, sobald du sie ausgezogen hast.«

Der Fleck im Bett war orange, ein tiefes, leuchtendes Orange. Er war groß. Irene schlug die flauschige Steppdecke zurück, zog das weiße Laken und den Matratzenschutz ab. Irene packte das wilde, animalische Verlangen, vor dem Fleck im Bett davonzulaufen, vor einer Mutter, die Flecken in ihr

Bett machte. Doch sie sammelte die Kleidung ihrer Mutter vom Boden im Korridor auf, wickelte sie in das Laken und schleppte das Bündel in die Wäschekammer. Während sie anschließend in der Küche stand und der Waschmaschine lauschte, spürte sie einen Tropfen Wasser auf ihrem Kopf. Sie blickte auf, sah einen Wasserfleck, der sich auf der abgehängten Küchendecke dunkel verfärbte, und raste die Treppe hinauf. Ihre Mutter hatte das Wasser in der Wanne überlaufen lassen. War sie ertrunken? War sie tot? Wie konnte sie in diesem Zustand überleben?

Es ist nicht gut, wenn deine Mutter ins Bett pinkelt. Es fühlt sich an, als wärst du es gewesen, und du hast Mitleid. Aber du bist auch derjenige, der es sieht, weshalb du wütend wirst. Da war zu viel von ihrer Mutter in Irene, als dass sie vollkommen sicher sein konnte, nicht selbst ins Bett zu pinkeln, und egal, welchen Stauschlauch sie auch um ihren Hals wickelte, sie könnte nicht garantieren, dass ihr Körper tatsächlich sterben, dass ihr Bauchnabel tatsächlich verschwinden würde, dass sie beide getrennt werden würden und sie selbst nur noch ein Kopf wäre, ihr eigener Kopf, weg von dem ihrer Mutter.

Sie fand ihre Mutter dösend vor, während der Wasserhahn lief und das Wasser sanft auf den Fußboden plätscherte. Irene drehte den Hahn ab und weinte. Später an diesem Tag fuhr sie zum Toledo Institute of Astronomy, parkte auf dem Besucherparkplatz, übergab sich in einen Busch, vermasselte ihr Vorstellungsgespräch und nahm stattdessen ein Angebot in Pittsburgh an. Pittsburgh hatte eine Brücke achtzig Meter über dem Allegheny River. Das würde auch funktionieren.

Doch bevor sie nach Pittsburgh fuhr, führte sie ein weiteres Gespräch mit Bernice. Als sie von dem desaströsen Bewerbungsgespräch nach Hause zurückkam, saß ihre Mutter in dem Schaukelstuhl in ihrem Schlafzimmer, den Mund zu einer geraden Linie gezogen. Die altersfleckigen Hände in ihrem Schoß umklammerten sich verzweifelt, als Irene sagte: »Mutter, ich gehe weg. Wir müssen reden.«

Als die Worte ihren Mund verlassen hatten, hätte Irene sie am liebsten zurückgeholt.

»Ich weiß von dem Alkohol. Ich weiß, dass du trinkst. Es sind nicht die Nebenhöhlen oder ein Magengeschwür oder irgendetwas in der Art. Du trinkst zu viel. Und das hast du schon immer getan.« Sie setzte sich in einer flehenden Haltung neben ihre Mutter auf den Fußboden, nahm ihre Hand, hielt sie. Sie wollte zu dem Punkt zurück, als sie diese Worte nicht laut in die Welt hinausgesagt hatte, als sie noch davon träumen und dann die wachen Stunden hinter sich bringen konnte, als seien sie ein Traum.

»Ich werde dich nicht mehr besuchen, sobald ich in Pittsburgh bin«, sagte Irene. »Außer du hörst mit dem Trinken auf. Dann komme ich wieder.«

»Ich weiß nicht, wovon du redest«, hatte ihre Mutter gesagt. Sie saß in ihrem Schaukelstuhl, ihr Gesicht war abgehärmt und streng, ihr Mund mit einem Mal klein und verkniffen. »Der Arzt hat mir täglich ein Glas Wein empfohlen«, sagte ihre Mutter. »Aus gesundheitlichen Gründen. Aber ich werde aufhören. Ich höre auf. Wenn du das willst.«

»Der Arzt weiß nicht, wie viel du trinkst.«

»Es war ein anderer Arzt vor langer Zeit«, sagte ihre Mutter. »Ich habe Herzprobleme.«

Irene zögerte. Sie wünschte, sie hätte das Thema niemals angesprochen.

»Mutter, ich weiß, dass du heute Morgen ins Bett gepisst hast, weil deine Leber allmählich versagt, weil du zu viel Gin trinkst. Du glaubst, du könntest alle täuschen, aber das tust du nicht.«

»Niemand weiß es. Es geht sie auch nichts an, was ich tue.«

»Sie wissen es, Mutter. Sie können es riechen.«

Aber wussten sie es denn? Niemand schien es zu bemerken. Wie konnten sie es nicht wissen, wenn sie manchmal ans Telefon ging und kein Sterbenswörtchen hervorbrachte?

»Gin ist geruchlos«, sagte ihre Mutter. »Er riecht nach überhaupt nichts.«

Irene erinnerte sich an einen Moment, als sie und ihre Mutter gestritten hatten. Ihre Mutter hatte die Fingernägel in Irenes Arm gegraben, das Gesicht nah genug, dass Spuckefäden aus ihrem Mund auf Irenes Wange landeten, und hatte gesagt: »Du bist ein böses Kind. Ein Kind des Teufels. Du bist ein undankbares, böses Kind des Teufels.« Die kalten Steine in den Augen ihrer Mutter hatten vollkommen nüchtern aufgeblitzt, und Irene hatte in diesem Moment ungeduldig darauf gehofft, dass ihre Mutter wieder einen Drink hinunterkippte, erträglich wurde, einschlief, wegging.

Doch jetzt rührte sich nichts in Bernices Gesicht. Es war angespannt und ohne Irene anzusehen, starrte sie über ihren Kopf hinweg.

»Du wirst mich in deinen Träumen treffen«, sagte Bernice. »Wie wir es immer getan haben.«

»Nein«, sagte Irene. »Ich werde dich auch dort nicht besuchen. Du musst aufhören zu trinken, Mutter. Du wirst sterben.«

»Ich trinke doch gar nicht so viel«, entgegnete Bernice. »Du übertreibst maßlos.«

»Mom, ich weiß, dass du versuchst, dich umzubringen«, hatte Irene erstickt herausgebracht. »Das weiß ich.«

»Nein, das tue ich nicht«, fauchte Bernice.

»Das einzig Traurige ist«, sagte Irene, »dass es so lange dauert. Es dauert viel zu lang, Mom. Dich auf diese Art umzubringen dauert verdammt noch mal zu lang.«

Irene war nach Pittsburgh gezogen. Und ihre Mutter lebte und lebte immer weiter und versuchte, ihr zu schreiben und sie anzurufen, aber da waren nicht genügend Schuldgefühle, um Irene zurückzubringen: weder ins Hinterland noch nach Toledo. Dann starb ihre Mutter, und Irene kam. Und ging zurück zum Toledo Institute of Astronomy, diesmal triumphierend. Es fiel schwer, die Punkte nicht zu verbinden und ein Sternbild zu zeichnen: Es wäre eine Flamme, eine verdrehte, verschlungene Flamme. Und über der Flamme wäre kein Phönix, da wäre überhaupt kein Vogel, sondern ein Mädchen, das mutterseelenallein war.

9

Irenes Handy bellte in ihrer Tasche. Sie fischte es heraus und betrachtete die Nummer.

»Hallo?«, sagte sie. »Sparks.«

Sie überquerte eine mit Hängekörben voller Geranien geschmückte schmale Straße und stand nun am Rand des viereckigen Hauptplatzes.

»Hallo«, sagte Belion. »Belion.«

»Oh, hi, Babe«, sagte Irene. Sie blickte über den Platz zu den glitzernden Torbögen und Turmspitzen der Universitätsgebäude. »Ich bin in Toledo.«

»Ja, ich weiß«, sagte er.

»Ich bin auf dem Campus«, sagte Irene, »genau in diesem Augenblick.«

»Wie ist er?«, wollte Belion wissen.

»Er ist nett«, sagte Irene. Sie spazierte über den Platz, über das Gras und die schachbrettartig angeordneten Fußwege. Auf ihrer linken Seite erhob sich ein hohes, stattliches Marmorgebäude und zu ihrer Rechten befand sich ein kleineres Bauwerk, das mit einem Kuppeldach versehen und von Säulen umfasst war. Der Baustil der Gebäude war natürlich neoklassizistisch, wegen Pythagoras und allem. Doch das höchste Gebäude, dasjenige am Ende des Platzes, war anders. Die Dächer wirkten persisch, die Zwiebeltürme erinnerten an den Nahen Osten, die Eingänge waren bogenförmig gekrümmt. Ganz oben waren schichtweise angeordnete Reihen an Rechtecken sichtbar, jedes kleiner als das vorhergehende, bis auf der letzten Reihe eine langgezogene Kuppel thronte, das einzige elliptische Observatorium der Welt.

»Ich komme hoch«, sagte Belion. »Ich wollte dir nur rasch Bescheid geben.«

»Aber warum kommst du?«, fragte Irene.

»Einfach so. Ich dachte, ich sollte kommen.«

Irene erkannte Herschel Hall und stopfte den Lageplan in ihre Laptoptasche. Dann nahm sie das Handy wieder in die Hand.

»Das musst du aber nicht. Was ist mit deiner Arbeit?«

»Arbeit?« Belion klang verwirrt.

»Oder dem Apartment?«

»Ich werde es untervermieten. Setze es in Craigslist.«

»Hm, toll. Dann solltest du kommen. Komm.«

»Oh, ich komme.«

»Toll, dann komm.«

»Und ich meine das doppeldeutig, wenn man das eine sagt und nicht nur das eine meint, sondern noch etwas anderes.«

»Schon verstanden.«

»Hat etwas mit Sex zu tun.«

»Okay.«

»Lass es mich einfach so sagen, ich sterbe vor Neugier, was hinter der Tür ist, aber ich will nicht schrumpfen, um hindurchzupassen.«

»Ich betrete jetzt ein Gebäude, Belion. Der Empfang könnte etwas eingeschränkt sein.«

»Welches Gebäude könnte in dieser Höhle sein, Irene?«

»Es ist keine Höhle, Belion, es ist eine international angesehene Fakultät für Naturwissenschaften und Mathematik.«

»Ich komme hoch«, sagte Belion. »Dann werden wir all dieses sonderbare Zeug klären.«

»Viel Spaß«, sagte Irene. »Ich habe dir die Adresse meiner Mutter dagelassen. Ich wohne dort.«

»Das finde ich«, sagte Belion. »Bis bald.«

Irene drückte auf ANRUF BEENDEN. Sie öffnete die Tür zu Herschel Hall und fand die Gebäudeübersicht zwischen den schimmernden Aufzügen. Da war ihr Name, genau neben Zimmernummer 201. Also zweiter Stock. Oben. Vielleicht gab es sogar Fenster.

Sie trat allein in den Lift, doch sobald sie in der Kabine war, kam eine hochgewachsene Frau mit langen braunen Haaren herein, die barfüßig ging. Während der Aufzug in den zweiten Stock glitt, summte die Frau leise, ohne Blickkontakt mit Irene aufzunehmen. Als die Kabine stehen blieb, rauschte die Frau zwischen den sich öffnenden Türen hinaus und war verschwunden. Irene trat aus dem Aufzug und fand eine Stahltür mit der Zahl 201. Sie drückte die Tür auf.

Ihr neues Labor war riesig. Irenes Herz tat hämmernd einen Sprung. Es gab eine ganze Fensterfront, doch eine Jalousie aus flachen Metalllamellen schluckte das gesamte Licht. Irene ließ die Tür hinter sich zufallen, sie knallte laut ins Schloss. Das Labor war düster. Granittische säumten eine Wand, und ihr Mikroteilchenbeschleuniger, der mit einem Laster aus dem Untergeschoss der Carnegie Mellon hergebracht worden war, lag zerlegt in der Mitte des Zimmers. Früher war er ihr schimmerndes Prunkstück gewesen. Jetzt wirkte er, als wäre er geschrumpft. An der gegenüberliegenden Wand befand sich ein Schreibtisch und auf diesem die einzige Lichtquelle: ein Laptop. Hinter dem Laptop saß ein Mädchen.

»Hallo«, sagte das Mädchen. »Sie sind schon hier. Dann können wir also starten.«

Das Mädchen sprach gleichförmig, ihr Tonfall war mürrisch.

»Wer sind Sie?«, fragte Irene.

»Ich bin Sam Beth«, sagte das Mädchen.

Irenes Hand glitt zur Wand, um das Licht anzuknipsen. Fluoreszierende Glühbirnen erwachten über ihren Köpfen zum Leben, mit einem Mal war das Zimmer hell erleuchtet.

»Uäh, schalten Sie auf LED, um Himmels willen«, rief das Mädchen, ohne den Blick von ihrem Computerbildschirm zu lösen.

»Was?«

»Das ist der Schalter auf der linken Seite«, erklärte das Mädchen. »Bewegen Sie die Hand ein Stück nach links, da ist er. Sie können aber auch gerne die Aufschrift lesen. Es wird L-E-D geschrieben.«

Irene schaltete das LED-Licht an und das fluoreszierende aus. Dann runzelte sie die Stirn und wünschte, sie wäre nicht so folgsam gewesen. So blindlings gehorsam.

»Wer sind Sie?«, wiederholte Irene ihre Frage.

»Ich bin Sam Beth«, wiederholte das Mädchen ihre Antwort. Irene legte ihre Laptoptasche auf einen Tisch und schritt auf die junge Frau zu. Sie war Koreanerin. Ihre Haare waren geflochten und zu einem Dutt am Hinterkopf hochgesteckt. Sie trug einen Trainingsanzug, blau mit weißen Streifen.

»Ja, aber wer sind Sie, mit welcher Befugnis sind Sie hier, was tun Sie in meinem Labor?«

»Ich bin Ihre FA«, sagte Sam Beth. »Ihre Doktorandin.«

»Oh«, sagte Irene. »Ich dachte, ich könnte selbst eine Assistentin aussuchen.«

»Keine Assistentin. Eine Forschungsassistentin.«

»Trotzdem, ich sollte selbst wählen dürfen …«

»Glauben Sie mir, es gibt keine bessere«, sagte Sam Beth. Schließlich sah sie vom Laptop auf und starrte Irene eindringlich an. »Das ist der Grund, warum Sie mich bekommen haben.«

»Oh, ich verstehe«, sagte Irene. Als sie Sam Beth genauer musterte, bemerkte sie, dass das Mädchen Tätowierungen oder eine Gesichtsbemalung unter den Augen hatte, drei rote Punkte auf jedem Wangenknochen.

Sam Beth verdrehte die Augen und wandte sich wieder ihrem Laptop zu.

Irene fuhr mit ihrer Inspektion des Raums fort. Die Tische waren sauber und leer, aber da waren Löcher in einem kreisrunden Bogen in den Fußboden gebohrt, Löcher, die erst vor Kurzem freigelegt worden waren, als wäre das Zimmer vor nicht allzu langer Zeit umgestellt und etwas entfernt worden.

»Was stand hier?«, fragte Irene.

»Oh, das Universum«, erwiderte Sam Beth.

»Welches Universum?«

»Unser Universum«, sagte Sam Beth. »Ein Modell. Das beste Modell, das wir je gebaut haben. Es hat rotiert. Es hatte Achsen.«

»Wo ist es jetzt?«, wollte Irene wissen.

»Es wird in seinem neuen Labor aufgebaut. Im Keller. Es passt fast nicht hinein.« Der bittere Unterton in Sam Beths Stimme schlug in unverhohlenen Hass um.

»Wessen Labor?«

»George Dermonts«, sagte Sam Beth. »Mein früherer Boss. Er ist Physiker. Sie haben von ihm gehört?«

»Ja, ja«, sagte Irene. »Meine Mutter hat mir Zeitungsausschnitte geschickt. Ich weiß, wer er ist.«

»Ah, wie süß«, sagte Sam Beth. »Ihre Mutter hat Ihnen Zeitungsausschnitte nach Mississippi geschickt, damit Sie über echte Astronomen und ihre Arbeit lesen können? Ihre Mutter muss eine nette Dame sein.«

»Sie ist tot«, sagte Irene kurz angebunden und kostete die Worte in ihrem Mund aus, als wären sie Kirschen.

Sam Beth klappte ihren Laptop zu. »Oh, tut mir leid.«

»Sie können gehen«, sagte Irene. »Sie werden hier nicht arbeiten. Ich werde mir eine andere Assistentin suchen.«

»So emotional«, sagte Sam Beth auf ihrem Weg zu Tür. »Sind Sie etwa so zu dieser großen, wichtigen Wissenschaftlerin geworden? Das bezweifle ich.«

Die Tür fiel hinter ihr zu. Irene schaltete wieder das fluoreszierende Licht ein. »Im Keller machen wir das so«, murmelte sie.

Irene war nicht zu einer großen, wichtigen Wissenschaftlerin geworden, indem sie emotional war. Und auch nicht, indem sie Türen sanft öffnete und hocherhobenen Hauptes durch diese hindurchschritt. Vielmehr hatte sie Einlass gefunden, indem sie unnachgiebig an der Stelle genagt hatte, wo sich Wand und Boden trafen, im Dunkeln genagt und genagt hatte, während ihr die Spucke das Kinn hinablief, bis das Loch endlich groß genug war, um die Nase hineinzustecken, immer tiefer, bis sie sich schließlich hindurchquetschen konnte. Unnachgiebig, das war sie gewesen.

Sie ging im Labor umher und umrundete die Löcher im Fußboden. Sie stellte sich die Umrisse einer Leiche in der Mitte vor, mit Klebeband markiert. Um den Leichnam in dem Kreis aus Löchern gäbe es Wörter, die jemand hingekritzelt hatte: »Geheimnisvolle Leiche an dieser Stelle gefunden. Todesursache unbekannt.« Der Wissenschaftler, der in diesem Labor gearbeitet hatte, fühlte er sich unterlegen und glaubte, ihm sei Unrecht widerfahren? Hatte er das Gefühl *Verdammt, ich werde es nie schaffen*? Oder stand er ebenfalls kurz vor einem Durchbruch?

Wahrscheinlich würde Sam Beth schnurstracks zu ihm gehen und ihm erzählen, was für ein Miststück sie war. Irene hätte strenger sein müssen.

»Du wirst nie Freunde finden, wenn du eine solche Klugscheißerin bist, Irene«, hatte ihre Mutter gesagt. »Sei liebenswürdig. Mach dich klein. Du bist so klein, dass du kaum am Leben bist. Könntest du nicht einmal in deinem Leben versuchen, nett zu jemandem zu sein, einfach nur nett?«

Irene ließ das Gespräch mit Sam Beth im Kopf Revue passieren. Sie malte sich aus, wie die Unterhaltung hätte verlaufen können, wenn die Leiche ihrer Mutter den imaginären, mit Klebeband gekennzeichneten Umriss auf dem Fußboden im Zentrum des Universums ausgefüllt hätte.

»Hallo, wer sind Sie?«, hätte Irene gefragt.

»O mein Gott, da ist eine Leiche«, hätte Sam Beth gerufen.

Nicht besser, nur anders, dachte Irene. *Sie läuft immer noch aus dem Zimmer, und ich bin immer noch allein.*

»Es tut mir leid«, sagte Sam Beth von der Türschwelle aus.

»Weswegen?«, fragte Irene.

»Weil ich so fies war«, sagte Sam Beth. »Es ist nur so, dass ich lieber für George arbeiten würde.«

»Schon gut«, sagte Irene. »Das stört mich nicht.«

»Wären Sie nicht hier, wäre er hier«, sagte Sam Beth. Sie hob ihr Bein, drückte mit dem Stiefel gegen den Türrahmen und stemmte sich mit dem Rücken gegen die andere Seite.

»Ja? Hey, hier in den Unterlagen steht, dass ich mit einer FA namens Patrice zusammenarbeite.«

»Das bin ich«, sagte Sam Beth.

»Ihr Name ist Patrice?«

»Mein Name ist Sam Beth. Das ist mein chaldäischer Name.«

Irene warf ihr einen verhaltenen Blick zu. »Chaldäisch?«

»Babylon. Die Persische Sibylle? Wissen Sie denn überhaupt nichts über die Töchter von Babylon?«

»Nein«, sagte Irene. »Tragen die alle Punkte unter den Augen?«

Sam Beth wurde nicht wütend. »Hätten Sie diese Artikel gelesen, die Ihre Mutter Ihnen geschickt hat, und die Arbeit von Dr. Dermont« – sie hustete leicht – »von George verfolgt, dann wüssten Sie von dem Wirbelsturm und der Bedeutung der Seherin Sambethe für das Zimmer, in dem Sie jetzt stehen, und das Universum, das Sie bewohnen.«

Sie zog sich die Kapuze ihres Trainingsanzugs ins Gesicht, als trüge sie eine Mönchskutte. Irene fügte das Puzzle zusammen. Dieser Spinner Dermont, mit dem ihre Mutter ständig versucht hatte, sie zu beeindrucken, hatte hochtrabende Ideen über die Gestalt des Universums, die auf altertümlichen Konzepten der transformativen Symmetrie beruhten. Es war völliger Quatsch, die Art von marktschreiender Wissenschaft, die von Magazinen für Popkultur und jungen Menschen, die keine Ahnung von Mathematik hatten, gierig aufgesogen wurden.

»Er ist doch der Meinung, dass Toledo auf den Ruinen des antiken Babylon erbaut ist oder etwas in der Art? Im Sinne von: Der Maumee River ist der Euphrat?«

»Der Maumee River ist der Tigris«, sagte Sam Beth. »Auf einer Axis der Asymmetrie, bestimmt durch den Nullmeridian, sind Toledo und Babylon phänomenologische Zwillinge.«

»Das ist einfach nur kompletter Mist«, sagte Irene und betrachtete die Unterlagen vor ihr. »Leeres Geschwätz. Wir brauchen jetzt sofort Eimer und Schwamm. Ich kann den Unsinn einer solchen Schnapsidee immer noch riechen, die hier herumschwirrt.«

»Schon okay«, säuselte Sam Beth. »Ich weiß, es ist schwer zu verstehen. Vielleicht können Sie, wenn Sie ihn erst einmal getroffen haben …«

»Wow, das nenne ich schleimigen Opportunismus in Reinform«, sagte Irene und durchbohrte Sam Beth, die immer noch in der Tür stand, mit einem eindringlichen Blick.

»Ich werde mich immer um ihn kümmern«, erwiderte Sam Beth. »Aber wie soll ich mich nur um Sie kümmern?«

Als Irene ins Haus ihrer Mutter zurückkehrte, war Belion bereits dort und saß auf dem Sofa, den Laptop auf den Knien.

»Ich war schon mal so frei und habe einen Hotspot eingerichtet«, sagte er. »Deine Mom hatte nicht mal WLAN.«

Später waren alle Lampen ausgeschaltet, aber die Straßenlaterne tauchte das Schlafzimmer ihrer Mutter in ein orangefarbenes Glühen. Irene hatte die Laken gewechselt und auch die Bezüge, aber das Waschmittel duftete nach Lavendel, der Weichspüler ebenso, und Lavendelgeruch durchzog nun das Zimmer. Irene schloss die Tür und zog die Jalousie herunter. Belion lag nackt auf dem Bett. Sein riesiger Körper versank in der Mitte des Betts, in der festen Schaumstoffmatratze, die sich seinen unregelmäßigen Konturen anpasste, sich regelrecht an ihn schmiegte. Irene ging zum Bett. Sie legte einen Gummiring um die Haare und zog ihn fest hoch bis zum Schädel.

»Ist es zu früh?«, fragte er sie. Seine Worte klangen wie ein Gebet, zaghaft und hoffnungsvoll.

Irene antwortete nicht, sondern kletterte ans Fußende des Betts und näherte sich ihm auf den Knien. Mit der linken Hand gab sie ihm einen Klaps auf den fleischigen Oberschenkel und schob ihm jäh die Beine auseinander. Dann verhakte sie die Ellbogen unter seinen Knien.

»O Gott«, sagte Belion. Seine Hand schoss hoch, schnappte sich ein spitzenumhäkeltes Kissen und presste es sich aufs Gesicht.

»Tu dir keinen Zwang an und schrei ruhig«, sagte Irene gegen seine Haut. »Erschreck die Nachbarn.«

Er versteifte sich unter ihr, dieser riesige Klotz Fleisch, der ihr überallhin folgte. Wenn sie grausam zu ihm war, sich über ihn beugte und dann wieder zurückwich, so fühlte sie sich im Recht, immerhin war er so unverfroren gewesen hierherzukommen, mit weit gespreizten Beinen, noch bevor ihre Mutter auch nur beerdigt worden war. Deshalb zeigte sie ihm die kalte Schulter und zog sich in dem Moment zurück, wo er sie am meisten brauchte, doch letzten Endes hatte sie Mitleid und zeigte sich gnädig. Sie spürte, wie sie sich innerlich löste, eine Wärme in ihr aufstieg, eine geistige Großzügigkeit, und sie weicher wurde, sich von Verständnis treiben ließ. Dann war ihr Zögern nicht mehr boshaft, sondern fürsorglich, ihr Mund nicht mehr voller Zähne, sondern voller Zungen.

Warum nicht? Sie hatte das Gefühl, am Rand einer Brücke zu stehen, während ihr die Haare vom Wind zerzaust wurden, und ins Wasser zu starren. Warum sollte sie nicht ihre Zunge lösen und sie um das Erstbeste schlingen, das sie retten könnte?

»Es dreht sich bei dir alles nur um Kontrolle«, hatte ein Kerl gesagt, der beim Schlafen ihre Brüste an seinem Körper spüren wollte.

»Warum hältst du nicht die Klappe«, hatte sie geantwortet. Und dann hatte sie ihn für einen Typen abserviert, der etwas weniger Enthusiasmus für Introspektion und Analysen an den Tag legte.

Als sie mit Belion fertig war, ließ sie ihn behaglich ausgestreckt auf dem Bett zurück und ging ins Bad, um sich den Mund auszuspülen. Irene hatte einen Spruch, was Mundwasser anbelangte: »Hast du Listerine, dann Oralsex. Hasst du Listerine, dann kein Oralsex.« Er war nicht sonderlich schmissig, und er passte auf keinen Autoaufkleber, aber er schwirrte ihr jedes Mal im Kopf herum, wenn sie sich die brennende

Flüssigkeit in den Mund goss und sich all die kleinen Bakterien vorstellte, die wie Luftballons platzten. Sie konnte Listerine ewig im Mund behalten. Doch dann spuckte sie es aus. Der Alkoholgehalt war zu hoch.

Irene lockerte ihren Pferdeschwanz, wusch sich das Gesicht und ging zurück ins Bett. Belion hatte die Decke hochgezogen. Sie glaubte, er wäre eingeschlafen, und schob sich so leise wie möglich auf die andere Seite des Betts. Aber er schlief nicht.

»Babe, bitte, darf ich dich spüren?«

»Nein«, sagte Irene. Sie stellte sich einen großen, plumpen Finger vor, der in ihrer Unterwäsche herumstocherte. Sich gegen ihr Schambein drängte. An ihr herumkratzte.

»Ich sorge dafür, dass du dich besser fühlst, versprochen«, sagte Belion.

»Mir geht's nicht schlecht«, sagte Irene. »Ich bin glücklich.«

Am nächsten Morgen, als Irene die Augen aufschlug, war Belion immer noch da. Später am Abend, bei einem Begrüßungsempfang für neue Kollegen und Studenten wäre er ihr Date. Das Institut würde sie als Neuzugang des Lehrkörpers, alle Erstsemester und neuen Doktoranden willkommen heißen. Es war ihr nur recht, Belion als ihr Date mitzubringen. Mit ihm in der Stadt fühlte sie sich mehr wie sie selbst. Sie war Irene Sparks, Freundin von Belion, Jungfrau vom Hals abwärts und Virtuosin auf der Klaviatur der reinen Vernunft.

Sie erhob sich und öffnete die Jalousie. Belion lag reglos auf dem Bett.

»Steh auf, Belion! Zeit aufzuwachen!«

Irene trat ins Bad und drehte die Dusche auf, dann begann sie, leise zu zählen, während sie sich die Zähne putzte. Als sie damit fertig war, legte sie die Hand auf die Glastür der Duschkabine. Sie war immer noch kalt.

Belion hatte sich auf ihre Seite des Betts gerollt und sein Gesicht in ihrem Kissen vergraben, dem Kissen ihrer Mutter.

»Weißt du, was lustig ist«, sagte er. Er rollte sich wieder weg und lag nun auf dem Rücken. »Wenn Leute Dinge sagen wie: ›Er hat nicht alle Nieten an der Hose‹ oder ›Er hat nicht alle Bolzen an der Hose‹.«

»Das sind keine echten Sätze«, sagte Irene.

»Doch, sind sie«, entgegnete Belion. »Du kennst doch ›Er hat nicht alle Nieten an der Hose‹.«

Irene hörte auf, die Gegenstände auf dem Waschbecken neu zu ordnen, und stand da, die Hand auf der Glasscheibe der Duschkabine. Nur darauf wartend, dass sich das Wasser genug erhitzt hatte, um hineinzuschlüpfen. Belion kicherte in sich hinein. Sie konnte seine Eier sehen, die behäbig auf seinen Oberschenkeln lagen.

»Belion«, sagte sie, »so einen Satz gibt es nicht.«

»Aber natürlich«, sagte er streitlustig.

»Nein, gibt es nicht«, wiederholte sie.

»Na schön«, sagte Belion. »Lass uns eine Suche zu ›hat nicht alle Nieten an der Hose‹ starten.«

Belion streckte die Hand herab und zog seinen Laptop aufs Bett. Dann rollte er sich auf den Bauch, sodass Irene seinen behaarten Hintern und seinen breiten Rücken sah, während er auf dem winzigen Computer tippte. Eines musste man Belion zugestehen: Für einen dicken Kerl war er wirklich sehr gelenkig.

Irene spürte, wie sich das Glas erwärmte. Sie warf ihren Morgenrock ab und schlüpfte in die Dusche. Jetzt konnte sie Belion nicht mehr sehen.

»Hier ist was«, brüllte Belion. »Hör zu: ›Wie konnte er das nur tun? Er hat wohl nicht mehr alle Nieten an der Hose.‹ Und das steht auf der Website der staatlichen PBS!«

Irene drückte sich etwas Shampoo in die Hand. »Das hast du dir doch gerade ausgedacht!«

»Hier ist noch ein Treffer«, rief er ihr zu. »›Der Kerl wollte ihn von rechts überholen. Der hat nicht mehr alle Nieten an der Hose!‹ Zwei reichen als Beweis! Deine Regel!«

Es folgte eine Pause. »Okay, na gut, das mit dem ›nicht alle Bolzen an der Hose‹ war ausgedacht, dazu habe ich keinen Treffer. Aber es wäre lustig gewesen, hätte ich etwas gefunden.«

Irene verdrehte die Augen.

»Baby, kann ich mit unter die Dusche?«

Irene sagte nichts.

Während Irene den Schreibtisch ihrer Mutter nach den Schlüsseln für die Garage durchwühlte, fand sie ein Gedicht.

Wie habe ich dich bekommen? Ich verrate es dir.
Ich erstand einen alten Tontopf auf einer Auktion,
einen braunen Tontopf, auf der eine Fünf stand, für
fünf Gallonen. Ich zahlte zwölf Dollar für den Tontopf.
Der Tontopf war staubig, voller Spinnweben und Gips,
und ich griff hinein, ganz tief hinein, und ich spürte
dich dort. Du warst warm und trocken, eingerollt auf
dem Boden. Meine Hand berührte deinen Rücken.
Ich wollte sehen, was im Innern war, und so fand ich
dich. Staub in deinen Wimpern und Spinnennetze,
die deine Augen fest verschlossen.
Ich webte dich aus meinem eigenen Haar. Ich erschuf
dich aus dreihundert ineinandergeflochtenen Gänse-
blümchen. Ich sammelte jahrelang deine Stücke und
setzte dich zusammen, ein Teil nach dem anderen, bis
du plötzlich weintest.
Draußen auf einer Farm gibt es eine lange Linie hohler

Vertiefungen, wo eine unterirdische Quelle unterhalb
des Grases und des Mutterbodens den Hügel hinabfließt.
Mitten im Sommer fand ich in einigen Mulden tiefe
Löcher, nass und moosbewachsen – keine Tierhöhlen.
Und ich legte mich auf das Gras und bohrte den Arm tief
hinein, um zu sehen, ob ich das Wasser berühren könnte.
Aber ich berührte deine Haare, die mit Erde verkrustet
an deinem Kopf klebten, und du warst nass, und als ich
dich herausholte, war Wasser auf deinem Gesicht, das
wie Tau aussah.
So habe ich dich gefunden.

Irene blickte auf das Papier in ihrer Hand und fragte sich verwundert, wer die Frau war, die dieses Gedicht verfasst hatte, und für welches Kind sie es geschrieben hatte. Noch während sie sich fragte, kannte sie die Antwort: Ihre Mutter hatte es für sie geschrieben. Der Tod ist endgültig. Es gibt keinen Weg zurück, um Fragen zu stellen. Ihre Mutter war von dieser Welt und aus der Traumwelt verschwunden. Doch Irene hatte Fragen. Fragen, die sie der betrunkenen Frau, die ihre Mutter war, nie hatte stellen können. Aber wenn sie tot war und sie beide nichts weiter als zwei Leichen waren, die sich auf Augenhöhe begegneten, bekäme Irene vielleicht die Chance, ihr endlich all ihre Fragen zu stellen: *Warum hast du das Feuer gelegt und unser Haus niedergebrannt? Warum hast du ein Baby bekommen, wenn du keines wolltest?*

Was ist meine emotionale Beziehung zu der toten Person, die meine Mutter war?, fragte sich Irene.

Sie nahm ihre eigenen Schlüssel und fuhr zum ersten Mal seit ihrer Rückkehr nach Toledo zu ihrer Lieblingsbrücke. Vielleicht würde dort oben auf der Brücke, an dem ruhigen Ort vor dem Fall, alles Sinn ergeben.

Die Anthony Wayne Bridge in Toledo ist blau und weiß und breit. Von zwei Stahltürmen spannen sich mächtige Tragseile über die Brücke, die sich in einem hohen Bogen über dem Maumee River erhebt. Sie ist neunzig Jahre alt. In Pittsburgh hatte Irene viel Zeit auf der George Westinghouse Bridge stehend verbracht, einer Bogenbrücke aus Beton, von der sie hinuntergestarrt hatte auf Schienen, die das braune Wasser des Turtle Creek überquerten.

Jetzt parkte Irene ihren Wagen in der hintersten Ecke des Owens-Corning-Parkplatzes und spazierte die lange Rampe der Brücke in Richtung des Wassers hinauf. Autos brausten an ihr vorbei und bremsten leicht ab, sobald sie die Brücke wieder verließen. Irene spürte, wie sich ihr Körper ein wenig entspannte. Auf der Anthony Wayne Bridge gibt es entlang des Bürgersteigs einen hohen Maschendrahtzaun. Dieser Zaun ist zu hoch, um ihn zu überwinden, ohne Aufmerksamkeit auf sich zu ziehen, und wölbt sich zur Sicherheit am oberen Ende nach innen. Irene hatte es immer lustig gefunden, dass dieser Zaun einfach aufhörte, wenn man weiterging und die Brücke das Wasser erreichte. Zwischen den beiden Türmen kann man sich, so weit wie man möchte, über die Brüstung lehnen. Wenn man sich weit genug hinauslehnt, kann man direkt in den Fluss fallen. Es war fast so, als hätten die Leute, die die Sicherheitsbestimmungen für Brücken aufstellten, den Gedanken nicht einmal in Betracht gezogen, dass sich Menschen der Brüstung nähern könnten, wenn eine Brücke über Wasser führte. Als wären sie nur in Gefahr, sich von einer Brücke über Land in die Tiefe zu stürzen.

Irene wusste, dass Bernice Selbstmord begangen hatte – vielleicht nicht durch einen Treppensturz, sondern durch den vorsätzlichen Konsum einer toxischen Menge Alkohol, im Laufe von Tagen, Stunden oder Jahren. Sie kannte den Drang, der bei ihrer Mutter zum Tod geführt hatte. Oder etwa nicht? Wo hatte er angefangen? Mit dem Feuer? Mit der Geburt ihrer Tochter? Welcher Moment hatte unweigerlich zum Rest ihres Lebens geführt, und wie konnte Irene an diesem Moment vorbeisteuern, sich selbst in Sicherheit bringen?

Selbstmord hat einen Ereignishorizont, dachte Irene. *Der Tod nicht.* Der Tod kann dich plötzlich packen, und dann bist du weg, aber Selbstmord ist ein schleichender Prozess. Manchmal dauert er Jahre, oder er dauert ein Leben lang. Aber es muss einen Schlüsselmoment geben, einen Moment, der so schnell wie jeder andere in deinem Leben verstreicht. Einen Punkt, von dem aus es kein Zurück mehr gibt: Der Abzug ist gedrückt, der Körper schwankt vor- oder rückwärts von der Brücke, der Stuhl ist weggestoßen. Nachdem dieser Moment vergangen ist, lebst du einfach weiter, aber es ist eine andere Art Leben. Ein Leben, bei dem nichts, was du entscheidest, denkst oder tust, den Lauf der Dinge ändern könnte. Die Zeit dehnt sich, während du durch sie hindurchgleitest. Manche Leute behaupten, dein Leben würde vor deinem geistigen Auge an dir vorbeiziehen. Das würde sehr lange dauern. Länger als die vier Sekunden, die es dauert, von einer Brücke zu fallen und auf der Wasseroberfläche zu zerschellen. Aber wegen der besonderen Eigenschaften des Lichts und der Zeit im Zusammenhang mit der Singularität des Todes gibt es genügend Zeit. Unendlich viel Zeit. Und dann bist du tot.

Würde man den Ereignishorizont eines schwarzen Lochs überschreiten und deine Freundin stünde in sicherer Entfernung außerhalb dieses Ereignishorizonts und sähe dir zu, wäre es dasselbe. Du überschreitest dann eine unsichtbare Schwelle. Du weißt nicht, wann du hoffnungslos verloren bist. Es gibt keinen Wegweiser. Vielleicht sagst du etwas in der Art: »Ich ertrage diesen Schmerz nicht mehr. Ich möchte jetzt sterben.«

Für dich klingen die Worte normal, während du auf die Singularität zusteuerst, und du hörst eines nach dem anderen aus deinem Mund kommen, eine höchst rationale Erklärung für das, was du tust. Aber für deine Freundin, die sich außerhalb der Akkretionsscheibe befindet, kommen die Worte in zunehmend verwirrenden Intervallen heraus. Die Abstände zwischen den Worten dehnen sich immer weiter, bis Jahre zwischen »Ich« und »möchte« vergehen und dann Dekaden bis »jetzt«, und deine Freundin würde vielleicht altern und krank werden und selbst das Zeitliche segnen, bevor das Wort »sterben« sie erreicht. Zu diesem Zeitpunkt hätte sie längst herausgefunden, was du tun wolltest.

Einige Physiker behaupten, dass ein Mensch, der in ein schwarzes Loch fällt, womöglich die gesamte Zukunft unseres Universums erlebt, einschließlich dieses letzten endlosen Moments des Lebens. Irene wollte einfach nur wissen … wann hatte ihre Mutter angefangen, sterben zu wollen?

»Ich sehe dich fallen«, hatte Irenes Mutter gesagt. »Ich sehe, wie du auf einer Ebene in den Tod stürzt. Das passiert fast jedes Mal, wenn ich die Augen schließe.« Das war der Moment, als sie Irene verbot, mit dem Flugzeug zu fliegen, und darauf bestand, dass Irene überall mit dem Auto hinfuhr, niemals Europa sah. Sie waren mit dem Schiff nach Südamerika gereist. »Flugzeuge sind nichts für dich«, erklärte ihre Mutter. »Vertrau mir.« Und während Irene nickte und sich gehorsam fügte, hielt sie es insgeheim für großen Humbug. Und dennoch, wenn deine Mutter dir sagt, dass du sterben wirst, und auch noch wie, kann man sich dann wirklich über sie hinwegsetzen? Welche Mutter erzählt das ihrer Tochter und fällt dann die Treppe hinab in den Tod?

Ich vermisse dich kein bisschen, sagte Irene in Gedanken zu ihrer Mutter. *Immer wenn ich anfange, darüber nachzudenken, dass ich dich vermissen könnte, ermahne ich mich, dass es Blödsinn ist.*

Irene ging an dem ersten hohen Turm vorbei. Ein Jogger überholte sie schnaufend und lief auf die Mitte der Brücke zu. Sie verlangsamte ihren Schritt und sah ihm nach, dann spazierte sie selbst dorthin und blieb genau in der Mitte stehen, wo die Tragseile fast bis zur Fahrbahn herabreichten. Von dort kann man sich auf das Tragkabel ziehen und mithilfe der Führungsdrähte bis hinauf zur Spitze des Turms gelangen. Die meisten Springer glauben, sie müssten dieses Kabel hinaufklettern, damit sie weit genug oben sind, um zu sterben, aber Irene wusste, dass dem nicht so war. Man würde auch durch einen Sturz von der Mitte der Brücke sterben. Es war ein offenes Geheimnis, dass die Kletterer nicht wirklich sprangen und echte Springer nicht kletterten. Irene stand dort in der Mitte der Brücke und lauschte den Autos, die in ihrem Rücken an ihr vorbeizischten. Ein Hauch des Hafens stieg ihr in die Nase, während sie an der Brüstung lehnte, den Körper hinaus in die Luft reckte und den Übergang zwischen Stehen und Fallen ausprobierte, bis hin zu dem Punkt, an dem ein Aufprall unausweichlich war.

Sie blickte zum seichten Wasser auf der Westseite des Flusses, wo es zwei Fischern gelungen war, ihr Boot umzudrehen. Sie mühten sich mit aller Kraft, sanken im Sand ein und versuchten, es wieder auf Kurs zu bringen.

10

Der Max-Planck-Memorial-Festsaal war von den Hamburger Plancks finanziert worden, in Gedenken an ihren Vorfahren und dessen Verdienste um die Wissenschaft. Er befand sich in einem eigenen prächtigen Gebäude im Toledo Institute of Astronomy. An diesem Abend war er erleuchtet wie der Pferdekopfnebel am vierten Juli. Kronleuchter funkelten in der Lobby, Bleiglasfenster blitzten überall an der Fassade auf, und ein atemberaubendes gläsernes Astrolabium, in dessen strahlend sprudelndem Orbit Getränkekellnerinnen kreisten, zierte das Foyer. Die Nacht des jährlichen Empfangsbanketts war wahrlich eine Nacht der tausend Sterne. Die Feier wurde zu Ehren der beeindruckenden Neuzugänge gehalten, mit denen sich das Institut in den einschlägigen Broschüren brüsten konnte, sowie der Erstsemester, die davon träumten, einmal selbst ein solch berühmter Gast zu sein.

George und Kate Oakenshield kletterten aus Georges Wagen, und dieser drückte einem Angestellten die Schlüssel zusammen mit einer Zwanzig-Dollar-Note in die Hand. Er trug eine graue Jeans, ein weißes Hemd, dessen obersten Knopf er bereits geöffnet, und eine grau gestreifte Krawatte, die er längst abgelegt hatte. Als er aus seinem Auto stieg, flatterten zwei Studentinnen zum Bürgersteig und versteckten sich dann schüchtern hinter einem Baum, während er seinen Wagen umrundete, Kate Oakenshield aus dem Wagen half und mit ihr am Arm das Gebäude betrat. Nein, er war nicht der Star des Abends, ebenso wenig das brillante Genie. Er brauchte unbedingt einen Durchbruch und das schon sehr bald. Aber er nötigte den Gentlemen immer noch ein Mindestmaß an Respekt ab, während die Damen immer noch erröteten, sobald sein Blick sie traf. Kate glitt in einem schlaff herabhängenden, verspielten zitronengelben Chiffonkleid neben ihm her.

In der Lobby erspähte George augenblicklich Pater Oakenshield, der einen Priesterkragen trug und nachdenklich an einer Wand entlang auf und ab schritt.

»Mr. Oakenshield!«, rief George aus.

Kate korrigierte ihn leise und prompt. »Pater.«

»Okay«, sagte George in ihre Richtung. »Aber er hat keine Gemeinde. Er hat noch nicht einmal eine einzige Predigt gehalten. Warum trägt er überhaupt dieses Gewand?«

Kate ignorierte seine Worte.

Sie traten zu ihm. George und Pater Oakenshield schüttelten einander die Hände. Pater Oakenshield nahm eine gewisse asketische Distanz zu seiner Umgebung ein. Seine Gesichtszüge wirkten verkniffen und missbilligend, die Miene abweisend. Seine Augenbrauen verzogen sich, als sei er erschüttert. Er breitete seine Hände weit aus, als wollte er sagen: »Was kann ich tun? Hier bin ich. Ich bin dabei.« Er hatte seine Gefängnisstrafe abgesessen und war reuelos zurückgekehrt, und sobald Kate ihr achtzehntes Lebensjahr erreicht hatte, durfte er sich ihr wieder nähern, wenn sie es wünschte.

»George, wie geht es Ihnen?«, sagte er, dann drehte er sich zu Kate und trällerte ihr etwas ins Ohr.

Sie zwitscherte etwas zurück. In Anwesenheit ihres Vaters sprach Kate nicht. Ihre Stimme klang dann in Georges Ohren wie eine Walddrossel im Morgengrauen. Leicht vibrierend, wohlklingend, aber unverständlich.

»Nun, das ist einfach toll«, sagte George, als würde er mit

einer vorbeigehenden Bedienung sprechen. »Toller Abend. Okay!«

George erblickte seine Eltern, die gerade eben den Saal betraten. Sally trug ein modisches kamelhaarfarbenes Abendkleid und den weichen Stretchschal, den sie vergangenes Jahr in Panama erstanden hatte. Die Haare hatte sie streng nach hinten geföhnt, ihre Diamantohrringe funkelten. Georges Vater folgte seiner Frau einen Schritt von ihr entfernt und zugleich etwas abseits. Er war in einen Smoking gesteckt worden und machte einen gehetzten Eindruck. Seine Hände flatterten umher, als gehörten sie nicht zu ihm. George sah, wie Sally ihn entschlossen am Arm packte und in Richtung des Festsaals schob.

»Hey, hey Mom«, rief er. Seine Eltern hielten inne, und George rief sie zu sich, damit sie sich zu ihm, Kate und Pater Oakenshield gesellten.

»Dad! Schön, dich zu sehen.«

Fröhlich klopfte er seinem Vater auf die Oberarme und gab Sally einen Kuss auf die Wange.

»Mom, du siehst wunderschön aus. Dad, danke fürs Kommen. Du siehst … richtig manierlich aus.«

»Nun«, sagte sein Vater, »deine Mutter meinte, ich dürfte nicht mehr im Haus essen, wenn ich nicht anfinge, mich wie ein menschliches Wesen zu benehmen.«

Bei diesen Worten streckte Dean die Arme aus, als wollte er nachdrücklich demonstrieren, dass er tatsächlich die Gestalt eines menschlichen Wesens angenommen hatte. Sobald er lächelte, fand George, wirkte er sehr charmant. Er zwinkerte Kate auffällig zu. Sally strahlte George unbeeindruckt an.

»Gute Arbeit, Dad«, sagte George. »Dad, Mom, ihr kennt Kate. Und das ist Pater Oakenshield.«

»Natürlich, der Kerkermeister!«, sagte Sally. »Seid gegrüßt,

Pater. Wie geht es dem höchsten Turm, nun da die Prinzessin ausgeflogen ist?«

Pater Oakenshield blickte Sally verächtlich an und leckte sich die Lippen. »Ich erwarte nicht, dass Sie meine Tochter verstehen«, sagte Pater Oakenshield und trennte Kates Hand von Sallys.

»Kate verstehe ich sehr gut«, entgegnete Sally und packte Kates Hand mit festem Griff. »Sie sind es, mein Freundchen, den ich am liebsten mit einem Stock verprügeln würde.«

»Sie und ich werden unsere Unterschiedlichkeit akzeptieren müssen, Sally, wenn unsere Kinder den Bund der Ehe eingehen.«

Sally schreckte zurück.

»Wer hat etwas von Heirat gesagt?«, fragte sie.

»Ich habe es an ihren Berechnungen gemerkt«, sagte Kates Vater. »Eine neue Offenheit. Eine neue Unkompliziertheit. Sie ist verliebt.«

Sally zwickte George in den Arm. »Was, in IHN?«

»George versteht sie«, führte Pater Oakenshield aus. »Ich wusste immer, dass sie einmal einen Mathematiker heiraten würde. Niemand sonst wüsste die Feinheiten ihrer Erziehung wertschätzen können.«

»Blödsinn«, sagte Sally etwas lauter.

»Mom«, setzte George an.

»Ja, ich gebe der Sache sechs Monate«, sagte sie. »Hier ein kleiner Tipp von mir, Pater. Er hat ihr kleines Vögelchen nur verführt, weil er dachte, es würde ihm nicht gelingen. Nun da es passiert ist, ist es passiert, Sie verstehen, was ich meine?«

»Nichts ist passiert«, warf George ein. Er schüttelte den Kopf in Richtung von Kates Vater. »In keinerlei Hinsicht. Es ist nichts passiert. Rein gar nichts.«

»Ich verstehe nicht im Geringsten, was Sie meinen«, sagte

Oakenshield an Sally gewandt. In diesem Moment holte Sally ohne Vorwarnung mit ihrem geschmeidigen, muskulösen Arm aus und schlug Pater Oakenshield mit der Faust mitten ins Gesicht.

Im Festsaal tauchten Wandleuchter einen prächtigen roten Teppich, schwarze Stuckleisten und runde Tische mit weißen Tischtüchern, auf denen fein säuberlich glitzerndes Besteck und Kristallteller angeordnet waren, in einen warmen Schimmer. Der Parkettboden war mit Hartholzintarsien verziert, herrliche Lüster krönten die mit Schnitzarbeiten überzogene Decke, und an den vertäfelten Wänden hingen Ölgemälde der bekanntesten Sternbilder. Ein Podium an der Stirnseite des Saals war von zwei Tischen gesäumt, mehrere Stuhlreihen zeigten in Richtung Podest. Im hinteren Teil des Saals waren die Tische des Caterers mit Horsd'oeuvres beladen. Unter anderem gab es einen Schokoladenbrunnen und eine Champagnerpyramide, die nur darauf warteten, ihre Köstlichkeiten aufzuwarten.

Akademiker schlenderten umher und suchten mit ihren Frauen, Kindern und teilweise auch mit ihren Enkelkindern nach ihren Plätzen. Dean und Sally, Kate und George sowie Pater Oakenshield sollten laut den Platzkärtchen auf den Tellern zusammen an einem Tisch sitzen, doch Pater Oakenshield blieb gehemmt zurück, sodass an ihrem Tisch ein freier Platz war. Als ein großer Mann den Ballsaal betrat, offenkundig verspätet, und sich nach einem Sitzplatz umsah, packte George die Gelegenheit beim Schopfe, um einen angemessenen Abstand zwischen Pater Oakenshield und der Schlagkraft seiner Mutter zu wahren, und bedeutete dem Mann, sich zu ihnen an den Tisch zu setzen.

»Belion«, stellte sich der Riese vor. Er schüttelte George die

Hand und ließ sich anmutig auf einem Klappstuhl nieder. Er bot den Anblick eines Elefanten, der auf einem viktorianischen Fußschemel saß. Mit weit aufgerissenen Augen legte Sally ihm die Hand auf den Arm. Der Hüne hatte es ihr angetan.

»Hallo«, begrüßte sie ihn mit gedämpfter Stimme, denn das Programm auf dem Podium hatte bereits begonnen.

»Belion«, sagte Belion und streckte ihr die Hand entgegen.

»Meine Güte, wie flott und elegant Sie aussehen!«

»Ich habe mich für einen Smoking entschieden«, erläuterte Belion. Sein Smoking war makellos, seine Haare ordentlich zurückgekämmt.

»Mein Ehemann Dean«, sagte Sally und zeigte auf Georges Vater, »und mein Sohn George.«

Belion nickte unbekümmert, während Sally sich an George wandte.

»Sohn, du musst dieses Mädchen endlich loswerden. Allmählich wird es lächerlich.«

»Also wirklich, Mutter.« George schlug einen beruhigenden Ton an. »Ich habe dir erzählt, was die Astrologin letztes Jahr unten auf der Bancroft gesagt hat. Braune Haare, Astronomin, Toledo. Und die gibt es hier nicht gerade wie Sand am Meer.«

»Aber das ist so einschränkend. Nur Astronominnen?«

»Mutter, komm schon. Du willst dich doch nicht mit dem Medium anlegen, nicht wahr? Oder dem Schicksal?«

»Nein«, sagte Sally bitter. »Nein, das würde mir niemals einfallen.«

»Na bitte«, sagte George und tätschelte ihr den Arm. »Du weißt es doch am besten.«

An der Stirnseite des Festsaals hatten die Wissenschaftler und Gäste ihre Plätze an der Ehrentafel eingenommen. Das Mikrofon war getestet und ein Glas Wasser daneben bereitgestellt worden, und nun, da sich alle gesetzt hatten, trat Dr.

Bryant ans Rednerpult. Die Lichter im Festsaal wurden etwas gedämpft, abgesehen von denen, die direkt auf das Podium gerichtet waren. Die ebenfalls gedämpften Kronleuchter über dem versammelten Publikum glitzerten in einem warmen Schimmer, ihre künstlichen Kerzen warfen ein sanftes Licht auf ihre Messingeinfassungen. George presste sich beide Daumen gegen die Stirn und atmete aus.

»Guten Abend«, sagte Dr. Bryant. »Willkommen zu unserer jährlich stattfindenden Lieblingsfeier. Ich heiße all unsere neuen Fakultätsmitglieder und ihre Familien, all unsere Förderer, unsere Freunde, meine Kollegen und die Zukunft der Astronomie herzlich willkommen.«

Alles applaudierte. George applaudierte. Pater Oakenshield weiter hinten tupfte sich die Nase mit einer Stoffserviette ab. Die Kellner umschwärmten die Tische und schöpften Fischcremesuppe in tiefe Teller. Das Essgeschirr samt passendem Besteck lag ordentlich aufgereiht vor allen Gästen. Sally griff nach ihrem Löffel und tauchte ihn gekonnt in die Suppe, bevor sie ihn sorgsam zum Mund führte. Belion rührte mit seinem Löffel in dem Suppenteller und schob ein Käsecroûton von einer Seite auf die andere. George, dem auf einmal übel geworden war, richtete den Blick auf den Boden. Wenn er in seine Suppe starrte, könnte ihn plötzlich eine Woge der Übelkeit überwältigen und er müsste sich in selbige übergeben. Dort auf dem Teppich war ein detailverliebtes Muster ornamentaler Ranken und Blätter zu sehen, ein barockes Dekor aus großen, kreisförmigen Verzierungen. Und Cherubinen.

Mit einem Mal bewegten sich die Cherubinen.

Dr. Bryant fuhr fort: »Unsere Arbeit hier im Institut und überall auf der Welt in anderen Elfenbeintürmen oder besser gesagt unter Aluminiumkuppeln verläuft häufig unbemerkt, es sei denn, wir können genügend wunderschöne Fotos für einen

Bildband liefern oder Hollywood entscheidet sich, zwei Asteroidenfilme innerhalb eines Sommers zu drehen.«

Ein höfliches Kichern erscholl. Dean hustete ein lautes Lachen, doch niemand drehte sich zu ihm um. Mit zusammengezogenen Augenbrauen betrachtete George nun sehr eindringlich den Teppich. Die Cherubinen, die sich vormals so reglos an den Reben auf dem Teppich festgeklammert hatten, schwangen sich nun von den Ranken hinab über die Säulen und andere Gewächse – alles in gedämpften Goldtönen in den Teppich gewebt – und eilten in Richtung Ehrentafel und Podest.

»Wir Wissenschaftler wissen, dass sich bahnbrechende Erkenntnisse mit langen Perioden der Stille und der Einsamkeit im Schatten des öffentlichen Interesses abwechseln. Wir alle müssen den Mut aufbringen, unbeachtet zu bleiben.«

Das Publikum nickte, während es fortfuhr, seine Suppe zu löffeln.

»Natürlich hegen wir im Namen unserer selbst, unserer Studenten und des Instituts gleichzeitig die Hoffnung, gelegentlich den Fokus der Öffentlichkeit wieder auf die Astronomie zu lenken. Selbstverständlich nicht, weil die Welt ohne uns untergehen würde, sondern weil wir ein weiteres Geheimnis, ein weiteres Rätsel gelöst haben.«

Dr. Bryant machte eine liebevolle Handbewegung in Richtung der neuen Dozenten zu seiner Rechten. George blickte auf, kniff die Augen zusammen, und als er zurück auf den Teppich starrte, hatten sich sämtliche Cherubinen vor dem Mikrofon versammelt und vollführten Gesten, als wollten sie sagen: »Sieh hin, George!«

»Vielleicht wird einer von ihnen, der jüngste Zuwachs unserer TIA-Familie aus Wissenschaftlern und Gelehrten, derjenige sein, der die Sterne zurück auf die Titelseiten bringt.«

Applaus brandete im Saal auf. Die Teppichcherubinen klatschten und vollführten Saltos. Mehrere marmorne Wasserspeier lösten sich von den Wänden und schienen sich nun kriechend auf Dr. Bryant zuzubewegen. Sie bauten sich geschlossen hinter ihm auf. Flüsterten sie einander Dinge zu? Nickten sie etwa? Versteckten sich hinter den gemalten Säulen an den Wänden Scharen von Wassernymphen, die kichernd hinter den Pfeilern hervor zu George lugten, sich gegenseitig anstupsten und auf ihn deuteten?

»Und nun ohne weitere Umschweife«, fuhr der Dekan nach einem Räuspern fort, »lassen Sie mich Ihnen unsere talentierte Rednerin dieses Abends vorstellen, eine unserer neuen Kolleginnen … die von der Carnegie Mellon University mit einem erst jüngst erworbenen Doktor in numerischer Astrophysik und einer Doppelseite in der morgigen Ausgabe der *USA Today* über ihre bahnbrechende Erforschung der Genese schwarzer Löcher zu uns gekommen ist, Irene Sparks.«

Eine kleine dunkelhaarige Frau erhob sich von ihrem Platz am Haupttisch und schritt auf das Podium zu. Mit freundlicher Geste schüttelte sie Dr. Bryant die Hand. Dieser bückte sich, zog einen kleinen Holzblock aus dem Inneren des Rednerpults hervor und schob ihn für sie zurecht, woraufhin sie sich auf den Schemel und hinter das Mikrofon stellte. Mit einem höflichen Lächeln wandte sie sich ans Publikum. George reckte den Kopf, um besser sehen zu können. Das war also die Frau, die sein Büro und seine Assistentin übernommen hatte.

Sie waren vielleicht zwanzig Meter voneinander entfernt. Wie weit sind zwanzig Meter? Bis zum Gipfel des höchsten Baums? Von der einen Seite eines Vulkankraters zur anderen? Die Strecke, die ein Mensch in zehn Sekunden zurücklegen kann, wenn er rasch geht? Die Strecke, die ein Mensch in fünf Sekunden zurücklegen kann, wenn er vor Enthusiasmus sprüht? Irene Sparks sah sich mit einem breiten Lächeln auf dem Gesicht im Saal um, als hätte sie in Rhetorikseminaren gelernt, mit dem Publikum Augenkontakt herzustellen.

Als sie zu ihm blickte, hatte George das Gefühl, als würde er sich unwillkürlich von seinem Stuhl erheben. Sie bedachte nicht länger den Saal mit ihrem freundlichen Lächeln, sondern sah ihn direkt an und zögerte. Von dem Versteck hinter den aufgemalten Säulen an den Wänden zeigten die Wassernymphen mit den Fingern auf sie. Die Cherubinen, die eifrig an den Reben im Teppich zogen, die Wasserspeier, die sich an der Decke scharten, alle deuteten sie mit ihren halbgöttlichen Fingern in eine Richtung, wie ein riesiger Kreis, der im Innern leuchtete und ihm verkündete: *Sie*.

Es war nicht so, als wäre die Zeit für George stehen geblieben oder als funkelten die Sterne mit einem Mal heller. Es war nicht so, als wären plötzlich Feuerwerke explodiert oder Lawinen losgebrochen oder als hätte der Specht, der ein Loch in seinen Kopf hämmerte, innegehalten, um zu sagen: »Wow, sie ist ein heißer Feger.« Es war vielmehr so, als würde jedes Elektron in jedem Atom im Universum zögern, tief einatmen, die Situation überdenken und dann seine Laufbahn ändern, sich rückwärts drehen oder in die Gegenrichtung, die von vornherein die richtige Richtung gewesen war. Und anschließend war das Universum vollkommen dasselbe, nur unendlich viel besser.

»Du bist es«, sagte George. Und seine Mutter neben ihm packte ihn hinten an der Hose und zog ihn zurück auf seinen Platz.

Irenes Kinnlade klappte herunter. Er sah, wie sie zauderte. Er spürte, wie die Sekunden verstrichen, Sekunden, in denen sie nichts sagte.

»Sie ist es, Mom«, sagte George und schob den Arm seiner

Mutter von sich. »Genau dort.« Er sprach so laut, dass es der gesamte Saal hörte.

»George, setz dich und nimm deine Medizin«, sagte Sally und zog aus ihrer Handtasche das verschreibungspflichtige Medikament. »Hier, ein Schmerzmittel.«

George kam es vor, als hätte der Samen, der seit zwanzig Jahren in seinem Gehirn steckte, gleichzeitig gekeimt, getrieben und geblüht. Als wäre der Druck in seinen Ohren mit einem Mal verschwunden oder als tauchte er gerade ins Wasser ein und eine neue Ebene an Tönen und Gefühlen offenbarte sich ihm.

Heftig blinzelnd blickte er zu Irene. Sie konnte sich offenkundig nicht daran erinnern, was sie sagen wollte. George grinste sie dümmlich an. Er hatte das Gefühl, dass sie ihn kannte. Als würde sie seine stummen Worte hören: »Ich habe dich vermisst. Ich bin so froh, dass du hier bist.«

Alle anderen Anwesenden glaubten, es handle sich um Lampenfieber. Irene nahm das Wasserglas und trank es gänzlich undamenhaft in einem Zug leer. Sie presste die Lippen aufeinander.

»Vielen Dank«, sagte sie. George hörte, wie sie die Worte mit dem Mund formte. Er erfasste, wie sie die Worte sagte, wie sich ihr Mund bewegte, wie ihre Hand nach oben glitt, um sich durchs Haar zu fahren, wie sie einen Fuß zur Seite neigte und mit dem Absatz gegen das Podium kratzte. Es war alles so anbetungswürdig. Er betete sie an.

»Vielen Dank«, wiederholte sie. »Ich will meinen neuen Kollegen am Institut danken, weil sie mich für diesen Posten ausgewählt haben.«

Die Menschen in dem Saal nickten einander zu. Es war in Ordnung. Sie würde es schaffen.

Irene atmete ein paarmal tief durch und blickte zur Decke

empor. *Sieh mich an*, dachte George. *Sieh mich an, ich bin genau hier. Ich will, dass du MICH ansiehst.*

»Als ich meinem Freund erzählte, dass ich in meinem Labor ein schwarzes Loch erzeugen will, meinte er: ›Wow, ich hoffe nur, du hast eine hervorragende Kupferverkleidung und einen sehr präzisen Kalibrator für dein magnetisches Feld!‹«

Freund, dachte George. Doch das Wort bedeutete nicht wirklich etwas. Sie lachte nervös. Der Rest des Saals war still. »Nein, natürlich hat er das nicht gesagt. Aber ganz offensichtlich muss der Kalibrator recht präzise gearbeitet haben, denn die Erde und jegliche Materie hat es nicht in meinen Arbeitsplatz gesogen.«

Irene ließ den Blick durch den Festsaal schweifen. Es schien, als würde sie George absichtlich nicht ansehen. Die Cherubinen lachten, die Wassernymphen schlugen sich auf die nackten Oberschenkel. Die Wasserspeier zupften die Blütenblätter der Ziergänseblümchen aus den Steinornamenten. *Sie liebt ihn. Sie liebt ihn nicht.*

»Noch habe ich nicht geahnt, welche Aufmerksamkeit meinem Experiment geschenkt werden würde. Ich fühle mich zutiefst geehrt und bin unsäglich dankbar, hier sein zu dürfen. Bei Ihnen allen …«

Irenes Augen hafteten wieder an Georges, und ihn überkam das Gefühl, als würde er unter Wasser gezogen werden, er war mit einem Mal leichter und freier, fischgleich.

»Ich habe nie richtig verstanden, warum ich Wissenschaftlerin wurde«, sagte Irene zu George, »bis jetzt. Und nun? Ist es mir nun gelungen?«

George nickte vehement. Er hatte den Worten nicht gelauscht, die sie gesprochen hatte, aber er war sicher, dass jede Frage, die sie gestellt hatte, mit einem »Ja« beantwortet werden müsste.

»Jetzt ist es mir gelungen«, sagte sie. »Vielen Dank.«

Dr. Bryant erhob sich, begann zu applaudieren und bedeutete dem Publikum mit einer Geste, es ihm gleichzutun. Er hakte Irenes Arm unter seinen und führte sie sanft zurück zu ihrem Platz. Sie schüttelte den Kopf. Sie schien immer noch weiterzureden. Doch das Publikum war begeistert. Sie klatschten und klatschten.

Ich habe einen Herzinfarkt, dachte Irene. *Ich sterbe, ich sterbe, ich sterbe. Das war's.*

Der Tod besitzt einen Ereignishorizont, das erkannte sie in diesem Moment. Gewiss war das die Erklärung dafür, weshalb sie den Empfang um sich herum immer noch mitbekam, die Hummerravioli auf dem Teller neben ihrem immer noch roch, die Band immer noch hörte, zwei Bolivianer mit Akustikgitarren und einem Schlagzeug, die schnulzige Lieder säuselten. Vielleicht würde sie sich an alles erinnern, was vor dem Feuer geschehen war. Vielleicht würde ihr Leben wie eine Parade vor ihrem inneren Auge vorbeiziehen, während sich ihr Herz zusammenzog und verkrampfte, ihr Gehirn wegen Sauerstoffmangels allmählich versagte, sich ihre Augen schlossen. Für alle Umstehenden musste es wirken, als wäre sie im Bruchteil einer Sekunde zu Boden gefallen. Aber für sie wäre ein ganzes Leben an Gemütsregungen und Erinnerungen zwischen ihrem Herzinfarkt und dem Tod verstrichen. Zeit, über alles nachzudenken. Sie wartete, dass die Slideshow einsetzte.

Einige der Astronomen und ihrer reichen Gönner schwangen nun das Tanzbein auf dem Parkett, versuchten sich an Samba oder bewegten sich einfach in ihrem eigenen Rhythmus unbeholfen zur Musik.

»Ich brauche etwas zu trinken«, sagte Irene in die Runde und erhob sich von ihrem Platz. Ihr Herz raste und hämmerte, aber zumindest konnte sie gehen. Sie war nicht auf der Suche nach dem Mann, der an Belions Tisch saß. Aber da stand er, neben ihr, an der Tafel, an der Getränke ausgeschenkt wurden. Sie bat um ein Gingerale. Er kam ihr so vertraut vor und war so attraktiv, doch sie hatte ihn nie zuvor getroffen. Sie wollte sagen: *Wie geht es dir? Wie ist es dir in der Zwischenzeit ergangen?*

Vielleicht in einem vergangenen Leben, flüsterte ihr die verträumte Stimme ihrer Mutter ins Ohr. *In einem vergangenen Leben seid ihr ein Paar gewesen.*

»Wer sind Sie?«, fragte sie. »Kenne ich Sie?«

»Ich bin George«, sagte er. »George Dermont.«

Er war groß und lächelte. Es schien, als wäre er unglaublich froh, sie zu sehen. Sie hatte das Gefühl, als könnte sie die Arme um ihn legen, ihr Gesicht an seine Brust schmiegen. *Ich habe dich vermisst*, könnte sie sagen. Oder irgendetwas anderes Bescheuertes, was die Kunden ihrer Mutter von sich geben würden. Wir waren zusammen schottische Lords und Ladys. Wir waren zusammen in einer Pyramide eingesperrt. Wir haben zusammen die Anden bestiegen. Was auch immer. *Wo bist du gewesen?*

»Oh, natürlich, Dermont.« Ein Anflug von Überraschung packte sie, dass dieser Mann und der Mann, dessen Büro sie übernommen hatte, ein und dieselbe Person waren. »Sie sind irgendwie … religiös, nicht wahr? Und ich habe jetzt Ihr Labor und Ihre Assistentin. Sie müssen mich hassen.«

»Nein, nein!«, erwiderte er grinsend. Er schien nicht in der Lage zu sein, seine Hände zu kontrollieren, hielt das Glas immer wieder abwechselnd in beiden Händen, lehnte sich an den Tisch, spielte nervös an seinem Kragen herum. Unwillkürlich malte sie sich aus, wie seine Hände ihre Haare berührten, sie streichelten, sich in ihnen vergruben. Da war eine stählerne

Macht, die ihre Rippen zu seinen zog, ihre inneren Organe zu seinen. Als würde sie nie wieder Wärme spüren ohne die Berührung seines Körpers, ohne ihr Gesicht an seinem Hals.

»Ich mag Sie wirklich«, sagte er. »Ich meine, ich bin nicht religiös. Das werden sie feststellen, sobald Sie mich besser kennen.«

»Ich glaube, Sie hatten mal ein Techtelmechtel mit einer meiner Freundinnen an der University of Toledo, vor vielen Jahren«, sagte Irene. Sie spürte, wie sie mit aller Gewalt vor ihm und seiner Anziehungskraft zurückwich, als würde sie sich ihre eigenen Tentakeln abschneiden, die sich nach ihm verzehrten, um sie anschließend zu vereisen und die Stümpfe auszubrennen.

»Wohl eher nicht«, sagte er. »Oder war sie Astronomin? Ich …«

Irene nahm das Gingerale, das der Mann in dem Jackett für sie hingestellt hatte.

»Und Sie glauben, die Sterne seien Gottes Gänseblümchenkette oder etwas in der Art … Ich habe Ihr Abstract zu diesem Thema in der *Dark Star Review* gelesen.«

Irene wollte sich umdrehen und sich wieder zu dem Sicherheit verheißenden Podium begeben, aber sie konnte es nicht. Sie sah in sein Gesicht, auf seine rosigen Wangen, den dunklen Schwung seiner Brauen, sein kantiges Kinn. Etwas in ihrem Körper sagte ihrem Gehirn, dass er längst zu ihr gehörte. Sie erkannte ihn wieder, konnte sich nicht von ihm abwenden. Sie wollte auf ihn zugehen, ihre Hand in die verdeckte Knopfleiste seines Hemds schieben und seine Haut berühren, seinen Herzschlag mit ihrer Hand spüren. Sie hatte das Gefühl, sie sollte so gemein wie möglich zu ihm sein. Als Vorsichtsmaßnahme.

»Sie haben es gelesen?«, fragte George.

»Meine Mutter hat mir manchmal Zeitungsausschnitte geschickt … Im Grunde weiß sie nicht viel über echte Astronomie. Sie ist Astrologin.«

»Wie sonderbar. Meine Mutter war früher auch Astrologin.«

»Wirklich«, sagte Irene. Sie nahm einen langen Schluck von ihrem Gingerale. Mit einem Mal hatte sie einen schrecklich trockenen Mund.

»Ich meine, nicht professionell. Nur amateurhaft.«

»Hmm«, sagte sie. Eine leichte Röte kroch ihm die Kehle hinauf. Seine Augen schossen zwischen ihr und dem Teppich hin und her. Er wirkte nervös, aufgekratzt.

»Ich bin ein … oh, wie soll ich es sagen …«

»Sind das dort Ihre Eltern?«, fragte Irene und zeigte auf den Tisch, an dem George gesessen hatte.

»Ja«, sagte George. »Das sind meine Eltern. Dort drüben.«

»Wir sollten zu ihnen gehen«, sagte Irene. »Ich glaube, Ihre Eltern verleiben sich gerade meinen Freund ein.«

»Ist das Ihr Freund? Nun ja, ich hoffe, sie sind mit leerem Magen gekommen«, erwiderte George rasch, und dann klappte seine Kinnlade herunter, und er starrte sie entsetzt an. »Habe ich das eben laut gesagt? Es tut mir so leid.«

»Das war nicht nett«, sagte sie zu ihm. Aber sie musste unwillkürlich lächeln. Und sie erkannte genau in dieser Sekunde, dass ihr Herz nun in einem angemessenen, langsamen Tempo schlug und sie nicht mehr im Sterben lag. Aber sie schob ihre Hand nicht in seine. Sie stupste ihn nicht mit der Schulter an. Sie hatte die Kontrolle über ihren Körper wiedergewonnen.

»Tut mir leid, es ist nur so – Sie sind so wunderschön. Ich hätte nicht gedacht, dass er Ihr Freund sein könnte. Es tut mir leid, ich bin sicher, er ist wirklich … klug?«

Irene umklammerte ihr Glas und ging zum Tisch, wobei sie

George einen Blick über die Schulter zuwarf, in dem ein scharfer Tadel lag, bevor sie sich entschieden auf Belions Schoß setzte. Aber hatte sie ihm gleichzeitig zugezwinkert? Hatte ihr Gesicht das ohne ihr Zutun getan?

»Hallo«, sagte der Mann, den George als seinen Vater vorstellte. »Ich bin Dean. Es freut mich, Sie kennenzulernen.«

»Dean«, sagte Irene. »Ich bin Irene. Und das ist mein Freund Belion.«

»Belion hat uns gerade erzählt, dass er eine unsterbliche Figur in einem Rollenspiel ist. Das muss sehr aufregend sein«, sagte die Frau, die George als seine Mutter vorstellte. »Ich meine, unsterblich zu sein.«

»Ich spiele keine Computerspiele«, erklärte Irene.

»Das ist es«, sagte Belion. »Sehr.«

»Das erinnert mich an den guten alten Onkel Ray«, sagte Dean. »Er hielt sich auch für unsterblich.«

»Onkel Ray!«, sagte George, der sich zu ihnen gesellt hatte, jedoch verlegen hinter Kate Oakenshields Stuhl stand. »Ja, in gewisser Hinsicht. Er war durchaus unsterblich, bis zu dem Zeitpunkt, als er sich beim russischen Roulette selbst erschossen hat.«

»Wow, echt?«, fragte Belion. »Ich hatte keine Ahnung, dass es dieses Spiel wirklich gibt.«

»Es ist nicht nötig, diese Sache zu vertiefen«, sagte Sally.

»Onkel Ray!«, fuhr Dean fort und unterhielt den ganzen Tisch mit seiner Geschichte. »Ja, er war ein toller Onkel. Einmal ist er auf dem Rücken einer Kuh aus einem Gefängnis geflohen.«

»Was?«, sagte Belion höchst interessiert.

»Es war ein Gefängnis mit niedriger Sicherheitsstufe«, sagte George. »Er benutzte die Kuh, um über einen Fluss zu schwimmen. Eine wahre Geschichte.«

»Das ist unpassend«, sagte Sally. »Ich denke nicht, dass wir weiter über Onkel Ray sprechen sollten. Bei dir hört es sich an, als wäre er Paul Bunyan.«

»Paul Bunyan«, sagte Belion mit feierlicher Miene, »war mein Vater.«

Dean lachte lang und laut. »Ich mag Sie, Belion«, sagte er zu Belion. »Sie sind ein feiner Kerl.«

»Belion«, sagte Irene. »Ich bin müde. Ich denke, wir sollten nach Hause fahren. Gute Nacht, alle miteinander. Gute Nacht, George.«

Draußen vor dem Memorial Festsaal zirpten Heuschrecken in den Ästen der Ahornbäume, und eine gelegentliche Brise strich durch die raschelnden Blätter. Pärchen oder ganze Gruppen schlenderten die Straße hinunter oder sprangen in Wagen, die von Angestellten vorgefahren wurden. Irene und Belion waren nach Hause gefahren, Belion hatte sich auf den Beifahrersitz in Irenes kleinem Auto gezwängt. George stand allein auf dem Bürgersteig, dachte an sie und fragte sich, wann er sie wieder in seinen Orbit locken könnte.

Da war ein Geräusch an seinem Ellbogen. Er blickte zur Seite und sah Kate Oakenshield, das Mädchen, das großgezogen war, als sei es von Geburt an stumm.

»Oh, hi«, sagte er. »Da bist du ja.«

Sie sagte: »Ich will mit Dad nach Hause.«

»Was, in sein Haus?«, fragte George. Er sah ihren Vater näher kommen, seine eigenen Eltern dicht hinter ihm.

»Ja, in mein Haus«, sagte Kate. Ihr Gesicht wirkte angeschlagen, als wüsste sie, dass sie nicht länger die Mitte seiner Zielscheibe darstellte. Georges Gesicht nahm einen sanften Ausdruck an. Armes Ding. Sie war nicht Irene, aber wer könnte schon Irene sein? Niemand. Es gab nur eine einzige Irene.

»Das ist keine gute Idee, Kate«, sagte er.

Seine Mutter unterbrach ihn. »Lass sie gehen.«

»Ja, lass sie«, pflichtete sein Vater ihr bei.

Kate trällerte: »Dideldum, dideldam! Dideldie!«

George zögerte. Zum einen war da die Sache, dass Kate nicht im Haus ihres Vaters sein sollte. Zum anderen war da die Sache, dass Irene sich so charmant bei ihm verabschiedet hatte, fast als hätte sie ihm ein geheimes Zeichen gegeben, dass sie Belion im nächsten Moment abservieren und zurückbrausen würde, um stattdessen ihn abzuholen.

»Okay«, sagte George. Er biss sich auf die Lippe und legte beschützend die Hand auf Kate Oakenshields Arm. »Wenn du irgendetwas brauchst, ruf mich an. Oder meine Mom. Falls ich nicht da sein sollte. Oder beschäftigt.«

»Verzieh dich, Dermont«, sagte ihr Vater. Der Absatz seines Schuhs trat wütend gegen die Bordsteinkante, das Klappern hallte in der Stille der Gebäude wider.

Sally drohte mit der Faust. »Hey, brauchen Sie noch eine Abreibung, *Padre*?«

»Bleiben Sie mir bloß vom Leib«, sagte Pater Oakenshield und lotste Kate von ihnen weg. »Sie sind ein Monster.«

»*Sie* sind das Monster«, höhnte Sally. »Sie Freak!«

Pater Oakenshield und Kate, fest in ihren Schal eingewickelt, spazierten dicht aneinandergeschmiegt den Bürgersteig zum Parkplatz hinunter, piepsend und zwitschernd und sich in rasche Arpeggios steigernd. George wandte sich zu seiner Mutter um und packte sie an den Ellbogen.

»Mom«, sagte er. »Hör mir zu!«

»Ich weiß, tut mir leid, tut mir leid. Ich rege mich nur immer gleich so auf. Und dann klinge ich wie eine Zwölfjährige.«

»Nein«, sagte George, »das ist doch jetzt völlig belanglos.«

Sally zog sich den Schal fester um die Arme, als ein Angestellter vor George auftauchte, um seinen Wagen zu bringen. George holte die Quittung hervor und reichte sie dem Mann.

»Wirklich«, sagte Sally. »Hmm? Was ist es dann, Liebling?«

»Diese Frau! Diese Frau mit dem schwarzen Loch!«

Stirnrunzelnd klopfte sich Sally mit dem Finger gegen die Wange. »Hmm … Irene Sparks …«

»Komm schon, Mom, ist sie nicht umwerfend? Sie sieht nicht mal besonders, äh, wie eine Wissenschaftlerin aus. Mehr wie, oh, keine Ahnung, Aphrodite? Die schöne Helena?«

»George, mein Junge, mein Junge«, sagte seine Mutter, während sich ihr Gesicht zu einem bitteren Lächeln verzog. »Hat es dir diese kleine schwarze Wolke in einem Kleid wirklich angetan?«

»Ich kann nicht aufhören, an sie zu denken.«

»Wie interessant. Das wird zwar nicht funktionieren, George«, sagte sie kühl. »Aber es ist interessant.«

»Kennen wir sie, Mutter?«, fragte George.

»Was? Nein, natürlich nicht.«

»Denn wenn ich sie ansehe«, fuhr er fort, als hätte seine Mutter überhaupt keine Antwort gegeben, »vermisse ich niemanden. Ich bin einfach glücklich, wenn sie in meiner Nähe ist.«

»Apropos Nähe«, sagte seine Mutter, »wohin ist dein Vater verschwunden?«

Beide erinnerten sich schlagartig an Deans Existenz und sie blickten sich suchend nach ihm um, nur um festzustellen, dass er auf einen Baum geklettert war.

»Ach du meine Güte«, rief Sally so liebevoll aus, dass ein warmer, freudiger Strom George durchfloss. »Man kann ihn keine einzige Sekunde aus den Augen lassen.«

11

In ihrer Kindheit waren Sally und Bernice beste Freundinnen gewesen. Sie hatten sich auf einem Spielplatz kennengelernt.

»Schubs mich an«, hatte Sally zu Bernice gesagt, die gerade ihre eigene Schaukel zum Schwingen gebracht hatte. »Schubs mich an und dann schubs ich dich an.«

Sally hatte lange Beine, Bernice war kleiner. Bernice war neu an der Schule, Sally hingegen war schon seit der Vorschule dort. Sie waren in der fünften Klasse, wo die anderen Mädchen inzwischen zu behaupten anfingen, dass Schaukeln nur etwas für Babys seien. Doch Bernice war deshalb zu den Schaukeln gekommen, weil sie Sally dabei gesehen hatte, wie diese mit ihren langen Beinen erfolglos im Sand unter ihrer Schaukel herumtrat. Bernice sprang von der Schaukel und stellte sich hinter Sally. Sie legte die Hände auf beide Seiten der Hartgummischaukel und zog sie nach hinten, so weit sie nur eben konnte, wobei sie ihre Absätze des besseren Halts wegen neben die sandigen Stellen in das struppige Gras stemmte. Als sie Sally so weit wie möglich nach hinten gezogen hatte, ließ sie los. Sally streckte die Beine aus und schnellte in die Höhe, die Kette fest umklammernd und sich dagegenstemmend. Als sie zu Bernice zurückschoss, musste das kleinere Mädchen rasch beiseitetreten, da Sallys lange Beine in massiven Clogs auf sie zurasten. Während Sally wieder nach vorne schoss, lehnte sie sich weit zurück, sodass ihre blonden Haare im Wind flatterten, und stieß ein lautes Wiehern aus, während sie die Augen fest zusammenkniff und sich ihr Körper vor Lachen krümmte.

»Ich liebe es zu schaukeln!«, rief Sally.

»Ich auch«, sagte Bernice.

»Ich werde niiiieee mit dem Schaukeln aufhören!«, trompetete Sally.

»Okay«, sagte Bernice, obwohl sie insgeheim Höhenangst hatte.

»Es kümmert mich einen SCHEISS, was die anderen sagen«, stieß Sally inbrünstig hervor, das Gesicht betont in Richtung einer Gruppe Mädchen gedreht, die sich auf dem Klettergerüst drängten, die Faltenröcke sittsam um ihre Knie gestrichen.

Bernice wusste keine Antwort darauf.

An diesem Nachmittag gründeten sie den Spielplatzclub. Der Zweck des Clubs war, in jeder Pause abwechselnd alle Spielgeräte zu benutzen. Sie wollten immer mit der höchsten Schaukel beginnen, an der Bernice Sally einen mächtigen Schubs geben musste und dann auf ihre eigene Schaukel hüpfte, um mit ihrer Freundin gleichzuziehen. Dann sprangen sie von den Schaukeln, rasten los und hasteten zur Rutsche. Sally kam mit ihren langen Beinen normalerweise als Erste an, außer sie fiel hin, was häufig passierte, und dann packte Bernice das Geländer der Rutsche als Erste. Sally zog sich dann die steilen Stufen hinauf und warf sich auf das glatte Metall, sauste nach unten und lief außen herum zurück. Bernice stellte fest, dass sie in Sallys Gegenwart mutiger wurde, dass sie ihre Vorahnung eines Sturzes und die Angst davor überwinden und einfach mitmachen konnte.

Alles war für die beiden Mädchen mit Nervenkitzel verbunden: das Klappern der Wippe, das schwindelerregende Drehen des Karussells. Ihr Spiel endete stets auf dem Klettergerüst, wo sie kopfüber von zunehmend höheren Stangen herabhingen, sich mit den Händen festhielten und dann mit zunehmend größerem Risiko für ihre Fußknöchel und Köpfe rückwärts in die Tiefe sprangen. Für Sally konnte es nie schnell genug, hoch genug oder heftig genug sein, und ihr lautes Lachen schallte über den Spielplatz, selbst wenn sie über den Kies schrammte oder gegen einen Baum prallte. Bernice hingegen stellte sich mit gefletschten Zähnen und unbeugsamer Entschlossenheit einer furchteinflößenden Herausforderung nach der anderen. Sally war so tollpatschig, so schlaksig und mit ihrem Körper, der rasend schnell wuchs, so wenig im Einklang, dass jeder geglaubt hätte, es wäre Sally, die schwer stürzen und das Spiel beenden würde.

Stattdessen war es Bernice. Sie standen ganz oben auf der Kletterpyramide, die wie ein Spinnennetz geformt war. Sally hatte wochenlange Überredungsarbeit leisten müssen, Bernice bis zur Spitze zu locken, aber schließlich hatte diese zugestimmt. Jetzt saßen sie Schuhsohle an Schuhsohle da, die Finger ineinander verschränkt, während sie sich gegen die Seilkonstruktion lehnten. Sally kicherte bei dem Spiel, Bernice zum Wegsehen zu zwingen, und brachte diese zum Lachen, wodurch Bernice vergaß, wie weit oben sie saßen. Dann lösten sich irgendwie ihre Hände, und Bernice fiel rückwärts durch die Verstrebungen, stieß sich den Kopf an der Metallstange und sackte in die Tiefe. Ihre Hände schienen überrascht zu sein, ins Leere zu fassen, als würde jede Faser ihres Körpers immer noch glauben, sie sei mit Sally verbunden und sie und Sally würden sich an der Spitze des Klettergerüsts immer noch an den Händen halten. Als der dumpfe Schmerz ihren Hinterkopf erreichte und die Lichter ihres Bewusstseins ausgingen, streckte sie sich immer noch nach Sally aus, versuchte, sie zu erreichen.

Als sie schließlich die Augen aufschlug, lag sie auf dem Steinboden unter dem Klettergerüst, und Sally sagte: »O nein, o nein, mein kleiner lila Sack!« Bernice trug an diesem Tag eine lilafarbene Latzhose, und Sally hatte sie damit bei ihrer Karussellfahrt lachend aufgezogen. Bernice blinzelte und blickte in Sallys Gesicht hinauf. Ihre großen Zähne waren verborgen, und ihre Augen schwammen in Tränen. So hatte sie Sally noch nie erlebt.

»Ist schon okay«, krächzte sie. »Ich bin nicht tot.«

»Wo ist die Lehrerin?«, blaffte Sally die Schülertraube an, die sich um sie gebildet hatte. »Oh, Herrgott noch mal!«

Mit diesem Ausruf schob Sally die Arme unter Bernices Beine und Schultern und hob sie hoch. Sie presste ihre Freundin fest an sich und sagte: »Keine Sorge, mein lila Sack. Wir bringen dich hinein.«

Bernice schloss die Augen, und ihr Denken glitt davon. Sie spürte aber, wie Sally sie hielt und durch den dreieckigen Ausgang des Klettergerüsts bugsierte, nahm das Anrempeln und Wegschieben bewusst wahr, während Sally zur Schule rannte, durch die Tür stürmte und »KRANKENSCHWESTER!« rief.

Bernice hatte eine Gehirnerschütterung und konnte drei Tage nicht zur Schule kommen. Als sie zurückkehrte, entschied Sally: »Kein Spielplatzclub mehr.«

»Nein«, sagte Bernice. »Ist schon okay. Ich kann das jetzt. Ich wusste, dass das passieren würde. Und ich habe es überlebt. Es ist in Ordnung.«

»Ist das dein Ernst? Du wusstest, dass das passieren wird? Wer bist du, ein Medium?«

»Nein«, sagte Bernice. »Bin ich nicht.«

»Nun, das ist mir egal«, sagte Sally. »Sollen sich doch die kleinen Kinder mit dem Mist das Genick brechen. Ich hab die Nase voll.«

An jenem Tag gründete Sally während der Pause einen Esoterikclub mittels eines heimlich hineingeschmuggelten

Ouija-Brettes und einiger Würfel, anhand derer sie, wie sie lautstark verkündete, jedwede übersinnliche Fähigkeit herausbekäme, die Bernice womöglich besäße. Sie gingen nie wieder in die Nähe des Klettergerüsts. Im darauffolgenden Jahr wechselten sie in die Mittelstufe, und Sally konnte ihre überschäumende körperliche Energie abbauen, indem sie Basketball, Softball und Feldhockey spielte. Sie stellte sich bei jeder Sportart unbeholfen an und verbrachte regelmäßig mindestens ein paar Minuten von jedem Spiel mit der Nase auf dem Boden. Bernice saß am Spielfeldrand und spürte jedes Stolpern, jeden Schlag, den ihre Freundin ausführte, während ihr Körper sich versteifte und sich nach rechts und links duckte, sobald Sally von links nach rechts rannte und sich die Hand vors Gesicht schlug, wenn etwas nicht nach Plan funktionierte. Aber Sally rappelte sich immer wieder auf, lachte und bleckte all ihre schiefen Zähne, um dann sofort wieder loszusprinten. Und das brachte Bernice ebenfalls zum Lachen.

In der siebten Klasse ließen sich die Eltern beider Mädchen scheiden. Sallys Mutter hegte den Verdacht, dass ihr Mann sie auf seinen Dienstreisen betrog, und stellte ihm eine Falle, in die er auch blindlings hineintappte. Bernices Mutter, die auf einer Forschungsreise im Fernen Osten weilte, teilte ihrem Mann dagegen lapidar mit, dass sie nicht zurückkäme und er ruhig andere Interessen weiterverfolgen könnte. Sally und Bernice waren damals beide zwölf.

Es ereignete sich während eines Treffens des Esoterikclubs, dass sie sich die Neuigkeiten über ihre jeweiligen Eltern anvertrauten. Der Esoterikclub wurde von mehreren kleinen Ereignissen gefestigt, von denen Sally behauptete, sie würden Bernices seherische Fähigkeiten beweisen, und zählte jetzt sieben Mitglieder, wobei vier oder fünf von ihnen bei jedem

Treffen zugegen waren. Normalerweise vertrieben sie sich die Zeit, indem sie sich gegenseitig beim Kartenspiel auf übersinnliche Fähigkeiten testeten, sich Geschichten über die Hexen im Sumpfland von Toledo erzählten und über Jungs austauschten. Sie trafen sich vor dem Unterricht in einem abgeschiedenen Teil der Turnhalle und kletterten auf einen zusammengeklappten Stapel an Tribünen. Zufälligerweise saß an diesem Tag nur ein einziges anderes Mädchen dort oben, eine Sechstklässlerin, die hoffte, in ihren Club aufgenommen zu werden. Kurzerhand sagten sie ihr, sie solle sich verziehen, und dann waren die beiden allein.

Bernice hielt ein Päckchen Tarotkarten in der Hand, mischte sie lustlos und besah sich jedes Bild, sobald sie es auf dem Stapel umdrehte.

»Was ist los?«, fragte Sally.

»Meine Mutter kommt nicht aus Thailand zurück«, sagte Bernice.

»Wie, überhaupt nicht?«

»Ganz genau.«

»Hm, wird dein Vater mitgehen? Wirst du umziehen?«

Bernice hob den Kopf und sah ihre Freundin an. »Nein«, sagte sie. »Zwischen ihnen ist es aus. Schluss. *Finito.*«

Sally lehnte sich gegen die Wand und blickte ein paar Sekunden zur Decke, dann lächelte sie.

»Zwischen meinen Eltern ist es auch aus«, sagte sie. »Anscheinend hat Dad in Albuquerque seinen Schwanz nicht zurückhalten können, und jetzt haben wir das Schlamassel.«

»Wow«, sagte Bernice. »Du bist hart im Nehmen.«

»Ja.«

»Wo sind die Tränen und das Zerbröseln deiner Identität?«

»Wo sind deine?«, fragte Sally. Bernice sah, dass Sally längst weinte, und dieses Bild trieb ihr ebenfalls Tränen in die Augen.

»Okay, ich geb's zu, im Grunde bin ich traurig«, sagte sie.

Ein paar Minuten saßen sie einfach da, und Bernice mischte weiter die Karten.

»Vielleicht waren sie nicht füreinander bestimmt«, sagte Sally. »Du weißt schon, vielleicht war es nicht die wahre Liebe.«

»Jetzt mach mal halblang.« Bernice verdrehte die Augen und hämmerte mit den Absätzen gegen die Tribüne. Jemand hatte inzwischen die Lichter in der Turnhalle eingeschaltet. »Bist du bescheuert?«

»Nun, vielleicht war es nicht die wahre Liebe!«

»Du weißt, dass das kompletter Schwachsinn ist, oder?«, sagte Bernice.

»Du bist diejenige mit den Tarotkarten in der Hand«, entgegnete Sally.

»Ja, blöde Tarotkarten«, sagte Bernice.

»Ja«, sagte Sally. Sie stieß einen leisen Seufzer aus, bei dem sich Bernice schrecklich fühlte. Dieser kleine Jammerlaut hatte etwas so Endgültiges an sich, als würde etwas unwiderruflich verschwinden.

»Die können uns mal«, sagte Bernice. »Bei uns wird es später anders werden.«

»Wie … anders? Sam Thomas hat mich auf eine Party eingeladen, und dann ist er nicht nur mit Rachel Crumbley statt mit mir gegangen, sondern hatte nicht mal genügend Mumm, es mir zu sagen.«

»Ich weiß«, sagte Bernice, die sich geweigert hatte, auch nur die Möglichkeit in Betracht zu ziehen, das Fest zu besuchen.

»Also habe ich mich hübsch gemacht, mich angezogen und das für nichts und wieder nichts!«

»Ich weiß«, erwiderte Bernice.

»Mein Dad hat sogar kurz davon abgelassen, meiner Mom

nachzustellen, um ein Foto von mir zu machen! Ich habe auf Sam Thomas gewartet und gewartet, und er war längst auf der Party, nur eben mit …«

»Mit Rachel, ja«, beendete Bernice den Satz. »Okay, vielleicht wird es bei uns doch nicht anders.«

»Verdammt«, sagte Sally. »Wir brauchen arrangierte Ehen. Du weißt schon, so wie sie es in Indien machen. Du suchst den Mann, die Frau, was auch immer deiner Kinder aus, und das war's. Die Scheidungsrate ist gleich null.«

»Wer würde für uns Hochzeiten arrangieren?«, schnaubte Bernice. »Unsere Eltern sind viel zu sehr mit ihren eigenen Scheidungen beschäftigt.«

»Stell dir nur mal vor«, sagte Sally, »du wüsstest bei der Geburt deines Kindes, wen es später mal heiratet. Denk darüber nach, was du für sie tun könntest, damit ihre Ehe unglaublich wird.«

»Was zum Beispiel?«

»Keine Ahnung, einfach alles!« Sally spreizte die Hände vor sich. Eine Gruppe Kinder marschierte auf dem Weg zum Proberaum unter ihnen vorbei. »Man könnte sie so erziehen, dass sie später zusammenkommen. Dieselben Ideen, dieselben Erfahrungen, aber genügend Unterschiede belassen, um ihr Interesse aneinander zu wecken. Man müsste sie kompatibel machen, eins das perfekte Gegenstück vom andern. Der eine spielt Cello, die andere Geige. Der eine liebt Bergsteigen, die andere das Abseilen. Verstanden?«

»Wissenschaft.«

»Was?«

»Das ist wie Wissenschaft. Wie das, was die Hexen aus dem Sumpf tun.«

Sally runzelte die Stirn. »Die Hexen aus dem Sumpf? Das ist keine Wissenschaft.«

»Natürlich ist es das«, sagte Bernice. »Sie mischen die Karten, aber sie lesen gleichzeitig in Gesichtern. Sie legen Winkelmesser auf Sternbilder und benennen sie dann nach Göttern. Wie deine Idee mit den arrangierten Ehen – das ist so typisch Toledo. Seelenverwandte in einem Reagenzglas.«

»Genau. So typisch Toledo.«

Die Mädchen saßen eine Weile schweigend da, jede in ihre eigenen Gedanken versunken. Dann läutete es zur ersten Stunde.

»Scheiß auf unsere Eltern«, sagte Sally.

»Verdammt, ja.«

Ein Junge schritt mit einer Posaune in einem Kasten vorbei, wobei er diesen bei jedem Schritt im Gleichklang auf die Tribüne knallen ließ.

»Wir könnten es besser«, sagte Sally.

Bernice sammelte ihre Sachen zusammen und steckte die Tarotkarten in ihren Rucksack.

»Unsere Kinder werden mal heiraten«, fuhr sie fort. »Das wären ich und du an Weihnachten und Thanksgiving. Wie cool wäre das?«

»Cool«, sagte Bernice, während sie den Reißverschluss zuzog.

»Ich meine, Schwiegereltern zu haben, die gut miteinander auskommen, ist wahrscheinlich schon die halbe Miete für eine glückliche Ehe«, sagte Sally.

»Das und deine Hose anzubehalten, wenn du auf Geschäftsreise bist.«

»Aber verstehst du nicht?« Sally packte Bernice am Arm. »Wir könnten es schaffen, dass es funktioniert. Wir könnten ihnen genau das beibringen.«

»Was willst du tun, ihnen einen Elektroschock verpassen, wann immer sie das Wort Seitensprung hören?«

»Ich weiß nicht«, sagte Sally. »Keine Ahnung.«

Das restliche Jahr über, während all des Durcheinanders der Scheidungen, trösteten sie sich gegenseitig mit ihrem Plan. Während Bernices Vater trauerte, das Begleichen von Rechnungen vergaß und in wochenlanges Schweigen verfiel. Während Sallys Mutter sich aus Rache in eine Affäre mit dem Mann einer Nachbarin stürzte.

»Wir könnten ihr das Stricken beibringen, nicht wahr?«, sagte Sally dann, als sie, die Köpfe zusammengesteckt, in der letzten Reihe im Sozialkundeunterricht saßen, wo sie eigentlich an ihrem Gruppenprojekt hätten arbeiten sollen. »Und dann könnten wir ihm eine richtig besondere Mütze stricken oder irgendwas, ein Kissen, einen Schal, so was in der Art. Dann nehmen wir es ihm weg, und er glaubt, er hätte es verloren. Und sobald sie zusammenkommen, findet sie zufällig genau dieses Muster wieder und strickt es für ihn – wumm, das ist Liebe.«

»Das ist Wissenschaft«, korrigierte Bernice sie.

»Das ist Liebe«, sagte Sally.

Es war während der Highschool, als Sally ihren ersten Jungen küsste und Bernice ihren ersten Schluck Alkohol trank. Der Junge war ein Freund aus der Nachbarschaft, mit dem sie als Kleinkind bei Halloween von Haus zu Haus gezogen war. Der Alkohol war aus der Hausbar von Sallys Mutter stibitzt. Es war ein Freitagabend, und die Mädchen waren in Sallys Zimmer. Bernice lag unter Sallys knallblauer Bettdecke und starrte in Sallys Hitachi-Fernseher.

»Du solltest mitkommen«, sagte Sally, die sich Enthaarungscreme auf die Beine strich.

»Das riecht schrecklich«, sagte Bernice. »Es riecht nach alter Frau.«

»Warum kommst du nicht mit?«, beharrte Sally. »Wir können Roger bitten, dass er als dein Date mitkommt. Oder Chris.«

Mit allen Jungen aus den Sportteams verband Sally ein kumpelhaftes Verhältnis. Das schloss sicher aus, dass sie mit Sally ausgehen würden, dachte Bernice, ebenso wie sie mit ihren eigenen Schwestern ja auch nicht ausgehen würden. Vor ihnen war sie sicher. Aber da waren andere Jungs, die Jungs aus der Nachbarschaft oder die Jungs aus anderen sozialen Kreisen: die Mathefreaks, die Poeten, die Musiker. Wegen diesen musste sie sich Sorgen machen.

»Ich will nicht mitkommen«, sagte Bernice. Sie setzte sich auf und griff über das Fußende, um einen anderen Fernsehsender einzustellen. »Ich werde es mir mit Ponch und Jon gemütlich machen.«

»Wirst du hier sein, wenn ich zurückkomme?«

»Ich habe meinem Dad schon gesagt, dass ich hier übernachte. Also kann ich entweder hierbleiben und auf dich warten oder die Laufbahn einer Kleinkriminellen einschlagen.«

»Wirst du jemals auf ein Doppeldate mit mir kommen?«, fragte Sally. »Versprich es mir!«

»Ich habe dir schon versprochen, dass ich mein Kind mit deinem verheirate«, sagte Bernice. »Zählt das denn überhaupt nichts?«

»Vielleicht«, sagte Sally. »Werden wir zuerst ein Doppeldate haben? Werden wir eine Doppelhochzeit haben?«

»Sicher, das sehe ich alles genau vor mir«, sagte Bernice und tat so, als würde sie mit den Händen über eine Kristallkugel auf dem Bett fahren. Ihre Stimme zitterte und vibrierte nun wie die einer in Trance versetzten Hexe. »Wir wohnen zusammen mit unseren Babys, die irgendwann einander heiraten.«

»Oh, gut«, sagte Sally, während sie sich die Haare mit einem

Handtuch trocken rieb. »Und meins ist ein Junge. Komm schon, ich will einen Jungen.«

»Natürlich, sicher, deins ist der Junge«, sagte Bernice mit ihrer normalen Stimme. Dann spielte sie wieder Theater: »Die Babys sitzen in ihren Hochstühlen und essen Apfelmus, das wir aus den Äpfeln aus unserem eigenen Obstgarten gekocht haben, den wir mit Kopftüchern über den Haaren gemeinsam bestellen. Oh, und jetzt sehe ich, wie wir die Töpfe und den Apfelschäler abspülen.«

»Und unser Doppelpack an Ehemännern«, ruft ihr Sally ins Gedächtnis. »Vergiss diesen Teil nicht.«

»Ja, jetzt kann ich es sehen«, sagte Bernice, bedeckte die Augen mit einer Hand und streckte den anderen Arm vor sich aus. »Dein Ehemann kommt ins Zimmer, genau in dem Moment, als wir über irgendetwas lachen, und wir hören auf zu lachen und sehen ihn an, und er sagt: ›Wer, ich? Ich soll mutig und attraktiv sein?‹, und er breitet die Arme aus …«

»Seine starken, männlichen Arme«, fügt Sally hinzu. »Wie sieht er überhaupt aus?«

»Wie ein Idiot. Er stößt gegen das Geschirr auf der Arbeitsplatte, und es fällt klappernd zu Boden. Was für ein Tollpatsch! Ich hasse ihn jetzt schon.«

Sally lachte. Sie strich sich die Creme über die Knie und hinauf bis zu ihren langen Oberschenkeln.

»Du hast dort oben nicht mal Haare«, sagte Bernice, lümmelte sich wieder auf das Kissen und zog die Decke samt Steppdecke bis ans Kinn hoch. »Du entfernst einfach Haare, die es gar nicht gibt.«

»Du entfernst einfach Haare, die es gar nicht gibt«, schalt Sally mit gespielter Entrüstung die Lotion auf ihren Beinen. »O mein Gott! Hör auf, einfach Haare, die es gar nicht gibt, zu entfernen.«

Bernice setzte sich wieder auf und drohte ihr mit der Faust. »Ich würde jetzt ein Kissen auf dich werfen«, sagte Bernice. »Aber du würdest einfach nur Haare davon entfernen.«

»Wahrscheinlich«, sagte Sally gähnend. »Wahrscheinlich würde ich das tun.«

Bernice stützte sich auf die Knie, um die Lautstärke am Fernseher aufzudrehen, dann sank sie zurück in die Kissen.

»Hey«, sagte Sally, »ich werde dieses Zeug in mein Tagebuch schreiben. Damit wir es später überprüfen können. Hast du es gesehen? Ich meine, hast du es wirklich *gesehen*?«

»Was meinst du?«

»Ich meine, hast du es echt gesehen?«

»Ich sehe die Dinge nicht auf diese Art«, sagte Bernice.

»Doch, tust du«, sagte Sally. »Das tust du, und du weißt es auch.«

Bernice zuckte mit den Schultern und verdrehte die Augen. Sah sie Dinge voraus? Wusste sie wirklich, was sich ereignen würde? Nein, es war eher Wahrnehmung, keine Vorahnung. Die Sicherheit analytischer Schlussfolgerungen, nicht der Aberwitz eines Zweiten Gesichts. Könnte sie in die Zukunft sehen, würde sie gewiss nicht Sally sehen, die einen tollpatschigen Trampel geheiratet hatte.

Sally trat aus der Haustür, wo sie ihrem Date spielerisch gegen den Arm boxte, dann mit ihren hochhackigen Sandalen umknickte und sich die abgeschnittenen Shorts an ihrem Hintern nach unten zog. Ihre langen blonden Haare waren zu einem Pferdeschwanz zusammengebunden, ihre Fingernägel hatte ihr Bernice sorgfältig lackiert: babyrosa. Bernice schloss die Tür hinter ihr. Und glitt dann leise zum Fenster, von wo aus sie zusah, wie die beiden zu dem blöden Auto des Jungen gingen. Einem Gremlin. Als der Motor angelassen wurde, gab es ein knirschendes Schleifgeräusch, bevor der Wagen schließlich stotternd davonfuhr. Bernice blickte auf die Uhr. Sallys Zapfenstreich war um elf Uhr, aber ihre Mutter war weg, wahrscheinlich bis morgen früh.

Bernice stand am Fenster und starrte hinaus auf die dunkle Straße, dann drehte sie sich zur Hausbar um und nahm die erstbeste Flasche Alkohol heraus, die mit einer klaren Flüssigkeit gefüllt war. Sie wusste genug über Highschool-Trinkgelage, um ihre Spuren zu verwischen, indem sie die Flasche anschließend mit Wasser auffüllte. Bernice setzte sich auf das schwarze Ledersofa und schraubte den Gin auf. Sie nahm einen langen Schluck. Er brannte, aber nicht zu stark. Sie hatte angenommen, der Alkohol würde ihrer Kehle mehr zusetzen. Ihr zweiter Gedanke war, dass sie sich übergeben müsste, doch sie atmete flach ein und unterdrückte die Übelkeit. Als Sally nach Hause kam, schlief Bernice längst, und niemand kam ihrem Geheimnis je auf die Spur. Es gab keine dumme Situation. Es gab keine Hysterie. Es gab nur eine leichte Benommenheit, und dann gingen die Lichter aus.

Am nächsten Abend bedrängte sie Sally, ebenfalls einen Schluck zu probieren, aber Sally wollte nicht.

»Ich bin Sportlerin«, sagte Sally. »Ich kippe kein Gift in mich hinein.«

»Ich bin Chemikerin«, entgegnete Bernice. »Ich tu's schon.«

Die Highschoolzeit ging dem Ende zu. Bernice würde für ihr Chemiestudium nach Bowling Green gehen und Sally mit einem Basketballstipendium an die University of Michigan. Dank ihrer verbissenen Entschlossenheit und freudigen Bereitschaft, Fouls in Kauf zu nehmen, hatte sie es geschafft, in dieser Sportart recht gut zu werden, und mit ihren hochgewachsenen ein Meter achtzig war sie für dieses Spiel prädestiniert. Es war kein Vollstipendium, aber Sallys Vater kam liebend gerne für den Rest der Kosten auf. Er konnte es sich leisten, und er wollte seine Tochter in der NCAA spielen sehen.

Bernice fühlte sich in Chemielaboratorien und zwischen Wissenschaftlern zu Hause, die sie nicht ständig fragten, wie es ihr ginge oder ob sie gute Gedanken oder schlechte Gedanken hätte oder ob das Erbrechen von einer Grippe oder etwas Schlimmerem herrührte. Bernice akzeptierte die Trennung von ihrer Freundin. Im Grunde war die Zusage des Stipendiums für die University of Michigan ein Samen gewesen, der zu einem Trieb der Verzweiflung herangewachsen war und der sich anfühlte, als wäre er unausweichlich. Vielleicht hatte er an jenem ersten Abend schon Wurzeln geschlagen, als Sallys wackelige Sandalen sie mit ihrem ersten festen Freund an ihrem ersten richtigen Date den Bürgersteig hinabgetragen hatten. Das war der Moment gewesen, in dem sich die Tragödie in Bernices Herz eingenistet und es niemals wieder verlassen hatte. In diesem Augenblick erkannte sie Sallys Flugbahn und sah ihre eigene und wusste, dass sie sich kreuzen würden und dann auch wieder nicht. Alles, was für sie von Bedeutung war, lag klar vor ihren Augen. Und es kam genau so und wurde nie besser, ihr ganzes Leben lang nicht.

Sally hingegen wollte die Trennung nicht einfach hinnehmen. Sie bestand darauf, Bernice jeden Tag von dem Münzsprecher in der Lobby ihres Studentenwohnheims aus anzurufen, wo sie unzählige Vierteldollarmünzen und Zehn-Cent-Stücke einwarf. In ihrem ersten Semester belegte sie ein Wahlfach in Geisteswissenschaften mit dem Titel »Die Geschichte der Astrologie«, in dem Themenbereiche wie die alten Götter, die Geburt der Sternbilder, die Überschneidung des Glaubens der Astrologie mit der Wissenschaft der Astronomie besprochen wurden. Der Dozent, ein Doktorand, war ein bekennender Hellseher, ein Astralreisender, ein Mystiker.

»Kommt mit auf die Insel«, sagte er immer am Ende einer jeden Stunde, was seine Art war, den Unterricht zu beenden. »Dort werdet ihr mich finden.«

Es dauerte nicht lange, bis Sally nach dem Kurs auf ihn wartete und ihn fragte, von welcher Insel er von ihrem Standort, im Herzen Michigans, sprach, und von da war es nur ein Katzensprung, bis sie nebeneinander im Bett lagen, seine Hand auf ihrem Handgelenk, um ihren Puls zu fühlen, und seine Stimme an ihrem Ohr, die sie anleitete.

»Ich träume, ich bin wach. Ich träume, ich bin wach. Ich träume, ich bin wach«, sagte er.

Sie wiederholte seine Worte.

»Da ist eine Insel im Wasser, so blau wie ein Smaragd.«

»Smaragde sind grün«, flüsterte Sally. »Ist es grünes Wasser?«

»Okay, wie ein Saphir«, fuhr Dean fort, ohne seinen Tonfall zu ändern.

»Das ist schon besser«, sagte Sally kichernd.

»Schsch«, ermahnte er sie. »Lass deinen Verstand schweigen. Lass deinen Mund schweigen.«

»Meinem Mund gelingt das weniger gut als meinem Verstand«, flüsterte sie.

»Du musst nicht flüstern, hier ist sonst niemand«, sagte er mit normaler Lautstärke.

»Tut mir leid«, sagte Sally. »Es ist einfach … Zeig es mir noch mal.«

Sally streckte ihren langen Körper neben seinem aus und versuchte dann wirklich, ihn ruhig zu halten und sich zu entspannen. Sie war so ruhelos, selbst im Bett. Selbst nach dem, was er tantrischen Sex nannte.

»Da ist eine Insel im Wasser, so blau wie ein Saphir«, setzte er erneut an. »Auf der Insel gibt es Palmen, die sich in einer schwachen warmen Brise wiegen, und einen Sandstrand so weiß wie Schnee.«

»Oder Perlen«, wisperte Sally. »Um an die Edelsteinanalogie anzuknüpfen.«

»Entspann deinen Mund«, sagte Dean.

»Okay.«

»Entspann ihn vollkommen, sodass keinerlei Worte mehr aus ihm herauskommen.«

»Vielleicht sollten wir lieber zum Tantra zurückkehren«, sagte Sally. »Ich glaube nicht, dass ich das schaffe.«

Bei Dean schaffte sie es nie. Aber die Idee nistete sich in ihr ein, und sie brachte sie Bernice näher.

»Ich vermisse dich!«, sagte sie am Telefon zu Bernice.

»Hast du keinen Freund?«, fragte Bernice.

»Doch, ich habe einen Freund.«

»Ist er langweilig und dumm?«

»Nein«, sagte Sally. »Eigentlich ist er ziemlich wundervoll. Als Professor, meine ich.«

»Wie unanständig«, sagte Bernice ohne jegliche Gefühlsregung. »Das gibt der Sache wohl den gewissen Kick.«

»Nun, er hat alle möglichen verrückten Ideen.«

»Wie zum Beispiel, mit einem neunzehnjährigen Mädchen zu schlafen?«

»Er ist nicht so alt. Er ist erst dreiundzwanzig.«

»Also ist er Dozent, kein Professor.«

»Er ist mein Lehrer.«

»Alles klar. Ich bin froh, dass du aufs College gegangen bist, um zu lernen, wie man mit älteren Männern schläft.«

»Nicht diese Art Lehrer! Er bringt mir die Geschichte der Astrologie bei. Und Astralreisen. Und er kann dieses Zeug mit einem machen, dieses Tantradingsbums, wo der Kerl nicht ejakuliert, sondern einfach ewig weitermacht.«

»Ewig?«

»Er hatte schon mal einen zehnstündigen Orgasmus«, sagte Sally. »Weil nichts herauskommt, ist es auch nicht wirklich vorbei.«

»Du besuchst die University of Michigan, nicht wahr? Du hast nicht zur *Edgar Cayce School of Massage* gewechselt oder machst eine Ausbildung zur Prostituierten, ohne es mir oder deinen Eltern zu erzählen?«

»Astralreisen wären eine Möglichkeit, dass wir uns sehen könnten.«

»Wir sehen uns an Thanksgiving.«

»Nein, ich meine, wir könnten uns die ganze Zeit sehen. Zum Beispiel heute Nacht. In einem Astralflugzeug.«

Bernice zögerte.

»Bist du noch dran?«

»Ja«, sagte sie.

»Ich vermisse dich, mein kleiner lila Sack. Ich möchte das einfach nur mal ausprobieren. Komm schon, ich vermisse dich so sehr. Ich will dich doch bloß sehen.«

Bernice schluckte. »Okay, was muss ich tun? Räucherstäbchen anzünden? Drogen einschmeißen?«

»Nein«, fuhr Sally frohgemut fort, und ihr Lachen hallte dröhnend in der Leitung wider. »Es ist alles in deinem Kopf! Ich weiß, dass wir das schaffen können! Es funktioniert folgendermaßen …« Und sie begann, Deans Erklärungen des luziden Träumens Wort für Wort an Bernice weiterzugeben, obwohl all ihre Versuche, mit Dean gemeinsam Träume zu erleben, gescheitert waren.

Anfangs klappte es auch bei Sally und Bernice nicht. Sie verbrachten einen ganzen Monat damit, in ihren jeweiligen Staaten in den Schlaf zu finden und meditierend ihr Vorhaben voranzutreiben, ein Flugzeug in ihrem jeweiligen Unterbewusstsein zu betreten, das sich in einen Basketballplatz verwandelte. Deans tropische Insel war zu klischeehaft, und außerdem befände sich womöglich Dean dort. Der Basketballplatz war ein Ort, mit dem beide vertraut waren – Sally als Spielerin und Bernice als Zuschauerin. Bernice stellte sich bildlich vor, wie sie ihren Platz auf der Tribüne einnahm, hochblickte und Sally sah, die Freiwürfe trainierte. Sally stellte sich vor, wie sie über den Platz dribbelte, den Kopf nach links drehte und Bernice auf der Zuschauertribüne bemerkte.

Es war etwas, das beide mit großem Eifer versuchten, während sie vor sich hin murmelten: »Ich träume, ich bin wach, ich träume, ich bin wach.« Sally ließ sie noch andere lächerliche Dinge tun, etwa ihre Finger abzählen, sobald ihre Uhr :00 oder :20 oder :40 anzeigte. Die Idee dahinter war, dass wenn das Abzählen von Fingern im Wachzustand zur Routine wurde, es auch im Schlaf auftauchen würde und man im Traum niemals zehn Finger oder Zehen hatte. Sobald man diese Absonderlichkeit erkannte, war es eine Alarmglocke, dass das Gehirn schlief. Dann träumte man und war gleichzeitig bei Bewusstsein.

Zu Thanksgiving trafen sich die Mädchen hellwach in Toledo. Sie lachten über Astrologie und das Vorhaben, an dem sie arbeiteten, aber Sally hatte für Bernice aus der Bibliothek der University of Michigan einen Stapel Bücher zu verschiedenen mystischen Themen ausgeliehen, die erst nach den Winterferien zurückgegeben werden müssten. Da Bernices Vater auf Reisen war, verbrachten sie das Thanksgivingessen bei Sally und legten sich dann unter Sallys leuchtend blauer Bettdecke schlafen, wo so viele Pyjamapartys stattgefunden hatten, in einer Zeit, die nun ewig zurückzuliegen schien.

Sally fiel es schwer, in den Schlaf zu finden, und sie strampelte gereizt mit den Beinen, um eine bequemere Position zu finden.

»Hör auf«, sagte Bernice. »Du wirst mich noch aus dem Bett schubsen.«

»Erzähl mir eine Geschichte«, bat Sally. »Eine gute. Ich kann die Beine nicht stillhalten.«

»Okay«, sagte Bernice. »Aber du musst die Augen schließen. Und wenn du mich trittst, während ich die Geschichte erzähle, höre ich sofort auf.«

Gehorsam schloss Sally die Augen und verschränkte die Fußknöchel übereinander, um sie ruhig zu halten.

»Es war einmal vor langer Zeit«, begann Bernice und fuhr Sallys Augenbraue mit einem Finger nach, erst die linke und dann die rechte, »da lebte ein Mann. Seine Gattin, mit der er viele Jahre verheiratet gewesen war, war gestorben und hatte ihn und drei Söhne zurückgelassen, die sich in einer rauen Welt des Kommerzes und des Wettbewerbs durchschlagen mussten. Er war Baumeister und ein starker, großer Mann mit lockigem, göttlichem Haar …« Bei diesen Worten glitten Bernices Finger an Sallys Haaransatz, und sie strich die kleinen Härchen glatt, die sich dort wie die Haare auf der Stirn eines Babys lockten. »Aber er war traurig, weil er schrecklich allein war.«

Sally stieß einen tiefen Seufzer aus und rollte sich auf den Bauch. Bernice wusste, dies war das untrügliche Zeichen, dass Sally bald einschlafen würde.

»Kratz mir den Rücken«, bat Sally.

Bernice fuhr mit ihren Fingernägeln über dem T-Shirt an Sallys Rücken herab. Dann glitten ihre Nägel in kleinen Kreisen zurück nach oben bis zur Schulter ihrer Freundin und schließlich auf der anderen Seite wieder hinunter.

»Die Geschichte«, sagte Sally schläfrig.

»Irgendwo in einem anderen Teil der Stadt gab es eine Frau mit drei wunderschönen Töchtern. Sie hatten allesamt liebliches goldenes Haar. Ihr Vater, der Ehemann der Frau, war ebenfalls verstorben und hatte sie einsam und traurig zurückgelassen.«

»Tolle Geschichte«, murmelte Sally. »Ich glaube, ich begehe gleich Selbstmord.«

»Nun, eines Tages begegnen sich diese einsame Frau und dieser einsame Mann, nennen wir ihn doch Mike, zufällig in einem Supermarkt«, fuhr Bernice fort, und ihre Fingerspitzen zogen sich langsam zusammen und öffneten sich dann wieder an Sallys Wirbelsäule, während sie von ihrem Hals bis zum Gummiband an ihren Shorts hinauf- und hinabglitten. »Und sie wussten augenblicklich, dass dies mehr bedeutete als nur … eine flüchtige Begegnung.«

»Du Spinner«, sagte Sally.

»Und dass sie eine Familie werden würden«, fuhr Bernice lauter fort und begann fröhlich summend auf dem Bett zu hüpfen.

»Eine Familie!«, brüllte Sally ins Kissen.

»Eine Familie!«, stießen beide Mädchen singend aus und schrien nun aus voller Kehle, sodass die Adern an ihren Schläfen hervortraten.

»Bernice!«, rief Sally aus. Ein Hund bellte in einem der Nachbargärten. Sally sprach ihren Namen immer mit Betonung auf der ersten Silbe aus, nämlich BERN-iss, wenn sie im Scherz so tat, als wäre sie wütend. »Bernice, das ist nicht akzeptabel. Zieh ein blaues Kleid an und deine weißeste Schürze, und kehr dieses Durcheinander auf.«

Bernice lachte so heftig, dass sich ihr Magen krampfhaft zusammenzog.

Als sie sich wieder hinlegten, sagte Sally: »Jetzt bin ich völlig aufgedreht. Du musst von vorne anfangen, mich am Rücken kratzen und wahrscheinlich wirst du auch singen müssen. Ich will Compton & Batteau. Das Duo ist so unbekannt, dass sobald die beiden herausfinden, dass sie die gleichen Lieder kennen, sie gewiss ans Schicksal glauben werden.«

Als Sally schließlich eingeschlafen war, beugte sich Bernice vor, um ihr Gesicht zu betrachten. Der breite Mund Sallys stand offen, und ein Spuckefaden tropfte aufs Kissen. Ihre Wimpern waren gegen ihre Wange gepresst, als hätte ein Stift Striche darauf hinterlassen. Die Lider flatterten, als wäre darunter etwas gefangen. Bernice hätte alles darum gegeben, ihre Lippen auf Sallys Schläfe zu drücken und die Ader zu spüren, die dort pulsierte, blau und tief, und ihre beider Wärme aneinanderzupressen, während ihre Freundin schlief. Es wäre unrecht, dachte sie. Es wäre eine Sünde. Und so ließ sie Sally ungeküsst, rollte sich an ihrem Rücken zusammen und schlief ein.

Später in der Nacht träumte Bernice. Sie befand sich in einem Einkaufszentrum, aber in einem der hässlichen Sorte, und sie spazierte an einer Boutique für Männerkleidung vorbei. Das Geschäft hatte etwas an sich, das Bernice spüren ließ, dass es dort ein Problem gab, wie das häufig in Träumen der Fall sein kann. Sie wusste instinktiv, dass gerade etwas Schlimmes passierte. Dann stand sie schon im Innern des Ladens und schritt an den Kleiderständern vorbei. Sie sah eine Frau, die neben einer Auslage mit leuchtenden Hemden stand, und die Frau war nackt. Der Frau war es offensichtlich peinlich, aber niemand schien sie zu bemerken, weshalb Bernice ihr sagen wollte, dass es keine Rolle spiele. Die Frau drehte sich um, und Bernice wusste, dass es Sally war. Da erkannte sie, als hätte man ihr mit dem Hammer auf den Kopf geschlagen, dass es tatsächlich Sally war. Keine Traum-Sally, sondern Sally, die träumte.

»Sally«, sagte sie. »Es ist alles in Ordnung, du träumst.«

Sally blickte zu Bernice, aber es war offensichtlich, dass sie ihre Freundin nicht wirklich sah. Sie nahm ein Hemd vom Tisch und hielt es so vor sich, als glaubte sie, davon völlig verdeckt zu sein.

»Sally«, sagte Bernice. »Du träumst. Hey.«

Bernice musste sich stark konzentrieren, um in dem Raum zu bleiben, in der Boutique, dort mit Sally. Sie wusste aus den Büchern, dass der schwierigste Teil des luziden Träumens darin bestand, in dem Traum zu bleiben, sobald man erkannt hatte, dass es tatsächlich ein Traum war. Jeder weiß, wie es sich anfühlt, wenn man herausfindet, dass man träumt. Es kommt nur darauf an, was man mit dieser Information anstellt. Normalerweise gleitet man in den nächsten Traum oder wacht einfach auf. Bernice zwang sich, dort auszuharren, und rief ununterbrochen durch den dichten Unterwasserschall des Traums, rief nach Sally. Sally hingegen presste nur ihre Beine zusammen, lehnte sich gegen den Tisch und sah sich verzweifelt um.

Von all den Tests, die man durchführen kann, um seinem Gehirn zu beweisen, dass man schläft, sollte der mit der eigenen Nacktheit der leichteste sein. Vielleicht erinnert man sich nicht daran, die Finger abzuzählen oder auf einen Kalender zu schauen oder die Uhrzeit zu überprüfen. Aber man sollte im Hinterkopf haben, dass, sobald man sich ohne Hose in die Öffentlichkeit begibt, dieses Erlebnis nicht real ist. Doch fast jeder – Sally eingeschlossen –, der sich nackt in der Öffentlichkeit wiederfindet, sucht nicht nach einer Erklärung, sondern nur nach einer Lösung des Problems.

Bernice riet Sally das zu tun, was in den Büchern stand. »Du musst das Heft in die Hand nehmen. Du kannst dir Kleidung anziehen. Träum sie dir einfach herbei.«

Und so tat Bernice das Einzige, was ihr in den Sinn kam, um Sally die Peinlichkeit eines Nackttraums zu ersparen: Sie hob die Hand an ihre Kehle und entledigte sich ihrer eigenen Kleidung. Im Traum mühte sie sich weder mit Reißverschlüssen noch Knöpfen ab, sondern riss sich die Kleidungsstücke einfach vom Leib, als befänden sie sich längst in einem Zustand der Auflösung. Dann stand auch Bernice nackt in der Boutique. Sally konnte sie jetzt sehen, auch wenn die anderen Kunden weiterhin eine träge Gleichgültigkeit an den Tag legten.

»Bernice«, sagte Sally.

»Es ist okay«, sagte Bernice. »Merkst du's? Wir träumen.«

12

Irene sah George im Dunkeln sitzen. Es war sein Hinterkopf, den sie als Erstes sah – der Kopf eines Mannes, quadratisch und groß. Sie war durch die Hintertür in den Saal geschlüpft, und er war ihr sofort ins Auge gesprungen. Etwas an der Art, wie sich seine Schultern an die Lehne schmiegten, oder die Art, wie sein Kinn zur Seite geneigt war, nach oben gereckt, ließen sie sagen: »Er gehört mir.« Etwas an diesem Mann rührte ihr Herz. Oder nicht ihr Herz, sondern ihre Kehle. Nicht ihre Kehle, sondern etwas anderes, etwas, das in einem lebt, aber nicht aus Fleisch und Blut war. Wenn es so etwas wirklich im Innern eines Menschen gab, hatte Irene bis vergangene Nacht nichts davon geahnt, bis dieses Etwas einen Satz gemacht und sich sehnsüchtig nach George verzehrt hatte. Es war verwirrend. Als sei man krank.

Sie war gekommen, um sich den Vortrag eines Gastprofessors anzuhören. Der Saal war dunkel, das Zimmerplanetarium eingeschaltet. Irene mochte es nicht.

George drehte sich um und bemerkte sie. Er winkte eindringlich und bedeutete ihr, zu ihm zu kommen. George hatte ihr einen Platz gleich am Gang freigehalten. Ohne ihn eines Blickes zu würdigen, setzte sie sich neben ihn und beugte sich vor, um ihren Laptop aus der Tasche zu ziehen.

»Hi!«, sagte er und legte ihr die Hand aufs Knie.

»Hallo«, sagte sie in ihren Schoß, während sie immer noch nach ihrer Tasche angelte.

»Es ist toll, Sie zu sehen, Dr. Irene Sparks«, sagte George.

Sie richtete sich mit ihrem Laptop auf, öffnete ihn und erwiderte: »Es ist toll, gesehen zu werden, Dr. George Dermont.«

»Haben Sie einen Kaugummi?«, fragte er.

»Nein«, sagte sie. »Ich mag keine Kaugummis. Und überhaupt, was ist der Sinn davon?«

»Der Sinn ist zu kauen«, sagte George.

»Ich kaue nicht gern«, sagte Irene.

George zog seine Hand zurück und fummelte an dem Laptop auf seinem Schoß herum, rollte eine Seite des Handouts ein und strich es wieder glatt. Irene schaltete ihren Computer an.

»Und wie war Ihr Tag?«, fragte er. Als sie sich zu ihm drehte, bemerkte sie, dass sein Blick auf ihrem Schlüsselbein ruhte.

»Gut«, sagte Irene. »Die Assistentin ist ein bisschen nervig. Sie müssten sie kennen.«

»Ja, Patrice.«

»Sam Beth, wie sie mich verbessert hat.«

»Ja, sie ist eine… äh… Tochter Babylons. Deshalb sind ihnen ihre historischen Namen so wichtig. Aber für den Papierkram ist es Patrice.«

»Ja, davon habe ich gehört«, sagte Irene. »Die Töchter Babylons, hm?«

»Eine Art Internetkult«, sagte George verhalten. »Astronomenpriesterinnen.«

»Sie kennen sie wohl recht gut?«

»Das hat sie Ihnen erzählt?«

»Ja.«

Sam Beth war beim Festbankett an Irene herangetreten, genau in dem Moment, als diese aufgebrochen war. Ihr Gesicht war gerötet gewesen, und sie blickte zu Georges Tisch, zu seinen Eltern. »Ich hatte Sex mit Gilgamesch«, sagte die Doktorandin eindringlich, ihr Weinglas fest umklammernd. Irene ließ sich nicht davon abhalten, Belion in Richtung Tür zu schieben, doch Sam Beth packte sie am Arm.

»Entschuldigung?«, hatte Irene gesagt. »Wie bitte?«

»Mit George«, sagte Sam Beth. »Er ist auf der Suche nach seiner Inanna.«

»Das verstehe ich nicht«, erwiderte Irene. Doch es erklärte, warum sich Sam Beth in dem Büro so aufgeführt hatte. Etwas im Innern von Irene war enttäuscht und ein wenig traurig.

»Er hat mit so ziemlich jeder Frau hier geschlafen, die braune Haare hat«, führte Sam Beth ungeduldig aus. »One-Night-Stands.«

»Wie sonderbar«, sagte Irene. »Nun ja, das hat nichts mit mir zu tun.«

»Das stimmt, aber Sie haben braune Haare«, sagte Sam Beth. »Er wäre keine gute Partie für Sie. Schauen Sie weg. Gehen Sie weg.«

»Nun, ich weiß es zu schätzen, dass Sie versuchen, auf mich aufzupassen«, begann Irene.

»Nein, ich meine es wortwörtlich, gehen Sie weg, gehen Sie von mir weg, jetzt sofort, verlieren Sie keine Worte mehr.«

Irene war weggegangen, doch als sie zu Hause an ihrem Computer saß, im Büro des kleinen Häuschens ihrer Mutter, begann sie der Sache nachzugehen und stieß auf ein paar sonderbare Websites mit ellenlangen Texten und unzähligen Ausrufezeichen, die Babylon als die »Mutter aller Huren« bezeichnete. Die Mädchen im Doktorandenkolloquium glaubten auch jeden Mist.

»Oh«, sagte George im Planetarium. »Diese anderen Frauen …«

»George, ich habe einen Freund und Sie … nun ja, Sie wissen schon. All die Huren.«

Irene drehte sich zu ihrem Laptop zurück. Sie spürte, wie jeder Atemzug hastig ihre Lunge füllte, egal wie sehr sie auch versuchte, ruhig Luft zu holen. Sie öffnete ein neues Dokument und tippte ein: »5. September. Gastvorlesung. Nathaniel Lebernov.«

»Wer ist Nathaniel Lebernov?«, wollte George wissen.

Irene wirbelte zu ihm herum und sagte ungläubig: »Die Lebernov-Differentiale? Sie kennen ihn nicht? Ist das Ihr Ernst?«

Sie tippte die Gleichung in ihren Laptop, wobei sich ihre Handgelenke und Finger geübt krümmten, um die Sonderzeichen und Symbole einzufügen.

»Das ist die Lebernov-Gleichung«, schrieb sie darunter. »Haben Sie in der letzten Herbstausgabe des *International Journal of Physics* nicht seinen Aufsatz über ›Die spektrometrische Analyse des geomagnetischen Partikularradius von Gasmolekülen‹ gelesen?«

George starrte sie bloß an.

»Sind Sie nur hier, um junge Dinger aufzureißen?«

»Ehrlich gesagt bin ich Ihretwegen hier. Ich wusste, Sie würden kommen, und ich wollte Sie sehen.«

Irene blinzelte ein paarmal und zwang ihre Lunge, sich nicht weiter krampfhaft zusammenzuziehen. Sie war verstört, und ihr gefiel dieses Gefühl überhaupt nicht. Rasch schob sie ihre Füße aneinander, bis sich ihre Absätze berührten, und stellte sich diese Absätze am Rand eines Gebäudes im vierzigsten Stockwerk vor. Sie musste ihr Blut zur Ruhe bringen. Irene bedachte George mit einem schnellen Seitenblick. Doch er lümmelte nur in seinem Sitz, sah geradewegs nach oben, schien völlig entspannt zu sein.

»Guten Tag«, sagte Dr. Miller am Rednerpult. »Ich werde keine Zeit damit verschwenden, unseren heutigen Gastredner vorzustellen, dessen Arbeit, wie Sie wissen, für unser Gebiet von unschätzbarer Bedeutung ist. Er ist ein guter Freund von mir und hat sich aus diesem Grund bereiterklärt, seine Arbeit an der Universität von St. Petersburg zu unterbrechen, um hierherzukommen und ein paar Tage bei uns zu bleiben, seine Arbeit zu erläutern und uns an seiner neuesten Forschung teilhaben zu lassen. Bitte heißen Sie Dr. Nathaniel Lebernov willkommen.«

Alle klatschten.

Dr. Lebernov schritt zum Podium und hob abwehrend die Hände, während Dr. Miller in der ersten Reihe Platz nahm, sich zurücklehnte und die Augen zur Decke richtete. George tat es ihm gleich. Irene setzte sich aufrechter hin, die Hände über der Tastatur. Dann richtete auch Dr. Lebernov die Augen gen Himmel und holte tief Luft.

»Das Universum, meine Freunde, dreht sich. Es dreht sich schnell, es entzieht sich unserer Kontrolle«, sagte er. »Wir sehen zu den Sternen empor, wir sehen, wie sie auflodern und verblassen, und wir haben Angst.«

»Er redet von Ihnen, nicht von sich selbst«, rief Dr. Miller ohne ein Mikrofon. »Er hat keine Angst.«

Dr. Lebernov machte mit den Händen eine abwiegelnde Geste und fuhr fort.

»Meine Freunde, wir alle haben Angst vor dem, was wir nicht kennen. Wir haben Angst vor dem, was wir nicht deutlich sehen können. Vor Ungewissheit und Chaos und unerwarteten Dingen, die wir nicht vorhersagen können. Zufällige Kollisionen ängstigen uns, ebenso wie Explosionen in unseren Vorgärten, wo uns ein plötzlich einsetzender Sternenwind die Köpfe von den Körpern reißt. Was wird uns in der Zukunft widerfahren? Welcher Gesteinsbrocken mag vom Himmel fallen? Wie werden wir uns verändern, von einem Augenblick zum anderen, für immer, nur wegen eines plötzlichen Zufalls?

Es gibt nichts, was wir dagegen tun können. Nichts, womit wir uns schützen können. Zumindest solange wir nur diese hier haben…« Er zeigte auf seine Augen. »…was alles ist, was die meisten Menschen haben.

Sie haben ihre Augen, und sie können zum Himmel emporsehen. Heutzutage wissen sie, dass die Sterne weit entfernt sind. Sie haben die vage Vorstellung, dass das Universum riesig ist. Sie wissen, dass riesige Gaswolken brennen, dass Steine von der Größe Belgiens wie Geschosse herumfliegen, und sie wissen, dass sie, die Menschen, winzig sind und alles um sie herum groß ist, und das jagt ihnen Angst ein.

Manchmal wünschte ich«, fuhr er fort, »die Menschen würden immer noch glauben, dass die Erde eine Scheibe ist, dass die Sonne eine Glühbirne hinter einer Papierwand ist und dass die Sterne Götter sind.«

»Manche Leute glauben das immer noch«, flüsterte George Irene zu. Sein Atem umschmeichelte ihr Ohr.

»Wäre das nicht leichter?«, fragte Dr. Lebernov. »Chaos ist das furchteinflößendste Phänomen auf Erden. Ordnung, selbst eine bösartige Ordnung, ist zumindest berechenbar. Doch die Grausamkeit des Chaos ist perfide und scheint keinerlei Grenzen unterworfen. Die Vernunft mag brutal sein und schwierig, aber sie taugt als Waffe. Und so erschaffen wir in Ermangelung von Handlungsfähigkeit Behörden, wir erschaffen in Ermangelung von Informationen Mythen, und wir erschufen Götter, die im Himmel herrschen, damit wir wissen, was dort oben los ist.«

Irene warf George einen verstohlenen Blick zu und merkte, dass er dem Vortrag lauschte. Er hatte den Kopf immer noch in einer Geste der scheinbaren Gleichgültigkeit nach hinten gelehnt, doch seine Augen waren geöffnet. Er war immer noch wach.

»Aber dann kamen die Astronomen und stießen die Götter von ihrem Thron. Steckten die Sonne in Brand, verteilten die Sterne im Universum, formten die Erde zu einer Kugel. Bei diesem Kreuzzug haben wir einen Freund. Die Mathematik.«

George beugte sich vor, legte die Finger auf Irenes Laptop und tippte die Worte »So ein Mist«, bevor sie seine Hände wegschieben konnte. »Tun Sie das nie wieder«, tippte sie zurück. Seine Finger waren lang, die Knöchel gerötet und rau, als wäre er ein Hafenarbeiter und kein Physiker. Diese Hände hatten sich stark angefühlt, als sie sie wegschoben hatte, aber auf eine wohlige Art: warm und hart. Sie wünschte, er würde sie zurück auf ihren Laptop legen. Sie wollte zusehen, wie seine Finger über die Tastatur glitten, weitere Buchstaben schrieben, weitere Worte an sie.

»Mathematik vertreibt Ignoranz. Mathematik überwindet Zwietracht und Anarchie und Revolutionen. Es ist die Mathematik, die sagt: 6,3184 mal zehn hoch drei. Mathematik wird uns retten.«

George machte Würgegeräusche und kniff die Augen zu. Sie nutzte die Gelegenheit, nun da seine Lider geschlossen waren, um ihn zu betrachten und um sich der Fantasie hinzugeben, wie sie ihn berührte, an ihm zerrte, die Hände auf sein breites Schlüsselbein legte, von seinen langen Armen umfangen wurde. *Ich möchte mir die Kleider vom Leib reißen,* dachte sie. *Ich will für ihn nackt sein, mich an ihn pressen, nackt wie eine Venusmuschel. Ich will es.* Nie zuvor hatte sie so etwas gewollt. Und das war der Grund, weshalb sie nicht aufhören konnte, George anzusehen, die ganze Vorlesung hindurch. Es überraschte sie, dass sie ihn wollte. Es war nicht so, als hätte sie einen roten Kreis erwartet und einen blauen gefunden. Es fühlte sich eher an, als hätte sie einen Briefumschlag geöffnet und Wasser gefunden. In ein Loch geblickt und den Himmel gesehen. Sie konnte sich nicht erinnern, wann sie jemals so überrascht gewesen war.

Nachdem der Vortrag zu Ende war, klappte sie ihren Laptop zu und sagte: »Nun, Dr. Dermont, dank Ihnen besteht meine Mitschrift heute aus den Worten ›So ein Mist‹. Und da dachte ich, Sie würden meine Arbeit nur behindern, wenn ich mit Ihnen ausgehen würde.«

»Sie hätten mitschreiben können«, erwiderte er beim Aufstehen.

»Das stimmt«, sagte sie einlenkend. »Und wahrscheinlich hätte ich mir sowieso keine Anmerkungen gemacht. Den Großteil seines Vortrags findet man in seinen Veröffentlichungen eingestreut wieder, wenn man die Teile zusammenfügt. Wenn man den Sinn der Dinge heranzieht.«

»Ich dachte, wir sollten nicht den Sinn der Dinge heranziehen. Ich dachte, wir sollten den Sinn zu einem geschwärzten Aschehaufen verbrennen und dann jedes Molekül in dem Haufen zählen und das als Antwort postulieren. Hat er das nicht gerade gesagt?«

»George, Sie sind leider ein Träumer«, sagte sie, warf sich die Laptoptasche über die Schulter und ließ ihn aus der Sitzreihe hinausschlüpfen. Irene lächelte ihn an. Sie streckte den Arm aus und nahm seine Hand. Es war fast so, als würde ihr Körper ein Eigenleben führen, und ehe sie sich's versah, hielt sie eine seiner großen Hände zwischen ihren beiden, und die Knochen darin bewegten sich, zusammengehalten und -gepresst von jeder Faser seines Fleisches, und sie packte seine Hand und hielt sie und ließ sie dann wieder los, als wäre sie mit einem Mal glühend heiß geworden.

»Ich sagte ja, Sie sind ein Träumer«, wiederholte sie schnippisch und marschierte aus dem Saal.

Er folgte ihr auf den Gang und die Treppe hinunter.

»Wohin gehen Sie?«, fragte George.

»In mein Büro«, sagte sie. *Jetzt wird er etwas darüber sagen, wie sehr ihm mein Rock gefällt, und dann wird er geschickt versuchen, mich zu überreden, ihn auszuziehen*, dachte sie. *Es wird gleich passieren.*

»Möchten Sie irgendwann mit auf mein Boot kommen?«.

»Ihr Boot? Was sind Sie, reich etwa?«

»Ja«, sagte er. »Ich bin allerdings neureich, weshalb ich aber noch nicht blasiert bin. Ich bin völlig unbedarft und charmant, was Geld anbelangt.«

Da waren immer noch Leute, die im Gebäude herumliefen und auf einen Moment mit dem bedeutenden Wissenschaftler spekulierten. *Darf ich ein Autogramm haben? Ihre Gleichung ist einfach wunderbar,* würden sie vielleicht sagen. Irene hatte vor, später eine E-Mail zu schreiben. *Ich bin Dr. Irene Sparks vom Toledo Institute of Astronomy. Ich habe Ihr Buch gelesen*, würde dort stehen. *Ich habe folgende Anmerkungen zu Ihrer Vorlesung.*

Förmlich, trocken, intelligent. Genau die Art Mensch, der man eine förmliche, trockene, intelligente E-Mail zurückschreiben würde.

»Was würden Sie Lebernov nach diesem Abend mitteilen?«, wollte sie von George wissen, dem sie gestattete, sie ein Stück des Weges zu begleiten.

»Ich würde ihm sagen, dass er keine Seele besitzt.«

»Das würden Sie nicht.«

»Wollen wir wetten?« George blieb auf dem Gehweg stehen. »Wir können sofort zurückgehen.«

»George!«, rief sie und zog ihn an seinem Ellbogen, bis sie wieder weitergingen. Ihre Hand blieb an seinem Ellbogen, diesem wundervoll arbeitenden Scharnier, das den oberen Teil seines Arms mit dem unteren verband. Und sie spazierten den Bürgersteig entlang, mit ihrer Hand an seinem Ellbogen und ihren Fingerknöcheln, die gegen seine Rippen klopften. Sie musste den Arm heben, um sich an ihm festzuhalten. Er schien es nicht zu bemerken.

»Es überrascht mich, dass Miller nicht aufgesprungen ist und ihm den Schädel mit einem Stuhlbein eingeschlagen hat«, sagte George. »Ich weiß, dass er dieses Gesülze über die Aufklärung nicht teilt.«

»Gesülze? Haben Sie wirklich gerade das Wort ›Gesülze‹ benutzt?«

George schnaubte und lächelte sie an. Es gefiel ihr, ihm ins Gesicht zu sehen. Sie wusste nicht, wohin er sie gerade führte, aber es kümmerte sie nicht. Sie blickte weiter in sein Gesicht, das sich gegen die nächtlichen Bäume und das orangefarbene Glühen der Straßenlaternen abzeichnete. *Ein One-Night-Stand*, dachte sie. *Vielleicht gar keine so schlechte Idee.*

»Wissen Sie«, sagte George fast ein wenig wehmütig, »jeder besucht im College Astronomiekurse, weil es so cool und romantisch ist, zu den Sternen zu schauen. Ihnen werden die Sternbilder beigebracht und alles, was man damals dachte und woran man damals glaubte. Und dann fangen wir an, die Entfernung von einem Ort zum anderen in Lichtjahren zu berechnen, und alle schmeißen das Handtuch, weil sie Mathematik nicht mögen. Ich meine, vergessen Sie Parallaxen.«

»Es heißt Parsecs«, sagte sie leise.

»Natürlich, Parsecs, ja. Aber Sie verstehen nicht, worauf ich hinauswill. Ich mag Mathematik auch nicht. Aber ich bin drangeblieben. Die Mathematik ist ein notwendiges Übel, die Sterne allerdings sind immer noch Sterne. Immer noch cool und romantisch.«

Sie blickte wieder zu ihm. Er hatte ein kleines Lächeln auf den Lippen.

»Wollten Sie als kleines Kind Astronaut werden?«, fragte sie.

»Nein«, sagte er ernst, »immer Astronom.«

Sie näherten sich dem westlichen Ende des Campus, wo sich die Nachbildung der uralten Tempelruine befand. Nun streckte George den Arm aus, nahm Irene bei der Hand und führte sie durch ein paar Felsbrocken, und sie ließ ihn gewähren, da sie tatsächlich klein war und Hilfe beim Klettern brauchte. Eine Weile taten sie nichts anderes, als zu klettern. Es gab einen Weg auf der anderen Seite, doch sie benutzten ihn nicht. Dann erreichten sie die Mitte des Tempels, wo die Pfeiler immer noch in einem Rechteck standen, ein Podest an einem Ende.

George deutete zum Nachthimmel empor. Er war wirklich wunderschön, dieser dunkle Himmel und all die Sterne, die sich gegen die Steine abhoben, mit nichts außen herum.

»Ein Stern wird gerade geboren«, sagte er.

»Sterne werden nicht geboren, George. Und sie sterben nicht. Lithium, Wasserstoff, Verschmelzung: Das ist keine Geburt. Nennen Sie es doch beim Namen. Beteiligen Sie sich nicht an diesem dummen, anthropomorphischen Schwachsinn.«

»Ich stelle es mir aber gerne so vor«, sagte George.

»Ich hingegen«, sagte Irene, »halte es für schwachsinnig, herumzulaufen und Gedichte zu schreiben und zu singen. Elfen tun das. Astronomen nicht.«

»Wirklich? Sie lesen niemals Gedichte?«

»Manchmal tue ich es«, gab Irene zu. »Meine Mutter hat mir welche vorgelesen.«

»Wie schön. Sie ist mir schon jetzt sympathisch«, sagte George.

Sie standen unter dem funkelnden Himmel, und Irene

fühlte sich winzig neben den hoch aufragenden Säulen. Die Ruine, der das Dach fehlte, bildete einen Rahmen um die Sterne. George stand einfach da und blickte nach oben. Vielleicht haben manche Menschen keine Angst, wenn sie an Kometen oder Supernovas denken. Vielleicht finden sie sie wunderschön.

»Wollen Sie nun?«, frage George.

»Nein!«, sagte sie automatisch und wurde jäh aus dem Himmel zurückgeholt, zurück in ihre Haut und in ihr Gehirn, das sich verwundert fragte, über wie viele Frauen George auf diesem Podium schon hergefallen war. Mit wie vielen Frauen hatte er sich unter diesen Wolken vergnügt, als Möchtegernpoet, der sich über Konventionen hinwegsetzte und die Mathematik mit einer theatralischen, sexy Geste wegwischte? Er mochte gesagt haben: *Sieh nur, Kassiopeia, ist sie nicht herrlich!*, und die Frau war in Verzückung geraten, und er konnte sich an sie heranmachen. Seine raue Hand auf ihrem Rücken, sein Gesicht, das sich ihrem näherte, die Wärme seiner Brust an ihrem Busen.

»Ich meinte, mit auf mein Boot kommen«, erklärte er. Sie starrte ihn an.

»Äh, ich weiß nicht so recht«, sagte sie. Sie stellte sich vor, wie es sein würde. Grelles Sonnenlicht. Ein strahlendes Lächeln. Wahrscheinlich Wein. Wind. Frische. »Meine Mutter ist gerade gestorben.«

»Dann sollten wir sofort losfahren«, sagte er, »denn jetzt ist die beste Zeit, um die Sterne zu beobachten. Ich kann so weit in den Eriesee hinausfahren, dass wir Ihre Mutter vielleicht noch sehen können, dort oben im Himmel.«

»Wow«, sagte sie. »Das habe ich damit überhaupt nicht gemeint.«

An jenem Morgen war sie zu ihrem Termin im Beerdigungsinstitut gefahren.

Bernices Leichnam war zu einem staatlichen Bestattungsunternehmen gebracht worden, dem üblichen Ort für Menschen, deren Leichen im städtischen Leichenschauhaus landeten. Irene war nicht sicher, ob sie deswegen ein schlechtes Gewissen haben musste. Das Bestattungsunternehmen hieß *Metropolitan Funeral Home*. Ein typischer Name für einen Ort wie diesen. Es handelte sich um ein rotes Backsteingebäude in Form eines H, das in seinem Zentrum eine gläserne Lobby besaß. In einem der Flügel war eine große Kapelle untergebracht, in einem anderen die Verwaltung. Ein Flügel wurde als Ausstellungsraum für die Särge genutzt (eine Broschüre mit dem Titel »Produkte« war dazu erhältlich), der andere Flügel war abgeriegelt. *Dort liegen die Toten*, dachte Irene, während sie im Kopf den Grundriss des Gebäudes nachzeichnete. *Dort liegt meine Mutter. Dort drüben in diesem Teil, gleich neben dem Parkplatz. Sie ist drinnen, und sie wird gleich verbrannt. Sobald ich die Papiere unterzeichne, wird sie brennen.*

Irene wurde von einem lächelnden Mann im schwarzen Anzug begrüßt, der sie zu einer luxuriös aussehenden Sitzbank im Korridor zwischen den Büros und der Kapelle führte. Dort wartete sie auf den Bestatter.

»Ich will keinen Sarg kaufen«, hatte sie zu Belion gesagt, der für sie das Bestattungsunternehmen angerufen hatte. »Ich will keine Urne kaufen.«

»Sie will weder einen Sarg noch eine Urne kaufen«, hatte Belion ins Telefon weitergegeben. »Sie wird kommen und einfach die Papiere unterschreiben. Das ist alles, was sie will.«

Belion lauschte in den Hörer.

»Haben Sie denn gar nichts herumliegen, um die Asche hineinzufüllen? Etwas ganz Einfaches?«

Irene beschlich urplötzlich das Gefühl, als müsste sie wissen, in welchem Bestattungsunternehmen Generationen von Sparks-Frauen ausgeblutet waren, müsste das Gebäude erspüren können, in dem diese aufgebahrt gewesen waren. Tatsächlich aber hatte sie nicht den blassesten Schimmer, was mit all den Generationen von Sparks-Frauen geschehen war. Es gab keinerlei Dokumente über deren Verbleib. Womöglich könnte Irene auf dem Dachboden ihrer Mutter auf irgendetwas stoßen, aber genau hier und jetzt war das *Metropolitan Funeral Home* mit all seinen leicht zu staubsaugenden Teppichen und all seinen vornehm anmutenden Stühlen, die mit Küchenpapier abgewischt werden konnten, ihr Bestimmungsort.

Ein großer Flachbildschirm hing an der Wand. Auf dem Bildschirm wurden in Endlosschleife Bilder von Verstorbenen gezeigt, zusammen mit Informationen über ihre Beerdigungen und Zitaten ihrer Familien. Irene saß da, starr vor Entsetzen über die Vorstellung, wie ihre Mutter ebenfalls im Fernseher auftauchen würde, gütig lächelnd neben einer leeren Seite, oder noch schlimmer, einer Anmerkung, die folgendermaßen lautete: »Bernice Sparks, von ihrer Tochter überlebt, welche eine Beerdigung ablehnte, eine Urne ablehnte, alles ablehnte, womit wir diese leere Seite hätten füllen können. Wird sie vermisst werden?«

Eine Schwingtür öffnete sich, und eine junge Frau rief heraus: »Für Bernice Sparks?« Irene kam zur Tür und entdeckte dahinter ein schlichtes Büro mit Aktenschränken und Drehstühlen, einen Ort eben, der so aussah wie alle Orte, an denen Buchführung stattfindet und Abrechnungen erstellt wurden. Sie erhielt ein paar Formulare auf einem Klemmbrett gereicht und zog einen Scheck über mehrere tausend Dollar aus der Tasche. Die Transaktion wurde zwischen Tür und Angel getätigt, wobei Irene keinen Fuß auf die Vinylfliese auf der anderen Seite setzte und die Buchhalterin keinen Schritt hinaus auf den farblich passenden Teppich machte.

»Vielen Dank«, sagte die Frau mit gedämpfter Stimme. »Alles ist bereit.«

»Bereit wofür?«, fragte Irene. Neben ihr auf dem Flachbildschirm dauerte die stille Parade der Toten an. Sie waren alle so alt. Die meisten hatten Schläuche, die ihnen aus den Gesichtern ragten, oder weiße Haarbüschel, die ihnen über die Augen fielen.

»Alles ist bereit.«

»Werden sie …« Irene spürte, wie ihr die Tränen in die Augen schossen. Sie presste ihre Lippen zusammen.

»Sie werden Ihre Mutter einäschern und die Sterbeurkunde ausstellen, ganz wie Sie es gewünscht haben.«

»Wann?«

»Wir führen unsere Einäscherungen nachts durch, Ma'am«, sagte die junge Frau. »Also wahrscheinlich heute Nacht.«

Irene zögerte.

»Wollen Sie anwesend sein?«

»Nein«, sagte sie rasch und wischte sich über die Augen. »Nein, ich wollte nur wissen, wann es geschieht.«

Irene wusste von der Website des *Metropolitan Funeral Home*, dass das Innere eines Krematoriums Ofenkammer hieß. Welch profane Bezeichnung für einen solchen Ort. Sie blieb an der Flügeltür stehen.

»Wollen Sie sich noch eine Urne ansehen?«

Irene drehte sich um und ging zurück zur Eingangshalle, schob die Türe auf und schritt hinaus zu ihrem Auto. Sie fuhr zur Arbeit ins Institut. Das Wetter war herrlich, die Straßen frei von Verkehr, und als sie sich umsah, überkam sie das Gefühl, als wollte die Welt ihr zeigen, welch ein Glück es war, am Leben zu sein. Der blaue Herbsthimmel, all die blitzenden Fenster und dunklen Kabel, die sich kreuz und quer zwischen ihr und dem Weltall spannten. In dem kältesten Flügel des Buchstaben H aber lag ihre Mutter tot in einem Kühlfach, und schon bald würde ein Feuer sie verzehren. Restlos verbrennen. Das erste Feuer hatte vor vielen Jahren gewütet. Es hatte Bernice nicht getötet. Aber es war nicht zu leugnen, dass es ihre Tochter auf dem Gewissen hatte.

13

Feuer ist eine astronomische Notwendigkeit. Auf den Sternen brennt alles.

Als Irene sechs Jahre alt war, zündete ihre Mutter ihr Haus an. Es war kein Unfall, aber es war auch kein Selbstmord. Der Unterschied zwischen einem Unfall und einem Selbstmord ist der, dass bei Letzterem jemand stirbt. Deshalb war das Feuer kein Selbstmord, denn Bernice starb nicht. Wäre sie gestorben, wäre es ein glasklarer Selbstmord gewesen, da das Feuer zweifellos von ihr gelegt worden war. Die Nachbarn diskutierten lang und breit, ob sie das Haus absichtlich in Brand gesteckt hatte. Tatsächlich ging das Feuer aber auf das Konto eines alkoholbedingt falschen Umgangs mit einem Räucherstäbchen und mehreren ölgetränkten Seidenschals.

Was ist ein Selbstmord? Welcher Tod ist kein Selbstmord? Welche Entscheidungen trifft ein Mensch denn wirklich, und worin liegt die Schuld begründet? Hat man entschieden, was »absichtlich« bedeutet, dann weiß man es.

Die Polizei hatte jeden befragt, und niemand wusste, was vorgefallen war. Bernice wusste es auch nicht. Sie hatte geschrien, als sie erwachte, lauter geschrien, als jemals zuvor jemand geschrien hatte. Als das Feuer ausbrach, war sie bewusstlos gewesen. Sie hatte getrunken. Sie hatte eine traditionelle Rauchzeremonie durchgeführt. Das war alles, woran sie sich erinnerte. Ob sie nun absichtlich ein brennendes Räucherstäbchen auf einen Haufen ölgetränkter Schals gelegt hatte oder ob sie tatsächlich mit einem Räucherstäbchen in der Hand eingeschlafen war oder ob die Schals und das Räucherstäbchen überhaupt keine Rolle gespielt hatten, blieb unklar. Es ist jedoch nicht von der Hand zu weisen, dass, wenn man diesen ersten großen Schluck Alkohol nimmt, der Rest dem Sturz von einem Baum gleichkommt.

Irene erinnerte sich nicht, in jener Nacht aufgewacht zu sein, aber der Rauch war ihr wohl in die Lunge gedrungen und hatte sie am Atmen gehindert. Höchstwahrscheinlich war sie hustend aus dem Bett gefallen, die Augen vor Tränen brennend. Da ihre Lehrerin ihr beigebracht hatte, im Fall eines Feuers am Boden entlangzukrabbeln, blieb sie auf allen vieren und kroch weiter. Diese Schlussfolgerung hatten sie jedenfalls aus den blauen Flecken an ihren Knien gezogen. Irene erinnerte sich nicht daran, gekrabbelt zu sein. Sie musste jedoch die Treppe hinuntergekrochen sein, vielleicht »Mommy, Mommy« rufend oder vielleicht auch nur nach Luft japsend. Es spielt eigentlich auch keine Rolle, was nur erschütternd oder was real war. Das Ganze war aber insofern von Bedeutung, als Irene die Treppe hinabkroch, um dann, als sie ihre Mutter dort lichterloh brennend liegen sah, anzufangen, sie zu treten und an ihren brennenden Haaren zu reißen. Eines war gewiss: Irene hatte ihre Mutter getreten, an den Haaren gezogen, sie geschubst und auf die Veranda gezwungen, genau in dem Moment, als die Feuerwehrleute auftauchten. Und diese retteten Bernice und Irene vor dem Feuer.

Für eine Sechsjährige ist es unmöglich, eine Frau aus einem brennenden Haus zu ziehen, egal ob die Frau in Flammen steht oder nicht. Folglich musste sich Bernice selbst gerettet haben. Selbst wenn sie sich nicht mehr daran erinnerte. Selbst wenn sie es nicht gewollt hatte. Was die Feuerwehrleute und Nachbarn aus der Tür kommen sahen, zugleich mit dunklen

Rauchschwaden und heißer Luft, waren eine auf allen vieren kriechende Frau und ein Kind, das diese Frau trat und an deren brennenden Haaren zog. Das Kind schrie wütend: »Du stirbst nicht! Nein, du stirbst nicht! Du stirbst nicht!« Das Beste, was dir passieren kann, wenn du lichterloh brennend am Sterben bist, ist manchmal ein Mensch, der dich tritt und dich anbrüllt, dass du nicht sterben darfst.

Die einzigen Spuren, die das Feuer bei Bernice hinterließen, waren die wie Bläschen geformten Narben an ihrem Hals und am Rücken. Ihre Dreadlocks waren bis zur Unkenntlichkeit versengt, und der Anblick der Wunden an ihrem Kopf musste schrecklich gewesen sein. Doch war ein Teil ihrer Haare später nachgewachsen. Nun, wer konnte schon mit Gewissheit sagen, was in diesem brennenden Haus wirklich vorgefallen war? Irenes Erinnerungen setzten am darauffolgenden Tag ein. Sie konnte sich weder an das Feuer noch an irgendetwas davor erinnern. Sie hatte gelernt, sich etwas zunutze zu machen, das an Vergebung heranreichte: das Vergessen. Sie versuchte zu vergessen, dass ihre Mutter sie fast verbrannt hatte. Aber vergeben konnte sie es ihr nicht, nie und nimmer.

An den Wochenendbesuchen zu Hause während ihrer Zeit im College beschäftigten sich Bernice und Sally mit Astrologie. Sally war begeistert von der Materie – schon bald fertigten sie beide Sternenkarten an und lasen Manly Hall. Sally befasste sich mit der Kunst und Philosophie der Astrologie, Bernice mit deren wissenschaftlicher Seite. Sally erklärte es zu ihrem Traum, nach Toledo zurückzukehren und mit Bernice einen Esoterikladen zu eröffnen. Sie könnten eine Radioshow senden. Sie könnten ein Buch verfassen. Im Sommer ihres zweiten Studienjahres gingen sie bei der berühmt-berüchtigten »Hexe von Toledo« in die Lehre, einer greisen Frau, die den Gerüchten zufolge direkt von Esther Birchard abstammte. Sie lebte an einem kleinen Seitenarm des Maumee River, blickte für ihre Kunden als Medium in die Zukunft und verkaufte ihnen Flüche, Heilmittel und Talismane. So viele Menschen hatten auf der Straße neben ihrem Haus Autounfälle gehabt, dass Glücksbringer und Abwehrzauber an Bäume gehängt wurden, ja, Glücksbringer und Abwehrzauber, selbst an einem so hochzivilisierten Wissenschaftsstandort wie Toledo. Immerhin bezeichnete sie sich selbst als Hexe. Was spielte es da schon für eine Rolle, dass es eine unübersichtliche Kurve ohne Leitplanke war?

Sally und Bernice arbeiteten den ganzen Sommer '82 umsonst für die Hexe, putzten ihr Haus, kümmerten sich um ihren Terminkalender und durften an den Sitzungen teilnehmen. Sally lernte, wie man darüber sprach, dass die Winde durch die Zeit wehten, und Bernice lernte, wie man Statistiken auf Einzelpersonen anwandte, sodass das Halten der Hand einer Kundin und das Betrachten ihrer Handinnenfläche zu einem mathematischen Rätsel wurde, einem starren Flussdiagramm an Möglichkeiten. Sally wurde richtig gut im Reden und Glauben, und Bernice wurde richtig gut im Austricksen und Vortäuschen, bis sie gemeinsam jeden zu überzeugen vermochten, an dem sie ihre Künste ausprobierten. Ab dem Sommer '83 gestattete die Hexe ihnen, mit Klienten zu arbeiten und gab ihnen einen Teil des Honorars ab. Ab dem Sommer '84, vor ihrem letzten Jahr an der Uni, schmissen sie den Laden nahezu allein, und die Hexe versprach ihnen die Hälfte des Geschäfts, wenn sie einen eigenen Laden eröffneten.

»Ich bin am Ende«, sagte die Hexe traurig. »All die vielen Menschen zehren an meinen Kräften.«

In ihrem Abschlussjahr verlobte sich Sally mit Dean. Sie hatte versucht, andere Männer zu daten, war aber stets in einem wild tantrischen Anfall zu ihm zurückgekehrt. Bernice kam es so vor, als kletterte Sally von einem Rettungsboot ins nächste, wenn sich die Rettungsboote jedoch zu weit von dem Schiff entfernten, überfiel sie die Panik, jemals an Land zu gelangen. Dann riss sie demjenigen, der gerade ruderte, die Ruder aus der Hand und paddelte zurück zum sinkenden Schiff. Bernice machte sich nichts aus Dean. Aber Sally konnte ohne ihn nicht leben.

Als Sally kurz vor ihrem Abschluss stand, wechselte Dean von der philosophischen Fakultät zu den bildenden Künsten. Er malte riesige Gemälde mit Szenen, die teils dem Science-Fiction-Genre und teils der Mythologie entlehnt waren. Seine Art der Kunst war grafisch und dunkel, sie wirkte wie ein Comic auf Leinwand gezogen.

»Ich liebe ihn«, sagte Sally. »Ich weiß, es ist verrückt. Ich meine, er ist Künstler. Aber ich liebe ihn. Und weißt du was? Ich glaube, er ist wirklich talentiert. Er reißt mich echt vom Hocker.«

»Das ist Blödsinn«, sagte Bernice. Es war das Wochenende des ersten Basketballspiels in Sallys letztem Jahr, und Bernice war nach Ann Arbor gekommen, um es sich anzusehen. Sally und Dean wohnten außerhalb des Campus, in einem kleinen Häuschen, das Sallys Mutter unbedingt hatte kaufen und einrichten wollen. »Du bist bloß berauscht davon, ihn zu vögeln. Tantra hier, Tantra da. Das ist kein Grund, den Kerl gleich zu heiraten.«

Bernice wohnte in dem alten Haus ihrer Eltern in Toledo, während sie ihr Studium in Bowling Green abschloss. Ihr Vater war höchst erfreut gewesen, ihr das Haus zu überschreiben, es schien, als wäre der Highschoolabschluss eine Art Ziellinie gewesen, die er begierig überschreiten wollte. Er kaufte Bernice zudem ein Auto, und sie konnte damit, wann immer sie wollte, nach Ann Arbor fahren, um Sally zu besuchen. Das war gut, denn sie konnten nur dann gemeinsam träumen, wenn sie sich in derselben Stadt befanden. Am allerbesten klappte es in Toledo. Sally behauptete, es läge daran, dass ihre Energien dort im Einklang miteinander seien. Bernice hätte es nie fertiggebracht, ihr zu entgegnen: »Sally, es liegt daran, weil du im luziden Träumen echt mies bist.« Aber das war die Wahrheit. Sally legte sich ins Bett und hoffte jedes Mal auf ein Wunder, wohingegen Bernice genau erlernte, welche Art Verhalten dazu beitrug, die Kontrolle über ihre Träume zu erlangen. »Leg deinen Körper schlafen, aber dein Geist muss wach bleiben. Es hat nichts Mystisches an sich. Es ist nicht einmal sonderlich schwer«, sagte Bernice. Aber für Sally war es ein mühseliges Unterfangen, und sie konnte nur mit Bernice gemeinsam träumen, wenn Bernice zu ihr kam und sie in einem ihrer Träume fand. Sally hatte immer Schlafstörungen gehabt. Es war etwas, das sie ihr ganzes Leben plagte.

»Anfangs dachte ich auch, dieses Kunstding wäre Schwachsinn«, sagte Sally, während sie sich auf das Ledersofa warf, das ihre Mutter ihr aus Finnland mitgebracht hatte.

»Aber dann hast du mit ihm geschlafen«, sagte Bernice. »Und es war gar nicht mehr so schwachsinnig.«

»He, halt die Klappe«, sagte Sally. »Du solltest es auch mal ausprobieren. Vielleicht würde es dir gefallen.«

Doch Bernice hatte längst sexuelle Erfahrungen mit unterschiedlichen Mädchen gemacht. Wegen ihrer dünnen Dreadlocks, ihrer Porzellanhaut, ihren großen grauen Augen und ihrer schmalen Statur fiel es ihr nicht schwer, jemanden zu finden, dessen warmer Mund lang genug über ihren Schritt glitt, um das brennende Verlangen dort zu lindern. Dessen Finger auf angenehme Art in sie eindrangen und sie trösteten. Ihr gefiel es. Aber sie war eine gierige Liebhaberin und nicht daran interessiert, etwas von dem zurückzugeben, was ihr geschenkt wurde. Gelegentlich schlug sie ihre Freundinnen, weshalb diese selten zu Stammgästen wurden. Doch das kümmerte sie nicht. Sie wollte nicht viel Liebe.

»Jetzt bist du enttäuscht und gehst«, sagte sie zu diesen Mädchen und schob es dann auf den Alkohol. »Aber du hättest nicht zulassen dürfen, dass ich so viel trinke.« Den Alkohol konnte sie lang genug in Ohio zurücklassen, um Sally für ein oder zwei Tage zu besuchen und anschließend auf der Interstate 75 in südliche Richtung zu fahren, zurück zu dem Trost, den der Gin ihr spendete, zurück zu den armen Seelen, denen sie ihren Schritt ins Gesicht drücken konnte und denen es nichts ausmachte, die Hose anzubehalten, und denen es nichts ausmachte, dass Bernice ein wenig an ihren Haaren zog, nur um die Nacht nicht allein verbringen zu müssen. Sie sagte nie: »Es tut mir leid.« Und erst recht sagte sie nie: »Verzeih mir bitte, aber ich bin in meine beste Freundin verliebt. Und wenn deine Zunge in mir ist, tue ich so, als wäre es ihre. Und das ist der Grund, warum ich mich so sehr nach deiner Zunge sehne.«

»Hey«, sagte Sally. »Ich muss dir etwas zeigen. Schau in den Briefumschlag auf der Arbeitsplatte, und hol heraus, was drin ist.«

Bernice streckte den Arm aus und zog einen braunen Briefumschlag zu sich, griff hinein und brachte ein Bündel geklammerte Unterlagen und Fotos zum Vorschein.

»Was hältst du davon? Das ist der Ort, den ich ausgesucht habe. Du weißt schon. Für den Esoterikladen. Sobald wir das Geschäft von der Hexe übernehmen.«

Bernice breitete die Bilder vor sich auf der Arbeitsplatte aus und betrachtete sie. Sie erblickte darauf eine sonderbare kleine Farm in einem Waldstück. Ja, mit dem nötigen Schnickschnack eines Zigeunerlagers könnten sie das Gebäude aufpeppen. Es besaß bereits einen alten Brunnen, einen kaputten Lattenzaun und eine Menge Nebengebäude.

»Wir könnten es so richtig künstlerisch und interessant gestalten«, sagte Sally. »Ein bisschen wie das Haus der Hexe, aber im Grunde ist das noch viel besser. Damit es ein echtes Erlebnis wird, nicht so langweilig wie ein Einkaufszentrum in den Vororten oder die gläsernen Ladenfronten im Stadtzentrum, wie die drüben neben dem Käsegeschäft. Oder dem Zeitschriftenladen. Sie sollen die Magie hautnah spüren.«

Bernice blickte zu der Landkarte und dem Grundriss. »Von dort aus könnten wir die Sterne sehen. Das Haus der Hexe liegt viel zu nah an der Stadt. Diese Farm wäre perfekt.«

»Genau«, sagte Sally. »Du hast es erfasst.«

»Aber was ist mit Dean?«, fragte Bernice.

Sally stand vom Sofa auf und ging zur Arbeitsplatte. Sie beugte sich über Bernice und zog eines der Fotos vom Stapel. Es zeigte einen kleinen Schuppen, vielleicht war es ein ehemaliger alter Schafstall.

»Das«, sagte sie, »wird sein Studio.«

»Was ist mit seinem Studium? Wird er nicht dort wohnen, wo er studiert?«

»Nun ja, er wird wohl pendeln müssen, unter der Woche oder manchmal«, erklärte Sally. »Aber natürlich wird er dort sein, ich meine, ich kann ihn nicht verlassen. Ich brauche ihn, Bernice. Das wird unser Zuhause, meines und Deans. Wir werden dort leben«, sagte Sally langsam. »Wir werden dort leben. Du wirst natürlich in deinem Haus wohnen bleiben.«

»Oh, natürlich.«

»Ich meine, du willst doch nicht bei uns wohnen, oder? Ich bin davon ausgegangen, dass du das überhaupt nicht wollen würdest. Ich meine, das wäre irgendwie komisch. Wir sind ein Liebespaar.«

»Natürlich.«

Sally lachte jäh auf. »Wow, das hätte jetzt echt unangenehm werden können!« Sie warf ihren langen Körper auf den anderen Barhocker und lehnte sich gegen die Arbeitsplatte.

»Mach dich nicht lächerlich«, sagte Bernice. »Ich finde die Idee mit der Farm perfekt.«

An diesem Abend erzielte Sally neunundzwanzig Punkte, und ihr Team gewann. Bernice saß auf der Tribüne, beobachtete ihre Freundin, die hin und her schoss, von links nach rechts, an den Schultern ihres Baskettballtrikots herumzupfte, den Bund ihrer Hose umschlug, die Socken nach unten schob. Drei Monate später blieb Sallys Periode aus. Es war Anfang Februar, mitten in der Basketballsaison. Sally machte einen Schwangerschaftstest, der positiv ausfiel. Sie verbrachte eine Stunde weinend auf der dunklen Toilette und sprach einen ganzen Tag lang fast nichts. Dann rief sie Bernice an.

»BER-niss«, sagte sie. »BER-niss, was ich dir jetzt zu sagen habe, ist WICH-tig.«

»Okay«, sagte Bernice. Sie klappte das Buch zu, in dem sie gerade gelesen hatte, und schaltete den Fernseher ein. *Laverne & Shirley*. Sie hatten beide Freunde, gleichermaßen abscheulich wie nützlich. Vielleicht, wenn es einen zweiten Dean gäbe, würde sie es auch tun. Würde sie es wirklich tun, wenn es einen zweiten Dean gäbe?

»Ich bin schwanger«, sagte Sally. Dann hustete sie, und es klang, als würde sie dabei schluchzen. »Ich bin schwanger. Ich habe es gerade herausgefunden.«

»O nein«, sagte Bernice. »Wie ist das passiert? Wie hast du das zulassen können?«

»Ich bin mir nicht sicher«, sagte Sally, keineswegs beleidigt. »Er ist sich auch nicht sicher. Ich weiß nicht, wie es passieren konnte. Du weißt, sein großes Sex-Ding ist, dass er es gleich in seine Eier zurückschießt.«

»Vielleicht war er abgelenkt.«

»Vielleicht! Keine Ahnung! Wie dem auch sei, ich bin schwanger. Ich habe unzählige Tests und alles gemacht.«

Es folgte eine Pause. Bernice wusste nicht, was sie sagen sollte.

»Sind wir jetzt … glücklich?«, fragte Bernice. »Wirst du es behalten?«

»Bernice«, sagte Sally, ohne auf die Frage weiter einzugehen. »Weißt du, wann der Geburtstermin des Babys ist? Weißt du es … kannst du es ausrechnen?«

»Kann der Arzt das nicht ausrechnen?«, fragte Bernice. Währenddessen ging Laverne an die Wohnungstür. Ihr Boss hatte geklingelt. Sie schlug die Hände über dem Kopf zusammen und sank leicht in die Knie.

»Doch, doch, ich weiß es«, sagte Sally. »Ich meine ja bloß, weißt *du* es? Ist auch egal. Der elfte November!«

»Elfter Elfter?«

»Ich weiß!«, keuchte Sally.

»Das ist verheißungsvoll.«

»Verheißungsvoll für Zwillinge. Für Seelenverwandte.«

»Aber wer weiß, ob das Baby überhaupt an dem errechneten Geburtstermin auf die Welt kommt, auch wenn … manchmal …«

»Hör zu«, fiel ihr Sally ins Wort. »Erinnerst du dich, als wir Kinder waren und sich unsere Eltern haben scheiden lassen und ich in diesen doofen Sam Thomas verknallt war …«

»Der verkündete, du würdest ihn nerven«, rief ihr Bernice in Erinnerung.

»Ja, genau, und wir beide waren, uäh, Scheißliebe, Scheißromantik, wer braucht das schon?«

»Wer braucht schon Jungs!«, sagte Bernice.

»Aber erinnerst du dich an die Gespräche, die wir über arrangierte Ehen geführt haben? Ich meine, wir waren zwölf oder so, als wir darüber gesprochen haben. Wie konnten wir damals schon so klug sein?«

»Natürlich erinnere ich mich«, sagte Bernice. Es war viele Jahre her, seit sie über dieses Thema gesprochen hatten. Bernice hatte angenommen, Sally habe es vergessen. Laverne zog ihren Mantel an, setzte sich den Hut auf und griff mit beherzter Entschlossenheit nach ihrer Tasche. Sie hatte ein Ritual, was diese Dinge anbelangte – eine spezielle Art, den Hut aufzusetzen, den Mantel anzuziehen, sich für die Welt dort draußen außerhalb ihrer Apartmentkulisse zu kleiden.

»Erinnerst du dich, was wir gesagt haben …«

»O nein, Sally. Nein, Augenblick mal …« Bernice stand auf und ging langsam in Richtung Wohnungstür.

»Wir wollten zwei Babys haben«, wiederholte Sally. »Und wir wollten sie gemeinsam großziehen und sie dann voneinander trennen …«

»Ja, ich erinnere mich an diese Gespräche.« Sie war jetzt in der Küche, zog eine Pfanne heraus und knallte sie auf den Herd.

»Und sie würden sich lieben. Sie könnten heiraten, wären das perfekte Gegenstück des anderen …«

»Sally!«

»Und jetzt«, fuhr Sally fort, atemlos und schniefend. »Stell dir nur vor! Ich bin schwanger, und der Geburtstermin ist der elfte November! Bernice, wir könnten es tun! Wir könnten es wahr werden lassen!«

»Nein.« Bernice hatte nun auf jede Kochplatte einen anderen Topf gestellt, allesamt leer. Schließlich griff sie in den Küchenschrank, hinter das Mehl und den Zucker, und zog eine Flasche Gin heraus.

»Was?« Sally klang verwirrt, als könnte sie nicht glauben, was sie da hörte.

»Nein! Das war alles rein hypothetisch.« Bernice trank direkt aus der Flasche.

»Hör mal«, sagte Sally. »Wir müssten nichts weiter tun, als dich sofort zu schwängern. Das wäre doch kein Problem, oder?«

»Aber mein Entbindungstermin wäre nicht derselbe wie deiner. Du wärst …«

»Das spielt keine Rolle, sagt Dean«, erklärte Sally. »Wir könnten immer noch in derselben Nacht Wehen bekommen. Du müsstest einfach nur die richtigen Kräuter einnehmen.«

»Was?«, spottete Bernice. »Dean sagt was?«

»Ich habe es ihm erzählt. Er hält es für eine wunderbare Idee.«

»Warte mal, weiß Dean, dass du gerade mit mir telefonierst? Weiß Dean überhaupt, dass du schwanger bist?«

»Sag, dass du einverstanden bist. Wir haben sogar einen Vorschlag, wer dich schwängern könnte.«

Bernice nahm einen weiteren Schluck aus der Flasche. »Wir?«

»Ich muss wissen, ob du auf meiner Seite stehst oder nicht«, sagte Sally.

»Ich kann dich bei allem unterstützen, aber ich werde nicht schwanger, Sally. Du musst doch einsehen, dass das verrückt ist.«

»Ich kann nicht ganz allein sein!«

»Aber du hast Dean! Nicht wahr? Ihr seid doch verliebt«, sagte Bernice schnippisch. Dann tat es ihr leid, dass sie so schroff war.

»Bitte, Bernice, denk darüber nach. Kannst du nicht einfach in die Zukunft schauen? Lies in Teeblättern oder träum davon oder irgendetwas. Bitte. Du weißt, dass du sehen kannst, was richtig für uns ist. Ich vertraue dir. Sag einfach, dass du auf meiner Seite stehst!«

»Nein. Ich kann nicht in Teeblättern lesen.«

Es folgte eine lange Pause.

»Du kannst mit uns auf der Farm wohnen. Ich meine, in Anbetracht der Umstände, und da Dean ständig nach Michigan hochfahren muss, brauche ich wirklich jemanden bei mir. Bitte. Es wären nur wir beide. Kein Dean, zumindest nur ganz selten. Nur du und ich.«

Sally übergab sich vor Bernices Haus in eine Schneewehe. Ohne jede Vorwarnung. Zunächst lächelte sie noch, dann krümmte sie sich, und ein Schwall Erbrochenes schoss aus ihrem Mund, so überraschend schnell, dass sie sich kaum rechtzeitig vorbeugen konnte. Bernice beobachtete alles vom Fenster aus, dann öffnete sie die Tür und reichte ihr ein Taschentuch. Als Sally mit den Worten »Mir geht's gut. Mir ist nur übel« hereinspaziert war, hatte Bernice erwidert: »Nein, du bist schwanger.«

Sally zog ihren Mantel aus und ließ sich auf einen Stuhl plumpsen. »Oh, Mist«, sagte sie. »Vielleicht muss ich mich gleich noch mal übergeben. Im Ernst. Das ist Schwangerschaft? Ich habe das Gefühl, als würde ich gleich sterben.«

Bernice stellte sich hinter den Stuhl, legte beide Finger auf Sallys Schläfen und begann zu drücken und wieder loszulassen, zu drücken und wieder loszulassen. Sie schloss die Augen und summte leise.

»Solltest du die Hände nicht hier unten haben?«, fragte Sally und zeigte auf ihren Bauch.

»Das Baby ist noch nicht da«, sagte Bernice. »Auf jeden Fall kann ich noch nicht in ihm lesen. Ich kann nur in dir lesen.«

»Ah, aber du weißt, dass es ein *er* ist«, verkündete Sally.

»Weil ich bereits in dir lese. Sei still!« Bernice fuhr mit dem Summen fort, nun ein wenig lauter. Sally schloss die Augen.

Nach ein paar Minuten pfiff der Teekessel.

»Du hast den Tee schon aufgesetzt«, sagte Sally. »Danke, danke, danke. Ich weiß, dass du es kannst, Bernice, und ich werde alles tun, was du sagst. Was auch immer du siehst, wir werden es tun.«

»Ich sehe nichts«, sagte Bernice.

Sally öffnete die Augen und blickte sich um, und dann, wiederum ohne jede Vorwarnung, setzte sie sich rasch auf und spuckte einen dünnen Strahl Erbrochenes in eine Grünlilie neben dem Stuhl, wobei sie sich erst in letzter Sekunde vorbeugte und um ein Haar die Vorderseite ihres Hemds beschmutzt hätte. Bernice holte den Teekessel und die Küchenrolle Papier. Sally begann zu weinen. Sally weinte nur selten. Auf dem Basketballfeld hatte sie einmal einen bösen Tritt am Knie abbekommen, der einen Bänderriss und sechs Monate mit einer Orthese nach sich zog, und doch hatte sie die ganze Zeit keine einzige Träne deswegen vergossen. Jetzt aber waren ihre Augen tränennass.

Bernice hantierte mit dem Tee herum und kam mit zwei dampfenden Bechern in der Hand zurück. Sie reichte Sally einen, und Sally bemerkte, dass ein metallenes Tee-Ei mit losen Blättern auf dem Boden der Tasse lag. Bernice setzte sich auf den Couchtisch neben Sally, hielt sich den Becher vors Gesicht und blies über das Wasser.

»Geh in dich und trink«, sagte sie. Bernice hatte genau diese Worte schon hundertmal an Kunden gerichtet. Was das Lesen von Teeblättern anbelangte, hatte sie sich dieses Wissen aus Büchern und durch ihre Ausbildung bei der Hexe angeeignet – bis sie zum Beispiel einen Pfeil als alles Mögliche, von einer bevorstehenden Fehlgeburt bis zum Aufenthaltsort eines weggelaufenen Hundes, interpretieren konnte. Sally legte die Hand auf ihren Bauch und öffnete den Mund, um etwas zu sagen, aber Bernice brachte sie mit einem »Psst!« zum Schweigen. Sie gestattete keine Gespräche während des Teetrinkens. Sally stürzte den Tee hinunter, sobald er kühl genug war, und als die Flüssigkeit das Metall-Ei nur noch knapp bedeckte, stellte sie die Tasse auf den niedrigen Tisch ab und sagte: »Fertig.«

Bernice öffnete das Tee-Ei, schüttete die losen Blätter in den Becher und begann umzurühren.

»Wir stellen nun eine Frage«, sagte sie. Sally machte den Mund erneut auf, doch Bernice schüttelte den Kopf. »Psst.«

Bernice schwenkte die Teeblätter eine Weile im Bodensatz von Sallys Tee herum und goss dann den Rest des Tees in die Untertasse, sodass nur noch die Blätter und Zweigreste am Boden des weißen Bechers übrig blieben. Sie beobachtete, wie die Teeblätter zur Ruhe kamen und zu einem Muster erstarrten, dann blickte sie konzentriert in den Becher.

»Die Schildkröte. Geduld. Ein langer Plan«, sagte sie.

»Neun Monate«, murmelte Sally.

»Ich glaube«, sagte Bernice, »du wirst einen Sohn bekommen.«

Bernice runzelte die Stirn. Die Blätter im Tee ergaben ein sehr deutliches Muster, ein Muster, das ihr jedoch nicht vertraut war.

»Sieh genau hin«, sagte sie zu Sally.

»Was?«, wollte Sally wissen. Sie setzte sich aufrecht auf ihren Stuhl.

»Schau nur. Es sieht aus …«

»Wie eine Hantel«, sagte Sally. »Das ist eine Hantel. Was bedeutet das? Ich habe dieses Symbol noch nie zuvor gesehen.«

»Keine Ahnung«, sagte Bernice. »Ich muss das Buch holen.«

Sie eilte zum Bücherregal und glitt mit den Fingern über die Rücken mehrerer Bücher, dann zog sie ein dünnes heraus und schlug es auf.

Sally bedeckte die Teetasse mit ihrer Hand und hustete.

Bernice las die Worte neben dem Symbol vor, das zu dem Muster in der Teetasse passte. Im Buch stand: »Eine gebrochene Seele. Gefahr. Tod.«

Sally las in Bernices Gesicht, riss ihr das Buch aus der Hand und suchte mit blitzenden Augen nach dem Eintrag für die Hantel.

»Ist das dein Ernst? Was ist das für ein Scheiß, wie kann man nur so etwas sagen!«

»Warte«, erwiderte Bernice und hob den Becher erneut hoch. »Ist das nicht eher ein Regenbogen? Das sieht irgendwie wie ein Regenbogen aus.«

»Es ist eine verfluchte Hantel«, sagte Sally. »Eine gebrochene Seele. Was zum Teufel soll das überhaupt bedeuten?«

Bernice zuckte mit den Schultern und setzte sich wieder auf den Couchtisch. Sie war traurig und hatte Mitleid mit ihrer Freundin. Sie hatte das Gefühl, dass Sally diese Schwangerschaft nicht allein durchstehen sollte, dass sie diese Ehe mit Dean nicht allein durchstehen sollte. Was wäre, wenn das Baby wirklich eine gebrochene Seele hatte? Was wäre, wenn Sally jeden Tag übel wäre, wenn ihr jemand auf die Toilette und dann wieder zurück ins Bett helfen müsste?

»Aber vielleicht können wir ihn retten, mach dir keine Sorgen«, sagte Bernice.

»Was kann eine Seele brechen?«, fragte Sally.

»Liebe«, sagte Bernice. »Glücksspiel?«

»Liebe kann ihn im wahrsten Sinne des Wortes töten? Wie der wahrhaftige Tod? Im Buch heißt es Tod.«

»Vielleicht ist das eine Metapher«, sagte Bernice leise. »Es sind nur Teeblätter.«

Sally lehnte sich auf ihrem Stuhl zurück und knirschte mit den Zähnen. Tränen schossen ihr in die Augen und tropften in ihre Haare und in ihre Ohren.

»Was kann ich tun«, sagte Sally, wobei sie jedes Wort überdeutlich aussprach. »Welche Schritte muss ich unternehmen, um das in Ordnung zu bringen? Wie kann ich diesem Jungen helfen?«

Sie setzte sich auf und funkelte Bernice an, als stünde ihr Körper in Flammen, und dieses Gefühl war unerträglich. Bernice blickte in Sallys Gesicht und sah eine so empfindsame Seite an ihr, wie sie sie nie zuvor bemerkt hatte. Und ihr Herz klopfte, erfüllt von so viel Liebe. Es war nur ein Klumpen Tee in einem Porzellanbecher. Aber sieh nur, diese Seele. Dieser Körper.

»Wie können *wir* helfen?«, korrigierte Bernice sie. »Ich werde dir helfen. Versprochen.«

14

Wir sind da. Frankie's Diner. Diners«, sagte George, »sind die besten Orte, um sich zu streiten.«

»Es wird nicht gestritten«, sagte Irene. »Ich freue mich schon auf das Frankie's, seit ich über die Grenze von Ohio gefahren bin.«

Das Frankie's grenzte an einen Nachtclub, und George und Irene mussten sich durch eine Band schlängeln, die ihre Instrumente und Verstärker auf den Bürgersteig vor dem Club entlud. George nahm Irene am Ellbogen und führte sie etwas nervös hindurch, er berührte sie dabei so vorsichtig, als könnte Irene sich wie ein Rauchgolem in Luft auflösen und zurück in den Äther entschwinden. Als sie das Restaurant betraten, fanden sie sich fast allein darin vor. Die Vinylbänke in den engen Sitzecken waren notdürftig mit Klebeband repariert, doch auf jedem Tisch trotzten kleine, tapfere rosafarbene Nelken der Schäbigkeit in winzigen Kristallvasen.

»Astronomen kommen normalerweise nicht hierher«, erklärte George.

»Gut, dann laufen wir zumindest keiner Ihrer Exfreundinnen über den Weg«, sagte Irene.

»Eins zu null für Sie«, sagte George. Er nahm eine Speisekarte und studierte sie gründlich, doch Irene warf keinen einzigen Blick in ihre.

»Ich nehme Fischtacos«, sagte Irene. »Seien Sie also vorgewarnt.«

»Das erste Date und Sie essen Fischtacos. Das ist mutig. Sie sind eine Vorreiterin.«

»Das ist kein erstes Date«, berichtigte Irene ihn. »Ich habe einen Freund. Und Sie haben … eine Art Freundin, oder?«

»Eine Art. Ja. Und Sie haben eine Art Freund. Einen Zauberer, nicht wahr? Einen Troll? Batman?«

»Er mag Rollenspiele. Sie wissen schon, Onlinespiele. Er hat ziemlich viel Geld mit dem Programmieren solcher Spiele und diesen Dingen gemacht, danke.«

»Dungeons und Dragons, solches Zeug?«

Irene sagte: »Hören Sie, ich bin hier, um über die Arbeit zu sprechen. Meine Arbeit und Ihre Arbeit.«

»Unsere Arbeit«, erklärte George.

»Es gibt nicht ›unsere‹ Arbeit«, sagte Irene. »Ich bin ziemlich sicher, dass sich unsere Arbeit sogar diametral gegenübersteht.«

»Dann diskutieren wir eben meine Arbeit«, sagte George. »Apropos Fantasiewelten, es war einmal vor langer Zeit, ich war noch ein kleines Kind, da hat mir meine Mutter ein Gedicht vorgelesen, in dem manchmal Feen kamen und kleine Jungen mitnahmen, um auf ihrer Insel ewig mit ihnen zu spielen.«

»Ich kenne das Gedicht«, sagte Irene.

»Wirklich?«, fragte George ungläubig.

»Ja, es ist von Yeats. Es ist … ein ganz normales Gedicht. Viele Menschen kennen es.«

George beschlich das Gefühl, dass Yeats ein kosmisches Zeichen war, mehr als nur ein glücklicher Zufall. »Nun, meine Mutter war Astrologin, und sie brachte mir bei, dass es in den Sternen Götter gibt.«

»Viele Menschen glauben das, man nennt es Kirche.« Irene sortierte die Zuckerpäckchen in dem Keramikbehälter um, ordnete sie nach Farben: Rosa, Gelb, Blau. Sie suchte die weißen Päckchen heraus und machte einen eigenen Stapel daraus.

»Nun, ich habe daran geglaubt«, sagte George. »Wollen Sie jetzt Lineale und Taschenrechner durch all meine inneren Organe stecken?«

»Gerne.«

»Sie haben mich mit der Differentialrechnung umgebracht.«

Lächelnd sah ihn Irene durch ihre Wimpern an. Er schob seine Füße vorsichtig unter den Tisch, darauf bedacht, sie mit seinen langen Beinen nicht zu treten.

»Es ist sonderbar, dass unsere Mütter beide Astrologinnen waren«, sagte Irene, während sie die Etiketten der Chilisoße und des Ketchups nach vorne drehte. »Ihre Mutter hat mir überhaupt nicht den Anschein erweckt, als wäre sie Astrologin.«

»Nun ja, meine Mutter praktiziert es nicht mehr. Sie hat sich geändert.«

»Meine auch nicht mehr. Vielleicht haben wir dieselbe Mutter.«

»Wahrscheinlich. Denn das Einzige, was schlimmer ist, als Sie kennenzulernen, wo Sie doch offensichtlich bereits die Liebe Ihres Lebens gefunden haben …«, George machte eine ausladende Handbewegung, um Belions Umfang anzudeuten, »… ist, Sie zu treffen und herauszufinden, dass Sie in Wirklichkeit meine Schwester sind.«

Eine alte Frau trat auf ihren Tisch zu. Sie war weder wie eine Servicekraft gekleidet noch hielt sie einen Notizblock in der Hand, aber sie fragte: »Was wollt ihr zwei Süßen essen?«

»Fischtacos, bitte. Und ein Chili con Carne. Und Fortuna? Schrauben Sie den Deckel des Pfeffers ab, ja? Ich möchte hier ohne Magenschleimhaut wieder weggehen.«

George hob die Augenbrauen. »Dasselbe für mich«, sagte er.

»Lassen Sie das lieber bleiben«, ermahnte ihn Irene. »Während der Highschoolzeit sind wir ständig hierhergekommen. Ich weiß, was auf mich zukommt. Sie hingegen sind behütet aufgewachsen. Sie wurden vor Fischtacos und dem Feuer beschützt, das sie symbolisieren.«

»Nun ja«, sagte George. »Ich weiß, dass sie scharf sind, mit Bohnen serviert werden und es anschließend eine Sauerei gibt. Sie brechen jede Essensregel eines Dates. Sie machen sich nichts aus mir. Das ist der eindeutige Beweis.«

»Wenn ich röchle, Blähungen bekomme und mir Fisch von den versengten Lippen tropft, werden Sie zumindest in der Lage sein, die Schönheit meiner Berechnungen zu sehen anstatt die Asymmetrie meiner Augen.«

»Wohl eher nicht«, sagte George. »Ich werde niemals die Asymmetrie Ihrer Augen vergessen. Es ist eine transformative Symmetrie. Die beste aller Symmetrien. Schönheit liegt in der Symmetrie begründet.«

Draußen war es spät geworden. Irene stieg in ihren Wagen ein und ließ den Motor an. »Kommen Sie«, rief sie ihm zu. Er trat ans Auto, und sobald er die Wagentür geöffnet hatte, vernahm er Musikklänge. Ein Geigencrescendo und die tiefe Stimme eines Mannes, der ein Lied aus den Siebzigern sang. Allmählich wurde es ihm unheimlich. Niemand sonst konnte diesen Folksong kennen – die Band war so exotisch und eigenartig: Compton & Batteau. Nie zuvor in seinem Leben hatte er jemanden getroffen, der diese Musik kannte.

»Woher kennen Sie diese Band?«, wollte er wissen.

»Wiederum meine Mutter«, sagte Irene.

»War sie Geigerin?«, fragte er. Er wollte alles über Irene und ihr Leben erfahren. Am besten minutiös. Was sie gern zum

Frühstück aß, ob sie harte oder weiche Kissen bevorzugte. »Was essen Sie gern zum Frühstück?«

»Steigen Sie einfach ein«, sagte Irene. »Bevor wir zum Frühstück kommen, möchte ich alles über Ihre ›Ebene der Symmetrie‹ hören.«

»Sind Sie sicher?«

»Natürlich, aber ich werde Ihnen wohl darlegen müssen, warum sie nicht funktioniert.«

George schnallte sich an. »Tun Sie sich keinen Zwang an. Ich freue mich schon den ganzen Tag darauf. Ohne diese Information würde ich womöglich durch ein Morgen taumeln in dem irrigen Glauben, dass mir eine Zukunft als Wissenschaftler bevorstünde.«

»Würde eine Ebene der Symmetrie existieren, wäre sie längst gefunden worden.«

»Das stimmt nicht. Je mehr wir mit dem *Toledo Space Telescope* arbeiten, desto mehr Dinge finden wir, von deren Existenz wir nichts wussten.«

»Aber das, wovon Sie reden, diese Achse im Universum, dieses Tor, kann unmöglich erkannt werden, selbst wenn es tatsächlich existieren sollte. Vielleicht schaffen wir es in tausend Jahren. Im Moment haben wir einfach nicht die nötigen Instrumente dafür. Wir können das nicht messen.«

»Wen kümmert es, was man messen kann? Wenn man darüber nachdenken kann, kann es real sein.«

»Es ist keine Religion, George. Es sind Messungen. Es ist Mathematik, ob es Ihnen nun gefällt oder nicht.«

»Sie wissen, dass Religion und Astronomie und Astrologie früher ein und dasselbe waren«, erinnerte er sie.

»Nun, aber heute sind sie es nicht mehr«, sagte Irene. Sie fuchtelte mit der Hand und deutete auf Georges Kopf. »Religion, Astrologie, Humbug dort drüben.« Dann knallte sie die

Hand aufs Lenkrad. »Astronomie, Mathematik, Lineale, hier bei mir.«

»Meine Seite des Autos ist lustiger«, sagte George.

»Ihre Seite des Autos ist nicht mal ein Auto! Nur weil man etwas laut sagt, wird es davon nicht real.«

George saß schweigend da. Er betrachtete ihre Hände, die das Lenkrad umklammerten. Er musste unwillkürlich lächeln.

»Wie können Sie so sein, wenn Sie mit dem *Toledo Space Telescope* arbeiten?«, fragte sie. »Astrometrie hat nichts damit gemein, Vermutungen anzustellen oder Gedichte zu verfassen oder was auch immer.«

»Ja, ja, ich weiß. Aber das Gerät, an dem ich arbeite, ist im Moment am JPL. Es wird dort einem Wärmetest unterzogen. Ich muss mir jedenfalls die nächsten paar Monate keine Gedanken darum machen. Ich habe das Semester frei, um mir über andere Dinge Gedanken zu machen.«

»Du meine Güte, Sie sind mit dem TST fertig, und Ihr kleines Nebenprojekt läuft auch nicht gerade spitzenmäßig, nicht wahr? Vielleicht könnte ich ein gutes Wort für Sie bei jemandem am Institut einlegen. Sie haben gerade Ihr Büro verloren, Ihr Labor, Ihre Assistentin und den Großteil Ihrer Fördermittel. Aber ich bin sicher, man wird trotzdem irgendeine Arbeit für Sie finden. Vielleicht könnten Sie für mich arbeiten.«

Sie warf ihm ein sarkastisches Lächeln zu, und sein Herz zog sich zusammen. »Okay, könnten Sie sich jetzt bitte aufs Fahren konzentrieren?«, sagte er.

»Wieder zurück über die Brücke?«, fragte Irene.

»Ja, in die Innenstadt. Wir müssen in schwindelerregende Höhen, damit ich Ihnen das zeigen kann, was ich Ihnen zeigen muss.«

Irene runzelte die Stirn. »Hoch? Fahren wir zum One Seagate?«

»Ganz genau«, sagte George. Von all den gläsernen Spitzen Toledos stach ein »Wolkenkratzer« am Horizont heraus. One Seagate war ein zweiunddreißigstöckiges Gebäude mit einer Ummantelung aus Glas. Das höchste Bauwerk in ganz Toledo.

George und Irene standen nebeneinander in einem funkelnden Aufzug, der nach oben fuhr. Sein Ellbogen berührte ihre Schulter, berührte sie sehr vorsichtig, wollte sie keinesfalls wegschieben. Sie schwiegen beide. George beobachtete Irenes Herzschlag, der an ihrer Kehle pulsierte, und fragte sich verwundert, was sie von ihm hielt.

Als sich die Tür des Penthouse öffnete, nickte ein uniformierter Wachmann George mit gleichgültiger Miene von einem kleinen Podest zu und winkte sie durch.

»Kommen Sie«, sagte George. »Das ist das Büro meiner Mutter.«

George packte Irene beim Ellbogen und zog sie am Empfangstresen aus Granit den Korridor hinunter. Das Büro war sehr geschmackvoll eingerichtet und wurde nachts von gedimmten Halogenstrahlern an der Decke erleuchtet. Ihre Schritte wurden von einem prunkvollen dicken Teppich gedämpft. Deans Gemälde an der Wand bildeten einen mutigen Kontrast zum ansonsten konservativ anmutenden Büro.

»Kunstwerke meines Vaters«, erklärte George, während er Irene zum hinteren Teil der Kanzlei führte und dabei ein Licht nach dem anderen einschaltete. Irene blieb vor einem Gemälde stehen. Er runzelte die Stirn. Das Letzte, was er wollte, war, dass sie sich die Arbeit seines Vaters pflichtbewusst besah und sich genötigt fühlte, etwas Schreckliches wie »Die Bilder sind hübsch« oder »Ich verstehe sie nicht« zu sagen.

»O mein Gott«, entfuhr es Irene beim Anblick der Leinwände. »Ich glaube, meine Mutter hat eines seiner Gemälde bei sich zu Hause hängen.«

»Nun, er ist recht berühmt«, sagte George. »Aber egal. Kommen Sie weiter. Da gibt es etwas, was ich Ihnen zeigen möchte.«

Sie betraten die Veranda. Die Stadt lag in einem Meer von Lichtern unter ihnen. Die Terrasse war breit angelegt, umfasste eine ganze Seite des One Seagate und wirkte wie ein Garten mit den vielen Pflanzen und Bäumen, die in riesigen Kübeln oder in den mit Erde gefüllten Löchern im Boden gepflanzt waren.

»Bäume«, sagte Irene.

»Ich erledige für meine Mutter die Gartenarbeit«, sagte George. »Das ist einer der Gründe, weshalb ich ein solch unverschämt hohes Gehalt als Sohn beziehe.«

Irene ging geradewegs zum Rand der Terrasse. Einen Moment lang konnte sich George des schrecklichen Eindrucks nicht erwehren, sie würde einfach weitergehen und geradewegs in den Tod stürzen. Beinahe hätte er die Hand nach ihr ausgestreckt, sie an der Hüfte gepackt, zu sich gerissen und fest an sich gedrückt. Irene blieb jedoch stehen und umklammerte die Brüstung. Als sie das Gesicht zu ihm wandte, nahm er bestürzt den traurigen Ausdruck darin wahr. Ihre Augen waren feucht, als stünde sie kurz davor, in Tränen auszubrechen, oder als hätte sie gerade geweint.

Er ging zu ihr und legte ihr sachte die Hand hinten an die Taille, wie in einem angedeuteten Angebot, sie zu stützen.

»Haben Sie Höhenangst?«, fragte er.

»Nein«, sagte Irene. Sie biss sich auf die Lippe. George stellte sich unwillkürlich vor, wie sie ihn in die Lippe biss, und es drängte ihn, sie zu küssen, ihre Zähne auf seinem Mund zu spüren, ihre Lippen auf seinen.

»Wussten Sie«, sagte er, »dass Höhenangst im Grunde nicht die Angst davor ist, aus Versehen in die Tiefe zu fallen, sondern dass man von dem Wunsch beseelt sein könnte, sich absichtlich hinunterzustürzen?«

Irene schwieg, dann zog sie eine Ranke von einem nahen Blumentopf heran und sagte energisch: »Wie schaffen Sie es, dass die hier überlebt? Ich meine, das ist doch eine Dschungelpflanze. Gewiss kann sie den Winter nicht überleben?«

»Wir haben Wände. Elektrisch versenkbare Wände. Im Winter wird das hier zu einer Art Terrarium.«

Irene beugte sich gefährlich weit über die Brüstung, während sich die Ranken und Äste der Bäume neben ihr im leichten Wind, wie er in dieser Höhe wehte, wiegten.

»Wie die Hängenden Gärten ...«

»Einen Moment, bitte«, unterbrach er sie. »Um das hier richtig zu verstehen, müssen Sie in einer solchen Höhe die Augen schließen und sich vorstellen, dies sei immer noch Mesopotamien. Das hier ist immer noch Babylon. Der Sand, die Unterdrückung. Vergessen Sie die Spaceshuttles und Satellitenteleskope. Das ist wirklich *alt*. Bewässerungsanlagen sind eine brandneue Erfindung.«

»Babylon, sagen Sie?«

Er machte eine Handbewegung. »Der Tigris. Der Euphrat.«

George deutete nach Westen, um Irene zu zeigen, wo das Toledo Institute of Astronomy mit seinen Backsteinmauern und Pforten lag.

»Dort ist die Zikkurat im Institut, sehen Sie?«

Irene nickte.

»Aber das dort ist nur eine Nachbildung«, sagte George. »Sie stehen auf der Zikkurat, die Hammurabi gebaut hat. Auf die Nebukadnezar jeden Samstagmorgen geklettert ist, mit seiner heißen Tasse Tee und einem Bagelsandwich in der Hand.

Prototyp für den Turm zu Babel. Achtzigtausend Stufen oder so was in der Art.«

»Richtig, so was in der Art«, wiederholte sie trocken.

»Und Sie können über den Rand nach unten sehen, Nebukadnezar«, fuhr er fort, »und dort unten liegt die Welt, ausgebreitet zu Ihren Füßen. Babylon. Toledo. All die funkelnden Lichter in den Fenstern Ihrer Einwohner und die Straßen, auf denen sie reisen, aus allen Ecken der Welt. Und Sie blicken hoch, und da sind die Sterne, glitzernd und blinkend, und kennzeichnen den Rand des Himmels.«

Irene seufzte. »Es fühlt sich an, als würde man fallen.«

»Wie Sie wissen, kann man die erdumkreisenden Teleskope in die Ferne richten, um die Sterne zu zählen und das Weltall auszumessen. Aber man kann sie auch in die andere Richtung drehen. Und manchmal sieht die Erde nachts ganz genauso aus. Die Sterne dort draußen, die Menschen und Städte hier unten.«

Irene lachte. »Jemand hat mir erzählt, Sie würden glauben, Toledo sei auf den Ruinen des alten Babylons erbaut, und ich dachte, die Leute würden mich verarschen. Wollen Sie mir mit all dem hier sagen, ich stünde auf einer Art Grabstätte?«

George schüttelte den Kopf. »Die Zikkurat war keine Grabstätte. Sie war ein Tempel. Folglich stehen Sie auf einer Art Altar. Einem sehr hohen. Das ist der Ort, an dem er gestanden hat. Am Fluss.«

»Wie gemütlich«, sagte sie. »Wie Decken und heißer Tee, nur wärmer und sicherer.«

»Das Beste habe ich Ihnen aber noch gar nicht erzählt. Das ist nämlich der eigentliche Grund, weshalb ich Sie hier hochgebracht habe.«

»Oh, gut«, sagte Irene. »Ich dachte schon allmählich, dieser Schwachsinn über den Tigris und Euphrat wäre alles, worauf Sie hinauswollen.«

»Sehen Sie den Maumee River? Das ist der Tigris.«

»Oh, verdammt, es ist alles, worauf Sie hinauswollen«, seufzte Irene. Aber sie lächelte ihn an, als wäre es trotzdem in Ordnung.

»Und wo ist dann der Euphrat?«, fragte George nachdrücklich. »Was denken Sie?«

»Ich bin ziemlich sicher, dass er im heutigen Irak liegt, zusammen mit dem Rest des antiken Persiens.«

»Nein, er liegt ebenfalls hier. Sie können ihn nur nicht sehen.«

»Ach wirklich?«, fragte Irene.

»Haben Sie mitbekommen«, begann George und wirkte wie ein stolzer Vater am Weihnachtsmorgen, der im Begriff war, das Geschenkpapier von einem funkelnden Fahrrad zu reißen, »dass viele Leute am Institut über etwas ›dort unten‹ flüstern und dann vielleicht vielsagend und geheimnistuerisch auf den Boden deuten?«

»Nein«, sagte Irene. »Ich habe mitbekommen, dass Sie das tun, sonst aber niemand.«

»Nun, da ist etwas ›dort unten‹, das wir gern verheimlichen, aber da Sie meiner Ansicht nach bald gebeten werden, sich darum zu kümmern, denke ich, dass die Zeit gekommen ist, Sie von seiner Existenz wissen zu lassen.«

»Wie bitte?« Irenes Interesse war nun geweckt.

Er deutete mit dem Finger in eine Richtung, und sie wandte sich nach Westen, wo die Sonne untergegangen war, in Richtung des Instituts. George stellte sich hinter sie, sodass die leichte Brise ihren Pferdeschwanz gegen die Vorderseite seines Hemds flattern ließ.

»Er beginnt dort drüben«, sagte er. »Und dann geht er hier entlang und dort entlang, weiter dort entlang und bis hierher.« Er zeichnete mit dem Finger einen Pfad nach. »Und dann fließt er unter dem Tigris hindurch und kommt wieder nach oben, erst hierhin, dann dorthin, bis ganz zurück.«

»Aber das ist ein Kreis. Sie wollen mir erzählen, dieses Ding folgt tatsächlich dem Lauf eines uralten Flusses?«

»Eigentlich ist es eine Ellipse. Aber was soll's.«

»Flüsse fließen nicht im Kreis.«

»Ja, das weiß ich, aber das hier ist ein Superteilchenbeschleuniger. Man nennt ihn nur Euphrat, weil wir bereits einen Tigris haben. Es ist eine Metapher. Wie in der Poesie. Wie in der Musik. Singen Sie es. Der Euphrat!«, sang er.

Sie starrte gebannt zu dem Punkt, auf den er gedeutet hatte, und er konnte sehen, wie sie im Kopf Berechnungen anstellte.

»Es sind siebenundachtzig Kilometer«, sagte er. »Die Lichtstrahlen kreuzen sich an sechs Stellen, mit sechs unterschiedlichen Detektoren. Entschuldigung, fünf. Sie warten noch auf einen weiteren. Ich glaube, Sie haben ihn in Ihrem Labor. Er könnte im Moment in einen Apparat in Form einer Acht eingebaut sein, aber ich bin sicher, er kann in den Fluss eingepasst werden.«

»Der Fluss«, sagte Irene langsam.

George legte den Arm fester um sie. Er begann »Ich bin so…« zu sagen, doch dann hielt er jählings inne. Schweigend standen sie einige Minuten so da. Es war, als wäre sein gesamtes Leben auf diesen einen Moment ausgerichtet und Irene die ganze Zeit über hier gewesen, so still. Sie passte so perfekt in seinen Arm, und da war kein Aneinanderstoßen von Hüftknochen oder sonderbar baumelnde Arme. Sie hatte genau die perfekte Größe für ihn.

»Da unsere Mütter Astrologinnen waren, muss ich Sie einfach fragen, was Ihr Sternzeichen ist.«

»Skorpion«, murmelte sie ohne zu zögern.

»Wirklich?«, sagte er. »Meines auch. Welcher Tag?«

»Der Elfte.«

»Was?«, rief er. »Das ist auch mein Geburtstag!«

Er wirbelte sie herum, um ihr ins Gesicht zu sehen, hielt sie nun an beiden Armen.

»Wissen Sie was? Ich muss gehen«, sagte sie. Sie entzog sich ihm ruckartig und marschierte zurück zur Verandatür, warf diese auf und ging hinein. Er folgte ihr.

Am Aufzug holte er sie ein, wo sie mit einem wütend hämmernden kleinen Finger auf den Rufknopf eindrosch.

»Wir könnten uns an unserem Geburtstag zusammentun! Eine gemeinsame Party feiern. Wie könnte wohl das Motto lauten? Ich hab's – Nebelflecke! Sie könnten sich wie ein Reflexionsnebel kleiden, Sie wissen schon, überall schimmernd und leuchtend, und ich könnte als Pferdekopfnebel gehen.«

Irene starrte auf den Spalt in der Aufzugtür. Nachdem sie die Lippen ein paar Sekunden fest aufeinandergepresst hatte, während sie darauf wartete, dass der Aufzug endlich kam, fauchte sie: »Ich gehe jetzt.«

George lachte. »Das ist unschwer zu erkennen. Wenn man den Aufzug holt, bedeutet das meistens, dass man gehen möchte.«

Es ertönte ein Klingeln, und die Aufzugtüren glitten auf. Irene drehte sich zu George um. »Nun, auf Wiedersehen«, sagte sie. Sie schlüpfte in den Aufzug und begann, auf den TÜREN-SCHLIESSEN-Knopf zu hämmern. Doch George folgte ihr in die Kabine.

»Ich gehe ebenfalls«, erklärte er.

Als die digitalen Ziffern von 10, 9, 8, 7 … immer niedriger wurden, sagte sie schließlich: »Wie alt sind Sie?«

»Neunundzwanzig«, sagte George.

»Sind Sie nicht«, sagte Irene.

»Doch, bin ich«, sagte George. »Und Sie?«

Er spürte, wie sich sein Magen verkrampfte. Er war schrecklich nervös. »Los«, sagte sein Magen. »Los, los, los. Tu etwas, tu etwas, tu etwas.« Im Erdgeschoss scheuchte Irene ihn zu ihrem Auto.

»Aber wenn wir am selben Tag geboren sind, Irene«, sagte er, während er ihr auf den Fersen folgte, »dann haben wir nicht bloß dasselbe Sternzeichen. Verstehen Sie das nicht? Das ist der Grund, weshalb wir dieselben Gedichte kennen. Weshalb wir dieselben Lieder kennen.«

»Ich kenne diese Lieder nicht. Mir gefallen diese Gedichte nicht. Machen Sie sich nicht lächerlich«, sagte Irene.

Sie entriegelte ihre Autotür, als sie noch zehn Wagen davon entfernt war. Es piepste und blinkte, und noch bevor sie den Griff erreichen konnte, machte George einen Satz und hastete zwischen sie und die Tür.

»Toledo General? Toledo General? Kommen Sie schon, wurden Sie im Toledo General geboren?«

»Sicherlich nicht. Nein, ich …«

»Wo dann?«, fragte George. »Wo? Wir sind verwandte Seelen, Irene! Verwandte Seelen.«

Er stand mit dem Rücken zum Auto, war zwischen dem Metall und ihr gefangen. Irene war es so verwehrt, die Tür zu öffnen. Sie trat so heftig auf ihn zu, als wollte sie ihn angreifen oder über ihn hinwegklettern oder ihn lauthals anschreien. Doch stattdessen presste sie ihren Körper gegen seinen und legte eine Hand auf seinen Mund.

»Ich will nicht, dass Sie nach Hause gehen«, sagte er durch ihre Hand hindurch. »Es tut mir leid. Ich höre auch auf zu reden, aber …«

»George, sei still«, sagte sie, schob die Hand hinter seinen Nacken und küsste ihn. Er drückte sich vom Wagen weg, und sie folgte seinen Bewegungen. Seine Hände glitten unter ihren Hintern, dann hob er sie hoch, zog sie an sich, und sie klammerte sich an ihm fest, die Hände um seine Schultern geschlungen. Ihre Münder berührten sich immer noch, öffneten sich leicht, und ihre kleine, weiche Zunge strich über seine Lippen. Er spürte, wie ihr Mund den seinen berührte, was eine lange, langsame Glückseligkeit in ihm anschwellen ließ an der Stelle, wo der raue Stoff ihrer Jeans sich gegen seine Khakihose presste, und die hinaufstieg zu dem Punkt, wo ihre Hüften gegen seinen Gürtel drückten, sich ihre Brüste an seine Brust schmiegten und all ihre Wärme und Wut wie ein Springbrunnen aus ihr herausströmten. Ihre Fingernägel noch in seinen Haaren vergraben wich sie plötzlich mit dem Gesicht von ihm zurück.

Er begann zuerst zu sprechen. »Okay, vergessen wir, was auch immer ich gerade sagen wollte. Ich habe nichts mehr zu sagen.«

»Wirklich? Noch vor dreißig Sekunden hattest du doch so viel zu sagen.«

»Da war ich dumm. Ich kann mich nicht einmal mehr erinnern, was ich da gedacht habe.«

Er beugte sich herab, um sie wieder zu küssen, aber sie drehte den Kopf zur Seite.

»Du kannst mich absetzen«, sagte sie rasch. Er stellte sie wieder auf den Bürgersteig. Sie legte die Hand auf den Türgriff.

»Wir sollten uns zusammenreißen, George«, sagte sie.

»Nein«, sagte er. »Heirate mich.«

Es war alles, was ihm blieb, um nicht die Hände zwischen die Knöpfe ihres kleinen Button-down-Hemds zu schieben, es ihr vom Leib zu reißen, seinen Mund auf ihr Schlüsselbein, ihre Brüste, ihren Hüftknochen zu drücken und ihr dann die Hose nach unten zu streifen.

»Wir haben Verpflichtungen«, fuhr sie fort. »Wahrscheinlich ist es nicht einmal erlaubt, dass wir ein Date haben. Wir könnten gefeuert werden.«

»Was?«, fragte er. »Habe ich einen Job? Es fühlt sich an, als wäre ich erst knapp eine Minute alt.«

»Du musst erst noch was kapieren.« Irene legte die Hände auf ihr Gesicht, bedeckte ihre Augen. George fiel ein, dass ihre Mutter erst vor Kurzem verstorben war. Und hier war er und führte sich wie ein Mistkerl auf. Wie hatte er sie nur zum Weinen bringen können?

»Es tut mir leid«, sagte er. »Ich höre auf. Ich verschwinde.«

»Nein«, sagte sie, ließ ihre Hände sinken, und er sah, dass sie in Wirklichkeit lachte.

»Was ist los?«, fragte er und musste ebenfalls fast lachen. »Drehst du jetzt total durch?«

»Ich will mit dir schlafen«, sagte sie und lachte so heftig, dass ihr die Tränen in die Augen schossen. Sie wischte sie weg und boxte ihm gegen die Brust. »Sex! Ich will Sex haben!«

»Gut!«, sagte George. »Das ist supergut, denn das möchte ich auch!«

»Nein, du verstehst nicht«, sagte sie schniefend, nahm sich zusammen und wischte sich über die Augen. »Ich meine, ich will Sex haben, mit meiner Vagina.« Sie zeigte auf seinen Reißverschluss. »Das dort soll in mich hinein«, und sie deutete auf ihren Schritt. Bei diesen Worten brach sie in eine weitere Lachsalve aus.

»Das ist toll, denn genau so funktioniert Sex. Ganz genau so.« Ihr Verhalten verwirrte ihn ein wenig, doch für sein Verständnis reichte es völlig aus, dass sie redete und gleichzeitig auf seine Genitalien zeigte, um ihn von einer weiteren Analyse abzuhalten.

»Das wird gut werden, Irene«, sagte er. »Das wird toll werden.«

»Normalerweise fühle ich mich nie so«, sagte Irene. »Nie. Das ist komisch.«

George legte ihr die Arme um die Schultern, so sehr genoss er das Gefühl, dass sie an ihn gepresst war, als wären sie die zwei Teile eines zweiteiligen Puzzles und wollten nichts weiter, als das Bild zusammenzusetzen.

»Wir müssen los«, sagte George. »Ich kennen den richtigen Ort für uns.«

»Was für einen Ort?«, fragte sie.

»Keine Sorge«, sagte er. »Es ist ein richtig guter Ort. Ein Nachtclub für Astronomen. Du wirst dich dort wie zu Hause fühlen.«

15

Sie fassten den Entschluss, es in Bernices Haus zu tun. So würde sie sich am wohlsten fühlen, erklärte Sally.

»Ich brauche einen Drink«, sagte Bernice. »Ich glaube kaum, dass mir hier jetzt irgendjemand einen Drink verübeln würde. Oder?«

Die Mädchen saßen im Wohnzimmer auf dem hübschen, kuscheligen Zweiersofa mit dem Holzrahmen, das von der Decke herabhing. Das Zimmer war mit Antiquitäten und Möbeln vollgestellt, die Bernices Vater vor langer Zeit selbst angefertigt hatte. Ein dicker geflochtener Teppich nahm die Hälfte des Bodens in dem Zimmer ein. Ihre Mutter hatte sich eine Hollywoodschaukel gewünscht, die sie das ganze Jahr über benutzen konnte. Und so hatte sie eine bekommen. Sein Vater jedoch hatte nichts davon gehabt, diese Hollywoodschaukel gebaut zu haben, denn letztendlich war er trotzdem allein geblieben.

»Vielleicht sollten wir es auf dem Küchentisch machen«, sagte Bernice. Im Moment lag dort ein großes Wespennest, das von seinen ehemaligen Bewohnern verlassen worden war und nun eine neue Verwendung als Blickfang in der Küche gefunden hatte, optisch aufgepeppt durch mehrere winzige Hasen mit verfilztem Fell.

»Das ist keine Operation«, sagte Sally. »Wir brauchen keinen Tisch.«

»Es ist eine Befruchtung. Das ist dasselbe«, entgegnete Bernice.

Mit theatralischem Gebaren holte Bernice zwei Eiswürfel aus dem Gefrierfach, gab sie in ein niedriges Glas und schritt zur Bar ihres Vaters, die sie sich jetzt zu eigen gemacht hatte. Sie zog den Whiskey heraus und goss ihn in das Glas. Dann nahm sie einen Schluck, verzog das Gesicht, hob das Wespennest mit der anderen Hand hoch und stellte es auf die Arbeitsplatte.

»Genau hier«, sagte sie und klopfte auf den Tisch, bevor sie die verfilzten Hasen auf den Boden fegte.

Der Tisch war in einem Stück aus dem Querschnitt eines Baumes gefräst worden. Seine Oberfläche war uneben.

»Nein«, sagte Sally. »Komm schon, sei nicht so nervös. Es ist bloß Sex. Wir werden es in deinem Bett tun.«

»Nicht in meinem Bett. Nicht oben«, sagte Bernice und leerte ihr Glas mit einem Zug. »Ich will nicht, dass dieses Ding mit nach oben kommt.«

»Was, Rays Schwanz?«, zog Sally sie auf. »Sein Liebesstab? Seine Essiggurke?«

»Rays ›Was auch immer‹. Ray.«

Bernice füllte ihr Glas wieder auf.

»Betrink dich nicht«, sagte Sally. »Wahrscheinlich hindert das …«

»Was, das hindert das Ei daran, die Beine für ein geeignetes Sperma zu spreizen? Ich denke, das Gegenteil trifft wohl eher zu.«

Sally begann, im Erdgeschoss herumzulaufen, befühlte mit den Händen die Sessel und Kissen des kleinen Sofas, testete Oberflächen aus. Dann machte sie im Esszimmer weiter.

»Nach heute Abend darfst du sowieso nichts mehr trinken«, rief sie. »Schwanger und alles. Ich trinke nicht.«

»Blödsinn, ich werde weitertrinken, bis ich den positiven Teststreifen mit eigenen Augen gesehen habe. Wenn ich ihn denn überhaupt sehe. Was wahrscheinlich nicht der Fall sein wird.«

Sally blieb stehen. »Das ist perfekt«, sagte sie. Sie befand sich im Arbeitszimmer, und als Bernice, durch Sallys Aussage neugierig geworden, durch die Diele kam, sah sie, dass Sally es sich auf der viktorianischen Chaiselongue gemütlich gemacht hatte, die einst das Lieblingsstück ihrer Mutter gewesen war. Als sie es gekauft hatte, war es mit Pferdehaar bezogen gewesen, aber ihre Mutter hatte es neu hergerichtet, mit rotem Samt und goldenen Ziernägeln.

»Sie quietscht«, sagte Bernice.

»Ich wäre nie auf den Gedanken gekommen, dass du derart viel trinkst, dass du nicht darauf verzichten magst«, sagte Sally.

»Tu ich überhaupt nicht«, sagte Bernice. »Aber warum ist sie perfekt? Gerade sie?«

»Wegen der Erhöhung«, erklärte Sally. Sie legte sich mit dem Kopf ans Fußende der Chaiselongue und hob die Füße auf die Kopfstütze. Es ging sanft nach oben, und als Sally den Hintern ganz nach vorne schob bis zum Rand der Kopfstütze, war sie mit dem Becken genau auf Hüfthöhe.

»Das ist die beste Art, sich schwängern zu lassen«, sagte Sally. »Wegen der Schwerkraft!«

Sie demonstrierte diese Aussage, indem sie die Knie anwinkelte. Eng schmiegte sich ihre Jeans um ihren Schritt. Dann deutete sie auf das X, wo sich die Nähte trafen. »Siehst du, das Sperma sinkt glückselig genau ins Ei. Das ist nicht mal Arbeit! Es lässt sich nur fallen – ganz einfach.«

Bernice hob die Augenbrauen.

»Du willst doch nicht, dass er sich auf dir abschinden muss, oder?«, fragte Sally. »So kann er einfach stehen bleiben.«

Es klopfte an der Hintertür. Unterwegs zur Tür, um den

Besuch einzulassen, stürzte Bernice einen weiteren Schluck Whiskey hinunter. Dann zur Sicherheit noch einen.

Obwohl Sallys Arrangement in wissenschaftlicher Hinsicht durchaus Sinn ergab, war Bernice jedoch schlicht und ergreifend zu klein dafür. Als sie den Hintern am erhöhten Ende der Chaiselongue hochstreckte, hing sie mit dem Kopf nach unten da, und es war schwierig, längere Zeit in dieser Position zu verharren, schwierig zu lächeln, da ihr das ganze Blut in den Kopf rauschte.

»Das ist bescheuert«, sagte Ray. »Sie muss sich anders herum hinlegen.«

Ray war von Dean vorgeschlagen und von Sally aufgrund seines astrologischen Stammbaums, seiner Bereitschaft für einen One-Night-Stand, seines Einverständnisses, auf jegliche Rechte auf ein gezeugtes Kind zu verzichten, und seiner geografischen Verfügbarkeit ausgesucht worden. Im Grunde war die Wahl auf Ray gefallen, weil in seinem Führerschein das richtige Geburtsdatum stand, er ein richtiges Arschloch und verfügbar war. Während ihn diese Eigenschaften zu dem perfekten Samenspender für Sallys Plan machten, machten sie ihn jedoch zu einem ziemlich miserablen Sexualpartner für Bernices ersten Abstecher in den heterosexuellen Geschlechtsverkehr. Nach fünf Minuten Vorspiel war Bernice in Tränen aufgelöst, Ray schmollte, und nichts war auch nur im Entferntesten irgendwo eingeführt worden.

Bernice lag auf der Chaiselongue, den Kopf auf die Nackenstütze gelehnt. Sie trug einen kurzen Rock mit Gummizug, der über ihre Hüften geschoben war, und ihre matte Schambehaarung lag entblößt und kraus zwischen ihren blassen Schenkeln. Ansonsten trug sie einen Rollkragenpullover, eine Strickjacke und einen Leinenschal. Im März ist es nämlich kühl in Toledo.

»Ich denke, ich weiß, was falsch läuft«, sagte Sally plötzlich. »Ray, gibst du uns eine Minute? Du könntest hinten auf der Veranda eine rauchen. Okay?«

Ray verdrehte seufzend die Augen und zog sich die Jeans wieder hoch, knöpfte sie zu und trottete davon, um draußen eine Zigarette zu rauchen.

»Es tut mir leid«, sagte Bernice. »Es tut mir leid, dass ich es nicht tun kann.«

»Augenblick noch«, sagte Sally, die Bernices Rock tätschelnd nach unten schob. Dann setzte sie sich an den Rand der Chaiselongue und nahm Bernices Hand. Es kam Bernice fast so vor, als läge sie in einem Krankenhausbett. Sie war fast gestorben, nachdem sie von einem Fremden penetriert worden war. Und Sally besuchte sie nun.

»Ich muss dir jetzt eine Frage stellen, denn wir haben nie wirklich darüber gesprochen«, sagte Sally.

Bernice spürte ein Flattern in ihrer Brust, und Tränen schossen ihr wieder in die Augen.

»Bist du noch Jungfrau? Denn dann könnte es heftig werden. Ich verstehe das, falls du es noch bist, ich meine, das wäre total okay, aber das hättest du mir wirklich vorher sagen müssen.«

»Bin ich nicht«, sagte Bernice.

Sally starrte mit einem sanften und nachdenklichen Ausdruck im Gesicht auf sie herab.

»Da gibt es eine dünne Haut, weißt du, die ist …«

»Ich bin keine Jungfrau!«, fauchte Bernice. Wie viele Finger, wie viele Vibratoren, wie viele Dildos waren schon in sie eingedrungen? Sie war definitiv keine Jungfrau mehr.

»Wirklich?«, fragte Sally, deren Stimme nun anders klang, einen Plauderton angenommen hatte. »Mit wem hast du geschlafen? Wenn ich …«

»Hol ihn wieder rein«, knurrte Bernice. »Ich bin bereit.«

»Bist du sicher?«

»Ray!«, rief Bernice. »Wir sind fertig mit reden!«

Ray kam herein, die Zigarette in die Dunkelheit schnippend. Er zog den Reißverschluss seiner Jeans wieder auf und schob Bernice erneut den Rock über die Hüften. Er kniete sich über sie und begann, sich auf sie zu setzen, packte sein Glied am Schaft und presste es zwischen ihre Hüften.

Sally hatte sich neben Bernices Kopf niedergelassen und blickte keusch aus dem Fenster, doch dann warf sie einen verstohlenen Blick zurück und sagte ausdruckslos: »Ray, ist das alles, was du zu bieten hast? Im Ernst?«

»Halt den Mund«, grunzte Ray. »Schieb ihr die Beine auseinander. Ich kann nirgends hin.«

Bernice zog die Knie an, schlang die Beine um Ray, und er fing an, sein halbweiches Glied auf ihre Schambehaarung zu drücken. Weich traf auf weich.

»Ich wiederhole mich ungern, Ray, aber ist das alles?«, fragte Sally.

»Ich muss schon etwas sehen, komm schon«, beschwerte sich Ray. »Sie ist zugeknöpft wie eine Nonne!«

»Zieh dich aus, Bernice«, seufzte Sally.

Ray wich zurück, und Bernice setzte sich auf, um ihren Schal, ihre Strickjacke und ihren Rollkragenpullover auszuziehen, was ein statisches Knistern an ihren Dreadlocks bewirkte, bis sie am Ende nichts weiter als ihren kleinen BH anhatte.

Ray nickte anerkennend und sagte: »Gut, das ist schon besser. Aber wann ziehst du dich endlich aus, Sally? Ich meine, lasst uns die Party rocken.«

Bernice funkelte Sally zornig an. »Was hast du ihm gesagt?«

»Tut mir leid!«, sagte Sally. »Ich habe ihm wohl einen

flotten Dreier versprochen! Ich meine, ich wusste, dass ich im selben Zimmer mit euch bleiben würde, oder? Also ist es doch irgendwie eine Art flotter Dreier?«

Ray stand wieder auf, kickte seine Jeans weg und zog sein Sweatshirt aus. Seine Unterhose hing um seine Oberschenkel und dann streifte er sie ebenfalls ab und war vollkommen nackt. Er hatte einen kräftigen Körper und eine glatte Brust, wie ein Wrestler oder Kugelstoßer. Er zeigte auf Sally. »Jetzt bist du an der Reihe!«, sagte er. Sally zog ihr Oberteil aus und warf es auf den Boden.

»Tut mir leid«, sagte sie zu Bernice. »Lass es uns einfach hinter uns bringen.«

»Na, vielen Dank«, sagte Ray sarkastisch. Er blickte immer noch freundlich drein, aber aus seiner Miene war unschwer seine Gestimmtheit abzulesen: »Mir ist das alles scheißegal.«

»Oooh, Baby«, gurrte Sally, und ihre Lippen formten einen ovalen Kussmund. »Zeig's ihr. Zeig ihr, was du zu bieten hast.«

Sally setzte sich wieder neben Bernice und hielt ihre Hand. Bernice versuchte, ihre Beine zu entspannen, während Rays Hand begann, in ihr herumzustochern. Sie konzentrierte sich auf die Wölbung von Sallys Brust, diejenige, die ihr am nächsten war. Die warme Halbkugel mit einer Brustwarze, die so blass war, dass sie fast durchschimmernd wirkte. Bernice stellte sich vor, wie sie diese perfekte Haut berührte und mit dem Finger einen Kreis darauf beschrieb. Doch als Ray die andere Hand danach ausstreckte, schlug Sally sie fest weg.

»Nein«, sagte sie scharf. »Du bist ein böser Junge. Nicht anfassen!« Aber ihre Worte schienen den gegenteiligen Effekt von dem zu haben, was sie beabsichtigt hatte.

»Jetzt geht's, jetzt geht's langsam«, sagte er und atmete mit einem Stöhnen aus. Bernice spürte, wie er sich in sie drängte. Sie schloss die Augen. Sie versuchte, sich an jede Frau zu erinnern, der sie je gestattet hatte, sie dort unten zu erkunden, jede Zahnreihe, die über ihre Lippen gekratzt, jede Fingerspitze, die sich in sie gebohrt hatte, jede Zunge weich wie Samt. Sie spürte Rays Finger, die in ihr herumbohrten.

»Oh, komm schon«, sagte Ray. »Sie ist total trocken. Soll das ein Witz sein?«

»Bei mir ist alles okay«, sagte Bernice, die Augen immer noch geschlossen. »Bei mir ist alles okay.« Sie glitt mit der Hand nach unten, um sich weiter zu spreizen, um zu versuchen, ihm die Arbeit zu erleichtern.

»Weißt du, was mir manchmal hilft?«, wisperte Sally Bernice ins Ohr. Sally kauerte nun auf dem Boden neben der Chaiselongue. »Wenn Dean an meiner Brust saugt, sobald er in mir ist. Das fühlt sich verdammt gut an, ja?«

»Okay«, sagte Bernice. Sie spürte, wie Sallys Hand ihren BH vorne aufhakte und ihre hauchzarten Finger ihn zur Seite schoben und über ihre Brustwarze strichen. Ihre Augen waren fest zugekniffen. Sie würde sie nicht öffnen.

»Komm schon, Ray«, sagte Sally. »Tu es. Hier ist sie. Saug an ihr.«

Bernice spürte die Bewegung seines Körpers, seine Brust, die sich auf sie senkte, die Hitze, die er verströmte.

»Ich kann nicht, Sal. Sie ist zu klein. Ich komm mit dem Gesicht nicht nach unten, während ich gleichzeitig meinen Schwanz in ihr lasse.«

»Okay, ich tu's.« Sallys Stimme war tief und entschlossen. Und dann waren Sallys Lippen auf Bernices Brust, und eine Hitze schoss durch sie hindurch bis hinab zu ihrem Unterleib, und mit einem einzigen Rutsch war Ray tief in ihr, und solange dieser Mund mit ihr verbunden war, wäre alles gut. Sie spürte, wie er sich aufbäumte und zurückzog, sich wieder aufbäumte, wie seine Hand neben ihren Kopf glitt und seine andere Hand ihre Hüfte packte und sie hochzerrte. Der Druck auf ihrer Brust und die Spannung, die zwischen Sallys Mund und Rays Schwanz in ihr herrschte, war quälend. Tränen rollten ihr über die Wangen.

»Hmmm«, vibrierte Sallys Mund an ihrer Haut. Und Bernice erkannte, wie ihr Mund summte und sie ebenfalls »Hmmm, hmmm!« machte. Sie gestattete ihrer Hand, Sallys Haare zu streicheln. Mit den Fingern an Sallys Rücken entlangzugleiten. Jetzt hatte Ray sie an den Hüften gepackt und erhöhte das Tempo, und Sally hob den Kopf, um zu murmeln: »Ich mache jetzt mal bei der anderen weiter.«

Ihre feuchte Brust war mit einem Mal kalt, und dann legte Sally ihre eigene auf die von Bernice und ihre Zähne glitten um die andere, und plötzlich drang Ray ganz tief in sie ein und stöhnte: »O gut, ja!«, denn Sex mit einer Jungfrau ist nicht nur wegen der Vorstellung toll, die dabei mitschwingt, oder weil man einem anderen Menschen seinen Willen aufzwingen kann. Er ist auch toll, weil sich dieser zusätzliche Ring in der Haut gut anfühlt. Und dann riss er ein, und es tat ein bisschen weh, und Bernice dachte: »Ich war wirklich noch Jungfrau, wie lustig.« Doch Rays Schwanz hatte sich bereits tief in sie gebohrt. Und er keuchte, als er ihn wieder herauszog.

»Ihr zwei wart jetzt doch noch ganz heiß«, sagte er.

Noch bevor es Bernice kalt werden konnte, zog Sally sich schon wieder ihr Hemd an. Nachdem sie Bernice ihre Strickjacke zugeworfen hatte, streckte sie den Daumen in die Höhe, als wollte sie ihr sagen: Gute Arbeit. Und bedachte sie mit einem breiten Lächeln. Zeigte all ihre schiefen Zähnen.

»Jetzt willst du sicher eine Zigarette und ein Bier«, sagte sie zu Ray. »Das findest du beides im Frankie's. Du solltest dorthin gehen. Und wenn du ein einziges verdammtes Wort über das hier bei irgendjemandem fallen lässt, werde ich deinem ganzen Lacrosse-Team erzählen, dass dein erigierter Schwanz die Größe einer Kalamata-Olive hat. Und das wäre noch nicht mal eine richtige Lüge.«

Nachdem Sally ihn nach draußen gebracht hatte, kam sie zurück ins Zimmer, wo Bernice immer noch auf der Chaiselongue lag, sich jedoch an den Ratschlag erinnert und sich umgedreht hatte, um die Hüften nach oben zu stemmen.

»Das hast du toll gemacht«, sagte Sally im Türrahmen. »Ich bin so stolz auf dich. Es tut mir leid, dass er ein solcher Volltrottel war, aber du weißt ja, ein kluger Kerl würde dich nach einer solchen Nummer nicht mehr gehen lassen.«

Bernice lächelte. »Würde *uns* nicht mehr gehen lassen«, sagte sie.

»Ha!« Sally rang sich ein Lachen ab. »Ja, wahrscheinlich hast du recht.«

Bernice schlief in jener Nacht auf der Chaiselongue und versuchte, ihre Hüften höher zu halten als ihren Kopf. Sally schlief in Bernices Bett. Es gab keine luziden Träume.

Sally und Bernice zogen gemeinsam in das Häuschen im Sumpf.

Sally war blond. Blauäugig. Breites Gesicht mit rosa Wangen, ein winziges Goldkreuz um den Hals, wenn auch nur zur Zierde. Sally trug ausgewaschene Jeans und praktische Sandalen und Perlen und war wunderschön. Sie hatte lange Arme und setzte sie ein, um Menschen in süßen, distanzierten Umarmungen an sich zu drücken, so wie andere Leute Hände schüttelten. Weder überschwänglich noch anbiedernd. Sie lachte wie ein Honigkuchenpferd mit ihren vielen Zähnen. Sie aß gerne Süßigkeiten.

Bernice war blass, klein, kantig. Sie trug eine Armeejacke zum Zwecke der Einschüchterung, sie war jedoch viel zu sauber, um den gewünschten Effekt zu erzielen. Bernice war niemand, der Kerzen anzündete oder Fotos aufhängte, aber sie bewahrte Postkarten in ihrer Sammlung von Bildern auf, die sie vielleicht aufgehängt hätte, oder Fotos von Menschen, die sie womöglich über einer Kerzenflamme hätte baumeln lassen. Sie hortete Andenken und war ein kleines bisschen hinterhältig.

Sie war verschlossen, Sally dagegen offen. Sie war dunkel, Sally hell. Bei ihr war schwelender Groll statt Sallys überschwänglicher Vergebungsbereitschaft zu finden. Bittere Wahrheit statt Sallys großer Worte. Ein Feixen statt Sallys wieherndem Gelächter. Vögeln statt küssen wie Sally. Liebe statt Sallys Liebe.

Hatten sie die Liebe gefunden? Kann irgendjemand jemals die Liebe finden? Man mag sagen, dass es heutzutage schwieriger ist, aber 1984 war es auch schon schwierig genug. Die Religion lag in Trümmern, die Wissenschaft brannte, und die Ideologien der Regierungen, der Mächtigen auf der ganzen Welt waren abgenutzt und zerschlissen, hatten sich innerhalb eines Tages überholt. Keine monumentalen Monologe, keine wahren Wahrheiten, keine klassischen Klassiker. Und das Größte, was zusammenbrach, das gewaltige Konstrukt, mächtiger als Gott, die Demokratie oder Penizillin, war die wahre Liebe.

Welch eine idiotische Vorstellung.

Allen Liebesgeschichten wurde der Spiegel vorgehalten. Penelope: ein Flittchen, das sich fieberhaft ihr keusches kleines Herz aus dem Leib webte, während sie auf ihren Ehemann wartete. Wäre das nicht genau das Verhalten, das man von einer abwesenden Ehefrau erwartet? Abaelard verlor seine Eier. Sie wurden ihm abgehackt, kurz bevor seine Geliebte in ein Kloster eintrat. Ist es das, was man gemeinhin als schön erachtet? Tristan und Isolde starben, bevor sie es auch nur ins

Bett schafften, die armen Narren, und Guinevere war eine alte Schachtel, bis Lancelot endlich den Mumm hatte, mit ihr zu schlafen. Ist das denn überhaupt wirklich schade? Alexandra aß ihre Jungen, während Nicholas entsetzt zusah. Man denke an all die Geschichten, die Menschen heranziehen, um die wahre Liebe im Laufe der Jahrhunderte zu veranschaulichen. Erfundene Geschichten, Moralitäten oder subversive Texte, geschrieben von Manipulatoren, um den Leser von diesem oder jenem Grundsatz oder Glauben zu überzeugen. Jeder Schriftsteller versuchte immer nur, seinen Standpunkt aufzuzeigen. Was ist deine Liebesgeschichte? Ist sie so episch?

Romantische Liebe in ihrem göttlichen Glanz und all dem strahlenden Licht und der Schönheit dieses Konzepts – das Werk der Regierung und der Kirche, um junge Menschen davon abzuhalten, willkürlich mit jedem Fremden ins Bett zu hüpfen. Liebe in einem Body, in einem Stripclub, in einem Stringtanga, leidenschaftliche Liebe – ein Symbol der sexuellen Auflehnung gegen Kirche und Regierung. Was der Beweis dafür ist! Es gab Fallstricke. Nichts ist, wie es anfangs scheint. Du glaubst, du würdest zufällig diesem besonderen Jemand in die Arme laufen, der just in diesem Moment um die Ecke kommt und ebenfalls nach diesem besonderen Jemand sucht? Welchen Stoff rauchst du denn?

Stellt euch Sally und Bernice vor, die nachts unter einem Baum im Garten sitzen, während die zerfetzten Trümmer der Liebe wie Blätter auf sie herabfallen. Sie wollen nicht getäuscht werden. Sie wollen nicht dumm sein. Wenn nur Dummköpfe, die es nicht besser wissen, etwas so Lächerliches taten wie sich zu verlieben, dann war es nichts für sie.

Aber, ganz ehrlich, wer kann gleichzeitig die Hoffnung auf Liebe wirklich aufgeben? Wer von uns kann sich selbst anschauen und leugnen, ein Geschöpf zu sein, das genau dafür erschaffen ist? Es ist schwer, als wäre man als wiedergeborener Christ erzogen, dem die Feuer der Hölle drohen und die goldenen Straßen des Himmels versprochen werden, und dann liest man Karl Marx. Dein Verstand sagt: »Ich habe dem Glauben abgeschworen.« Aber du blickst immer noch mit Entzücken zu jeder Wolke hinauf, die aufreißt, und stellst dir weiterhin die Frage: »Werde ich in die Hölle kommen?« Beten wird geradezu zu einem frivolen Laster. Und so war es auch für Sally und Bernice, wenn sie über Romantik nachdachten.

Sie wussten, was sie zu denken hatten. Und sie wussten, was sie zu glauben hatten. Und so war der Plan, ihre Babys großzuziehen, damit sie sich ineinander verliebten, aus genau diesem Kompromiss geboren: Erzeuge Liebe durch Wissenschaft. Plane den Zufall. Und letztlich, glaube daran. Der Glaube muss auf Glaube gebaut sein. Du musst ihn haben, bevor du ihn bekommen kannst. Genau wie die Liebe. Sie scheint töricht, bis du mittendrin steckst. Aber willst du wirklich so cool und erwachsen sein, dass du der Liebe den Rücken zuwendest, wenn du sie vielleicht schon nächste Woche findest, die perfekte, wunderschöne Liebe, von der du niemals gedacht hättest, sie könnte existieren? Was wäre geschehen, hätten Sally und Bernice ihre eigene Liebesgeschichte gehabt?

16

Toledo erwacht nachts zum Leben. Wirklich. Während die Stadt schläft und träumt und tausend Tode stirbt, kommen die jungen und intelligenten Menschen zum Spielen heraus wie Sternbilder, die in der Dunkelheit des schwarzen Himmels bersten.

Irene erinnerte sich, wie sie sich als Teenager aus dem Haus gestohlen und mit Jugendlichen von ihrer Schule in der Stadt getroffen hatte. Toledo glich einer Universitätsstadt auf Steroiden, wo Touristen lebhafte Unterhaltungen über Quasare führten und sich große Hotels mit Gästen füllten, die hofften, sich die Vorlesung eines betagten Astronomie-Superstars oder berühmten Mathematikers anzuhören. Touristen strömten zum Yachthafen an der Summit Street, um einen nächtlichen Segeltörn auf dem Maumee River und Eriesee zu unternehmen. Restaurants quollen vor Sternguckern über, die lange Zigaretten rauchten und Klöße aßen. Toledo ist nicht groß, aber die Stadt kann gleichzeitig jeden aufnehmen, der für die Welt der Astronomie von Bedeutung ist. Es ist ein Auffangbecken für Menschen, die wissen wollen, was dort draußen ist. Es ist das Zuhause für Raketenwissenschaftler und Numerologen. Für Menschen, die auf dem Mars Gesichter erkennen, und Menschen, die die Erde vom Mars mit einem Alpha-Proton-Röntgenspektrometer analysieren möchten.

Die Flussrundfahrten waren deshalb so beliebt, weil an bestimmten Punkten in jenem Gebiet nächtliche Verdunkelungsregelungen in Kraft traten, um die Sternengucker des Instituts vor unerwünschten Lichteinflüssen zu schützen. Die Boote fuhren in südliche Richtung durch die Lichter und Geräuschkulisse der Stadt und des Hafens, und mit einem Mal versanken die Ufer und Schiffe in der Dunkelheit, während die Passagiere den Fluss hinauftuckerten, wo sie einmal eine Schleife um den Audubon Islands State Nature Preserve und dann wieder zurück machten. Irene rief sich in Erinnerung, wie sie an der murmelnden Dunkelheit außerhalb der Stadt vorbeigeglitten und dann am Summit-Street-Yachthafen vom Boot gestiegen war, zurück in die Lichter und den Lärm der Stadt. Die fieberhafte Betriebsamkeit war zu spüren, welche die Touristen ausstrahlten, die Aufregung, sich in der Innenstadt mit ihren dröhnenden Hupkonzerten und aus den Gebäuden heraussickernden Radioklängen zu befinden, die Aussicht, ein hohes Tier der NASA oder einen der Direktoren der Abschussanlage in Dayton zu sichten. Das endlose Zeit-Frequenz-Spektrogramm von SETI@home auf einer LED-Werbetafel auf der Madison und Superior. Sie hatte nicht gemerkt, dass sie es vermisst hatte, aber der bloße Umstand, wieder hier zu sein, brachte Erinnerungen zurück, die nicht durchweg schlimm waren.

Die Teenage-Irene schlich sich nur um des Hinausschleichen willens hinaus, nicht um zu trinken oder auf wilde Partys zu gehen oder aufzubegehren, sondern nur um aus dem Haus zu kommen. Und zählte es überhaupt als hinausschleichen, wenn die Mutter halb bewusstlos im Bett lag, den Arm über die Augen gelegt, und ihr zumurmelte, sie hätte wegen ihrer verstopften Nebenhöhlen Kopfschmerzen, um dann mitten im Satz einzuschlafen?

»Meine Nebenhöhlen sind verstopft.« Und das war's.

Irene konnte durch die Haustür spazieren, mit ihren klobigen Stiefeln durch den Flur trampeln und sich den Rucksack mit Alkohol für die ganze Gruppe über die Schulter werfen. Bernices Vorrat könnte die Welt in einen Rausch versetzen, oh ja, Irene kannte alle Verstecke, alle geheimen Schlupfwinkel, wo ihre Mutter die Flaschen bunkerte. Wenn ein paar fehlten, würde es Bernice überhaupt stören? Und was würde sie sagen, falls sie es denn überhaupt bemerkte? »Tut mir leid, aber hast du vielleicht etliche Flaschen Gin gesehen, die ich natürlich nicht trinken wollte und die natürlich auch keineswegs in der Wäschekammer im Loch in der Wand hinter dem Mülleimer versteckt waren?«

Nein, sie redeten niemals über das Trinken. Und sie redeten niemals über das Feuer. Über alles andere auf der Welt konnten sie miteinander reden, aber es war nie auch nur annähernd so interessant oder tödlich wie diese beiden Dinge. Wozu sprachen sie dann überhaupt miteinander, wenn sie es nicht wegen dieser tödlichen Dinge taten?

Als Irene und George den Nachtclub erreichten, war es zwei Uhr morgens.

»Ist es hier? Wo soll ich parken?«, fragte sie ihn. »An der Straße?«

»Es gibt einen Parkservice«, entgegnete George.

Irene hielt am Bordstein vor der Eingangstür, und ein Mann in einem schwarzen Overall tat einen Satz über die Motorhaube ihres Autos und öffnete ihr die Tür. Sie gab ihm die Schlüssel. Der Angestellte reichte ihr die Hand, und sie fand sich auf der Straße wieder. Als sie an sich herabblickte, fiel ihr auf, dass sie eine schwarze Jeans, ein Button-down-Hemd und ihre Arbeitsstiefel trug. Der Mann in dem schwarzen Overall fuhr mit ihrem Wagen davon, nachdem er ihr eine Plastikkarte gereicht hatte, die sie in ihren Rucksack steckte.

»Komm schon«, rief George. Er sah sie an, als sei sie ein Messer. Oder ein Sandwich. Oder ein Messer, das ein Sandwich schneiden wollte. Es gefiel ihr, wie er sie ansah. Mit einer Handbewegung gab er ihr zu verstehen, dass sie ihm folgen sollte, und sie fragte ihn: »Bin ich überhaupt passend gekleidet? Als du sagtest ›ein Nachtclub für Astronomen‹ hielt ich es für einen Witz. Ich dachte, es sei eine Art Hinterzimmer im Institut.«

»Warum?«

»Weil es wie etwas klingt, das nicht real ist!«, sagte Irene. Sie strich ihr Hemd glatt und klopfte sich die Erde von den Stiefeln.

Dann stand sie auf dem Bürgersteig, und dort war auch schon George, kräftig und groß, mit einem fragenden Ausdruck im Gesicht à la: Wo liegt dein Problem? Und dann schüttelte er den Kopf und sagte: »Willst du mich auf den Arm nehmen? Du bist perfekt. Genau so, wie du bist.«

Georges Hand umfasste ihren Arm, und sie wurde vom Gehweg gezogen. Am Club der Astronomen hing kein Schild. Nachdem sie durch eine automatische Schiebetür in eine Luftschleuse getreten waren, schloss sich die Tür hinter ihnen. Ein merkwürdiges Zischen war zu hören, und kalter Dampf umhüllte sie. Dann kehrte Ruhe ein.

»Warum haben sie dem Club keinen Namen gegeben? Etwa *Der Komet* oder *Die Milchstraße* oder …«

»Oder *Das schwarze Loch*?«

»Ja.«

Der kalte Dampf zischte erneut auf. Sie konnte George kaum erkennen. Sie zitterte. Die Stille nach dem Lärm der Straße war beunruhigend.

»So heißt schon der schwule Geheimclub der Astronomen.«

Irene schwieg.

»Das schwarze *Loch*«, wiederholte George.

»Schon verstanden«, sagte Irene.

»Ich wette, dass sich hier drinnen manchmal Leute küssen«, sagte George.

Seine Hand glitt über ihre Schulter, und sie spürte seinen Daumen fest auf ihrem Schlüsselbein liegend. Seinen Händen entströmte eine Energie, die sie nicht genau benennen konnte, aber sie hatte das Gefühl, als würde er Fingerabdrücke auf ihr hinterlassen und als würde jede Stelle an ihrem Körper, die er berührte, zum Leben erweckt werden. Sie hörte seinen Atem über dem kalten Dampf.

»Wettest du nur oder weißt du es?«, fragte Irene.

Dann küsste er sie, und sie spürte, wie sie vom Boden abhob, um ihm entgegenzukommen, als würde sie durch sein Gesicht einatmen, ein langer Atemzug nach dem anderen. Er schob die Hände an ihren Pferdeschwanz und zog den Gummi weg, der ihn zusammenhielt, schüttelte ihr die Haare hinter dem Kopf aus und schob ihr grinsend zwei dicke Strähnen über die Schultern.

»Jetzt siehst du eher wie eine Wissenschaftlerin aus«, sagte er.

»George, die Sache funktioniert im echten Leben nicht, wo ein Junge einem Mädchen die Haare aus dem Pferdeschwanz löst und sie ausschüttelt und sich das Mädchen wie durch ein Wunder in eine Sexbombe verwandelt.«

»Eigentlich kann man sich schon ganz gut darauf verlassen«, sagte George. »Du warst vorher schon scharf, aber du solltest dich jetzt mal sehen.«

Die zweite Tür der Schleuse ging zischend auf, und George und Irene wurden in einen Raum gespien. Er war höhlenartig und dunkel, mit einer Bluesband in der Mitte der Bühne.

Ein ganz in Weiß gekleideter Sänger wurde von einem Scheinwerfer eingefangen und säuselte ins Mikrofon. Überall standen Tische und Stühle verstreut herum, und da war auch eine Tanzfläche, auf der sich mehrere Pärchen zur Musik bewegten.

»Ich sehe zu sehr wie eine Wissenschaftlerin aus«, sagte Irene.

George winkte einigen Leuten zu, die ihm von der Bar aus etwas zuriefen. Astronomen beiderlei Geschlechts hingen im Club ab, tief in ihre Gespräche versunken, sich zu dem langsamen Beat wiegend oder einfach nur breit lächelnd.

»Holen wir uns einen Drink«, sagte George.

»Ich trinke keinen Alkohol«, sagte Irene.

»Das hier wirst du trinken«, sagte George.

Er führte sie zur Bar und winkte dem Barkeeper, der sich daraufhin umdrehte und etwas zu mixen begann.

»Oh, ich glaube, unsere Lieblingstochter von Babylon ist hier«, flüsterte George Irene ins Ohr. Die Nähe seines Mundes an ihrem Ohr berührte etwas in ihrem Körper, etwas wie eine Spirale in ihrem tiefsten Inneren, die sich zusammenzog. Als er sagte: »Dort drüben«, strichen seine Lippen über ihr Ohrläppchen, und eine Gruppe Männer schubsten Irene im Vorbeigehen versehentlich in seine Richtung. Sein Brustkorb war hart und stark, seine Schultern breit. Er fing sie auf und hielt sie fest. Sie hob das Gesicht an seines, wollte nichts weiter, als ihn zu küssen und an nichts anderes denken als an ihn, doch er deutete mit dem Finger in die entgegengesetzte Richtung.

Sam Beth trug ein langes weißes Kleid, das sich bauschend bis zum Boden wallte. Ihre Zöpfe waren zu zwei festen Knoten hochgesteckt, einer auf jeder Seite des Kopfes, ihre Arme waren mit goldenen Armbändern umwickelt, und unter jedem Auge funkelten drei Punkte in einem glänzenden Weiß. Es entstand ein Eindruck, als wären ihre Haare gestreift. Gemächlichen Schrittes kam sie auf sie zu.

»Prinzessin Leia«, sagte Irene.

»Hübsche Stiefel«, sagte Sam Beth.

»Danke, Patrice«, sagte Irene spitz.

»Sind Sie zusammen hier?«, fragte Sam Beth mit einem Kopfnicken auf George.

»Haben Sie getrunken?«

»Die Töchter von Babylon trinken keinen Alkohol«, erwiderte Sam Beth, nahm jedoch einen kristallenen Zerstäuber von der Bar und sprühte sich rasch etwas ins Gesicht. Ihre Augen flogen auf.

»Was ist das?«, fragte Irene.

»Was ist das?«, ahmte Sam Beth sie nach.

Mit einem Rascheln von Stoff und einem langsamen Nicken schob sie sich zurück durch den Club. In diesem Moment hatte der Barkeeper ihre Drinks eingegossen, und George lehnte sich über den Tresen. Sein Hemd schob sich hoch. Sie erblickte den Bund seiner Khakihose und darunter den Bund seiner Unterhose, anthrazitgrau. Was hatte dieser Mann an sich, dass sie so besitzergreifend wurde, als empfände sie es regelrecht wie einen Zwang, den Arm auszustrecken und das Hemd wieder zurechtzurücken oder die Hand darunter zu schieben. Er drehte sich um und lächelte sie an, während er ihr ein blaues Getränk in einem hohen Glas entgegenhielt. In dem Getränk sprudelten weiße Bläschen, die zwischen der Oberfläche und dem Boden aufstiegen und wieder absanken wie bei einer Lavalampe.

»Ich sagte doch, dass ich nicht trinke«, erklärte Irene.

»Das ist alkoholfrei«, entgegnete George.

Irene nahm ihm das Getränk aus der Hand. Es fühlte sich kühl an, aber es gab keine Kondensationstropfen am Rand des Glases.

»Was ist da drin?«

George verdrehte die Augen. »Willst du das Rezept? Ich kann veranlassen, dass es dir jemand ausdruckt. Oder du trinkst es ganz einfach. Es ist richtig gut. Wenn es dir nicht schmeckt, hole ich dir etwas anderes.«

»Das ist wirklich alkoholfrei? Ich trinke keinen Alkohol, wirklich nie.«

»Warum?«, wollte George wissen. »Warum keinen Alkohol?« Eine simple Frage, in aller Harmlosigkeit gestellt. Eine, die sie noch nie beantwortet hatte.

»Meine Mutter war Alkoholikerin«, sagte sie jäh. Sie griff nach seiner Hand. Irene stieß die Luft in einem Schwall aus, die sie unbewusst angehalten hatte. Sie konnte es nicht fassen, dass sie es ihm erzählt hatte.

»Das tut mir leid«, sagte er. »Nun, ich würde dir niemals ohne dein Wissen Alkohol geben.«

»Ich habe das Gefühl, dass du das wirklich nicht tun würdest«, sagte sie. »Ich glaube dir.«

»Aber es fällt dir schwer«, sagte George. »Das spüre ich.«

Irene atmete tief ein und nippte an der blauen Flüssigkeit. Sie schmeckte nach Himbeere und Gurke und war sehr erfrischend. Irene behielt eins der weißen Bläschen im Mund, das mit einem sanften Zischen an ihrem Gaumen barst. Sie verspürte ein Kitzeln in ihrer Kehle und dann schien sie mit einem Mal leichter atmen zu können als jemals zuvor. Die Band beendete ihr Lied, und die Musiker legten ihre Instrumente für eine Pause weg. Erneut drang Musik durch die Lautsprecher, eine sonderbare House-Musik oder etwas in der Art. Es dröhnte in der Bar. Irene blickte auf und sah, dass George sie beobachtete. Sie hatte ihm von ihrer Mutter erzählt. Und nichts Schlimmes war passiert.

»Du bist wunderschön«, sagte er. »Willst du mich heiraten?«

»Ich kenne dich erst seit drei Tagen«, erwiderte Irene. »Ich werde dich nicht heiraten.«

»Doch, das wirst du«, sagte George.

»Wie du meinst«, sagte Irene.

»Erzähl mir alles von dir. Lieblingsfarbe, Lieblingsessen, was du dir vom Leben erhoffst, was du dir von mir erhoffst.«

»Schwarz, habe keins, Veröffentlichungen, so wie alle anderen, und …« Irene hielt inne.

»Ich will auch veröffentlichen«, sagte George. »Siehst du, wir sind gar nicht so verschieden.«

»Ich will etwas von dir«, fuhr sie fort, und ihr Atem ging jetzt schnell.

»Das hast du schon gesagt«, erwiderte er mit einem Lächeln. »Ich meine …«

»Ich glaube, ich will einfach nur, dass du real bist«, sagte Irene. Ob es an dem sprudelnden Getränk oder der Musik lag, die in ihrem Brustbein hämmerte, oder Georges Nähe und seiner Haut, die sie berühren, küssen und an die sie sich pressen wollte, das Bedürfnis, ihm etwas Ernstes sagen zu müssen, wurde übermächtig.

»Ich bin real«, sagte George. Sie lehnten gegen einen Pfeiler. George beugte sich herab, um sie verstehen zu können und um ihr ins Ohr zu flüstern, und Irene klammerte sich an ihrem Drink fest, wollte den Platz zwischen seinen Armen ausfüllen.

»Aber das ist …«, begann sie. »Das kann nicht real sein. Es ist viel zu verrückt.«

»Es ist nicht verrückt! Es ist vorherbestimmt, dass wir zusammen sein sollen. Wir sind Seelenverwandte! Das schwöre ich auf Compton & Batteau und Yeats und das Toledo General.«

»Das ist lächerlich.«

»Nein, ist es nicht.«

»Aber George, du bist Kosmetologe! Gerade du solltest es besser wissen.«

»Eigentlich heißt es Kosmologe.« George verdrehte die Augen und lächelte, viel zu vertraut war ihm diese bewusste Stichelei gegen seinen Zweig der Astronomie.

»Du bist Kosmetologe! Das erste Axiom der Kosmetologie …«

»Kosmologie!«, verbesserte George sie sanft.

»… ist, dass es keine besonderen Orte gibt. Das Universum ist heterogen. Dieser Ort …« Bei diesen Worten zeigte sie auf ihr Herz. »… kann nicht besonders sein, nicht wahr?«

George schüttelte den Kopf.

»Das zweite Axiom der Kosmologie«, fuhr sie fort, »ist, dass es keine besondere Richtung gibt. Also keine besonderen Orte, keine besonderen Richtungen. Keine Seelenverwandten. Keine Dualseelen. Zufällige Überschneidungen von Leben, sexuelle Anziehung, Paarung. Genau wie Eidechsen.«

»Eidechsen fühlen sich sexuell nicht voneinander angezogen.«

»Das weißt du nicht.«

»Du gibst also zu, dass du dich sexuell zu mir hingezogen fühlst.«

»Muss ich das denn wirklich wiederholen?«, fragte Irene.

»Komm mit mir«, rief George ihr ins Ohr. »Ich muss dich in eine besondere Richtung führen und dir einen besonderen Ort zeigen.«

Sie folgte ihm über die Tanzfläche und spürte, wie ihr die House-Musik in den Füßen pochte.

»Was ist das für Musik?«, schrie sie zu ihm hoch.

»Chaldäische House-Musik«, antwortete er. »Geschrieben im Hexalsystem oder so etwas. Der DJ macht seinen Doktor in Anwa. Du weißt, was Anwa ist, oder?«

Irene nickte, wusste es aber nicht.

»Wenn du genau hinhörst, gibt es eine rhythmische Schwingung«, sagte George, »die von einem schwarzen Loch stammt. Du weißt schon, als würde ein schwarzes Loch singen.«

»Schwarze Löcher singen nicht«, rief Irene über das Dröhnen der Musik. »Es ist ein wiederkehrendes Oszillieren. Das ist kein Singen!«

»Das weißt du nicht«, grinste George sie an und zog sie an der Hand davon. »Du weißt nicht alles.«

Sie wusste, dass jede Frau im Club sie von oben bis unten musterte und dass viele Besucher dort George etwas zuriefen. Die Menschen kannten sie beide und fragten sich wohl verwundert, was sie hier zusammen taten. Manchmal rief er wahllos Dinge zurück wie »Hey!« oder »Ja!«. Dann wiederum schien er hoch zu den Deckensparren zu starren und den Kopf zu schütteln. Irene folgte ihm dicht auf den Fersen, und auf einmal tauchte eine Treppe auf, und sie stiegen hinab. Dort unten war es ruhiger. In einer Ecke spielte eine Frau auf einer mechanischen Harfe. Tänzer räkelten sich in Glasröhren.

»Ich will in den Bereich gelangen, wo wir allein sein können«, sagte Irene.

»Bist du sicher, dass du das willst?«, fragte George.

»Ja«, sagte Irene. »Ich bin sicher.« Sie spürte, wie sie zu lachen oder zu weinen anfing. Fühlte sich so sexuelle Frustration an?

»Okay«, sagte George. »Hier entlang.«

Es ging einen Korridor hinab, eine weitere Treppe nach unten, dann erreichten sie ein kleines Zimmer und gingen hinein. Es war vertäfelt wie eine Sauna, aber eine kühle Brise wehte aus einem Luftschacht. Irene stellte ihr Getränk auf einen winzigen Tisch. George schloss die Tür, und Irenes Herz raste. In einer Ecke stand ein Schreibtisch, darauf lagen

Papiere, ein Laptop. Ein Sofa schmiegte sich an die Wand, mit Stehlampen auf beiden Seiten.

»Wessen Büro ist das?«, fragte sie.

»Das des Besitzers. Aber keine Sorge«, sagte er. »Niemand wird hereinkommen.«

Einen Moment lang fühlte sie sich schüchtern wie ein junges Mädchen und konnte ihm nicht ins Gesicht sehen. Er war ihr so nah, so gefangen in dieser Zweisamkeit, sie wollte jeden seiner Atemzüge erhaschen, über sie nachdenken, sie sehen, sie erfahren. Als sie endlich in sein Gesicht blickte, merkte sie, wie er sie betrachtete. Sie sah die Haut an seinem Hals so nah bei sich, dass sie die Blutgefäße darunter erkennen konnte. Sein Kinn neigte sich zu ihr herab. Sie sah die Muskeln hinter seinem Ohr. Es bereitete ihr kein Unbehagen. Es war ergreifend. Sie verspürte wirklichen inneren Frieden, aufkeimend in einem tiefen, verborgenen Punkt ihres Körpers, der sie erfrischte und sich dann ausbreitete, als wolle er sie ganz und gar mit Ruhe ausfüllen. Sie fühlte sich gut.

»Leidest du unter Platzangst?«, fragte er.

Sie lachte. Sie berührte eine seiner Hände mit den ihren, und er ergriff sie, sodass sie Händchen hielten. Sein Gesicht war glatt und jung, und sie dachte bei sich: *Es passt überhaupt nicht zusammen. Ich, das lädierte, seelenlose Wesen. Er, der wunderschöne Jüngling, dem jeder nahe sein will. Warum bin ich es, mit der er hier ist? Warum hält er meine Hand?* Sie sah etwas in ihm, das ihr zugedacht war, etwas, das zu finden, zu nehmen, zu besitzen, ihr aufgetragen war. Irene beobachtete, wie er den Hemdkragen aufknöpfte, und die Haare fielen ihm dabei in die Stirn, und sie wollte danach greifen, nach diesem Stück Hemd, nach dieser Haarsträhne, sie wollte sie berühren und sich vergewissern, dass sie real waren. Sie spürte, wie jeder ihrer Atemzüge krampfhaft versuchte, sich ihrer Lunge zu entreißen. Ebenso wie ihre Rippen es krampfhaft versuchten, die Luft zurückzuhalten. Sie lehnte sich gegen den Schreibtisch.

»Zieh dich aus«, stieß George heraus, die Hände an seinen eigenen Knöpfen beschäftigt.

Ein frischer Windstoß wehte aus dem Luftschacht. Was zum Teufel zirkulierte gerade in ihrem Blut, dass der Bann, der sie neunundzwanzig Jahre lang die Beine hatte zusammenpressen lassen, auf einmal gebrochen war? Sie hätte plötzlich die Beine am liebsten weit gespreizt, sich das Hemd vom Leib gerissen, für ihn die Brüste hinausgestreckt. George griff in ihren Ausschnitt und berührte sie genau oberhalb ihres Herzens. Es war die schlichteste aller Berührungen, kein Streicheln oder Liebkosen, sie war nicht einmal sonderlich zielstrebig, es war nur ein Finger, der von oben nach unten glitt, einen kleinen Teil von ihr berührte. Vielleicht tat er es nicht einmal bewusst. Sie schwieg. Doch sie wusste, sie würde sich ewig, sie würde sich bis ans Ende ihrer Tage an diese Berührung erinnern als den Moment, an dem sie aufgewacht war. Es war ein Moment absoluter Gefahr und Angst, gefolgt von einem Moment absoluter Unterwerfung.

»Ich will, dass du dich ausziehst«, sagte er mit tiefer Stimme.

In diesem Augenblick erkannte sie, dass es zwei Georges gab: den schlagfertigen, sonnigen George, den sie wegen der Fischtacos aufziehen und ärgern konnte, der Witze riss und ihr die Dinge leicht machte. Und dann war da der andere George tief im Inneren des äußerlichen George verborgen, der George, welcher dunkel und eigenartig war, und sie spürte in diesem einen Finger, der über ihre Brust strich, dass sich das Tier im Innern von George durch den menschlichen George nach draußen gestreckt und sie berührt hatte.

Alle Männer sind so, dachte sie. Bis zu diesem Moment hätte sie zu diesem Tier mit Verachtung oder einfach nur Abscheu hochgeblickt, mit einem finsteren, ungeduldigen Bedürfnis, das Tier herauszukitzeln und zu zähmen, um es dann zu zerstören. Aber nun verspürte Irene ein neues Gefühl: das Verlangen, dieses Tier zu treffen und kennenzulernen. Ihr eigenes Tier witterte seins und strebte ihm entgegen. Das war die eigentliche Gefahr: das Tier in ihrem Inneren, welches nach draußen drängte. Es war Unterwerfung, aber es kümmerte sie nicht. Sie könnte tun, was sie wollte oder müsste, sie könnte, wenn nötig, knurren und fauchen, sie könnte heulen und stöhnen. Er würde sie doch nicht anders anschauen als mit dem Ausdruck der allergrößten Liebe. Er würde sie erst aus diesem Zimmer lassen, wenn sie fertig war. Dies hier war der Ort, wo alles auseinanderbrechen würde, was sie bisher ausgemacht hatte: hier in der Sicherheit, hier mit George. Sie legte die Hand auf sein Herz, dann unter seinen Hemdkragen und presste die Finger auf seine Haut. Als sie in sein Gesicht hochblickte, wandte sie ihm ihr wahres Gesicht entgegen, das Tiergesicht aus ihrem dunklen Innern, und sein Tiergesicht begegnete ihrem.

Ein Laut aus seiner Brust brach sich seine Bahn nach außen, und sie spürte dieses Geräusch als eine Vibration in ihrer Hand, es war das stärkste Aphrodisiakum, das sie je in ihrem Leben erfahren hatte.

Vergessen waren die abfälligen Bemerkungen. Fort das lebenslange Bedürfnis, sich Männer untertan zu machen. Fort waren die tiefe Zerrissenheit in ihr, die Bitterkeit, mit der sie die Zerrissenheit kittete. Sie sah in sein Gesicht, und sie kannte ihn, und sie ließ die Risse aufplatzen. Sie begann, seinen Gürtel zu öffnen. Er packte ihr Hemd und zog es ihr über den Kopf. Sie riss an den Knöpfen seines Hemds. Er schob ihre Jeans zu Boden. Sie bewegten sich wie Roboter, gefangen im Bewusstsein des anderen und vom fieberhaften Rausch angetrieben, sich näher zu kommen, immer näher.

Irene war jetzt nackt, die Kleidung fort. Sie stand in diesem kleinen Zimmer, grell beleuchtet vom Licht, entblößt und unverhüllt, aber näher, näher bei ihm und seinem Körper. Sie wollte ihm so nah sein. Sie konnte alles an ihm sehen, er glich einem offenen Buch. Er legte die Hände sanft um sie, und sie holte tief Atem. Jetzt gab es keinen anderen Weg mehr, als den eingeschlagenen weiterzugehen. Auch wenn es dafür keinen vernünftigen Grund gab und keine Logik darin lag. Dann schob er sie zum Sofa, die Hände fest um ihren Brustkorb geschlungen, den Mund auf ihrem Hals, und sie fühlte ihn als den unverfälschten anderen George, den George hinter der Sonne, das dunkle Tier, das mit der Hand über ihr Herz gestrichen hatte. Sie spürte ihn mit einer solch unglaublichen Intensität, dass es ihren Hals eng werden ließ und sie husten musste. Dieses schwarze Tier, das mit ihrer Dunkelheit rang. Vom hellsten Licht umfangen, nackt bis auf die Haut, eingeschlossen.

Sie spürte sein Gewicht, als er sich gegen sie drängte, hörte ein leises Stöhnen, war er es oder sie, aus dessen offenem Mund dieses Geräusch kam? Und dann schob er sich in sie, und es war vollbracht. Sie verlor sich jäh in diesem Moment, die Beine um seine Hüften geschlungen, ihr Bauch an seinem, ihre Brüste an seiner Brust, Hände, die an den Polstern des Sofas entlangkratzten, um näher zu kommen, immer näher. Sie wollte schreien: *So sollte eine Vagina sein! Prall und voll. Wie dumm von mir, all die Jahre eine leere Vagina mit mir herumgetragen zu haben.*

»Du darfst ihn niemals wieder herausnehmen«, sagte sie zu seinem Profil. »Vergiss das bloß nicht. Nie, nie, nie. Ich will dich nie mehr verlieren.«

Er begann, sich in ihr auf eine Art zu bewegen, die rhythmisch und erregend war, und sie spürte, wie ihr Bewusstsein ins Trudeln geriet. Sie drehte sich in dieser Welt im Kreis, an dem Punkt, in dem er in ihr steckte, und sie spürte, wie sie mit ihm verbunden war, dort in ihrem Schoß, in der geometrischen Tiefe ihrer runden Cervix, und ihr Bewusstsein drehte sich weiter, und sie sah etwas rein Mathematisches. Plötzlich hatte sie die Vision von einem Kreis und einem Punkt und einer Linie, und diese bewegten sich im Einklang, auf und ab, vor und zurück. Ein Kreis in einem anderen Kreis wird zu einem Punkt, der sich einfach auf und ab bewegt.

»Die Cardanischen Kreise«, sagte sie zu ihm. »Es sind die Cardanischen Kreise. In mir.«

»Oh«, sagte er. »Gut. Ich kann jetzt nicht reden.«

»Es sind die Cardanischen Kreise, George!«, rief sie. »In mir!« Ein Rotieren, ein Drehen. Auf und ab. Er bestritt es nicht, die Stirn in das Sofa gepresst, die Hände an ihrem Rücken, und das Gefühl, das sich in ihrem Inneren ausbreitete, schwoll an.

»Du kennst die Cardanischen Kreise, George«, sagte Irene. Sie klammerte sich fest, klammerte sich an ihren Worten fest. »Du weißt, was das ist.«

»Schsch«, sagte George. Sie warf ihm einen Blick zu, die Augen weit aufgerissen im hellen Licht. Lächelte er oder war das eine Grimasse? Hatte er den Kopf vor Lachen in den Nacken geworfen oder war es Schmerz? Was passierte in ihr, zwischen ihren Beinen, so süß und eindringlich?

»Kopernikus«, keuchte sie. »Wir reden hier von Kopernikus! Kopernikus!« Wie könnte Kopernikus sich irren?

»Kopernikus, schsch …«, sagte George mit rauer, tiefer Stimme. Seine Hände fanden jetzt ihre Brüste, und grob rollte er ihre Brustwarzen zwischen den Fingern. Er versenkte seine Zähne in ihre Schulter, und seine Zunge folgte dem Umriss ihres Schlüsselbeins. Der harte Widerstand, der sich zwischen ihren Beinen rieb, presste sich in sie und glitt zurück, ließ Stromschläge durch ihren Körper peitschen und erfüllte sie mit ungeahnter Energie.

Da erkannte Irene, dass auch sie nicht mehr sprechen konnte, und der Cardanische Koitus in ihr fand seinen eigenen rollenden Rhythmus, und sie und George, die sich nach dem jeweils anderen verzehrten und sich hastig fanden, pressten sich aneinander. In der Dunkelheit hinter ihren Lidern wusste sie nicht mehr, wer sie war und wer bei ihr war und wer sie nicht war. Sie spürte ihn durch ihren Körper, in ihrem Körper, und sie konnte jede Einzelheit von ihm spüren. Und dort, tief im Innern, traf sie ihn, leise und langsam und wahrhaftig.

»George, irgendetwas stimmt nicht mit dir«, sagte eine Stimme in ihnen.

»Nein, alles in Ordnung«, sagte eine andere Stimme.

»Ich kann es spüren. Ich kann es sehen. Ich kann dir nicht so nahe sein und es nicht sehen. Ich kann dir nicht so nahe sein und es nicht spüren.«

»Nein, bei dir ist alles in Ordnung.«

»Du bist es, nicht ich«, sagte eine dritte Stimme. »Bei dir stimmt etwas nicht.«

Die Cardanischen Kreise drehten sich weiter ineinander, ein Kreis rollte sich in dem anderen ab, der Punkt auf der Linie schnellte hoch und runter, hoch und runter, und das dunkle Gespräch schwebte am Rande ihres Bewusstseins, bis Irene verstand, dass es sich nur einfach wiederholte. Als es vorüber war, schlang Irene die Arme um George. »Du darfst ihn nicht herausziehen«, sagte sie wieder, und ihre Stimme klang fremd in ihren Ohren. »Das habe ich dir bereits gesagt.« Sie hatte das Gefühl, gleich weinen zu müssen. Sie hatte das Gefühl, gleich die Lichter löschen, ihr Gesicht abziehen und unter einen Stein kriechen zu müssen. Der Ventilator blies neue Luft herein. Das Sofa quietschte unter ihnen. Hatte es die ganze Zeit über gequietscht? »Verlass mich nicht«, schluchzte sie. Sie berechnete die Anstrengung, die es sie kosten würde, ihre Kleidung wieder anzuziehen, die Tür aufzureißen, zurück durch den Club und nach draußen zu gehen, dem Parkservice ihre Plastikkarte zu reichen, ins Auto zu steigen, zur Anthony Wayne Bridge zu fahren, anzuhalten, auszusteigen, über die Brüstung zu klettern, hinunterzuspringen und zu sterben. Oder die Anstrengung, die es sie kosten würde hierzubleiben, eng umschlungen mit diesem Geschöpf, das ihr so fremd und gleichzeitig so vertraut war, von dem sie nicht gewusst hatte, dass sie es so sehr vermissen würde.

17

Belion stand auf der anderen Seite der kleinen Tür. Er hatte den Entschluss gefasst, nun doch zu schrumpfen. Er war bereits durch die Tür getreten. Das war die einzige Option, die er hatte. Er hatte es getan, und er stand nun auf der anderen Seite.

Silvergirls Avatar war nirgends auf der regulären Landkarte des Spiels zu sehen. Sie befand sich an einem dunklen Fleck auf seiner Landkarte oder, um es in der Programmiersprache auszudrücken, sie befand sich in einer undefinierten Nummernfolge. Das Spiel war in Einheiten, in Räumen programmiert, und jeder Ort, jedes Objekt, jedes Geschöpf trug eine Nummer. Die Nummern, die sie innehatte, schienen nicht zugeordnet zu sein. Sie waren übersprungen worden.

Es war fast so, als hätte sie durch diese Tür eine andere Welt betreten – eine Welt, die aufgehört hatte zu existieren oder noch nicht erschaffen worden war. Oder hatte sie ihn aufgegeben, das Spiel verlassen, ihre Spielfigur gelöscht, ihr Leben beendet? Ihm war noch nie von einem Administrator gesagt worden: »Diese Spielerin hat Selbstmord begangen. Bitte lösch ihren Avatar und verteil ihre Habseligkeiten unter ihren Freunden.« Im Universum des Computerspiels konnte man sich nicht umbringen. Man kämpfte um sein Leben, denn ein Kämpfer gab nie auf. Das war die Idee, die dahintersteckte. Sich selbst ein Messer in den Magen zu rammen, war ein unzulässiger Vorgang. Man konnte jedoch unbeabsichtigt zu einem Selbstmordspringer werden. Das passierte den Leuten die ganze Zeit. Wobei sie sich am Springbrunnen ihrer Heimatstadt regenerieren konnten und dann wie neugeboren waren.

Auf der anderen Seite der Tür zauberte er sich rasch wieder groß und ließ sich erneut Wasserbüffelhörner wachsen. Dann legte er sich seine überdimensional große Rüstung an, denn es reichte ihm, klein zu sein und durch blöde, kleine Türen zu gehen. Jetzt war er wieder riesig und ein Gott. Er folgte einem Pfad, der aus der Höhle und durch einen düsteren Wald führte, wo er den ständig wiederkehrenden Hintergrundgeräuschen von Vogelgesang und dem Rascheln von Eichhörnchen in Endlosschleife lauschte.

Belion, der sich in Toledo befand, wandte sich einem anderen Monitor zu und überprüfte, ob er immer noch online gelistet war. Ja, er war es. Seine Figur tauchte in einem dunklen Teil der Landkarte auf. Dort konnte er auch Silvergirl sehen, aber er konnte nicht erkennen, was zwischen ihm und ihr ablief. Zum ersten Mal seit langer Zeit machte sich Belion Sorgen um seine Sicherheit. Er hatte nicht den blassesten Schimmer, ob er immer noch unverwundbar war. Der Gedanke, dass er getötet oder auch nur verletzt werden könnte, kam ihm zum ersten Mal. Doch anstatt sich diesem Gedanken zu stellen, wollte er ihn am liebsten in einen Brunnen werfen. Blöde Idee.

Er gelangte an ein großes in eine Steinmauer gehauenes Tor. Auf beiden Seiten des Tores erhoben sich riesige gemeißelte Figuren wie feierliche Pfeiler. Sie hatten konische Bärte aus regelmäßig geformten Steinlocken und trugen Kopfbedeckungen, die an einen Fes erinnerten. Ihre runden Augen blickten Belion offen an. Über ihnen befand sich ein riesiger steinerner Türsturz, in den Bilder und eckige Zeichen gemeißelt waren. Das Tor war jedoch nichts weiter als eine Öffnung in der Mauer, und daher hielt Belion nichts vom Eintreten ab, was er dann auch tat.

Vor ihm dehnte sich die Hauptstraße der Stadt staubig und leer aus. Rechts und links war sie von altertümlichen Gebäuden und Schutt gesäumt. Er lauschte aufmerksam, aber die Hintergrundgeräusche, die sie in diese Gegend hineinprogrammiert hatte, waren nichts weiter als eine pfeifende Brise und das Kratzen von zerlumptem Leinen auf Stein. Hastig suchte er auf seinem anderen Monitor nach anderen Spielern, die im Herannahen waren, konnte jedoch keinen entdecken. Er wusste nicht, ob er in Gefahr schwebte oder nicht. Das hier war so verdammt echt. Das war kein bloßes Zuschauen oder Inszenieren und auch kein Zerstören. Das war das echte Leben.

Er stand im Tor dieser staubigen alten Stadt und ließ den Blick über die unebenen Straßen und zerfallenden roten Steingebäude schweifen. Am unteren Rand seines Bildschirms teilte ihm ein Textfeld mit, dass er eine sanfte Brise spürte und etwas Saures roch. Eine gehörnte Eidechse beobachtete ihn vom Geländer eines heruntergekommenen Innenhofs. Belion ging bis zur ersten Straßenkreuzung und wurde fast augenblicklich angegriffen. Das Wesen stürzte sich von der Seite aus auf ihn: eine Frau mit dem Körper eines vierbeinigen Tiers. Es hämmerte mit knotigen Fäusten auf ihn ein und leckte sich gierig die Lippen. Nach dem anfänglichen Schock, dass seine Lebensenergie zum ersten Mal seit einem Jahr gesunken war, schlug er seinem Gegenüber mit einem einzigen Hieb seiner Keule den Kopf ab. Als er die Befehlstaste drückte, mittels derer die Leiche nach Wertgegenständen durchsucht wurde, fand er einen lavendelfarbenen Stein.

Er überquerte eine Brücke, die sich über einen breiten Fluss spannte. Es gab keine Boote auf dem Fluss, nichts schwamm dort. Zu seiner Linken bemerkte er ein öffentlich aussehendes Gebäude, betrat es, öffnete einen Glasschrank darin und entnahm ihm eine silberne Flöte. Er zertrümmerte einen Tisch, fand jedoch nichts darunter. In einem trüben Springbrunnen erblickte er etwas, das wie ein verrottender Arm aussah, aber die Grafik war so schlecht, dass er nicht sicher war, ob es sich wirklich um einen Arm gehandelt hatte.

Er bog in eine Seitengasse, tötete zwei weitere weibliche Geschöpfe und kam zu einem verlassenen Marktplatz mit zerlumpten Planen, die über staubige Stände gespannt waren. In einigen Marktbuden waren offenbar Wandteppiche feilgeboten worden, in anderen Möbelstücke. Bei einem Stand fand er etwas, das er aufheben konnte – als er es genau besah, teilte ihm das Spiel mit, dass es eine Rehkeule war. Eine Rehkeule. Er schüttelte den Kopf und ließ die Keule fallen. Er überprüfte die Landkarte auf seinem zweiten Bildschirm und bemerkte, dass er sich dem Punkt näherte, der Silvergirls Aufenthalt anzeigte. Sie befand sich allein am Rande der Stadt.

Vor ihm ragten vier Wachtürme auf, einer an jeder Ecke der Stadtmauer. Er polterte eine Wendeltreppe hinauf, durch die er sich mit seinen breiten Schultern geradezu hindurchzwängen musste. *Kein Schrumpfen mehr*, dachte Belion. *Hier ist es*. Hoch oben sah er einen Steingolem und den Rücken eines Mädchens. Die silberne Kapuze warf Falten in ihrem Nacken, und er wusste, dass sie es war. Silvergirl saß auf dem Fensterbrett, die Beine baumelten nach draußen, der Umhang bauschte sich um ihren Hintern. Die Welt außerhalb ihres Fensters war verschwommen und unvollständig. Der Hintergrund war nicht sorgfältig genug programmiert worden, und die Umrisse waren ungenau, aber Silvergirl starrte hinaus, als wäre die Aussicht von berückender Schönheit.

»Wegtreten«, sagte sie, und der Golem, der still neben ihr gestanden hatte, ohne Belion anzusehen oder irgendetwas zu tun, ließ die Waffe fallen und zerfiel zu Staub, wobei er eine komplette Rüstung aus Mithril auf dem Boden zurückließ.

»Zieh sie an«, sagte sie zu Belion. »Du wirst sie brauchen.«

»Die Lamien können mir nichts anhaben«, sagte Belion. »Ich habe bereits fünf getötet.«

»Du wirst etwas anderes töten müssen«, sagte sie. »Einen Zuschauer.«

»Augenblick mal, bin ich in Thalos? Woher kennst du den Quellcode für dieses Gebiet?«

»Du bist in Babylon«, sagte sie. »Denk doch mal nach. Hast du jemals einen Fluss in Thalos gesehen?«

Mit diesen Worten ließ sie sich in die Tiefe fallen. Erschrocken lehnte sich Belion hinter ihr aus dem Fenster und konnte sie unten auf dem Boden sehen, wie sie sich aufrappelte und die Straße entlangspazierte. Er stürzte die Treppe hinunter, um sie einzuholen.

Das Telefon neben Belions Schreibtisch klingelte. Er hob hastig ab und bemerkte, dass es nicht sein Telefon war, sondern das Festnetz im Haus von Irenes Mutter. Während er versuchte, sich in der Realität zu orientieren, jäh herausgerissen aus dem Computerspiel, und sich nun in diesem fremden Haus wiederfand, drückte er den falschen Knopf und legte versehentlich auf. Er starrte das Telefon an, bis es wieder läutete.

»Hallo?« Er hatte den richtigen Knopf gedrückt. »Hallo?«

»Belion?« Es war Irene. Auf dem Bildschirm vor ihm reichte Silvergirl ihm eine glatte Kugel aus Quarz.

»Ja?« Belion wollte nicht gestört werden.

»Belion, ich muss mit dir Schluss machen.«

»Yep, okay.« Er begutachtete die Quarzkugel in seiner Inventarliste. Eine Lichtquelle. Er folgte Silvergirl eine breite Hauptstraße hinunter und sah einen kuppelförmigen Tempel vor sich, der sich aus den vertrockneten Gärten erhob, in denen sich ausgedorrte Reben und Bäume immer noch um Säulengänge und Statuen emporwanden.

»Ich mache jetzt mit dir Schluss«, sagte Irene.

»Alles klar«, sagte Belion. »Danke.«

Er lenkte seinen Avatar zum Torbogen des Tempels und schob den Kopf vor, um hineinzuspähen, aber es war zu dunkel. Silvergirl stand am Eingang des Tempels und streckte die Hand aus, um ihn am Eintreten zu hindern. Sie schob ihre Kapuze zurück, zeigte ihm ihr Gesicht und dann beugte sie sich vor und gab seinem Avatar einen Kuss auf die Wange.

»Belion«, flüsterte Irene ihm ins Ohr, »verstehst du, was ich dir gesagt habe? Wir sind nicht mehr zusammen. Ich habe mit einem anderen Mann geschlafen. Penis-Sex. Von jetzt an bin ich nicht mehr deine Freundin.«

»Schade«, sagte Belion. »Tut mir leid. Werd dich vermissen. Muss los.«

Er zog sein Breitschwert aus der Scheide und marschierte in den Tempel.

George und Irene saßen in Irenes Auto auf dem Parkplatz des Metropolitan Funeral Home. Sie hatten bei Frankie's einen Zwischenstopp eingelegt und gefrühstückt: Jalapeño-Eier für Irene und Kaffee für George. Dann hatte Irene gesagt, sie müsse etwas erledigen.

»Ich hoffe, du bist nicht müde. Bist du müde?«, fragte sie. »Ich bin kein bisschen müde.«

»Nicht müde«, sagte George. Er war nicht müde, wenn müde bedeutete, dass sie ohne ihn nach Hause fahren würde. Er würde für immer wach bleiben.

»Vielleicht solltest du lieber nach Hause gehen«, sagte Irene. »Und schlafen.«

»Nein«, sagte George.

Georges Kopf hämmerte. Er tastete in seiner Tasche nach einem kleinen, flachen Spray und drehte den Deckel ab. Schmerzmittel. Manchmal der einzige Weg, den Tag zu überstehen. Er steckte sich den Sprühkopf ins Nasenloch, drückte auf das Spray und zog kräftig hoch. Dann riss er den Mund weit auf und holte tief Luft.

»Was war das?«

»Alles gut«, sagte George.

»Das glaube ich dir«, entgegnete Irene. »Aber was hast du dir gerade in die Nase gesteckt?«

»Ich nehme Medikamente«, sagte George. »Im Grunde Vitamine. Aus gesundheitlichen Gründen.«

»Vitamine sehen anders aus. Und man schiebt sie sich auch nicht in die Nase. Was war das?«

»Irene, ich liebe dich«, sagte George.

»Wow, das muss ein interessantes Zeug sein, wenn es dich derart ablenkt.«

»Ja, nein, es sind bloß Vitamine. Aber vielleicht sollten wir nach Hause fahren. Wir.« George betonte den Plural. »Wir sollten zusammen zu mir fahren.«

»Arbeitest du denn heute gar nicht?«

»Nicht vormittags«, sagte George. »Ich habe erst um drei eine Vorlesung.«

»Na gut«, erwiderte sie. »Wir können etwas für mich kurz einschieben. Allerdings müssten wir uns beeilen.«

»Hier?«, fragte George leicht benommen. Er spürte, wie das Schmerzmittel seinen Schädel von oben her durchspülte, ein tropfender Fluss köstliches Eiswasser, das seinen Kopf betäubte und alles so viel erträglicher machte.

»Ja, hier«, sagte Irene.

»Aber sie haben noch gar nicht geöffnet«, sagte er. Der Himmel war kaum rosa gefärbt, und es konnte noch nicht einmal sieben sein.

»Jetzt ist genau der richtige Zeitpunkt. Sie haben sie eingeäschert, aber es hat noch nicht geöffnet.«

George legte die Hand auf Irenes Bein. Vielleicht würde sie unter dem Lenkrad hervorkriechen und in seinen Schoß klettern, sich unter seinem Kinn zusammenrollen und den Kopf an seine Brust schmiegen. Er würde die Arme um sie legen, überall um sie herum, um ihre angewinkelten Beine und ihren schmalen Rücken. Er würde sie umklammern, und sie würden kurz einschlafen, ihre Wange an seiner Kehle, seine Wange an ihrem Haar, nur für eine Stunde oder zwei. Das könnte nicht schaden.

»George«, sagte Irene. Er erwachte jäh.

»Ja«, sagte er.

»Ich habe dir doch erzählt, dass meine Mutter vor drei Tagen gestorben ist, oder?«

»Ja«, sagte er.

»Nun, ich muss sie abholen, und ich werde keine Formulare ausfüllen oder irgendein Treffen mit einem Leichenbestatter organisieren. Ich habe einmal in diesem Wartesaal gesessen und mir auf diesem Fernseher diese verdammte Parade bescheuerter Toter mit ihren klaffenden Mündern angeschaut, das werde ich nicht noch mal tun.«

»Sie haben nicht geöffnet«, wiederholte George. »Und Tote sind…«

»George, wenn ich dort hineingehe und sie abhole und ein Formular ausfülle, dann habe ich im nächsten Moment eine Urne ausgesucht. Und wenn ich eine Urne aussuche, muss ich einen Gottesdienst planen, und wenn ich einen Gottesdienst plane, muss ich ein Kleid kaufen und eine Liste an Trauergästen aufstellen und eine Todesanzeige für die Zeitung formulieren und das Haus für eine Trauerfeier herrichten mit Frischkäse und Olivensandwiches und Gingerale und Lilien. Verstehst du nicht, dass ich das nicht kann? Beileid? Auf keinen Fall.«

»Vielleicht solltest du es trotzdem tun«, sagte er. Sie wirkte so entschlossen, und ihr hinreißendes Gesicht war sehr ernst und erbittert. Er wollte ihr helfen, selbst wenn es bedeutete, die klaffenden Münder von Toten auf Frischkäse zu essen.

»Ich frage dich noch einmal, was war in diesem kleinen Spray?«, wollte Irene wissen.

»Opiate«, sagte George, der zu sehr unter Medikamenten stand, um zu lügen. »Es sind Opiate. Die sind total legal, und ich habe ein Rezept. Ein Re-zept«, sagte er langsam. »Auf mich ausgestellt. Meins. Mein Wasserbüffel. Meiner.«

»O mein Gott«, sagte Irene. Sie öffnete den Mund und schloss ihn wieder. Sie begann zu lachen, verdrehte aber dabei die Augen. »Zumindest kannst du später glaubhaft alles abstreiten«, sagte sie. »Tut mir leid, Officer, ich habe nur meiner Freundin hier geholfen, die Asche ihrer Mutter zu stehlen. Nein, das sind keine Opiate. Das ist eine verschreibungspflichtige Balsamierungsflüssigkeit!«

George runzelte die Stirn. Er wollte sich unbedingt hinlegen. Die Tentakel seiner Kopfschmerzen wurden durch das Medikament einer nach dem anderen von seinem Schädel gelöst, was wundervoll war. Wenn er sich nun hinlegen und schlafen könnte, vielleicht mit dem Gesicht in der Falte zwischen Irenes Brust und ihrem Oberarm, wäre das sogar noch besser. Im Grunde war das alles vollkommen legal. Bei jedem einzelnen Schritt in dieser Geschichte war ein Arzt involviert gewesen. Doktor, ich habe schreckliche Kopfschmerzen. Was, schon wieder? Ja, und nichts scheint zu helfen. Hier, nehmen Sie dieses Nasenspray. Benutzen Sie es, wenn nötig, aber benutzen Sie es auf keinen Fall, bevor Sie in ein Krematorium einbrechen.

»Komm schon, George«, sagte Irene. »Du musst mich hochheben.«

»Okay«, sagte George. Er schälte sich aus ihrem winzigen Auto, drückte den Rücken durch und reckte sich. Augenblicklich fühlte er sich besser. Er war überzeugt, sie hochheben und diese Asche stehlen zu können. »Komm schon«, sagte sie. »Das ist der Teil des Gebäudes mit dem Krematorium. Siehst du die Schornsteine? Außerdem gelangt man in diesen Teil nicht von drinnen. Dort muss also irgendetwas vor sich gehen.«

George nickte und folgte ihr. Auf dieser Seite des Gebäudes gab es keine weiteren Autos. Ein Wagen stand auf dem Parkplatz auf der anderen Seite, vielleicht ein Wachmann oder ein weiterer frühmorgendlicher Trauernder oder jemand, der unberechtigterweise hier geparkt hatte, während er in ein Restaurant, ins Theater oder in eine Bar gegangen und dann zu viele Drinks gehabt hatte und sich sagte: »Ich kann fahren«, und seine Freunde sagten: »Nein, kannst du nicht« und er sagte: »Wo habe ich gleich noch mal geparkt?«

»George!«, sagte Irene. Er versuchte, ihr genau zuzuhören, aber sie war bereits quer über den Parkplatz geeilt und stand unter einem der Fenster. Es war hoch oben in der Mauer angebracht, wahrscheinlich damit Schaulustige nicht zusehen konnten, wie der Ofen angeheizt wurde, die Leichen hineingeschoben wurden, das ganze morbide Spektakel vonstattenging. Als George die gesamte Strecke über den Parkplatz hinter sich gebracht hatte und endlich wieder neben ihr stand, hätte er vor Erleichterung am liebsten geweint. Nur weil er in ihrer Nähe war, in der Nähe dieses vertrauten Menschen, der sich wie ein warmes, wohliges Teil in seinem Puzzle anfühlte, genau richtig geformt. Der einzige Wermutstropfen war, dass er sie nicht küsste.

»Heb mich hoch«, sagte sie. Sie hielt ein langes Stück Metall und ein kleines Gerät in der Hand, das wie eine Batterie aussah.

»Was willst du tun?«

»Wie es den Anschein hat, ganz allein an dieser Mauer hochklettern oder mir eine Leiter besorgen«, sagte Irene ungeduldig.

Er hob sie auf seine Schultern. Sie saß dort und hantierte mit dem Metallstück und der Batterie herum. Ihre Oberschenkel pressten sich gegen seine Ohren. Sein Hinterkopf drückte sich an ihrer schwarzen Jeans in ihre Scham. Er konnte nicht widerstehen, mit ihr ein bisschen auf und ab zu hüpfen. Dieser Verlockung hätte keiner widerstehen können.

»Hör auf«, sagte sie und bohrte ihm die Absätze in die Rippen. Doch dann legte sie ihm die Hand auf den Kopf und strich mit den Fingern durch seine Haare, kräuselte sie an seinen Ohren auf die köstlichste, beruhigendste und unerträglichste aller Arten. Er wusste, selbst wenn nichts weiter passieren und er nur das magische Kitzeln dieser Hand in seinen Haaren spüren würde, hätte sein Leben einen Sinn gehabt. Er blickte zu ihr hoch. Sie schob das lange Metallstück, das einem Meterstab glich, durch den unteren Schlitz des Fensterrahmens. Sobald sie ihn hindurchgefädelt hatte, befestigte sie die kleine Batterie am Ende und betätigte einen Schalter.

»Das ist ein Memorymetall«, sagte sie. »Eine Nickel-Titan-Legierung, um genau zu sein.«

»Du meinst *Terminator*-Metall?«

»Ja.«

»Woher hast du das?«, wollte er wissen.

»Ich habe es gekauft«, sagte sie. »Es ist im Handel erhältlich.«

»Für genau diese Verwendung?«

Sie blieb ihm die Antwort schuldig und benutzte stattdessen das Gerät für das Ende des Metallstücks. Als sie das Metall unter Strom setzte, begann sich der Teil hinter dem Fenster zu winden und die Form anzunehmen, die es früher einmal gehabt hatte. Es gab einen Grund für ein solches Metall, das wusste George, und er hatte etwas mit Herzchirurgie und der technischen Prüfung von Motoren zu tun. Gewiss aber nichts mit Einbrüchen in Krematorien. Als sie mit der Form des Memorymetalls zufrieden war, drehte sie mehrmals rasch das Handgelenk, und der Fensterriegel klickte auf.

»Ich hatte mir schon gedacht, dass das hier keine Alarmanlage hat«, sagte sie. »Die Fenster vorne hatten auch keine, und dort wird das Geld aufbewahrt. Hier hinten gibt es nur Leichen.«

»Toll«, sagte George.

Irene stieß das Fenster auf und hievte sich hoch und hindurch. Einen Moment baumelten ihre Füße in der Luft, und dann war sie drinnen. George stand auf dem grünen Gras vor dem Gebäude, betrachtete den Morgen, der über Toledo aufzog, und hoffte, nicht allzu sehr vor der Backsteinmauer aufzufallen.

»Komm rein«, hörte er sie rufen. »Ich werfe dir etwas raus.«

George lehnte gegen die kühlen Ziegelsteine. Ein paar Sekunden später sagte sie: »Geh vom Fenster weg.« Aber bevor sein benebeltes Gehirn begriff, was diese Worte bedeuteten, sauste ein Stuhl über den Fenstersims und ins Gras. George hob ihn auf und stellte ihn an die Mauer, dann kletterte er auf den Sims. Im nächsten Moment waren beide im Innern des Gebäudes.

Das Krematorium ähnelte einem Operationssaal. Überall

gab es gebürstetes Metall und polierte Fliesen, und in dem düsteren Licht wiesen sie einen Blaustich auf und glänzten leicht, so als seien sie noch vor Kurzem nass gewesen. Es gab mit weißen Laken abgedeckte Bahren und in Regalen aufgereihte Instrumente, Deckenlichter mit trapezförmigen Schirmen und zwei Schreibtische in der Nähe der Tür. In dem Moment, als George den Raum musterte, wusste er, dass hier etwas sehr Schlimmes auf ihn wartete. Da war eine bedrohliche Präsenz zu spüren, ein Spalt in der Luft, ein Schatten in seinem Blickfeld. Das war kein guter Zeitpunkt für einen Auftritt seiner Götter und Göttinnen. Oder vielleicht war es sogar ein sehr guter Zeitpunkt, nur nicht für diese Gottheit. Diese fühlte sich schrecklich an. George hatte Angst. Abgesehen von dieser Angst wirkte das Krematorium wie ein Labor. Es sah genauso aus, aber das Gefühl war völlig anders.

»Komm schon«, sagte Irene.

Die einzige Tür in dem Zimmer war eine Brandschutztür mit einer dieser »Panikstangen« davor, und George vermutete, dass sie abgesperrt war. Außer dem Fenster gab es keinen Weg nach draußen, und George war von knapp zwei Metern Höhe auf den Boden gefallen. In einem Anflug weiser Voraussicht, ein Akt, den er stolz registrierte, packte er einen weiteren Stuhl und stellte ihn ans Fenster.

»Fluchtstuhl«, sagte er zu Irene. »Der ist sehr wichtig.«

Sie nickte. Lautlos bewegte sie sich durchs Zimmer, und ihre Hände strichen sanft über die Bahren, während sie an ihnen vorbeischritt. Ein Klemmbrett mit mehreren Zetteln hing vorne an jeder Bahre, aber keine von ihnen war belegt. Irene überflog die Klemmbretter. Sie hob keines der Laken hoch, die darauf lagen. Kein einziges Namensetikett für Zehen lag achtlos weggeworfen herum. Vielleicht hatte das Bestattungsunternehmen aufgerüstet und auf Leukoplaststreifen ums

Handgelenk, Tätowierungen auf der Stirn oder Ohrringe umgesattelt. George betrachtete eine Liste an der Wand, und Irene las über seiner Schulter mit.

Bitte folgende Dinge vor Benutzung des Muffelofens überprüfen:

1. **Herzschrittmacher**
2. **Alkoholische Getränke, die von Freunden der Verstorbenen in den Sarg gelegt wurden**
   Beides kann zu einer EXPLOSION führen. Bitte stellen Sie sicher, dass die Klienten für den Muffelofen vorschriftsmäßig hergerichtet sind.

»Das muss der Muffelofen sein«, sagte sie.

George sah zu ihr und hoffte, einen Witz reißen zu können. Über das Wort »Muffelofen«. Dass man, sobald man tot war, hochgradig muffelte oder etwas in der Art. Doch dann machte er hinter Irene einen dunklen Schatten aus, der von einem Aktenschrank zu einem der Tische huschte. Er war nicht verschwommen, sondern flach und schwarz, von der Form eines Menschen, aber höchstwahrscheinlich bestand das Ding aus Kohle. Das Schlimmste war, dass es kein Gesicht hatte. George wusste, ohne wirklich zu wissen, woher er es wusste, dass dieses Ding Krankheit und Tod bedeutete. Es war der Gott des Todes: Hades oder Satan oder Ereškigal und wie auch immer man ihn nennen wollte. Das hier war die moderne amerikanische Version. Die aufs Wesentliche reduzierte Version. Keine Hörner, keine blaue Haut, keine Pagode auf dem Kopf. Keine Romantik. Kein Feuer. Das Ding ging auf Zehenspitzen. George konnte nicht sagen, worauf sein Blick gerichtet war. Er schloss die Augen und öffnete sie wieder. Irene sah zu einer Reihe von Maschinen, die an Frontlader-Waschmaschinen erinnerten.

Darauf lagen auf einem Metalltablett etliche glänzende Metallkugeln. George musste zusehen, wie sich dieser mürrische, ausdruckslose Osiris mit den Ellbogen auf eine der Bahren abstützte und das Kinn in Irenes Richtung hob. George zuckte zusammen und stieß gegen ein Tablett mit chirurgischen Instrumenten, wodurch eine Zange klappernd zu Boden fiel.

»Was ist los mit dir?«, fuhr Irene ihn an.

Sie hatte die Öfen gefunden. Jeder besaß einen Metallgriff, der auf Höhe der Bahren angebracht war. Insgesamt gab es drei davon. Irene bewegte sich von einem zum anderen und berührte mit der Hand das Metall, so als überprüfte sie die Temperatur. Das trockene schwarze Ding stellte sich hinter Irene, berührte jede Ofentür, äffte jede ihrer Bewegungen nach. George runzelte die Stirn. »Hör auf«, sagte er.

»Ich will wissen, in welchem sie gelegen hat«, sagte Irene.

»Das kannst du nicht herausfinden«, sagte George. »Der Ofen ist längst abgekühlt, andernfalls hätten sie sie nicht herausholen können.«

Irene öffnete eine der Türen, die mit einem Zischen aufging. Sie blickten beide in den Ofen. Er war makellos sauber, eine Backsteinröhre mit einer Furche am Ende, in der die Asche aufgesammelt wurde. Es gab keine Zahn- oder Knochenüberreste, nicht einmal das kleinste Häufchen Staub in der Ecke. Es sah alles sehr hygienisch aus. Irene schloss die Tür wieder. An der Tür selbst war ein kleines Guckloch angebracht. Sie spähte hinein.

»Natürlich«, sagte sie. »Sie müssen dafür sorgen, dass die Leute nicht durcheinandergebracht werden.«

Ihre Stimme klang erstickt. George beschlich das Gefühl, sie von hier sofort wegbringen zu müssen, doch da setzte sie sich schon wieder in Bewegung, diesmal um die Wand herum. Sie hatte ein Steckregal aus Metall gefunden, auf dem schwarze Schachteln aufgereiht waren.

»Hier«, sagte Irene. »Siehst du?«

George stellte sich neben sie und besah sich die Schachteln auf den Regalen, wobei es ihn schauderte, dem Gott des Todes so nah zu sein, der sie verfolgte, wollte ihn aber unbedingt verscheuchen. George sah, wie nah das Geschöpf ihr kam, doch wusste er nicht, was er tun sollte.

»Hast du nie auf einem Gartenschlauch gesessen und gesagt, hey, so muss es sich anfühlen, von Poseidon gevögelt zu werden?«, zischte es Irene ins Ohr. George hörte es klar und deutlich, Irene hingegen schien nichts zu bemerken.

George legte den Arm um sie. Das tote Ding legte ihr den Arm um die andere Seite. George spürte nicht, wo sich ihre Arme berührten, doch er spürte, wie Irene von ihm weggezogen, wie sie in Richtung dieser trockenen Schwärze gezerrt wurde. »Sie muss irgendwo hier sein«, sagte Irene. »Geh die Namen durch. Die Daten.«

Jede schwarze Schachtel hatte einen rechteckigen weißen Aufkleber am Rücken, auf den der Name eines Menschen gedruckt war. Irene fuhr mit dem Finger über die Namen.

»Hast du nie auf einem Staubsauger gesessen und gesagt, hey, so muss es sich anfühlen, von Aiolos beglückt zu werden?«, zischte es erneut.

»Wir müssen gehen«, sagte George.

»Ich weiß«, sagte Irene. »Ich weiß.«

George zog sie unvermittelt an sich. Sie blickte zu ihm hoch und lächelte so tapfer, so süß, und hinter ihrem Rücken sah er den schwarzen Umriss dieses toten Dings, das versuchte, den Kopf im selben Winkel wie sie zu neigen.

»Tut mir leid«, sagte Irene. »Wir gehen. Hier ist sie.«

Irene streckte beide Hände aus, zögerte und zog dann eine der Schachteln aus dem Regal. »Sie ist schwer«, sagte sie. »Das hätte ich nicht gedacht.«

Das tote Ding kletterte nun auf das Regal, rüttelte daran, schüttelte es wie ein aufgebrachter Affe.

»Hast sie entjungfert, nicht wahr, George?«, fragte es. Da war kein Mund, der sich bewegte, kein Ohr, das eine Antwort gehört hätte.

»Komm schon«, sagte George. »Kletter durchs Fenster. Ich reich dir die Schachtel hinaus.«

»Du darfst sie bloß nicht fallen lassen.« Sie lachte nervös. »Das wäre einfach schrecklich.«

»Natürlich«, sagte George in dem verzweifelten Versuch, so zu tun, als fände er es amüsant. »Ich bin allergisch auf Staubwolken toter Schwiegermütter.«

»Sie ist nicht deine Schwiegermutter«, sagte Irene leise. Sie kletterte auf den Stuhl und wuchtete sich hoch, setzte sich auf den Fenstersims, schwang die Beine nach draußen und sprang.

Jetzt war George allein mit dem Ding und seinem schwarzen Odem. Die Sache war die: In seinem Leben war nie etwas wirklich Schlimmes passiert. Niemand war gestorben. Es war noch nicht einmal jemand ernsthaft erkrankt. Seine Mutter hatte jegliches Problem beseitigt, das sich ihm in den Weg stellte. Sie hatte ihm die Welt zu Füßen gelegt, er musste nichts weiter tun, als danach zu greifen. Keine Großmutter, die dahinwelkte, keine Lehrer in der Schule, keine Collegefreunde, niemand wäre hier oder irgendwo sonst gelandet, wo der Tod ihn hätte finden können. Seine Mutter hatte all das von ihm ferngehalten, allein mit ihrer bloßen Willenskraft. Und jetzt stand George da, ein Fuß auf dem Stuhl, eine Hand auf dem Fenstersims, die schwarze Schachtel mit der Asche unter den Arm geklemmt, da sagte der böse, hässliche Gott noch etwas zu ihm.

»Ich werde dich holen«, sagte er. »Versprochen.«

18

Irene hatte keinerlei Erinnerung an die Zeit vor dem Feuer. Keinerlei Erinnerung an das Feuer selbst. Irenes erste Erinnerung an ihre Mutter war ein unscharfer Umriss ihres Gesichts, das sich im Dunkeln gegen die weiße Decke abzeichnete. Es war Zeit, zu Bett zu gehen, und Irene wurde in den Schlaf gewiegt. Während sie in den Armen ihrer Mutter lag, sah sie gelegentlich zu deren Gesicht hoch und schloss dann wieder die Augen. Sie erinnerte sich, wie sie einmal hochgeblickt hatte und anstatt der deutlichen Dreidimensionalität eines Gesichts, mit seiner herausstehenden kleinen Nase und einer Brille, die im einfallenden Licht des Korridors schimmerte, einen scharf umrissenen Punkt gesehen hatte, der aus der Stirn herausragte und eine glatte Vertiefung, wo eigentlich das Gesicht hätte sein sollen. Eine volle Minute lang hatte sie dagelegen und nur hinaufgestarrt. Sie konnte sich nicht mehr daran erinnern, was sie damals gedacht hatte. Aber sie erinnerte sich, Erleichterung verspürt zu haben bei der Erkenntnis, dass es sich bei dem scharf umrissenen Punkt um ein Kinn und bei der glatten Vertiefung um einen Hals gehandelt hatte. Der Kopf ihrer Mutter war nach hinten gegen die Lehne gesunken, da sie eingeschlafen war, und Irene sah ihn deshalb nun von unten. Am liebsten hätte sie gelacht. Wenn sie diesen Umriss in den darauffolgenden Nächten sah, wie er sich gegen die Decke abhob, war sie nicht mehr beunruhigt. Weil sie wusste, dass es nur ein Kinn war. *Mommy*, sagte sie dann, *bitte wach auf.* Und verspürte eine stille Herablassung, dass ihre Mutter in dem Schaukelstuhl so würdelos aussah.

Sie war immer zwei Jahre jünger als ihre Klassenkameraden. Und schien immer einen Kopf kleiner zu sein. Das war der Grund, weshalb sie auf dem Spielplatz der Grundschule gehänselt wurde, und es sich später in der Highschool als unmöglich herausstellte, mit einem Jungen auszugehen. Kein Küssen und Händchenhalten wie bei anderen Mädchen. Irene erinnerte sich an einen kleinen Jungen in der dritten Klasse, der sie auf dem Spielplatz um den Sandkasten gejagt und versucht hatte, sich neben sie zu setzen und ihre Beine zu berühren. Das war das letzte Mal, dass sie sexuell belästigt worden war, bis sie ihren Collegeabschluss in der Tasche hatte.

Und zu allem Übel las ihre Mutter Irene jeden Abend Gedichte oder Romane vor, in denen die Liebe verherrlicht wurde. Eine alles überdauernde Liebe, eine markerschütternde, immerwährende Liebe epochalen Ausmaßes. Eine Liebe, die man nur ein Mal fand und an die man sich ein Leben lang festklammerte, selbst wenn die Person, in die man verliebt war, im Lauf der Geschichte enthauptet wird. Eine Liebe voller Hindernisse. Eine Jane-Eyre-und-Mr.-Rochester-Liebe. Eine Heathcliff-und-Catherine-Liebe. Eine Liebe auf dem Moor, eine Liebe mit einem großen L. Eine Kleopatra-Liebe, eine Romeo-und-Julia-Liebe. Eine Liebe in unbequemen Kostümen, mit einem Tod am Ende. Diese Art Bücher waren wie eine Bibel für ihre Mutter. Ihr Glaubensbekenntnis.

Irene trank keinen Alkohol und hatte während des Colleges keinen Sex, und als sie ihren Abschluss machte, war sie erst zwanzig und ging für einen Master in Mathematik nach Bowling Green. In Bowling Green liebte sie einen Musikstudenten, der für ein Tubaensemble komponierte. Oder genauer gesagt für ein Eufoniumensemble. Er wohnte in einem Apartment in einem Hochhaus, und sie nahm immer den Aufzug nach oben. Sie saß in seinem Schlafzimmer auf einem Stuhl und arbeitete an ihren Projekten, und er saß an seinem Schreibtisch und arbeitete an den seinen, und sie hörten Sting. Ab und an kam er zu ihr und legte den Kopf in ihren Schoß oder auf ihre Schulter. Er kniete sich vor ihren Stuhl, und sie legte die Arme um ihn und tätschelte ihm den Rücken. In regelmäßigen Abständen presste er ihr die Lippen auf den Nacken. Er war süß und hatte lange Haare. In Gedanken, bevor sie sich näher kennengelernt hatten, hatte sie ihn Percy Bysshe Shelley genannt. Es war ein Schock für sie gewesen, als er mit ihr ausgehen wollte. Einmal hatte sie einen nicht-luziden Traum gehabt, in dem ein Kuss an ihrem Hals ziemlich erotisch gewesen war und Gefühle in ihr geweckt hatte, die dazu führten, dass sie diesen Traum immer und immer wieder abspielen wollte. Im echten Leben war es so allerdings nicht abgelaufen. Es hatte nur zu einem feuchten Fleck an ihrem Hals geführt.

Als er sie zum ersten Mal auf den Mund küsste, war es Irenes allererster Kuss. Sie saß in seinem Apartment auf einem Heizkörper mit dem Rücken zum Fenster, und er kam auf sie zu, mit der festen Absicht, sie zu küssen. Er sagte: »Irene, ich weiß, dass du schon einmal geküsst wurdest.« Sie hatte nicht widersprochen. Sie sah, wie er sich über den Mund leckte, kurz bevor er näher kam. Letzten Endes unternahmen sie einen vorsichtigen, kläglichen Versuch, miteinander zu schlafen. Rückblickend hatte sie das Gefühl, dass es wohl seine Schuld gewesen war, weil er sich schrecklich ungeschickt angestellt hatte. Er zog nicht einmal seine Hose oder ihre Kleidung aus, sondern drängte sich einfach immer näher an sie und sagte dann schließlich: »Fertig.«

Damals war sie einfach müde gewesen und hätte sich am liebsten in ihr eigenes Bett gelegt. Danach passierte nie wieder etwas in der Art. Es gab keinen weiteren Versuch. Er fing an, sie zu langweilen, und sie gab ihm den Laufpass. Er war ein netter Kerl und musikalisch begabt, aber nachdem er sich durch seine Hose an ihr Bein gepresst hatte, konnte sie keine Gefühle mehr für ihn aufbringen.

Anschließend machte sie ihren Doktor in Columbus und ging mit vielen Männern aus, jedoch ohne mit ihnen zu schlafen. Stattdessen wurde sie allmählich sehr geschickt darin, ihre Partner oral zu befriedigen und brachte es zur Meisterschaft darin. Sie hörte auf, mit Akademikern auszugehen und ließ sich auf einen Mann in einem Nachtclub ein, der ihr seinen Nachnamen nicht verriet, bis sie ihm schließlich den Führerschein aus der Hand riss und herausfand, dass er Wiener hieß. Er sah gut aus, war lustig und er dealte außerdem mit Drogen, was Irene allerdings erst später herausfand. Sie spazierten die Park Street auf und ab, während er abfällige Bemerkungen über die Geisteswissenschaftler fallen ließ, auf die sie ihn aufmerksam machte. Manchmal wiederum saß er einfach in ihrem Apartment, gab keinen Ton von sich und schien fernzusehen, schien jedoch die Fähigkeit verloren zu haben, Fragen zu beantworten. Und dann rollte Irene ihn von der Couch ins Bett, und mit einem Mal sprudelten die Worte heraus, ermunternde Worte. Später erkannte sie, dass er während dieser katatonischen Phasen auf einem Trip gewesen sein musste. Sie dachte daran zurück, wie sie sich auf die Couch neben ihn geschmiegt hatte, während er geistesabwesend in die Ferne starrte, und musste im Nachhinein feststellen, dass es gar nicht so schlimm gewesen war. In seinen klaren Momenten beteuerte er, es sei ihm ein Bedürfnis, ihr mit der Zunge einen Orgasmus zu verschaffen. Aber es gelang ihm nicht, sie davon zu überzeugen, dass es funktionieren würde.

Die Beziehung endete eines Nachts, als sie einen Club aufgesucht hatten. Dort trafen sie zufällig einen Typen, mit dem sie ein paarmal ausgegangen war, ein kluger Kopf, der ebenfalls Physik studierte. Überrascht musste Irene feststellen, dass sie, als sie diesem klugen Kopf ihren Freund vorstellen wollte, seinen Namen vergessen hatte. »Das ist … äh«, sagte sie. Der kluge Kopf lachte. Ihr Freund nicht. In der darauffolgenden Woche zog er in ihre Nähe, kaufte sich ein Kätzchen und sagte: *Sieh nur, was ich für dich getan habe.* Nach dieser Nacht aber konnte sie ihm nicht mehr unter die Augen treten. Eigentlich wollte sie ihn in seinem neuen Apartment besuchen und sich sein Kätzchen anschauen, stattdessen aber machte sie mit ihm Schluss. Es hatte sich nicht mehr gut angefühlt, seinen Namen vergessen zu haben. Sie glaubte nicht mehr, das überspielen zu können.

Und so sahen die Highlights ihres bisherigen Lebens in der Zusammenfassung aus:

1. Das Gesicht ihrer Mutter in Form eines Kinns.
2. Der Junge auf dem Spielplatz, der ihre Beine betatschte.
3. Percy Bysshe Shelleys feuchte Lippen auf ihrem Hals.
4. Ein Drogendealer, der abwesend in den Fernseher starrte.

Als Nächstes folgte Belion. Und dann George.

»Wir sind da!«, sagte George.

Irene bog in die ausgefahrene Schotterstraße. Rechts und links breiteten Bäume ihre ausladenden Kronen aus, deren Blätter in unzähligen Schattierungen von Braun gefärbt waren. Sie waren die Hauptstraße von Sylvania entlanggefahren, einem westlichen Vorort. Die Monroe Street war breit wie die

Boulevards in Las Vegas und zu beiden Seiten reihten sich mit Neonreklame versehene, überdimensional große Restaurants und Geschenkartikelläden aneinander. Dann waren sie auf eine asphaltierte Straße gebogen und über Hügel und durch Wälder gebraust. Nun war die Straße zu einem Schotterweg geworden und machte einen verfallenen Eindruck.

»Bleib einfach mit einem Rad in der Mitte des Feldwegs und mit dem anderen im Gras. Wenn du in die Spurrinnen kommst, bleibst du stecken.«

»Wohnst du hier?«, fragte Irene.

»Nun ja, meine Mutter hat ein Apartment in der Stadt. Mein Dad wohnt hier. Früher haben wir hier gewohnt. Hier bin ich aufgewachsen. Ja, ich wohne hier. Manchmal.«

Irene wandte die Augen von der Spurrille und warf ihm einen eindringlichen Blick zu. »Wenn du meinst.« Er lächelte zurück, und sie lachte auf.

Das Haus im Wald wirkte auf eine verwahrloste Art auch verwunschen. Das lag zum Teil an dem verfallenen Brunnen in der Mitte des Anwesens, der dem Gebäude den Anschein eines Spukhauses verlieh. Auch eine zweistöckige Garage mit breiten Türen wie bei einer Remise fehlte nicht. Knorrige Eichen überwucherten alles mit ihren dicken Wurzeln.

»Wow«, sagte Irene. »Wie malerisch!«

»Ja«, sagte George. »Meine Mutter hatte hier früher ihren Esoterikshop. Damals war es sogar noch schlimmer als heute – Gebetsflaggen und ein Lama. Dort drüben in dem kleinen Garten hatten sie ein Kristalllabyrinth errichtet, in dem sie Kristalle in einer labyrinthartigen Anordnung in der Erde vergruben – man sollte die Mitte finden, indem man den Weg anhand der kristallenen Energie erspürte.«

George zeigte auf eine kleine Wiese seitlich des Hauses, wo Rosenbüsche mit ihren Herbstgaben lockten.

»Oder man könnte einfach dorthin gehen, in die Mitte«, sagte Irene. »Kein sonderlich schwieriger Irrgarten.«

»Ja, du solltest es mal ausprobieren«, sagte George. Irene brach in schallendes Gelächter aus. Und es steigerte sich zu einer ganz ordentlichen Lautstärke.

»Ist bei dir alles in Ordnung?«, fragte George. Er lächelte sie an.

»Ich glaube, du hast mir den Verstand aus dem Leib gevögelt«, sagte sie. »Das bin ich ohne Verstand.«

»Okay, du verstandloses Etwas, du kannst hier neben der Garage parken.«

Nachdem sie ausgestiegen waren, stapfte sich Irene einen Weg über den Rasen zurecht und setzte sich auf die Schaukel, die an der Veranda angebracht war. Sie stieß einen langen Seufzer aus und ließ den Blick schweifen.

»Das also ist der Grund, warum sich deine Hände wie die eines Hafenarbeiters anfühlen«, sagte sie.

»Eines Gärtners«, sagte George. »Ich arbeite viel im Garten. Und woher weißt du eigentlich, wie sich die Hände eines Hafenarbeiters anfühlen?«

»Reine Spekulation«, sagte Irene. Sie zog auf der Schaukel die Beine an und legte die Arme um die Knie, sodass sich die Schaukel zwar bewegte, jedoch nicht hin- und herschwang.

»Du siehst nicht aus, als würdest du dich wie zu Hause fühlen«, sagte George und deutete auf ein Schild an der Wand, auf dem die handgeschriebene Empfehlung FÜHL DICH WIE ZU HAUSE stand.

»Wie funktioniert das?«, fragte Irene.

»Wahrscheinlich mit ein bisschen von Dads Gras«, erklärte George.

»Ist dein Dad im Moment hier?«

»Niemand hat Dad seit dem Bankett gesehen«, erwiderte

George. »Aber wenn er auftaucht, sollen wir ihn nicht …« George versuchte sich zu erinnern, was er nicht tun sollte.

»Ihn nicht reinlassen?«, riet Irene.

»Ja, oder ihm Geld geben. Mom hat die Zügel gern fest in der Hand.«

»Mist, ich habe die Asche vergessen!« Irene sprang von der Schaukel auf, und die Ketten klirrten.

»Wohin willst du sie tun?«, fragte George.

»Keine Ahnung«, sagte Irene. »Ich will sie aber holen.« Sie marschierte in Richtung Wagen.

»Wir könnten sie hier verstreuen«, bot George an. »Irgendwo im Wald, auf dem Kristalllabyrinth, im Brunnen.«

»Im Brunnen? Wie kannst du auch nur daran denken?«, fragte Irene.

»Dort unten gibt es kein Wasser!«, verteidigte sich George.

»Umso schlimmer«, sagte Irene. Sie zog die schwarze Schachtel vom Rücksitz und knallte die Autotür zu.

»Tut mir leid«, sagte George. Er grinste sie an, und bei seinem Anblick breitete sich eine eigentümliche Röte überall in ihrem Gesicht aus. Es war ein gutes Gefühl, das durch ihre Haut pulsierte und sie glauben lassen konnte, dass Kichern tatsächlich etwas vollkommen Menschliches war und nicht nur etwas, das Menschen, die keine Bücher lasen, taten.

»Wie wäre es dann mit dem Kristalllabyrinth?«, schlug George vor. »Das ist ein hübscher Ort, um darauf verstreut zu werden. Denk nur an all die Energie.«

»Wir können sie keineswegs hierlassen«, sagte Irene. »Warum sollte sie das wollen? Sie hatte keinerlei Beziehung zu diesem Ort.«

»Die Menschen haben auch keine Beziehung zu einem Friedhof, das hält sie aber nicht davon ab, in Scharen dort begraben zu werden.«

Sie gingen ins Haus, und fürs Erste stellte Irene die Asche ihrer Mutter auf den Küchentisch.

»Irgendetwas an diesem Ort fühlt sich vertraut an«, sagte Irene. »Fast so, als hätte ich ihn schon einmal im Fernsehen gesehen.«

George runzelte die Stirn. »Lass uns ins Bett gehen«, sagte er.

Irene lag neben George auf einem riesigen Bett. George schlief. Das Bett besaß einen verschnörkelten Eisenrahmen, und es gab genug Platz für zwei Georges und mehrere Irenes, aber sie hatte sich so eng an ihn geschmiegt, dass sich ihre Körper vom Kopf bis zu den Füßen berührten. Im Schlaf hielt er sein Gesicht ihr zugewendet gedreht, als hätten sie gerade erst aufgehört, sich zu unterhalten. Seine Augen waren geschlossen, die Wimpern lang aufgefächert auf seinen Wangen. Seine Arme hielt er weit ausgebreitet. Irenes Kopf ruhte auf seinem Bizeps, und sein anderer Arm lag auf der anderen Seite ausgestreckt auf dem Kissen. Sie drängte sich an ihn und sog den Geruch seines Körpers in sich ein, wobei sie das Gefühl beschlich, ihn schon einmal gerochen zu haben, seiner Haut schon einmal so nah gewesen zu sein, dem Haar unter seinen Armen, den drei kleinen Sommersprossen auf der ihr zugewandten Seite seiner Nase. Es widerstrebte ihr, sich zur Vorstellung durchzuringen, ihn erst seit Kurzem zu kennen. Aber der Gedanke, ihn schon lange zu kennen, machte keinen Sinn. Irene atmete tief ein und seufzte. Träumte er? War er wach?

Sie sah, wie sich sein Brustkorb hob und senkte, ein schwacher, langsamer Rhythmus seines Lebens, und auf der weichen Haut seines Bauches sah sie seinen Herzschlag, der gegen die Oberfläche klopfte.

»Das ist Liebe«, sagte sie zu sich. »Liebe, Liebe, Liebe. Das ist Liebe.«

Sie legte eine Hand auf seinen Bauch, als wollte sie eine Flagge hissen. *Ich liebe dich*, dachte sie. Nur war die Sache die, dass, sollte sie ihn wirklich lieben, sie bedauerlicherweise nie wieder würde schlafen können. Solange sie sich vom Kern ihres Bewusstseins, von ihrer Mutter, vom dunklen Haus, von dem sich spiralförmig windenden Zentrum ihres schwarzen Herzens fernhielt, könnte sie diese Liebe versuchen. Sie könnte sich mitten am Tag ohne Kleidung neben diesen Mann legen und ihren Mund sanft auf seinen drücken, und wenn sie fertig war, könnte er die Arme wie einen Rettungsring um sie legen und einschlafen, die Lippen gegen ihr Haar gepresst. Solange sie nicht schlief, könnte das immer und immer wieder geschehen, jeden einzelnen Tag hier im Haus im Wald, und sie würde ihren Nachnamen verlieren und seinen annehmen und vergessen, woher sie kam und wie ihre Vergangenheit mit Pisse und Gin und fatalen Unfällen getrübt war.

Irene drehte sich um, legte die andere Wange an Georges Arm und drückte ihren Rücken, die Rückseite ihrer Beine, die Fußsohlen an ihn. Ihre Augen blieben auf der Schachtel mit der Asche ihrer Mutter hängen, und sie spürte, wie sich ihr Herz zusammenzog. Sie fühlte es körperlich, wie sehr es unter ihrem Arm klopfte und raste.

Irene schloss die Lider und begann, sich in den Schlaf zu versetzen. Sie träumte und war wach, sah vor ihrem inneren Auge das Haus ihrer Mutter, das Regal mit den Glöckchen, hörte den Klang, den jedes einzelne von sich gab und das Klingeln des letzten Glöckchens, das ihr verriet, dass sie bereit war.

Im Schlaf sehe ich, dass sich das Hinterland verändert hat, zu Bäumen und Büschen und wild wachsendem Gras und einem blauen Herbsthimmel geworden ist. Direkt gegenüber der Veranda meiner Mutter liegt Georges Haus im Wald, wo ich nun tief schlafe, mit seiner eigenen Veranda und seinen heruntergekommenen Nebengebäuden, die sich unter die ausladenden Bäume und hinter die sich rot verfärbenden Büsche ducken. Dort im Schlafzimmer sehe ich, wie George still daliegt, die Steppdecke zerknüllt um seine Knie gewickelt. Er ist mir so lieb, so teuer. Ich könnte mich gleich wieder auf ihn stürzen, aber gleichzeitig will ich nicht, dass er aufwacht, und außerdem ist mir mein Traum peinlich. Ich weiß nicht, ob er ihn überhaupt sehen möchte. Es ist mir peinlich, wie sehr er mir am Herzen liegt. Es ist mir peinlich, dass ich ihn im Schlaf finde und mir den Umriss seiner Ellbogen vorstelle, seiner langen Füße, seines vollkommenen, wunderschönen Gesichtes.

Was ist Liebe? Eine Übereinkunft, die uns aneinanderkettet, die das Zusammenleben legalisiert, die Spezies fortbestehen lässt, ein schlaffer Schmetterlingsflügel mit Lebenselixier für die Massen, eine Droge für Idioten. Das ist Liebe. Ich möchte sagen, dass das, was ich fühle, Verlangen ist, nur Sex, ein Tier, das sich auf ein anderes Tier stürzt, aber ich weiß, ich habe es schon einmal gefühlt. Liebe lässt mich die Beine spreizen. Liebe bringt mich dazu, seine Hand in meine Hose zu schieben. Das ist meine Version von Romantik.

Die Schachtel mit der Asche meiner Mutter ist schwer in meinem Traum, unglaublich schwer, als würde es mich umbringen, wenn ich diese Schachtel im Haus und durch die Tür tragen müsste. Wie viel wog meine Mutter? Wie viel wog sie, nachdem ihre Knochen durch den Pulverisator waren? Diese Schachtel ist nicht meine Mutter. In ihr liegt ihre Asche, aber sie ist schwerer als das, unsäglich schwer. Bleischwer.

Ich schleife die Asche meiner Mutter in ihrer Schachtel ins dunkle Haus: ins Wohnzimmer, in die Bibliothek, den Theatersaal, das Hinterzimmer, den Raum mit den Kostümen, und ich weiß, dass ich mich der Mitte des Hauses nähere.

Ein verwüstetes Zimmer, ein kaputter Fußboden und ein Loch, das nach unten führt, haben nicht zwangsläufig etwas Unheimliches an sich. Oder vielleicht doch. Ich weiß es nicht, denn dieser spezielle kaputte Fußboden hat mein Gesicht immer weggedrückt, sodass dieses Loch stets knapp außerhalb meines Gesichtsfelds lag, und es aus den Augenwinkeln anzuschauen, erfüllte mich mit lähmender Angst. Ich bin das Mädchen, das für jede Stadt, die es womöglich besuchen könnte, einen wohldurchdachten Suizidplan hat, unter Berücksichtigung von Brücken einer bestimmten Höhe, Wasser einer bestimmten Tiefe und der Schwerkraft. Ich stehe mit eingerollten Zehen am Rand der Brücke, stoße einen langen Atemzug aus, die Hände geöffnet im Sinne von *Fang mich auf.* Aber dieser kaputte Fußboden, diese pfeifende Dunkelheit, diese Balken, die aus dem Boden emporragen und durch die Decke hinunter, erwecken in mir eine Angst, die sehr tief sitzt, bis hinab zu dem Gehirn des kleinen Mädchens, das ich mit sechs gewesen war, und dort, wo alles begonnen hatte.

Ich fürchte mich vor dem Loch in der Mitte des dunklen Hauses, aber ich gehe jetzt direkt darauf zu und öffne die Schachtel. In der Schachtel befindet sich ein Plastiksäckchen. Ich reiße das Säckchen auf. Im Säckchen befindet sich ein grobes Pulver, das mit Teilen von ihr versetzt ist. Im Traum hat es die Farbe von reinstem Weiß. Von hinten peitscht der Wind, eine starke, unnachgiebige Brise, die geradewegs in das Loch im Boden weht. Das Loch ist groß und saugt alles in sich ein: die Luft, den zu Pulver zermahlenen Menschen, die Ideen in meinem Kopf. Ich weiß, würde ich die Schachtel auf den Kopf stellen, würden die Überreste meiner Mutter spiralförmig in das Loch trudeln und eine wunderschöne Form annehmen, wie die gewundene Schale eines Schneckenhauses, wie das Innere eines Perlboots. Sie würden sich in einer funkelnden

Kaskade von meiner Hand ergießen und einen perfekten Eindruck zurücklassen, während sie von mir fortschwebt.

Und genau aus diesem Grund tue ich es nicht. Ich schleudere die ganze verdammte Schachtel ins Loch. Und im nächsten Moment ist sie verschwunden.

Mir ist schwindelig, so wie immer, wenn ich zu nah am Rand des Lochs stehe. Dann renne ich wie ein Kind, das die Klappe des Trockners zugeworfen hat, die Kellertreppe hoch, stürze durch die Tür und hinaus auf die Veranda. Georges Haus im Wald liegt direkt vor mir, und ich laufe, laufe, laufe über den Hof und auf seine Veranda zu und dort ist George und schläft immer noch. Ich lege mich neben ihn ins Bett, drücke meine Wange an seinen Arm, ich biege ihm meine Wirbelsäule entgegen, und es ist warm.

Ich blicke zu der Stelle, wo die Schachtel mit der Asche meiner Mutter stand, bevor ich sie ins Herz des dunklen Hauses schleuderte, und jetzt weiß ich, dass ich nicht aufwachen kann, denn wenn ich es täte, würde ich die Augen öffnen und sie wäre wieder da, diese schreckliche schwarze Schachtel. Und so werde ich hier liegen bleiben und ewig schlafen.

19

George erwachte. Sein erster Impuls war, die Augen geschlossen zu halten, hinter denen ärgste Kopfschmerzen wüteten. Sanft zog er den Arm unter Irenes Gesicht heraus, ersetzte ihn durch ein Kissen und ließ sie dort auf der weißen Baumwolle weiterschlafen. Er schob die Decke über ihren Körper und tappte auf dem ausgeblichenen Teppich aus dem Zimmer. Im Bad angekommen schloss er die Tür, damit es dunkel wurde. Er öffnete das Arzneischränkchen und ertastete mit den Fingern das Nasenspray, holte es heraus und tat einen Sprühstoß in jedes Nasenloch, um die Lösung dann gierig zu inhalieren. Er drückte das Arzneischränkchen zu und blickte zu der Stelle, von der er wusste, dass sich dort der Spiegel befand, nur dass er sich in völliger Finsternis befand.

»Das ist eine Liebesgeschichte«, sagte er. »Akt eins: Junge trifft Mädchen. Akt zwei: Junge verliert Mädchen. Das ist Akt zwei.«

Er konnte spüren, wie das Schmerzmittel auf seine Kopfschmerzen traf und sie in kühles Plastik einwickelte, in ihren Behälter zurückdrängte und den Deckel schloss. Er stand dort in der Dunkelheit des Bades, bis er den Kopf bewegen konnte, ohne das Gefühl zu haben, gleich in Ohnmacht fallen zu müssen. Dann öffnete er die Tür und trat hinaus. Er zog eine Jeans aus der Kommode, dachte darüber nach, sich ein Sandwich zu machen, beugte sich dann aber über Irene und gab ihr einen Kuss auf die Schläfe.

»Liebling«, sagte er. Sie schlug die Augen auf und starrte geradewegs zur anderen Seite des Zimmers, als hätte sie dort einen Geist erblickt.

»Geht's dir gut?«, fragte er.

»Ja«, sagte sie. »Ja.« Aber als sie sich zu ihm drehte, war sie aschfahl.

»Komm und lass mich dir etwas zum Mittagessen machen«, sagte er. »Ich habe ein Händchen für Fleisch und Brot. Wir müssen allmählich in die Gänge kommen, denn ich habe etwas im Institut, das ich dir unbedingt noch vor meiner Vorlesung zeigen will.«

Sie nickte. Sie griff nach der Decke und zog sie sich bis zum Kinn.

»Komm schon oder willst du etwa deinen Superteilchenbeschleuniger nicht sehen?«

Irene und George standen im Aufzug und fuhren abwärts. Es gab nur zwei Knöpfe an der Wand: O und U. Sie waren an der Oberfläche eingestiegen und fuhren nach unten.

»Das ist der größte wissenschaftliche Apparat, den du je zu Gesicht bekommen wirst«, sagte George.

»Ich habe es auch mit einem von der Größe einer Badewanne geschafft«, sagte Irene.

»Dieser ist viel größer als der, den du hattest«, sagte George. »Und deswegen besser.«

»Hmm«, sagte Irene. »Das wird sich noch herausstellen.«

Als sie den Campus betreten hatten, war Irene wieder so unnahbar geworden, als würde sie ihr streitlustiges Äußeres wie eine Uniform überstreifen, sobald sie auch nur in die Nähe von Wissenschaftlichem kam. George betrachtete, wie sie wirkte mit ihren zusammengepressten Zähnen und Augen, die sich scheinbar durch die Lifttüren bohren wollten. Sie war ein kleines Energiebündel. Eine plötzliche Aufwallung von Liebe überkam ihn, während er ihr zusah, wie sie die Arme verschränkte und mit der Spitze ihres hässlichen Stiefels auf den Boden klopfte. *Das ist eine Liebesgeschichte über Astronomie*, dachte er. Verwandte Seelen, die sich treffen und ewig lieben. Und niemand wird verrückt. Und niemand stirbt. Und das Universum klappt zurück und rastet ein, und die Hochspannungsmasten, die die elektrischen Leitungen halten, sind in Wirklichkeit Bäume. Und die Bäume sind in Wirklichkeit Götter.

Als der Aufzug hielt und sie in den unterirdischen Schacht traten, wurden Irenes Augen groß, es entfuhr ihr ein lauter, erstaunter Laut: »Wow!« Der Anblick hatte auch George beim ersten Mal in ungespieltes Erstaunen versetzt. Ein Tunnel, mehrere Stockwerke hoch, mit farbenfrohen Kabeln, Plastikröhren und Platten, in dem es unglaublich hallte, wie in einem sich unendlich erstreckenden Badezimmer oder einer ebensolchen Höhle. Genau in der Mitte zwischen Boden und Decke befand sich eine Röhre, in der der Teilchenbeschleuniger gebaut wurde. Überall um die Öffnungen auf beiden Seiten des Schachts zogen hell leuchtende Fliesen, Baugerüste, Leitungen und Lichter die Aufmerksamkeit auf sich.

Dr. Bryant hastete mit klappernden Absätzen eine Treppe hinab, die er gerade hinaufgestiegen war, und kam ihnen mit ausgebreiteten Armen entgegen.

»Willkommen, Dr. Sparks«, sagte er. »Willkommen in Ihrem neuen Schaffensbereich. Ich habe heute Nachmittag mehrere Besprechungen für Sie angesetzt, mit Ingenieuren und Leuten von der Herstellung, Elektrochemikern und ein paar Bautechnikern – ich glaube, dass Ihre Bemessungen ausgezeichnet in unser Modell passen.«

Irene gab Dr. Bryant die Hand und drehte sich dann zu

George um. Er wusste augenblicklich, dass sie ihn nicht küssen oder zum Abschied seinen Schritt tätscheln oder ihm das Haar aus dem Gesicht streichen und ihm sehnsüchtig in die Augen blicken würde. Sie würde arbeiten und wahrscheinlich hatte sie sogar gesagt, dass sie bei der Arbeit nicht zusammen sein dürfen. Noch nicht. Dr. Bryant sah George erwartungsvoll an, als hoffte er, dass dieser verschwand.

»Und, haben Sie?«, fragte Dr. Bryant.

»Habe ich was?«, erwiderte George.

»Hast du sie gesehen?«, sagte Irene.

»Nein«, sagte George an Dr. Bryant gewandt. »Außer Sie meinen *sie*?« George zeigte auf Irene.

»Nein, George, ich meine Kate – Dr. Oakenshield. Ihre Freundin? Haben Sie sie gesehen? Sie ist heute Morgen nicht zum Unterricht erschienen und hat sich nicht abgemeldet. Ich dachte, dass sie vielleicht die Nacht bei Ihnen verbracht hat.«

»Was?!«, sagte George. »Natürlich nicht! Denn eine Liebschaft zwischen Astronomen ist zugleich falsch und fürchterlich.«

Irenes Gesichtsausdruck verriet nichts über ihre Gedanken.

Dr. Bryant zwinkerte George vielsagend zu. »Wir wissen doch alle, dass Sie sich seit Monaten um Dr. Oakenshield bemühen«, sagte er. Und an Irene gerichtet fügte er hinzu: »Natürlich heißen wir Techtelmechtel zwischen Kollegen grundsätzlich nicht gut, aber wir arbeiten so eng zusammen, dass sich Beziehungen nicht gänzlich vermeiden lassen. Ich bin sicher, dass es in Ihrem früheren Labor ähnlich war.«

»Nein«, sagte Irene ernst. »Es gab dort keine Verhältnisse zwischen Kollegen. Wir hielten es ebenfalls für falsch und indiskutabel.«

»Dr. Sparks«, sagte Dr. Bryant, »diese Welt kennt kein Erbarmen. Man muss die Liebe packen, wo man sie findet.«

Irene starrte ihn an. Da fuhr er fort: »Wie dem auch sei, George, ich bin sicher, dass es keinen Grund zur Besorgnis gibt. Aber ich fürchte, bei ihr zu Hause könnte es Probleme geben, wenn Sie verstehen, was ich meine. Ich melde mich bei Ihnen, sobald ich der Sache auf den Grund gegangen bin.«

Dann ging George. Es fühlte sich an, als hätte es beim Abschied von ihr ein Reißen gegeben und als hätte jeder es hören können. Er wollte sich nicht von Irene trennen. Es fühlte sich unsäglich falsch an.

Schließlich war seine Vorlesung vorüber. Er wartete eine weitere Stunde und erledigte dabei etwas Schreibkram. Er führte ein paar Telefonate auf der Suche nach Kate Oakenshield, dann wählte er die Euphrat-Projekt-Telefonzentrale und wurde mit Irene verbunden.

»Sparks«, knurrte sie.

»Hi«, sagte er. »Da steckst du also.« Der Klang ihrer Stimme war wie eine Hand, die sich auf ihn legte, die er spüren konnte.

»Hier unten ist es unglaublich, George«, sagte sie.

»Toll«, sagte George. »Es freut mich, dass es dir gefällt.«

»Aber ich hatte am Nachmittag schrecklich viele Termine, und jetzt muss ich noch ein paar Dinge erledigen, bevor wir weitermachen können ... wenn du das willst ...«

»Ja«, sagte George. »Das will ich. Ich brauche dich für etwas, das vielleicht ein wenig merkwürdig ist ...«

»Es kann nicht merkwürdiger sein, als die Asche meiner Mutter aus dem Bestattungsunternehmen zu stehlen.«

»Okay«, sagte George. »Wirklich? Vielleicht. Ich komme später und hol dich ab.«

Georges Autositze waren voller Papiere und Bücher, und der Boden war mit leeren Coladosen und Kaffeebechern übersät.

Hinten im Wagen streckte eine unglaublich große Efeupflanze ihre vielen Ranken über den Kofferraum und die Kopfstützen der Rückbank, ohne dass ihr die Enge etwas anzuhaben schien.

»Milben?«, sagte Irene und zeigte auf die Pflanze, bevor sie in den Wagen stieg. »Bekommst du keine Milben?«

»Ich bekomme Sauerstoff«, sagte George. Er schaufelte den Beifahrersitz für Irene frei und machte dann mit der Rückbank weiter, während sie ins Auto stieg.

»Nehmen wir einen Anhalter mit?«, wollte Irene wissen.

»Sozusagen«, sagte George. »Für diese Aufgabe benötigen wir deinen Exfreund, okay? Wir brauchen Enkidu. Als Rückendeckung.«

»Was?«

»Um ehrlich zu sein, ich brauche einen bulligen Schlägertypen«, sagte George. »Wir begeben uns auf eine Rettungsmission. Und ich würde mich besser fühlen, wenn ich ein paar Muskeln auf unserer Seite wüsste.«

Zwanzig Minuten später hockte Belion mit grimmigem Blick auf der Rückbank, Irene und George saßen vorne, und der Volvo sauste auf dem Freeway Richtung Westen. Belion abzuholen war George aus mehreren Gründen unangenehm gewesen.

Zum einen war da der Umstand, dass, als Irene George zum Haus ihrer Mutter gelotst hatte, sie ihn direkt zu dem Haus der betrunkenen Hellseherin brachte, die ihm geraten hatte, auf eine verträumte Astronomin mit braunen Haaren zu warten. Das Haus von Irenes Mutter war das Haus des Mediums, was bedeutete, dass Irenes Mutter die Hellseherin war. Beinahe hätte George etwas gesagt. Die Worte hatten ihm auf der Zunge gelegen, hatten nur darauf gewartet herauszuplatzen: »Hey, weißt du was? Ich bin hier schon mal gewesen!« Aber er hielt sich zurück. Nach ihrer durchgeknallten Reaktion darauf, dass sie am gleichen Tag Geburtstag hatten, war sich George unsicher, ob Irene die Information gut aufnehmen würde, dass ihre eigene Mutter George mit einer Kristallkugel beraten und in ihrer Tochter Georges zukünftige Ehefrau gesehen hatte.

Es war die Art von Information, die George ertragen konnte, Irene jedoch nicht. Allmählich wusste er mehr über Irene, und das hier war eines der wichtigsten Dinge: Mit einem sonderbaren Zufall konfrontiert war Irene kein Mensch, der lediglich den Kopf schüttelte und sich über die Mysterien des Universums ausließ. Sie war die Sorte Mensch, die jemandem eine Ohrfeige gab, abstritt, jemals eine Mutter gehabt zu haben, und nie wieder mit George reden würde. Deshalb hielt er die Klappe.

Dann folgte der peinliche Moment, als George im Auto saß und Irene und Belion draußen vor dem Wagen standen und Irene ihm etwas sehr eindringlich zu erklären schien, wobei sie die Worte »Penis-Sex« benutzte und auf George zeigte und dann Belions Gesicht in beide Hände nahm. George war aus dem Auto gestiegen und bemühte sich um einen möglichst optimistischen und unvergänglichen Gesichtsausdruck.

»Komm schon, Belion«, hörte er Irene sagen. »Es wird wie in deinem Spiel sein – du der starke Krieger, der die Jungfrau in Nöten rettet. Wir brauchen dich. Wir brauchen den Erzmagier der Unterwelt. Es ist eine Mission, Belion. Gib dir einen Ruck! Vielleicht gibt es sogar Waffen.«

Jetzt saß Belion auf der Rückbank und sah nicht sonderlich glücklich aus. Das war nicht schlecht, wie George fand. Für ihn und seinen Plan wäre es günstiger, wenn Belion ein wenig wütend war.

»Schon mal in Sylvania gewesen, Belion?«, fragte George.

»Er ist schon mal in Sylvania gewesen«, mutmaßte Irene.

»Es ist doch Belion, oder?«, fragte George.

Es folgte eine Pause und dann flüsterte Irene Belion zu: »Belion, sag, es ist Belion.«

»Es ist Belion«, sagte er.

George fuhr ungerührt fort: »Nun, du bist also schon mal in Sylvania gewesen? Mehrmals?«

»Erzähl mir noch mal, was genau ist mit diesem Mädchen passiert?«, fragte Belion.

George setzte den Blinker, und sie bogen vom Freeway ab. »Nun, sie ist sozusagen von ihrem Vater gekidnappt worden. Du weißt schon, er hat sie großgezogen, als sei sie stumm.«

»Sie ist Kate Oakenshield, das Mädchen, das großgezogen wurde, als sei sie von Geburt an stumm. Vielleicht hast du die Reportage mal im Fernsehen gesehen«, erklärte Irene weiter.

»Oh, du hast die gesehen?«, fragte George. »Hast du mich gesehen?«

»Nein«, sagte Irene. »Meine Mutter hat mir einmal ein Video geschickt, aber ich habe es nicht ganz angeschaut. Hier in Toledo ist die Geschichte von der Presse ganz schön breitgetreten worden.«

Belion knurrte. »Und wiederum frage ich, was ist mit ihr passiert?«

»Nun ja, also, ihr Vater hat sie erzogen, als sei sie stumm, um ihre mathematische Begabung zu fördern. Du weißt schon, keine Sprache, nur Musik und, du weißt schon, keine Geräusche und solches Zeug«, sagte George.

»Hat es funktioniert?«, fragte Belion.

»O ja«, sagte George. »Ja, durchaus. Sie ist ein echtes Genie.«

»Was ist dann daran falsch?«, wollte Belion wissen.

»Sie wurde wie ein Mädchen großgezogen, das stumm ist. Kein Reden«, betonte Irene. »Das ist nicht normal, Belion.«

»Nicht normal für dich, holde Maid.«

George lachte. »Holde Maid! Mir gefällt dieser Kerl.«

»Nun, vielen Dank«, sagte Belion.

Der Volvo rollte am Spuyten Duyval Country Club vorbei und in die bewaldeten Täler des Irwin Prairie State Nature Preserve. Nach ein paar weiteren Biegungen tiefer hinein in den Wald bog George bei dem Schild *The Cedars* ab und folgte einer kreisrunden Auffahrt, wo er vor einem großen Landgut aus Backstein hielt. Er schälte sich hinter dem Lenkrad hervor, baute sich vor dem Auto auf und nahm vor der Haustür eine Kampfposition ein.

Irene stieg aus dem Wagen und blieb dann auf dem Kies der Auffahrt stehen, wobei sie die Autotür zwischen sich und dem Haus behielt, doch Belion rührte sich nicht. *Gut so*, dachte George. *Geheimwaffe: riesiger, behaarter Kerl. So wird es uns gelingen, Oakenshield in die Knie zu zwingen.*

George rief zur Haustür. »Na schön, Oakenshield, ich bin zurück. Und ich habe Verstärkung dabei. Sie lassen jetzt Kate gehen, oder wir kommen rein.«

Es kam keine Antwort.

Irene sagte: »Belion, du solltest aussteigen.«

Belion tauchte Stück für Stück vom Rücksitz auf: zuerst seine fleischige Hand, dann folgten Arm und Bein, dann der Rest seines Körpers, während er die andere Hand am Türrahmen hielt.

George rief: »Schauen Sie genau her, Oakenshield! Und rufen Sie sich netterweise ins Gedächtnis, dass Sie der Kerl sind, der es in einem fairen Kampf nicht einmal mit meiner ältlichen Mutter aufnehmen konnte. Wie würde es Ihnen gefallen, sich ein wenig mit unserem jungen Freund hier zu unterhalten?«

»Dein Penis-Sex-Freund ist ein Spinner«, sagte Belion mit ruhiger Stimme zu Irene.

»Belion«, sagte George. »Könntest du vielleicht knurren oder etwas in der Art? Bedrohlich mit den Armen fuchteln?«

»Hm, und wie?«, fragte Belion.

George zeigte ihm, was er meinte, hüpfte vor den Säulen neben der Haustür auf und ab und schwang die Arme wie ein verrückter Gorilla. Aber Belion rührte sich nicht.

»Und? Wie sieht's aus?«, fragte George.

Belion schüttelte den stark behaarten Kopf. »Nein, aber es hat Spaß gemacht, dir zuzusehen.«

Oben im ersten Stock öffnete sich knarzend ein Fenster und ein dunkler Kopf kam zum Vorschein.

»Emma!«, rief George. »Das ist die Haushälterin«, erklärte er Irene und Belion.

Die Haushälterin steckte den Kopf aus dem Fenster. Stumm zeigte sie zum Balkon im zweiten Stock. George blickte hoch. Ein Vorhang flatterte. Und Kate Oakenshield trat auf den Balkon, eine Violine in der Hand. Sie trug eine sonderbare silberne Robe, die George nie zuvor an ihr gesehen hatte, und das Kleidungsstück bedeckte sie derart vollständig, dass George nicht mit Sicherheit sagen konnte, ob sie es wirklich war, bis sie die Kapuze zurückschlug, die Violine an die Schulter hob und ein Stück von Brahms spielte. Melancholischen Blicks sah sie zu ihren Besuchern, während die Melodie herabwehte.

Belion stieß ein bellendes Lachen aus. »Silvergirl? Das ist jetzt ein Scherz, oder?«, sagte er wie zu sich selbst.

»Sie ist ein Traum, nicht wahr?«, sagte George.

Belion gab keine Antwort, sondern marschierte zielstrebig zur Tür, öffnete sie, schloss sie dann behutsam hinter sich und war verschwunden.

George rief zu Kate auf dem Balkon hinauf: »Keine Sorge, Kate, Belion ist auf dem Weg zu dir.«

Kate fuhr mit dem Geigenspiel fort. George musste einsehen, dass die Zeit für Augenkontakte verstrichen war. Aber er rief noch einmal zu ihr hinauf. »Das ist Irene.« Er zeigte auf

Irene, woraufhin diese matt lächelte. »Du wirst sie häufiger zu Gesicht bekommen, sobald du zurück ins Institut kommst. Sie ist sehr nett.«

»Wie es aussieht, hat sie wieder auf stumm geschaltet«, sagte Irene zu George.

»Ja«, sagte George. »Sie fällt in alte Muster zurück, wenn er sie hierher zurücklocken konnte. Ich glaube, sie haben einen ganzen Ballsaal voller Finken, die sie in eine Art zwitschernden epileptischen Zustand versetzen.«

»Zum Glück hat sie dich«, sagte Irene. Er konnte den Ausdruck auf ihrem Gesicht nicht deuten, hatte aber das Gefühl, dass es Eifersucht sein konnte.

»Ja, nun, ich kann sie wohl schlecht hierlassen, oder?«, verteidigte er sich.

Oben auf dem Balkon wurde die Tür geöffnet. Belion tauchte auf, hob Kate und ihre Violine hoch und trug sie ins Haus. Die Tür schloss sich.

»Nun, das ging besser, als ich erwartet hatte!«, sagte George.

Irene nickte. »Er muss sie mögen. Er muss dich mögen. Andernfalls wäre er nicht mit hierhergekommen.«

»Vielleicht liegt es aber auch nur daran, dass er dich mag«, sagte George.

Irene lächelte. Ihr Anblick trieb einen Speer durch Georges Herz. Das Lächeln besagte, dass alles in Ordnung war. »Er ist wirklich sehr klug.«

»Und Kate ebenfalls«, fügte George hinzu. »Sehr klug.«

»Ich habe drei Jahre mit ihm zusammengelebt. Drei Jahre.«

George schüttelte den Kopf. »Nun, in nächster Zeit werden wir wohl wenig mit ihnen zu tun haben.«

»Wirklich? Bist du sicher? Du bist wegen ihr hierher…«

Jetzt lächelte George. »Ich kann ihren Anblick ehrlich gesagt nicht mehr ertragen, Liebling.«

»Ich bin es, die du willst?«, fragte Irene. »Ich meine, von all den Mädchen, die du …«

»Ja«, sagte er.

Belion polterte aus der Haustür, vollbepackt mit Kate, ihrer Geige, mehreren Instrumentenkoffern und zwei Vogelkäfigen.

»Hi!« George machte einen Satz vom Wagen und Irene weg und klatschte in die Hände. »Ausgezeichnet, du hast sie. Sehr schön. Gut gemacht.«

Belion öffnete die Autotür und setzte Kate wie ein Baby auf den Rücksitz, schob ihre silberne Robe ordentlich hinein und klappte dann den Kofferraum auf. Er schleuderte den wuchernden Efeu auf die mit Kies bedeckte Einfahrt, ohne die Pflanze auch nur eines Blickes zu würdigen, und wuchtete stattdessen Kates Habseligkeiten hinein.

»Das ist alles, worauf sie gezeigt hat. Sollte genügen«, sagte Belion.

»He, mein Efeu! Die Pflanze ist vierzig Jahre alt!«, protestierte George.

»Züchte keine Pflanzen mehr in deinem Auto, du Spinner«, entgegnete Belion. »Dann musst du dir auch keine Gedanken darüber machen, dass jemand sie wegwerfen könnte.«

»Ich brauche mehr Sauerstoff als andere Menschen«, sagte George.

Genau in diesem Moment flatterte Pater Oakenshield aus der Haustür und schwang drohend eine Schaufel.

»Das ist illegal! Das ist Entführung! Ich rufe die Polizei!«, beschwerte er sich.

»Gut«, sagte George in seine Richtung. »Rufen Sie nur die Polizei, Sie Esel. Die wird liebend gern Ihrem Vogelnest wieder mal einen Besuch abstatten.«

»Polizei!«, schrie der alte Mann. »Emma, rufen Sie die Polizei!«

Die Haushälterin steckte erneut den Kopf aus dem Fenster und winkte George und den anderen zum Abschied verhalten zu, wobei sie seufzend die Augen verdrehte. Dann funkelte sie Pater Oakenshield finster an und zog den Kopf ein.

Belion knallte den Kofferraum zu und trat an die Wagenseite, wo Pater Oakenshield seinen kleinen Wutanfall zelebrierte.

»Hi«, sagte Belion, »ich bin Belion.«

Pater Oakenshield schwieg, und Belion fuhr fort: »Wenn Sie jemals wieder in ihre Nähe kommen, sie anhauchen, sie anrufen, an sie denken oder sich auch nur an sie erinnern, selbst nachts, selbst im Dunkeln, dann werde ich kommen, mich auf Sie stürzen und Sie umbringen, noch bevor Ihr Herz seinen nächsten Schlag gemacht hat.«

»Er ist der Erzmagier der Unterwelt«, fügte Irene hinzu.

»Das merke ich allmählich auch«, sagte George.

Pater Oakenshield trat zu den Säulen zurück und ließ die Schaufel sinken. Belion glitt auf die Rückbank neben Kate, und George und Irene nahmen ihre Plätze vorne ein.

»Fahr los, George. Fahr los«, befahl Belion.

Toledo, die Glasstadt, funkelte am Ufer der Maumee-Bucht. Im Hafen inmitten des Stadtzentrums schaukelten Boote in der Marina, und das Kreischen der Möwen hallte über das Wasser. Die Menschen gingen am Wasser spazieren, die Sonnenbrillen rosig im Schein der späten Nachmittagssonne verfärbt, die Laptoptaschen funkelnd im reflektierenden Licht der hohen verglasten Gebäude. Weiter südlich, am Handelshafen, ratterten Maschinen und Kräne glitten mit ihren Armen wie Tentakel über Containerschiffe. Kleine Wattewolken in bogenförmigen Formationen hoben sich pinkfarben gegen den tiefblauen Himmel ab, der von Kondensstreifen durchzogen war.

Georges Boot war ein kleiner Trawler. Der Schiffsrumpf war marineblau gestrichen, das Ruderhaus bestand aus schimmerndem, hellem Holz mit weißen Verzierungen. Das Boot schoss wie ein Pfeil durch sanft schaukelnde Wellen, ein grellweißes Kielwasser hinter sich herziehend. George stand am Ruder, eine Hand auf dem Steuerrad, die andere auf dem Gashebel. Er trug eine Kapitänsmütze. Irene und Belion saßen artig auf einer Bank am Heck, die sich über den gesamten hinteren Teil des Boots erstreckte. Irene hing über den Rand des Boots, strich mit der Hand durchs Wasser.

»Geht's allen dort hinten gut?«, rief George.

Er hörte Belion sagen: »Super.«

»Irene? Bei dir alles okay?«, fragte er.

»Ging mir noch nie besser«, hörte er sie leise von hinten sagen.

Da ging Kate Oakenshield ins Ruderhaus und kam wieder heraus, mit nichts weiter bekleidet als einem weiten, schulterfreien Kleid, das über der Brust mit einem Gummizug fixiert und gerade einmal lang genug war, um ihren Hintern zu bedecken. Ihr Haar war ein Durcheinander aus kastanienbraunen Locken, die zerzaust herabfielen. Sie beugte sich über den Rand des Bootes und starrte eindringlich aufs Wasser, während der Trawler vorwärtspreschte.

Irene löste ihren Pferdeschwanz und öffnete den obersten Knopf ihres Hemdes.

»Lasst uns hinaus auf den See fahren, ein bisschen weiter weg von den Lichtern der Stadt, damit wir, wenn die Sterne herauskommen …«, begann George.

Kate stieß ein kleines Keuchen aus und tauchte dann jäh ins Wasser ab. George drosselte augenblicklich das Tempo, schien jedoch nicht besonders beunruhigt zu sein. Irene hingegen sprang auf und hastete zur anderen Seite des Boots. George schaltete den Motor vollständig aus, und das Dröhnen erstarb. Das Schiff trieb jetzt im Spiel der Wellen dahin.

»Ist sie okay?«, fragte Irene. »Sollten wir nicht …«

»Ihr geht's gut. Sie muss etwas gesehen haben.«

»Ich habe sie weder piepsen noch zwitschern noch knurren noch was auch immer gehört. Sie hat sich einfach … irgendwie nach vorne gebeugt«, sagte Irene. »Und dann ist sie reingefallen.«

»Ja, ja, nur keine Sorge«, beschwichtigte George sie. »So etwas tut sie andauernd. Ich verspreche dir, in drei Sekunden ist sie wieder an der Oberfläche.«

Sie standen nebeneinander an der Reling und suchten die Wellen nach einem Anzeichen ab, dass Kate wieder auftauchte. Belion begann, sich die Schuhe auszuziehen.

»Ich gehe jetzt rein«, sagte Belion.

»Einen Augenblick, du Ritter im schimmernden T-Shirt«, begann George. »Nur weil ich dich angeheuert habe, bei ihrem Vater die Muskeln spielen zu lassen, bedeutet das nicht, dass du an jeder Ecke nach Gefahren Ausschau halten musst. Oder jedes Essen vorkosten musst. Du weißt hoffentlich, dass …«

Belion schwang sein fleischiges Bein über die Reling.

»Oh, okay, du gehst also rein?«, sagte George. »Na schön, spring rein und schau, ob du etwas siehst.«

Belion klatschte genau in dem Moment ins Wasser, als Kate wieder auftauchte, die Hand fest um das Horn eines Narwals geklammert. Sie strahlte übers ganze Gesicht, rieb dem Tier übers Horn, tätschelte sein Gesicht.

»Das kann nicht dein Ernst sein!«, rief Irene. »Ist das etwa ein Narwal?«

»Ja«, sagte George. »Sie ist einer dieser, du weißt schon, Franz-von-Assisi-Typen. Zwitscher, zwitscher, und schon hat sie einen Orang-Utan als Kumpel oder einen Yorkshire Terrier als Copiloten. Hauptsächlich Vögel, aber auch Eriesee-Narwale.«

»Aber ich dachte, man könnte sie nicht lebend fangen, weil sie zu gefährlich sind«, sagte Irene.

Der Narwal begann zu tauchen, und Kate ließ ihn los. Als sie wieder an die Oberfläche kam, hatte sie ihr Kleid abgestreift. Es trieb an die Wasseroberfläche. Belion schnappte es sich, und ohne einen Blick auf das Kleid oder das Boot zu werfen, ballte er es zusammen und schleuderte es zurück aufs Deck.

»Sind sie gefährlich?«, fragte Belion Kate. »Die …« Er setzte eine gespielt wütende Miene auf und ahmte mit der Hand das Horn eines Narwals nach.

Kate schüttelte den Kopf, lächelte breit und tauchte wieder ab. Sie schlug wild mit den Füßen und war im nächsten Moment unter der Wasseroberfläche verschwunden.

»Narwale?«, schmetterte Belion.

George lachte und sagte zu Irene: »Willst du ins Wasser?«

»Nein«, sagte Irene. »Lass sie ruhig.«

»Dann komm hoch zu mir«, sagte er.

George zog den Schlüssel ganz aus dem Zündschloss und ging ein paar Stufen hoch zum Bug. Er reichte Irene, die ihm gefolgt war, die Hand und lehnte sich dann gemütlich gegen das Fahrerhaus, ein Bein auf der Reling angewinkelt. Irene lehnte sich gegen die Bordwand und drehte sich so zu ihm, dass sie Kate und Belion weiterhin im Blick hatte, die mit den Walen spielten.

»Flussdelfine«, sagte sie. »Wie im Amazonas.«

»In Wirklichkeit sind es Wale, keine Delfine«, sagte George. »Und sag jetzt nicht, dass du auf dem Amazonas warst.«

»Doch, meine Mom ist mit mir nach Brasilien gefahren, als ich noch in der Highschool war.«

»Nein, das kann nicht wahr sein! Ich war auch schon mal dort!«

Kate gab ein quietschendes, gurgelndes Geräusch von sich und tauchte mit dem Gesicht ins Wasser. Belion umrundete sie wie eine riesige, respektvolle Boje.

»Ich wette, sie ist laut im Bett.«

»Woher soll ich das wissen?«, entgegnete George.

»Wirklich?«, fragte Irene.

»Du musst nicht eifersüchtig sein«, sagte George. »Wirklich.«

»Bin ich gut?«, fragte sie. »Du weißt schon, bin ich gut?«

George spürte, dass sich sein Körper wie eine Sprungfeder anspannte.

»Beim Sex?«

»Ja«, sagte Irene.

»Du bist die Beste«, sagte George, »mit der ich je zusammen war. Aber das bedeutet nicht, dass wir nicht für den Rest unseres Lebens zehnmal am Tag üben sollten. Denn man weiß nie. Man könnte noch besser werden.«

Sie lächelte und streckte sich. »Es ist nur so, ich verstehe einfach nicht, wie du sie wollen konntest und alles, was sie ist, und dich dann umdrehen und mich wollen konntest und die Person, die ich bin …«

»Liebling, ich wollte sie nur, weil sie ein schlechter Abklatsch von dir war. Siehst du das nicht selbst?«

»Nein«, sagte Irene.

»Irene.« George zog sie an sich, schlang die Hände um sie, presste sie an sich. »Wir sind Seelenverwandte.«

»Das verstehe ich nicht«, sagte Irene an seiner Brust.

»Das musst du nicht verstehen«, erklärte George. »Im Grunde wäre es womöglich viel einfacher, wenn du aufhören würdest zu versuchen, es zu sehr verstehen zu wollen.«

»Aber ich bin nicht … wie sie«, sagte Irene.

»Du meinst verrückt?«

»Ich meine sexy.« Irenes Stimme stockte, und sie hustete. »Sie ist wie du, der Inbegriff von Natur und Freiheit und Musik, und sie ist eine Künstlerin, eine Träumerin, so wie du.«

»Du bist eine Träumerin«, sagte George.

»Das bin ich nicht«, widersprach Irene.

»Nun, okay«, gestand er ein. »Wenn du es sagst.« Er strich mit den Fingern an ihrer Wirbelsäule auf und ab, glitt in ihre Haare und dann wieder herab, tiefer hinunter zum Bund ihrer Jeans.

»In Wahrheit bist du ihr überhaupt nicht ähnlich«, sagte er. »Du bist hübscher als sie. Und du bist klüger. Und wenn ich bei dir bin, wirkt sie, als wäre sie aus Papier und Federn gemacht, und dich, dich würde ich am liebsten runter in die Kabine tragen und auf eine Art beglücken, wie es nur wilde Bären können.«

Sie gab ihm einen Klaps, und es fühlte sich gut an.

»George!«, sagte sie.

»Du bist die Fee, wie ich sie mir mit sechs vorgestellt habe«, fuhr George fort. »Ich weiß, wie Feen aussehen. Wie du. Warum versuchst du nicht, mich zu lieben? Es könnte so leicht sein.«

»Ich …«, begann Irene. Doch George war noch nicht fertig.

»Du bist alles, was ich will, aber du musst auch selbst daran glauben.«

»Ich kann nicht glauben.«

»Aber du würdest es gerne«, sagte er. Er wusste, dass er sie verstand, und er versuchte, es ihr zu verdeutlichen. »Du willst glauben, und dennoch möchtest du ehrlich sein. Du willst, dass wir toll sind, aber du willst gleichzeitig, dass wir real sind. Auch ich will das. In diesem Punkt sind wir uns ähnlich.«

Sie legte die Arme um ihn und neigte den Kopf sanft, um geküsst zu werden. Er beugte sich zu ihr herab, und ihre

Lippen trafen sich. Es war, als würde George durch sie hindurchwirbeln und dann zurück in seinen Körper, schneller, als er es nachvollziehen konnte. Als sie zurückwich, war ihm schwindlig.

»Ich liebe dich«, sagte er.

»Liebe ist nicht real, George«, sagte sie mit leiser, sonderbarer Stimme. »Sie ist nicht real. Sie macht keinen Sinn. Nicht für mich. Ich glaube nicht an die Liebe.«

»Dann muss es Wissenschaft sein«, sagte George.

»Ich glaube auch nicht an die Ehe«, sagte Irene.

»Na schön«, sagte er und versuchte, ihr ein Lächeln zu entlocken. »Dann bleiben wir wissenschaftlich und werden ein futuristisches Sexbündnis anstreben, anstatt zu heiraten.«

»George! Ich kann das einfach nicht«, sagte Irene. Sie sah aus, als täte es ihr leid. Als täte es ihr leid, dass sie es nicht konnte. »Ich bin nicht gut genug.«

»Wir sind verwandte Seelen … denk nur daran, was wir wissen, was wir tun. Es ist fast so, als wären wir füreinander geschaffen. Diese komische alte Folkmusik, wie hoch ist die Wahrscheinlichkeit, dass wir dasselbe Album besitzen? Wir haben dieselben Gedichte gelernt, du spielst Flöte und ich Handtrommel, du warst in Brasilien und ich auch, wir beide haben Philip Pullman so sehr geliebt, dass wir uns Halloweenkostüme gebastelt haben, *bevor* die Filme herausgekommen sind … Verdammt noch mal, du hast ein Gemälde meines Dads bei dir zu Hause hängen!«

»Ich glaube nicht ans Schicksal«, sagte Irene. »Oder Vorhersehung und all dieses Zeug.«

»Aber es ist mehr als das, Irene«, bedrängte er sie. »Was willst du, was ist dein größtes Ziel?«

Er wusste, es war weder Ruhm noch Recht zu behalten, was schwarze Löcher anbelangte, oder irgendwo in einem Labor eingepfercht zu sein. Er kannte sie besser. Aber würde sie es laut sagen? Würde sie es ihm eingestehen?

»Treu sein«, sagte sie langsam. »Ich will treu sein. Treu, wie es meine Mutter nie war. Oder mein Vater. Ich wäre gerne mein ganzes Leben lang treu. Das fände ich großartig.«

»Ich will das auch«, sagte er.

»Aber das bedeutet nicht, dass wir uns lieben«, sagte Irene. »Das macht es nicht wahr.«

Er küsste sie wieder. »Da liegst du falsch«, sagte er. »Du liegst falsch, was die Liebe anbelangt. Vielleicht ist sie nicht wahr, aber sie ist real. Und sie muss nicht wahr sein, um real zu sein. Kannst du nicht verstehen …?«

»Was wenn ich mich geschlagen gebe«, sagte sie unvermittelt. »Was wenn ich sage, okay, ich gebe nach. Was wenn ich sage, ich liebe dich. Ich weiß nicht, was ich danach tun soll.«

»Ich liebe dich auch«, sagte George. »Da gibt es nichts, was du tun musst. Es ist längst geschehen.«

»George.« Sie krallte sich an ihn, drehte sich jedoch zu Belion und Kate um, die in einiger Entfernung vom Schiff schwammen, während der Sonnenuntergang das Wasser in flüssiges Gold verwandelte. »Ich fühle mich dumm. Ich habe dieses wirklich dumme Gefühl in meinem Gehirn.«

»Das ist nicht dumm«, sagte George. »Das ist Glück. Du bist glücklich.«

Irene lächelte. George hob sie hoch und hielt sie fest, während er sich gegen die Wand der Fahrerkabine lehnte. Sie schlang die Beine um seine Hüften und presste ihr Gesicht an seinen Hals, an dem er ihren Atem spürte.

»Okay, ich bin glücklich, George«, sagte sie. »Ich bin glücklich.«

Und es war vollbracht.

20

Das Telefon im unterirdischen Tunnel klingelte. Sam Beth nahm ab.

»Toledo Institute of Astronomy«, leierte sie herunter. Dann verdrehte sie die Augen und bedeckte den Hörer. »Dr. Sparks?«, rief sie.

Irene kam auf einem der Mopeds, die die Physiker benutzten, um die Abschnitte zwischen den verschiedenen Detektoren des Teilchenbeschleunigers schneller zu bewältigen, den Gehweg im Tunnel entlanggefahren.

Sie parkte das Fahrzeug und nahm das Telefon aus Sam Beths abweisender Hand. Welch Ironie, dass man in der Nähe einer der hochspezialisiertesten und technologisch fortschrittlichsten Errungenschaften der Welt Schnurtelefone benutzen musste, da Handys in einhundert Metern Tiefe und wegen der vielen Magnete nicht funktionierten.

»Sparks«, sagte sie.

Dann lauschte sie. Schließlich sagte sie: »Das ist unentschuldbar. Wie kann es sein, dass Sie einfach einen Menschen verlieren? Ich habe sie Ihnen anvertraut. Sie sollten sie mir zurückgeben, eingeäschert und mit allem Drum und Dran.«

»Das ist uns noch nie zuvor passiert«, sagte der Direktor des Bestattungsunternehmens.

Irene sagte: »Das macht keinen Unterschied für mich.«

»Sie haben recht, Sie haben recht«, sagte der Mann.

»Sie stecken in großen Schwierigkeiten, guter Mann«, erklärte Irene. »Sie können einen Menschen nicht einfach vom Erdboden ausradieren. Man dreht nicht Däumchen und wirft etwas Glitter in die Luft und – puff – ist sie verschwunden. Das geht so nicht, verstanden?«

»Natürlich«, sagte der Direktor des Bestattungsunternehmens. »Das verstehe ich. Ich gebe die Hoffnung aber nicht auf, dass wir sie noch finden. Möglich ist alles.«

»Das will ich auch meinen«, sagte Irene. »Sie war meine Mutter. Sie war nicht bloß eine Schachtel voll Staub, bei der Sie nicht wissen, was Sie damit anstellen sollen. Sie war alles, was ich hatte.«

Sie knallte den Hörer auf die Gabel und drehte sich um, wo Sam Beth sie mit offenem Mund anstarrte.

»Was ist passiert?«, fragte Sam Beth.

»Ich habe die Leiche meiner Mutter aus dem Bestattungsinstitut gestohlen«, sagte Irene. »Ihren verbrannten, postkremierten Leichnam. Und jetzt können sie sie nicht finden, und ich schiebe ihnen die Schuld in die Schuhe, weil sie sie verloren haben.«

»Wow«, sagte Sam Beth, die aufrichtig beeindruckt war. »Was werden Sie jetzt mit ihr tun?«

»Das ist das Problem«, sagte Irene. »Ich habe nicht den blassesten Schimmer. Ich kann sie doch nicht einfach in irgendeinem Blumengarten vergraben.«

Sam Beth verengte die Augen zu Schlitzen und stieß leise die Luft zwischen den Lippen aus. Dann blähte sie die Wangen und klopfte leicht mit einem Finger auf den Schreibtisch.

»Ich weiß, was zu tun ist«, sagte Sam Beth. »Es gibt eine Zeremonie, die die Töchter von Babylon vollziehen können. Ich denke, ich kann Ihnen helfen.«

»Das würden Sie für mich tun?«, fragte Irene.

»Als Sie gerade hier gestanden und erklärt haben, Sie hätten die Asche Ihrer Mutter aus dem Bestattungsinstitut gestohlen, hat sich meine Meinung über Sie grundlegend geändert. Ich meine, ich glaube immer noch, dass Sie nicht die Richtige für Dr. Dermont sind. Aber ich finde, dass das, was Sie getan haben, einfach der Hammer ist.«

Es war der Sommer 1986. Bernice und Sally hatten einen Blumengarten angelegt in der Hoffnung, so viele Kolibris wie möglich an ihr Küchenfenster zu locken, da die beiden Zweijährigen – George und Irene – diese Vögel so interessant fanden. Sie pflanzten Flammenblumen und Zitronenmelisse und versuchten, eine Gartenlaube, die Ray und Dean aufgestellt hatten, von den Ranken einer Klettertrompete überwuchern zu lassen. Die beiden Männer waren trotz der sonderbaren Situation Freunde geblieben und führten häufig kleine Arbeiten am Haus aus, wenn Ray für ein paar Tage zu Besuch kam oder mit Dean im Herbst in Michigan auf die Jagd ging. Bernice machte einen weiten Bogen um ihn, wenn er zu Gast war, musste sein ungebrochenes Interesse an Irene jedoch widerwillig anerkennen. Er war ein ungestümer Kerl, aber sie hatten ihn unterschätzt.

Später wurde er zwar zu einem Schwerverbrecher und verfiel dem Glücksspiel, aber jenes war noch der goldene Sommer, wo sie alle zusammen waren und Bernice sich einreden konnte, dass es ewig so bleiben würde. Die Babys würden Seite an Seite in ihren Hochstühlen sitzen, ihr Frühstück verzehren und die kleinen Vögel beobachten, die über die Blumen schwebten, während die Frauen Tee tranken, Bernice sich zwischen den Sitzungen ausruhte und Sally den Kindern Apfelmus, Rührei, in Scheiben geschnittenen Pfirsich und reife Tomaten servierte.

»Wir müssen sie bald voneinander trennen«, sagte Sally eines Morgens.

»Du hast gesagt, wenn sie drei sind«, sagte Bernice, die Hände um einen Becher Tee gelegt. Sie hatten Apfelmus gekocht und sich Tücher um den Kopf gebunden.

»Ich sagte, sobald sie reden können«, berichtigte Sally sie. Sie benutzte einen Lappen, um die Arbeitsplatte abzuwischen und ersetzte Georges Löffel durch einen neuen aus der Schublade.

»Ist das denn wirklich so wichtig?« Aus alter Gewohnheit schüttete sie die Teeblätter aus dem Tee-Ei und rührte den Inhalt in die verbliebene Flüssigkeit, dann stülpte sie den Becher um und stellte ihn auf die Untertasse.

»Ja, ist es«, sagte Sally. »Wir wollen nicht, dass sie wie Cousin und Cousine aufwachsen. Wir wollen, dass sie sich als Erwachsene begegnen. Stell dich nicht so an! Wenn sie sich zu gut kennen, können sie sich nicht ineinander verlieben.«

Vorsichtig drehte Bernice die Teetasse um und spähte hinein.

»Was ist los?«, fragte Sally.

»Du bist nicht diejenige, die ausziehen muss«, sagte Bernice. »Und ihren Job verliert.«

»Ja, und du bist nicht diejenige, die sich einen neuen Job suchen muss. Ohne dich hier gibt es keine hellseherische Beratung – dann ist alles nur Hokuspokus.«

»Ich bin Hokuspokus«, sagte Bernice. Im Becher: ein Wirbelwind, eine zerbrochene Kette. Manchmal war dort eine Glocke, eine Brücke zu sehen.

»Du bist nicht Hokuspokus«, widersprach Sally. »Du hast wirklich Talent, was auch immer du selbst glauben magst. Ich habe erlebt, wie du Dinge vorhergesehen hast, mit einer fast unheimlichen Genauigkeit.«

»Es ist alles Wissenschaft«, sagte Bernice. »Das weißt du. Tabellen, Listen, Bücher, Techniken. Der Umstand, dass es funktioniert, hat nichts mit mir zu tun, ebenso wenig wie der Umstand, dass du von der Schwerkraft beeinflusst wirst, etwas mit dir zu tun hat.«

»Was ist in der Teetasse?«, fragte Sally. »Ein weiterer Flugzeugabsturz?«

»Nein«, sagte Bernice. »Ich meine, ja, aber er hat nichts zu bedeuten.«

Sally zog eine große Keramikschüssel aus dem Spülbecken und stellte sie auf die Kücheninsel. Sie begann zu summen, während sie sie mit ihrem Geschirrtuch abtrocknete.

Dann sagte Irene: »Fertig«, und Sally wischte ihr Tablett mit dem Lappen sauber, und statt des Essens gab es Buntstifte, mit denen die Kleine spielen konnte.

»Ich kann dich noch nicht aus dem Hochstuhl heben, Kleine«, sagte sie. »Mama macht noch ein Päuschen, und ich will erst das Geschirr wegräumen, in dem wir das Apfelmus gekocht haben. Dann bringe ich dich nach draußen. Wenn nur dein Onkel Dean bald käme, dann könnte er sich ein bisschen um euch zwei kümmern, und wir könnten die Küche fertig aufräumen.«

In diesem Augenblick kam Dean durch die Tür und riss sich den Flanellmantel von den Schultern. »Hallo, Familie!«

Bernice sah, wie Sally der Mund vor Staunen offen stehen blieb und ihr Kopf nach oben schnellte. Ihre Augen trafen die von Bernice. »Augenblick mal, das ist der Moment. Apfelmus«, sagte sie. »Aus unserem eigenen Obstgarten. Es ist passiert. Und hier ist er. Er ist es. Er wird es gleich tun.«

»Wer, ich?«, fragte Dean. »Mutiger und attraktiver Dean?«

Dean wandte sich ab und breitete die Arme weit aus, und die Schüssel, die er bei der Bewegung von der Arbeitsplatte fegte, fiel zu Boden. Doch Bernice war bereits zur Stelle und fing sie auf, bevor sie am Fußboden zerschellte.

»Ja, natürlich«, sagte Sally. »Du bist Hokuspokus. Du weißt überhaupt nichts. Aber du hast diesen Moment vorhergesagt, vor zehn Jahren. Bis hin zu dem Becher in deinen Händen. Und das weißt du.«

Irene lachte in ihrem Hochstuhl. George warf mit einer Tomate. Beide Frauen drehten sich um und blickten geradewegs zu den Kindern in ihren Hochstühlen. George hielt Irenes Hand.

Vielleicht verdrängte Bernice, dass der Tag der Trennung einmal kommen würde. Vielleicht dachte sie, sie könnte sich ewig neben Sally aufs Sofa kuscheln, den Kopf ihrer Freundin in ihren Schoß legen oder ihr die langen Haare kämmen, während sie am Telefon war. »Oh, das fühlt sich gut an«, sagte Sally dann und legte auf. »Ich bekomme eine richtige Gänsehaut. Hör nicht auf!« Vielleicht stellte Bernice sich vor, sie könnte sie hinter dem Ofen weiter umarmen, ihr die Schläfen mit Arnika einreiben, ihr die Zehennägel maniküren und lachen. Es kümmerte sie nicht, dass Sally in die Arme von Dean fiel, »Hey, Baby« sagte und ihn küsste. Es kümmerte sie nicht, dass Sally willig in sein Bett hüpfte und in die Nacht kicherte. So schlimm es auch war, das dritte Rad am Wagen zu sein, Bernice hätte doch ewig so weitermachen können.

Doch nach diesem Tag in der Küche, mit der Schüssel, die hinuntergefallen war, und den Kindern, die in ihren Hochstühlen Händchen gehalten hatten, schien Sally nicht mehr aufzuhören mit ihren Belehrungen, dass sie die Kinder getrennt voneinander großziehen müssten, damit sie später zusammenpassten, damit sie sich finden könnten, damit ihre Vertrautheit nicht in Geringschätzung füreinander umschlagen würde. Sie würden ihnen getrennt voneinander beibringen, Magneten zu werden, Norden und Süden, die sich anzogen, sobald sie aufeinandertrafen, viele Jahre später, zur verabredeten Zeit. Vielleicht hatte Bernice diesen Teil der Abmachung in ihrer Glückseligkeit vergessen. Dean war so häufig aus ihrem Leben verschwunden, war entweder in seinem Atelier oder auf Reisen, dass es sich fast wie in alten Zeiten anfühlte. Manchmal schliefen die Mütter sogar im selben Bett. Indem Bernice die Möglichkeit ausblendete, die Kinder zu trennen, konnte sie gleichzeitig den Umstand ignorieren, dass sie Sally Lebewohl sagen müsste. Doch das war genau der Plan, den Sally im Kopf hatte.

Schließlich fassten sie den Entschluss, dass Bernice am dritten Geburtstag der Kinder ausziehen würde. Sie würde in ihrem ehemaligen Zuhause im East End wohnen, weiterhin als Hellseherin arbeiten, als Astrologin und Medium, und Sally würde sich einen Job suchen, um Deans unregelmäßiges Einkommen aufzubessern. Die Koffer waren gepackt und Stück für Stück weggebracht, die Möbel in ihrem früheren Zuhause abgestaubt und hergerichtet, Strom und Wasser wieder angeschlossen und alles für den Umzug vorbereitet worden. Sie ließen die Kinder ein letztes Mal im selben Bettchen einschlafen, und Bernice sollte fahren, sobald sie tief schlummerten, damit es keinen traurigen Abschied gab, sondern nur eine süße Erinnerung. Bernice saß auf der Bank neben der Tür, zögerte den Moment hinaus, ihre schlafende Tochter zu holen, zögerte den Moment hinaus, ihre Freundin zu verlassen.

»Es ist doch nur für kurze Zeit«, sagte Sally.

»Zwanzig Jahre«, sagte Bernice.

»Wir können uns in unseren Träumen besuchen.«

»Das reicht mir nicht. Ich werde dich vermissen. Das ist eine schreckliche Idee.«

»Nun, ob schrecklich oder nicht, die Idee ist nicht neu. Und du hast zugestimmt.«

Sally begann, die Diele aufzuräumen, faltete einen Schal, strich die Ärmel eines Jacketts glatt, stellte die Schuhe in einer Reihe auf: Georges Schuhe, Sallys Schuhe, Deans Schuhe, sogar ein Paar Flipflops, die Ray bei seinem letzten Spontanbesuch vergessen hatte.

»Das kann nur funktionieren, wenn wir sie trennen, Bern«, sagte sie während des Aufräumens. »Und zwar wirklich trennen – keine Besuche, keine Ausflüge. Wenn wir trotzdem noch die ganze Zeit miteinander verbringen, wären sie nicht getrennt. Das muss ein sauberer Schnitt sein.«

Sally hörte auf, nervös hin und her zu huschen, und legte Bernice die Hand auf die Schulter. »Und nachdem sie verheiratet sind, denk nur, wie viel Zeit unseres Lebens uns noch bleibt! Wir werden nicht mal fünfzig sein! Wir können immer noch angrenzende Zimmer in einem Altenheim bekommen, BERN-iss! Es wird so sein, wie wir es immer geplant haben. Okay? Komm schon. Unsere Enkel werden in nicht mal fünf Minuten hier sein. Und dann können wir ihnen alles erzählen. Sobald sie hoffnungslos ineinander verliebt sind.«

Drei Jahre hielten sie die Trennung durch. Drei Jahre war Bernice fähig, nüchtern zu bleiben, wie sie es in den drei Jahren gewesen war, die sie mit Sally und Dean zusammengewohnt hatte. Sally schrieb ihr manchmal Briefe, in denen sie detailgenau darlegte, wie sie die Leben der Kinder zusammenführen würden: welche Musik sie lieben, welche Länder sie bereisen, welche Gedichte sie auswendig lernen würden. Sie zeichnete genau vor, wie sich die beiden finden würden, durch das Studium der Sterne. Jeder Brief endete mit einem »Ich liebe dich! Vergiss das nicht!«. Bernice bewahrte diese Briefe in einer abschließbaren Kassette auf und las sie wieder und immer wieder.

Und dann, eines Abends, allein, verängstigt, müde und ruhelos, brach Bernice zusammen. Es gab keinen besonderen Grund: nur ein bröckelnder Wille. Zusammenbrechen bedeutete trinken. Trinken fühlte sich schrecklich und zugleich wundervoll an, als würde sie nach Hause zurückkehren und aus ihrem Zuhause ins Feuer geworfen werden, und als sie sternhagelvoll war, rief sie Sally an, etwas, das Sally ihr ausdrücklich verboten hatte.

»Hallo?«, hörte sie eine Stimme sagen. Es war die Stimme eines Kindes.

»Ist deine Mutter zu Hause?«, fragte Bernice so deutlich wie möglich.

»Was?«, sagte das Kind. »Was hast du gesagt?«

Bernice nahm all ihren Mut zusammen und versuchte es erneut, da hörte sie Sally. »Gib mir das Telefon, George. Wer ist da? Was wollen Sie?«

»Sally, ich bin's.«

Dreißig Minuten später stand Sally vor ihrer Haustür und das Erste, was sie tat, war, Bernice am Handgelenk zu packen und sie auf die Veranda zu ziehen. Sie schloss die Tür samt Fliegengitter und spähte durchs Fenster, wo Irene fernsah.

»Was ist los mit dir?«, fragte Sally durch zusammengepresste Zähne.

»Was ist los mit dir?«, erwiderte Bernice.

»Bist du betrunken?« Sally war fassungslos.

»Nein. Ich bin nicht betrunken. Aber ich werde noch zur Säuferin, wenn du die Abmachung nicht zurücknimmst. Ich hab die Schnauze voll. Ich hab die Schnauze voll von allem. Es ist sowieso bescheuert, und wen kümmert's, und außerdem ist das nicht richtig. Was wir hier tun, zerstört mein ganzes Leben.« Bernice sackte auf die Schaukel auf der Veranda.

Sally umfasste ihr Gesicht mit beiden Händen und setzte

sich neben sie. »Du bist betrunken! So habe ich dich noch nie erlebt.«

»Ich. Bin. So«, sagte Bernice ganz langsam. »So. Bin. Ich. Immer.«

Sally nahm Bernice an der Hand. »Wir müssen dir einen Kaffee kochen«, sagte sie. »Alles wird gut. Wir kochen dir einen Kaffee und holen dir ein Aspirin. Alles wird gut. Du bist nur ein bisschen durcheinander.«

Die Berührung von Sallys Hand auf ihrer brachte sie zum Weinen. »Ich bin so einsam«, sagte sie. »Ich bin einsam und weiß nicht, was ich tun soll.«

Sally lächelte ihr breites, schiefes Lächeln. »Vielleicht brauchst du bloß einen Mann!«, sagte sie. »Du könntest dir jemanden suchen. Jemanden wie Dean. Er ist vielleicht viel unterwegs, aber er ist so …«

»Umwerfend.« Bernice weinte noch heftiger. »Ich weiß.«

»Ist es das? Willst du, ich meine … ein Date?« Sally runzelte die Stirn. »Es wirkt fast so, als wäre das letzte Date, das du hattest, das mit Ray.«

»Irenes Vater.«

»Nenn ihn nicht so. Er ist Georges Onkel.«

»Das ist er?«

»Was ist los mit dir? Ich meine, ich weiß, dass du mit niemandem ausgegangen bist, als die Kinder klein waren, aber warum jetzt? Bist du etwa eine Nonne? Bist du sauer?«

Bernice wusste, dass das, was nun folgen würde, etwas wäre, woran sie sich den Rest ihres Lebens erinnern würde, egal, ob es sich zum Guten oder Schlechten wendete. In ihrer Vorstellung streckte sie die Hand aus und schob Sally das Haar aus dem Gesicht, legte die Hand auf die Wange ihrer Freundin und sagte: »Es liegt an dir, Sally. Es liegt an dir und hat immer an dir gelegen. Du bist der Grund, weshalb ich die Trennung der Kinder nicht ertrage. Es ist eine Trennung von dem einzigen Menschen, den ich jemals geliebt habe.« Dann würde sie sehen, wie Erkenntnis in Sallys Augen aufblitzte, und sie würde sich vorbeugen und sie küssen, erst auf die eine Wange und dann auf die andere, und dann würde Sally den Kopf leicht drehen und ihre Lippen auf Bernices Mund drücken. Es wäre etwas, woran sie sich für den Rest ihres Lebens erinnern würde.

Doch es kam ganz anders. Bernice sagte etwas, das Sally nicht verstand, und sie streckte die Hand nach ihrer Freundin aus und umfasste ihr Ohr. Sie neigte den Kopf zu einem Kuss, doch Sally wehrte ihre Annäherung ab, indem sie Bernices Schulter von sich stieß und aufstand.

»Was tust du da?«, fragte Sally.

»Ich liebe dich«, sagte Bernice.

»Du bist wirklich betrunken«, lachte Sally nervös.

»Ich stehe auf Frauen«, sagte Bernice. »Auf Frauen, nicht auf Männer. Ich stehe auf Frauen, nicht auf Männer. NICHT AUF MÄNNER.«

Da flüsterte Sally: »Was? Du bist LESBISCH?« Ihr Wispern war laut genug, um die Nachbarn zu wecken, laut genug, um den Fernseher zu übertönen, laut genug, um das Fundament des Hauses zu erschüttern, laut genug, um noch all die folgenden Jahre in Bernices Leben nachzuhallen, und jede einzelne zufällige Berührung und freundschaftliche Umarmung blähte sich unter diesem Geheimnis auf. Bernice sah, wie sich ein Licht in Sallys Augen entzündete, aber es war nicht Liebe. Oh, Sally verstand durchaus sehr genau, was gerade passierte. Es waren Ärger und Wut und vielleicht Verrat, und sie hatte das Gefühl, als würde Sally sie zum ersten Mal sehen und das, was sie sah, war ein Monster.

»Warum hast du mir nichts gesagt?«, fauchte Sally. »Ich bin kein Miststück. Ich hätte damit umgehen können.«

»Aber du bist nicht lesbisch!«, schleuderte Bernice ihr entgegen. »Du bist nicht lesbisch, und ich bin es. So sieht's aus. Das ist passiert. Niemand hat uns füreinander bestimmt, niemand hat ein Leben voll Glück für uns arrangiert, wir waren einfach zwei Mädchen, eines lesbisch, eines nicht, und was sollte ich tun, als ich mich in dich verliebt habe? Was soll ich tun? Ich darf dich nicht einmal mehr sehen.«

»Du bist in mich verliebt?«

»Ich liebe dich«, sagte Bernice. »Wirklich. Von ganzem Herzen. Seit der Highschool.«

»Nein, tust du nicht«, sagte Sally. »Tust du nicht. Du bist darüber hinweg. Du bist darüber hinweggekommen.«

»DOCH, ICH LIEBE DICH.«

Sally kam ganz nah. Bernice konnte ihren Atem spüren, der ein- und ausströmte und ihre Haut traf. Ihr Gesicht wurde taub. Sie spürte die Hitze von Sallys Atem. Das war es. Sally holte scharf Luft und funkelte Bernice an. Als sie die Worte ausspuckte, waren sie hart und leise. »Willst du mir etwa sagen, dass du die ganze Zeit versucht hast, mir an die Wäsche zu gehen? Ist es das, was du mir sagen willst?«

»Nein«, sagte Bernice. »Nicht die ganze Zeit.«

»Wenn ich daran denke…« Sally schob ihr Gesicht nur wenige Zentimeter vor Bernices, und es war schrecklich, die Wut in den Zügen ihrer besten Freundin zu sehen. »… wie ich dir gestattet habe, mich zu berühren. Du bist widerlich.«

»Das meinst du nicht ernst«, sagte Bernice. »Du bist nur sauer. Du bist bloß überrascht.«

»Ich bin nicht überrascht«, sagte Sally. »Ich bin nicht überrascht, dass du lesbisch bist. Ich bin nicht überrascht, und ich bin nicht beeindruckt. Viele Leute sind schwul. Viele Leute, die ich kenne, Leute, die du kennst, also ist das nicht einmal etwas Besonderes. Es ist nicht einmal interessant.«

»Gut«, sagte Bernice.

»Nicht gut«, erwiderte Sally. »Denn die Lügen, die du mir aufgetischt hast, reichen bis zum Anfang unserer beider Leben zurück. Falls du mich denn liebst.«

»Das tue ich«, sagte Bernice. Sie kam sich sehr ruhig und klein vor. Sie hatte das Gefühl, als wären ihr viele Dinge genommen worden, die sie beschützt hatten, und jetzt war sie nackt ohne sie, winzig und kalt. Sally stand auf und begann, auf der Veranda auf und ab zu gehen. Die Absätze ihrer Stiefel klapperten über die Holzbretter. Das Licht, das vom Fernseher durch die Jalousien sickerte, fiel über ihr Gesicht, über ihren Hinterkopf und ihre goldenen Haare.

»Was für eine Mutter bist du«, sagte Sally bedächtig. »Was für eine Mutter bist du, dass du dich von einem Fremden vögeln lässt, nur damit ich deine… Brust in meinen Mund nehme?«

Bernice legte die Hand auf ihren Mund und biss sich auf den Finger. Sally erinnerte sich an diese Nacht. Erinnerte sich mit peinlicher Genauigkeit, wie alles abgelaufen war. Bernice hatte gehofft, dass sich Sally ebenfalls erinnern würde, aber nicht so.

»Es war für die Kinder«, sagte Bernice. »Ich liebe sie. Wirklich. Selbst deines.«

»Deine Brust war in meinem Mund!«, schrie Sally. »Was fällt dir ein, es mir nicht zu erzählen! Wie kannst du es nur wagen?«

Bernice spürte, wie sie sich versteifte. Sie spürte, wie sie allmählich aufbegehrte. Sie kämpfte für die Erinnerung an diese Nacht, damit diese nicht zu etwas Gemeinem wurde, das sie getan hatte, etwas Kleinem und Hinterhältigem, bei dem sie sie beide getäuscht hatte, nur für diese kurze Berührung, für dieses aufmunternde Lächeln, diese Stimme, die durch ihr

Fleisch summte, diese Augen, die ihr Mut zusprachen: »Es wird klappen!«

Einmal, in ihrer Kindheit, als Sallys Brüste allmählich zu sprießen begonnen und sie immer noch mit Barbies gespielt hatten, hatte es einen Vorfall in Sallys Zimmer gegeben. Was also alles in allem zwei Vorfälle waren. Zwei, die all die Frauen in Vergessenheit gerieten ließen, die Bernice in ihr Bett geschleppt, all die Brustwarzen, die sie in ihrem Mund gerollt, all die wabbligen Titten, denen sie mit dem Rücken ihrer Hand einen festen Klaps gegeben, all die Stellen, an die sie ihre Wange geschmiegt hatte und an denen eingeschlafen war. An jenem Tag hatten sie ihre Badeanzüge angezogen. Sally hatte Probleme mit ihren Schnüren gehabt, und die Dreiecke ihres Bikinis waren über ihren Bauch gehangen, während sie mit ihren kleinen, gerade erblühenden Brüsten dastand und sich mit einem Knoten abmühte. Bernice hatte gesagt: »Darf ich sie mal anfassen?« Und Sally hatte gesagt: »Ja, klar.«

Bernice, ein junges Mädchen wie jedes andere auch mit neugierigen Handflächen, legte sie auf die Stellen, wo eigentlich die Dreiecke hingehörten, und spürte Sallys kühle Haut unter ihren heißen Fingern. »Komisch, nicht?«, sagte Sally. »Komm schon.« Der Knoten war gelöst. Sie sprachen nie wieder darüber. Erwähnten es mit keiner Silbe. Wenn sie zusammen im Bett lagen, was unzählige Male passiert war, bei Pyjamapartys, bei Übernachtungsbesuchen während des Colleges, aus welchen Gründen auch immer, streichelte ihr Bernice endlos über den Rücken, glitt mit ihrer Hand aber nie unterhalb ihres Steißbeins. Sonnenmilch auf das Schlüsselbein, den Hals, aber nie in diese zwei unsichtbaren Kreise um ihre Brüste. Bei anderen Mädchen strich sie mit der Hand zu den verborgensten Stellen. Doch bei Sally gab es diese Karte mit verbotenen Zonen. Sie kannte diesen Körper so gut. Besser als ihren eigenen.

»Wie kannst DU es wagen?«, schleuderte sie Sally jetzt mit lauter Stimme entgegen. »Was fällt dir ein, es nicht zu wissen? Du warst die vergangenen zwanzig, fünfundzwanzig Jahre meine beste Freundin, wie kannst du es wagen, nicht zu wissen, wen ich liebe?«

Sally zögerte, schwieg. Ihr Gesicht war leer. In diesem Moment erinnerte es Bernice an jenen Ausdruck, damals, als sich ihre Hände auf Sallys kühle Brüste gedrückt hatten, bevor der Bikini zugebunden wurde, und es war, als würde sich Sallys Gesicht zu ihr drehen, ihre Augen jäh von Erkenntnis erfüllt, und sie würden geradewegs in Bernices Augen starren. Dann schluckte Bernice.

»Du wusstest es«, sagte Bernice langsam. »Du wusstest es. Wie hättest du es nicht wissen können?«

»Nein, ich habe es nicht gewusst. Denn du hast gelogen!«, knurrte Sally mit gefletschten Zähnen. »Du hast mich angelogen. Dreh den Spieß jetzt nicht um, du Lügnerin!«

»Du wusstest es«, sagte Bernice. »Du wusstest es, und du hast mich benutzt, du wusstest es, und du hast mir diesen Köder hingeworfen. Meine Brust in deinem Mund. Du hast das getan. Mit voller Absicht. Wie einen Preis, den du mir überreicht hast.«

Sie konnte ihre Brust immer noch spüren, steif unter der Zunge ihrer Freundin, konnte immer noch ihre Hände spüren, die sich danach verzehrten, über Sallys Brustkorb zu kratzen, sie in ihren Rücken zu bohren, sie an sich zu drücken, sie nie wieder loszulassen.

»Es ist vorbei«, sagte Sally. Sie stand auf. Sie strich sich die Bluse glatt, zog den Rock herunter.

»Nein«, sagte Bernice. »Es tut mir leid. Es tut mir leid.«

»Du bist betrunken, wenn ich dich daran erinnern darf. Und du bist diejenige, die das hier beenden wollte. Und hiermit ist es beendet. Ich will dich nicht mehr in meinem Leben, und ich will deine Tochter nicht für meinen Sohn.«

Bernice fühlte sich schrecklich. Sie war betrunken und fühlte sich schrecklich. Und es tat ihr leid. Und sie hatte das Gefühl, als wäre alles ihre Schuld.

»Es ist nicht ihre Schuld«, sagte Bernice. »Mein Baby trifft keine Schuld. Bitte, bitte. Was ist sie schon, wenn wir das nicht haben? Was ist sie ohne ihn?«

»Du klingst wie eine stadtbekannte Säuferin«, sagte Sally. »Du bist völlig durchgeknallt. Reiß dich zusammen, und such dir einen anderen Lebensinhalt. Deine Besessenheit von mir und das Verkuppeln deiner Tochter mit meinem Sohn, das ist vorbei.«

»Nein«, flehte Bernice. »Nicht so.«

»Und noch etwas«, sagte Sally. Bernice konnte in ihrem Rausch nicht erkennen, ob ihre Freundin wütend, müde, aufgebracht oder bestürzt war. Sallys Worte verstand sie dafür umso besser: »Noch etwas, wenn du jemals versuchen solltest, mit mir in Kontakt zu treten oder wenn du sie vorbeischickst, damit sie mit ihm redet, bring ich dich verdammt noch mal um. Ich bring dich um. Ich bin nicht so wie du. Vergiss das nicht. Ich bin nicht so wie du.«

In jener Nacht legte Bernice ein Feuer. Sie legte ein Feuer, aber sie starb nicht darin.

Die Fakten ließen sich mit wenigen Worten zusammenfassen: Eine wurde schwanger und später die andere. Sie nahmen ein Mittelchen auf Kräuterbasis ein, um die Wehen auszulösen, und bekamen dadurch gleichzeitig ihre Babys. Was sonst noch geschehen ist, lässt sich nicht mehr objektiv feststellen. Wer wollte das auch versuchen? Wer könnte es schon wirklich begreifen? Warum verlieben sich manche Menschen ineinander und andere nicht? Was ist Liebe? Sie ist so, so, so lächerlich, bis es einen selbst trifft. Dann ist sie das Wichtigste auf der Welt, ob man nun an sie glaubt oder nicht.

Sam Beth war als Tochter von Babylon in all die rituellen Gewänder gekleidet. Irene, als Ungläubige, durfte nur dabei sein und beobachten, doch trug sie eine schwarze Kutte mit einer langen Kapuze, die Sam Beth ihr gegeben hatte. Die Prozession begann an der Spitze des Tempelturms, um zehn Uhr abends, als der Mond im Zenit stand. Das dunkle rechteckige Gefäß, in dem sich die sterblichen Überreste befanden, war mit einem schwarzen Tuch bedeckt, und Sam Beth trug es im Arm. Sie hatte einen großen Diamanten im Bauchnabel stecken, einen in ihrem linken Nasenloch und einer hing an ihrem rechten Ohr. Sie hatte ihnen erklärt, dass das Dreieck, das diese drei Diamanten bildeten, gleichzeitig mit Kohle auf ihrer rechten Brust nachgezeichnet war. Dass sich darüber hinaus die parallaktische Messung, die von der Größe des spitzen Winkels beschrieben wurde, in dem Namen des Sterns widerspiegelte, von dem sie glaubte, er sei ihr persönlicher Talisman. Sie trugen das Gefäß mit der Asche der toten Frau von der Spitze der Zikkurat bis ganz nach unten und hinein in die Krypta, die normalerweise den Honoratioren der astronomischen und mathematischen Welt vorbehalten war, sie trugen sie an dem Abbild des Menschen vorbei, der die Linse erfunden hatte, mit der das Universum ausgemessen werden konnte, und an dem des Menschen, der die Hypothese über das Partikel aufgestellt hatte, das entsteht, wenn zwei Eisenionen aufeinandertreffen. Dann betteten sie sie in eine ganz einfach gestaltete Krippe und verhängten den Eingang der Krypta mit einem schwarzen Stoff, damit niemand ihre letzte Ruhe stören konnte. Dann ließen sie sie allein zurück.

Bernice hatte von Anfang an versucht, in die Träume ihrer Tochter einzudringen. Schon vor deren Geburt hatte sie versucht, sich in die Träume ihrer Tochter zu träumen. Noch bevor Irene sprechen, noch ehe sie laufen konnte, streckte sich Bernice nach ihr, tauchte ein in ihre Träume, half ihr bei dem Unterfangen, ihren Körper von ihrem Geist zu trennen, und kam im Schlaf zu ihr. Die ganze Zeit über erschuf Bernice in ihren Träumen einen besonderen Ort für sich und ihre Tochter. Es war eine wunderschöne Insel mitten in einem See, mit einer Hütte aus Lehmziegeln und einem Dach aus Flechtwerk, einem Gemüsegarten und Bienenstöcken. Sie lud Irene immer wieder dorthin ein, doch das Mädchen kam nicht. *Vielleicht,* hatte Bernice gedacht, *werde ich, wenn ich tot bin, hier enden. Hier auf dieser Insel im See, mit dem Mädchen, das ich in die Welt gesetzt habe. Wir werden das Plätschern des Wassers hören und das Herabschwirren der Hänflinge, und auf diese Weise werden wir durch den Rest der Zeit treiben. Wenn sie jedoch diesen Ort jetzt nicht mit mir besucht, wie will sie ihn dann nur finden, wenn ich einmal fort sein werde?*

21

Händchenhaltend standen Irene und George auf der Veranda des Hauses mitten im Wald. Im Hof summte und blitzte das Kristalllabyrinth. Im Brunnen war kein Plätschern zu hören. Vögel pickten die vertrockneten Überreste der Sommerbeeren auf, und ein leichter Wind glitt über die Bäume.

Eigentlich hatten sie hineinstürzen und gleich übereinander herfallen wollen, und sie lachten bereits ausgelassen, doch dann hob Irene die Hand. Jetzt blieb auch George stehen, die Finger auf dem Türgriff, während ein Dielenbrett unter seinen Füßen knarzte.

»Da ist jemand«, flüsterte Irene. »Ich habe …«

George nickte. Er hörte die Stimmen ebenfalls. Immer noch Hand in Hand schlichen sie auf Zehenspitzen zum Fenster und spähten hinein. Das große Wohnzimmer war leer und dunkel, dahinter aber schimmerte ein Licht in der Küche, und Irene hörte die Stimme eines Mannes sagen: »Das darfst du nicht. Das werde ich nicht zulassen.« Dann war ein Poltern zu hören.

Irene erschrak. Hatten sie Einbrecher auf frischer Tat ertappt? Hier draußen tief im Wald? George schüttelte jedoch den Kopf. »Das ist mein Dad«, gab er ihr durch stumme Mundbewegungen zu verstehen.

»Ich kann tun und lassen, was ich will«, ertönte Sallys Stimme, und im nächsten Moment erschien sie auch schon selbst im Flur.

»Und wie es den Anschein hat, auch meine Mom«, sagte George.

Sie trug ein langes Batikkleid und war barfuß. Ihre Haare waren zerzaust, und sie hielt ein Weinglas in der Hand. Sie hob das Glas, leerte es und wiederholte: »Ich kann tun und lassen, was ich will. Das ist mein Haus.«

»Aber sie wurden hier geboren. Hier haben sie miteinander gespielt…«

Dean betrat den Flur, jagte Sally hinterher, beugte sich zu ihr. Sein Hemd stand offen, seine alten Malerhosen waren bis zum Knie hochgerollt und unten nass, als wäre er durch Wasser gewatet. Seine Hände glitten an Sallys Taille und zogen sie zu sich.

»Das ist mir egal«, sagte Sally. »Wenn überhaupt, ist es noch ein Grund mehr.«

»*Sie* wurden hier geboren?«, wiederholte George in Irenes Ohr. *»Sie?«*

»Vielleicht hast du einen Bruder oder eine Schwester«, überlegte Irene.

»Warte noch ein bisschen«, sagte Dean. »Warte. Ich bitte dich.«

»Ich werde es verkaufen, Dean«, fauchte Sally. »Ich will es loswerden. Du kannst woanders leben. Vielleicht gestatte ich dir sogar, bei mir zu wohnen. Wenn du die Unterhose wechselst.«

»Was, diese Unterhose?«, lachte Dean und begann, seinen Gürtel zu öffnen. Sally lachte. Sie lachte tatsächlich.

George schüttelte den Kopf und umklammerte Irenes Hand. Er machte zwei Schritte zurück, knallte gegen die Schaukel auf der Veranda und stolperte rücklings in ein Gebüsch. Beide, Sally und Dean, rissen die Köpfe herum und starrten zum Fenster. Irene winkte matt. Sally hastete zur Tür, zerrte Dean hinter sich her und öffnete sie mit einem Ruck.

»Was tut ihr hier?«, fragte sie.

»Ich könnte euch dasselbe fragen«, sagte George vom Gebüsch her und hievte einen Arm auf die Veranda.

»Alles in Ordnung, mein Sohn?« Dean ging auf George zu, um ihm aufzuhelfen, und als dieser wieder aufrecht stand und sich die Kleidung abgeklopft hatte, sagte Sally: »Ich komme manchmal hierher.«

»Das tut sie«, pflichtete Dean ihr bei. »Das stimmt.«

»Ich bin schließlich die Eigentümerin«, klärte Sally auf. »Mir gehört das Haus. Deshalb bin ich hier.«

»Ja, es gehört dir«, sagte George. »Aber du bist schon eine Ewigkeit nicht mehr hier gewesen. Und jetzt bist du hier und hast…«

»Sex«, platzte es aus Irene heraus.

»Igitt!«, protestierte George. »Eigentlich wollte ich sagen, und hast Hippieklamotten an!«

»Es geht dich überhaupt nichts an, was ich trage«, sagte Sally und richtete sich majestätisch auf, was allerdings ohne Schuhe und die entsprechende Absatzhöhe nicht sonderlich gut funktionierte. Sie wandte sich an Irene. »Und *Sie* geht es überhaupt nichts an, was ich hier tue.«

»Willst du das Haus verkaufen?«, fragte George.

»Nein«, sagte Dean. »Will sie nicht.«

»Doch«, sagte Sally. »Das hätte ich schon vor Jahren tun sollen.«

Sie schüttelte traurig den Kopf und stellte ihr Weinglas auf die Brüstung der Veranda. »Sentimentalität«, sagte sie zu Irene, »ist ein solcher Scheiß.«

WARNUNG: Förderband kann ohne Vorwarnung starten. Bewegliche Teile können brechen oder bersten. Hände und Körper von der Maschine fernhalten.

Irene lag flach im Innern des Teilchenbeschleunigers. Um ihren Kopf erstreckten sich Trapeze in farbenfrohen Lichtbogen. Sie trug keine Unterwäsche. Die Lichter schienen hell in dem gewaltigen unterirdischen Tunnel, wo sich ihr Experiment in der Aufbauphase befand. Dort draußen konnte man mit einem Klemmbrett in der Hand herumlaufen, nicken und vorbeigehenden Kollegen zulächeln, wissenschaftliche Fakten lernen und anwenden. Aber im Teilchenbeschleuniger, wo die Strahlrohre noch fehlten, war es düster. Dämmerig. Wenn man ein Pion ist, braucht man nicht viel Licht, um ein anderes Pion zu finden und dagegen zu prallen. Es passiert einfach.

Nachdem sie vergebens auf etwas Zweisamkeit in dem Haus im Wald gehofft hatten und peinlich berührt weggefahren waren, war es Georges Idee gewesen hierherzukommen. »Ein richtiges Collegeproblem«, hatte George gesagt. »Unsterblich verliebt und kein Ort, an dem man allein sein kann.« Und so hatte er ein Schaumpolster zur Isolierung in die Röhre gezerrt, damit sich Irene darauflegen konnte.

»Du bist ein Proton«, sagte George. »Ich bin ein Proton. Lass uns dort gemeinsam hineingehen.«

»Eine ziemlich enge Angelegenheit«, sagte Irene.

»So werden wir schon aus Platzgründen nicht von anderen gestört«, erwiderte George.

> **WARNUNG: Ab diesem Punkt: Hochfrequenzfelder können die erlaubte Menge an Strahlung für Menschen überschreiten. Die Missachtung von Warnschildern und Sicherheitsrichtlinien kann zu schweren Verletzungen führen.**

Als das Bauteam am Speicherring Feierabend gemacht und die Ingenieure des Uruk-Detektors sicher in ihren Betten lagen, betraten George und Irene miteinander den Fahrstuhl. Sie hoben die Augen für die Iriserkennung. Dann waren sie schon einhundert Meter unter dem Erdboden, allein. Irene genoss es, mit George zusammen zu sein. Jetzt schwirrten keine anderen Gedanken in ihrem Kopf herum, außer dass, abgesehen von ihnen beiden, niemand dort unten war. Sie könnten sich die Kleider vom Leib reißen, und sie könnte ihn zu Boden werfen, seine Hüften packen und sich auf ihn hocken. Wenn sie das wollte.

George kletterte die knallgrüne Leiter hinauf, die am Ende der Röhre stand und wo irgendwann der Detektor hinaufgehievt werden würde, sobald er fertiggestellt war. George wirkte so klein im Vergleich zu dem Bauwerk samt Gerüst, so weich im Vergleich zu all den scharfen Kanten und Metallplatten. Er begann, sich das Hemd auszuziehen. Sie hatten die Tür deaktiviert. Die Lüftung surrte und schnaubte, das Licht summte, der Computer auf dem Schreibtisch grollte gelegentlich, während er Backups erstellte. Es gab keine stimmungsvolle Musik. Irene stellte sich vor, wie Georges Gesicht seine Form veränderte, unscharf wurde, sich auflöste. Sich in den Tier-George verwandelte. Irene hatte das Gefühl, ihr Körper würde von seinem angezogen werden, als fände in ihrem Bauch ein Gravitationsphänomen statt, und er wäre ein nahe gelegener Stern, der sie anzog, immer näher kam. Sie streifte ihre Stiefel ab, riss sich die Jeans herunter, knöpfte ihren Laborkittel auf, zog sich das T-Shirt über den Kopf und stand in den Socken da.

Dann, während sie zu ihm sah, steckte er die Füße in die Röhre, glitt hinein wie ein Kind in eine Wasserrutsche und war verschwunden. Das Letzte, was sie von ihm sah, war sein lächelndes Gesicht, die Haare über seiner Stirn, seine Finger, die sich am Rand der Röhre festhielten.

Sie kletterte die Leiter hinauf, legte die Hände auf den Rand der Öffnung und spähte hinein. Sie konnte George im Innern sehen, wie er hinausschaute. Seine ausgebreiteten Ellbogen stießen gegen die Tunnelwand. Er grinste.

»Komm rein«, sagte er. Mit einer Handbewegung bedeutete er ihr, zu ihm zu kommen.

Die Luft in der Röhre war kühl und roch ein wenig nach Sauerstoff. Eine leichte Brise wehte hinter George durch den Tunnel. Zuerst steckte sie die Arme in die Röhre, dann den Kopf.

»Nicht mit dem Kopf voraus, anders herum«, erklärte er. Er streckte ihr die Arme entgegen. Und so landete sie auf dem Rücken, mit dem Kopf zur Öffnung, die Füße an seinen Schultern und hinter seinen Armen, und immer noch trug sie ihre weißen Socken.

»Nein«, sagte sie. »Ich will nicht …«

»Doch«, sagte er. »Doch, du tust es. Das hier wird dir gefallen.«

WARNUNG: Biogefahr. Zutritt nur für Befugte.

Während er sie so unglaublich sanft küsste, auf den Bauch und die Innenseiten ihrer Oberschenkel, konnte Irene die Lichter auf den verschiedenfarbigen Hartplastikformen sehen, die um die andere Öffnung der Röhre entlangliefen, jetzt trüb, aber immer noch glühend. Neben dem Aufzug sah sie den Schreibtisch mit dem Computer, der sich in den Fliesen spiegelte. Sie betrachtete die langen Kabel, die in allen Farben vorhanden waren und in Bündeln von riesigen Kabelbindern zusammengehalten und an der Decke und den Wänden entlanggeführt wurden. Sie entdeckte ein Warnschild, das an der Wand angebracht war. Und dann eine Vielzahl an Schildern. Ihre Augen überflogen sie, während sich Georges Wange an ihren Oberschenkel presste.

»George«, sagte sie. »Wir haben Sex in einem Teilchenbeschleuniger.«

»Schsch«, ermahnte er sie. Er strich mit der Hand über ihren Körper, und sie schloss die Augen. Ganz langsam öffnete er sie mit den Fingern, drückte den Mund auf ihren, schob seine Zunge hinein.

Manchmal fühlte sich ihr Leben wie ein einziges langes Einatmen an. Dies hier war jedoch wie ein einziges langes Ausatmen, und ihre Luft strömte aus, ihr ganzes Selbst sank auf ihn hinab. Ihre Knie stemmten sich gegen die kalte Tunnelwand. Das eisige glatte Metall hinderte sie am Fallen, sie spürte die Unebenheiten ihrer Wirbelsäule, die sich in den Schaumstoff pressten und dort ein Muster hinterließen, während sich ihr Körper zusammenrollte. Sie glitt mit den Fingern in seine Haare und ertastete die Form seines Kopfes und spürte das Aufwallen einer tiefen, unstillbaren Liebe für ihn, nicht wegen dem, was er tat, vielleicht aber auch nur deswegen. Weil niemand anderer es getan hätte. Weil es bei ihm nicht nur bei Versuchen geblieben war, sondern er es einfach getan hatte.

Sie dachte: *Das bringt mich um den Verstand, wie er sich an mich presst.* Sie hatte das Gefühl, ihren Körper nicht gekannt zu haben – bis jetzt. Sie hatte nicht einmal genau gewusst, wie sie dort unten aussah oder wie alle Mädchen dort aussahen. Ihr Körper war ihr so fremd, als führte er ein Eigenleben auf einem anderen Stern. In der Schule hatten sie einmal als Hausaufgabe aufbekommen, sich diesen Teil ihres Körpers mittels eines Spiegels im Bad anzusehen, aber sie hatte es nicht getan. Ebenso wenig hatte sie diesen sonderbaren Bereich je mit den Fingern erforscht. Sie hatte es weder in der Badewanne noch im Dunkel der Nacht getan noch nachdem sie eine heiße Sexszene in einem Liebesroman gelesen hatte. Denn sie las keine Romane, weil sie Dummheit nicht ertragen konnte. Sie konnte es nicht glauben, dass sie es war, die diese Geräusche von sich gab, wie sie sie gerade von sich gab.

WARNUNG: Alle Zylinder müssen festgekettet sein.

Mit geschlossenen Augen stellte sie sich den Tunnel um sie herum vor, die Röhre, in der sie lagen, sobald diese voll funktionsfähig wäre. Die Strahlrohre würden durch diesen Schacht führen, getrennt voneinander, parallel und klein. Wenn die Experimente liefen, wäre die Temperatur in der Röhre so weit gesunken, dass sie innerhalb eines Sekundenbruchteils erfrieren würde, jeder Teil ihres Körpers würde erfrieren bis auf jene Teile, die ihn berührten. Es gäbe Teilchen, die vorbeizischten, und die zwei Tonnen schweren Magnete würden sie von allen Seiten umschließen, die Teilchen von einer Blende zur nächsten zerren, an Detektoren vorbei, so schnell, so unglaublich schnell, dass man sie nicht mehr wahrnehmen würde. Die Partikel in ihren Röhren im Tunnel würden sich nie berühren, würden nie aufeinandertreffen, würden nur beschleunigen und in ihren endlosen Schleifen immer schneller werden. Dann, auf einen Knopfdruck aus weiter Ferne hoch über ihnen hin, würde ein Physiker – vielleicht sogar Irene selbst – den Weg der Teilchen, den ihnen die Magnete aufzwängten, ändern, und sie würden kollidieren. Sie würden hier anfangen zu kollidieren, hier in dem Detektor. Hier, wo sie lag. Und Gluonen und Quarks würden auseinanderstieben. Ein Gestöber aus zerfallenden Teilchen, die strahlenförmig herausschossen.

Im Innern des Tunnels würde sich scheinbar nichts ereignen. Es würde alles hier im Geheimen passieren. Schwarze Löcher, geformt aus kollidierenden Teilchen, die Energie ausspuckten, bis diese aufgebraucht war und sich wieder in nichts auflöste. Ein Schwall an Teilchen wie ein Windstoß oder ein

Lichtstrahl, der durch den kreisrunden Euphrat-Teilchenbeschleuniger strömte wie ein außer Kontrolle geratener Fisch in einem kreisrunden Fluss, immer schneller und schneller, äonenlang.

WARNUNG: Röntgenstrahlen. Dieser Apparat erzeugt bei Betrieb Röntgenstrahlen. Dosimeter erforderlich.

Georges Hand glitt an ihre Oberschenkel und schob sie zärtlich noch ein Stück auseinander. Ihr Kopf taumelte rücklings ins Leere und prallte gegen die Röhrenwand. Sie verspürte einen leichten Schmerz, wo ihr Schädel gegen das Metall geknallt war, aber es kümmerte sie nicht sonderlich. Sie wisperte: »George«, und sein Name kam erstickt, kam angespannt heraus, und George sagte: »Mhm, mhm«, auf eine sehr ruhige Art, so als sei alles in Ordnung. Sie hob die Hüften, presste sich an ihn und hatte das eindringliche Gefühl, als würde gleich eine Schnittstelle kommen, ein Aufeinandertreffen eines Teilchens mit einem weiteren Teilchen auf demselben nanomolekularen Raum, sodass dort, wo sie sich berührten, ein kurzer Austausch der Erdanziehung stattfinden und dann ein saugendes Geräusch folgen würde, eine Singularität, und ihr ganzes Sein würde dort hineingesogen werden. Es war gefährlich und furchterregend, doch sie konnte sich gerade noch zurückhalten, George anzubrüllen: »Los, tu es!«

Wen kümmert es schon, ob es gefährlich ist? Wer wollte schon darauf verzichten, zwei Glöckchen aneinanderzustoßen, um ein Geräusch ertönen zu lassen, einen Baseball mit dem Schläger wegzuschlagen, eine Orange mit einem Messer zu zerschneiden. Im Leben gibt es nur Kollisionen, die uns vor der Auflösung bewahren, und es gibt nur die Liebe, die uns vor dem Tod bewahrt. Durch diesen Zusammenprall gibt es Erlösung und Ermutigung, ein Ende des endlosen Fallens, eine Mauer zwischen uns und dem Vergessen. Sie hätte hilflos durch den Tunnel fallen können, das Gesicht schreckverzerrt, die Haare wild hinter ihr herflatternd, erfroren, mit gebrochenen Fingern, wäre sie nun nicht gestoppt und gegen ihn gepresst worden, und der Zusammenprall ihrer beider Körper war das Beste, was ihr jemals widerfahren war. An diesem ruhigen Ort im Tunnel, in dieser Röhre, in dem kein Platz für irgendjemand anderen oder irgendetwas anderes war, drückte sie die Hände gegen den Rand der Röhre, und ihre Hüften begannen zu zittern. Sie spürte, wie ihrem Fallen Einhalt geboten wurde. Sie spürte eine Hand, die herausschnellte und sie abhielt, von der Brücke ins Wasser zu tauchen. Sie sauste mit einer Million Kilometer pro Stunde durchs Universum, und dann folgten ein Halt, eine warme Umarmung, zwei starke Arme.

WARNUNG: Ultraviolettes Licht. Augenschutz tragen.

Warum nicht? Warum sollte sie diese Liebe nicht haben? War sie wirklich so verachtenswert, so schrecklich, war sie psychisch derart gestört, dass sie es nicht verdiente, von einem Mann geliebt, vor der Auflösung gerettet, von dieser Hand erforscht zu werden und diesen Mund auf ihrem zu spüren? Da öffnete sich jeder Teil ihres Körpers dieser Liebe und presste sich an sie. *Näher, näher, wie wunderschön*, dachte Irene. Gegensätzlich zu sein, gegeneinanderzuprallen und nicht im freien Fall in die Tiefe zu stürzen, nicht zu sterben. Während sie spürte, wie sie sich allmählich auflöste und all die Energie freisetzte, die durch diesen Zusammenprall entladen wurde, hatte sie das Gefühl, als würde sie sich in Lavendel verwandeln und ihr Bündel an Röntgenstrahlen in die Welt versenden und ihre Erklärung vor einem radioaktiven Schild verkünden: *Hier bin ich. Hier ist er. Wir haben diese Kollision verursacht, und sie war gut.* Sie schlang die Oberschenkel wie eine Schraubzwinge um seinen Kopf. Ihre Finger fanden ihren Weg zu seinem Kiefer, seinen Armen, und dann zog sie ihn zu sich, wo er dankbar durch die Röhre glitt und in ihr versank, das Gesicht an ihrem Hals geborgen, sein Körper nun über ihrem aufgebäumt. Das Gefühl, erfüllt zu werden, ganz zu sein, sich nie wieder vor dem Tod retten, nie wieder allein warten zu müssen während all der trockenen Jahre der Arbeit, war so wundervoll, wie sie es niemals geglaubt hätte, eines solchen Gefühls überhaupt fähig zu sein.

Als es vorüber war, lag George neben ihr auf dem Schaumstoff in der Röhre, ihr Kopf ruhte auf seinem Arm, ihre Körper hielten sich eng umschlungen. Kein Lavendel mehr, keine Explosionen mehr, nur ein sanftes Treiben, als hätte eine Brise aufgefrischt und trüge sie in einem kleinen Boot durch den Tunnel oder einen Fluss hinunter. Irene malte sich in ihrer Überwachheit aus, wie sie in einer kleinen Segeljolle auf einem träge dahinfließenden Fluss entlangglitten, an primitiven Bewässerungsanlagen und Palmen und Grasbüscheln, an den im Irak beheimateten Tieren und anderen Booten vorbei, die allesamt leer, allesamt sicher vertäut waren. Sie schwebten diesen Fluss hinab, bis sie einschliefen, und sobald sie erwachten, würden sie emporblicken, und der Himmel wäre ein Meer aus Sternen, unzähligen uralten Sternbildern, und sie würden beide laut lachen.

Sie wusste, diese Liebe war nicht nur das Wundervollste, was ihr jemals widerfahren war, sondern das Wundervollste, was jemals irgendjemandem widerfahren war.

Ich hätte nicht einmal gewusst, dass ich mir das hätte wünschen können, dachte sie. Und letzten Endes spielte es auch keine Rolle, denn er kam zu ihr, ob sie ihn nun wollte oder nicht. Es hing letzten Endes auch nicht von ihr ab, was sie wollte oder nicht wollte, denn was geschah, geschah, und es war so einfach und leicht, dass sie kichern musste.

»Ich liebe dich«, sagte George.

»Ich liebe dich auch«, sagte Irene.

»Ich bin froh, dass du das gesagt hast«, sagte George. »Ich war nicht sicher, ob du es tun würdest.«

»Ja, es sind schon fünf Tage seit unserer ersten Begegnung vergangen. Ich habe dich schändlich hingehalten. Du musst durch die Hölle gegangen sein«, zog sie ihn auf.

»Das bin ich«, sagte George. »Ich dachte, ich würde dich niemals finden.«

»Wie meinst du das?«, fragte Irene. Ihre Augen waren geschlossen. »Moment mal, kommt jetzt etwas über das Schicksal? Denn dann würde ich dich bitten, die Klappe zu halten. Ich bin nämlich gerade sehr glücklich, und falls du mein Gehirn aufweckst, wäre es nicht gerade davon angetan.«

»Ich muss dir etwas sagen«, verkündete er. Er drehte sich zu ihr und stützte den Kopf auf den Ellbogen. Sie tat es ihm gleich.

»Bist du sicher? Ich meine, dass wir reden müssen? Können wir nicht einfach hier liegen und schweigen?«

Er legte ihr die Hand auf den Brustkorb. »Ich werde etwas über das Schicksal sagen.«

»Okay«, sagte sie. »Bringen wir es hinter uns. Zieh das Pflaster ab. Und dann werde ich hinunterklettern und den Schreibtisch dort durchwühlen und nachsehen, ob ich dort etwas Salz finde.«

»Das Schicksal hat dich für mich bestimmt«, sagte er.

»Nicht schon wieder.« Sie lächelte ihn an und verdrehte die Augen. »Im Sinne von, es hat in den Sternen gestanden?«

»In einer Kristallkugel. Ich bin zu einer Hellseherin gegangen. Sie hat dich gesehen.«

»Du weißt hoffentlich, dass, sollten diese Astrologenspinner einen TIA-Dozenten außerhalb des sicheren Horts seiner Universität in die Finger bekommen, sie alle möglichen Scherze mit ihm treiben, oder?«

»Mit dir aber auch. Du gehörst jetzt auch zum Lehrkörper des TIA.«

»Dann eben mit uns. Nichts bereitet denen mehr Spaß, als uns mit schaurigen Geschichten über das Schicksal und Weissagungen zu quälen.«

»Ja«, sagte George. »Ich bin sicher, nichts bereitet ihnen mehr Spaß.«

Er seufzte, und Irene überkam prompt der Anflug eines schlechten Gewissens. Zwar nicht wirklich, aber zumindest bemühte sie sich daraufhin um etwas mehr Verständnis.

»Okay, fahr fort«, sagte sie. »Erzähl mir von dieser Hellseherin, die mich gesehen hat.«

»Eigentlich wollte ich dir nichts davon erzählen, weil ich dachte, du fändest mich dann albern.«

»Stimmt, das war ein kluger Gedanke.«

»Und ich dachte, es würde dich beunruhigen.«

»Es beunruhigt mich tatsächlich. Dumme Dinge beunruhigen mich immer.«

»Aber jetzt …«

»Jetzt, wo dein Gesicht in meiner Scham war, glaubst du, du könntest mir all deine sonderbaren mystischen Neigungen beichten.«

»Genau.«

»Na schön! Ich habe dir erlaubt fortzufahren.« Irene lachte

und rollte sich wieder auf den Rücken, wobei sie lustlos über die Innenwand der Röhre strich. Es gab keine Schweißnähte. Kein Entkommen, keinen Weg nach draußen.

»Nun, ich habe dieses Medium aufgesucht, um herauszufinden, du weißt schon, ob ich dich jemals treffen werde.«

»Die wahre Liebe, der drohende Tod und was Grandma passiert ist«, sagte Irene trocken. »Die Top 3 der Gründe, die einen dazu führen, eine Hellseherin aufzusuchen.«

»Sie hat in ihre Kristallkugel gesehen«, machte George weiter.

»Wohin habe ich mein Was-auch-immer verlegt«, sagte Irene. »Grund Nummer vier.«

»Sie sagte, du hättest braune Haare und wärst Astronomin«, begann George.

»Und außerdem hätte ich zwei Beine und mein Darm eine Schleimhaut?«, fragte Irene.

»Und dass du eine Träumerin bist«, erklärte er.

»Nun, da hast du's«, sagte Irene. »Ich bin keine Träumerin. Im Grunde bin ich das genaue Gegenteil einer Träumerin. Ich lehne jegliche Form des Träumens ab.«

Ich bin eine Träumerin, dachte Irene. *Ich besuche andere Menschen in meinen Träumen, und in meinem Traum besitze ich ein Haus, das mich zu verschlingen droht*. Mit einem Mal überkam Irene ein ungutes Gefühl, wie ein Kribbeln in den Füßen. Die Vorhersage war bescheuert, aber geradezu unheimlich korrekt. Nun ja, nicht wirklich. Vage war nicht gleichbedeutend mit korrekt. Es war eine der wichtigsten Regeln ihrer Mutter gewesen. Gib dem Kunden nur so viel, dass er sich gut fühlt und wiederkommt. Warte mit Details, bis er ein wenig mehr über sich selbst verraten hat.

»Ich glaube, dass du eine Träumerin bist«, sagte George.

»Das hättest du wohl gerne«, murmelte Irene. Sie rollte sich auf den Bauch und legte die Arme um ihn.

»Das spielt keine Rolle«, sagte George, drückte sein Gesicht an ihren Hals und zog sie fest an sich. »Die Sache ist die, Irene, sie war deine Mom.«

Irene hörte das Wort »Mom« wie ein Klirren von Metall auf Metall. Sie schubste ihn so fest von sich, dass ihre Hand ein schmatzendes Geräusch auf seiner Haut bewirkte.

»Was?«, fauchte sie.

»Als wir Belion abgeholt haben, ist mir aufgefallen, dass es dasselbe Haus ist …«

»Wo hat sie gewohnt?«, fragte Irene.

»Auf der Bancroft«, sagte George, die Stirn jetzt besorgt in Falten gelegt. »Ich wollte es dir schon vorhin erzählen.«

»Sei still«, sagte Irene. »Sei still, sei still!«

Erinnerst du dich, als ich dir erzählt habe, meine Mom sei Astrologin?, wollte Irene sagen. *Erinnerst du dich, als ich dir erzählt habe, sie sei ein Medium?*

Irene raste die Treppe im Haus ihrer Mutter hinauf. Belion war ausgezogen, und sie war froh darüber. Seine bescheidenen Habseligkeiten waren aus dem Schlafzimmer verschwunden, und er hatte im Bad keinerlei Spuren hinterlassen. Vielleicht waren Belion und Kate Oakenshield immer noch auf Georges Boot oder sie waren hinabgetaucht, um mit den Meerjungfrauen am Grund des Eriesees zu leben. Warum auch nicht? Offensichtlich hatten sie sich ineinander verliebt. Eine einfache, unkomplizierte Liebe zwischen zwei Menschen. Die einfachste Sache der Welt.

Irene zog an dem Seil, mit dem die Treppe zum Dachboden heruntergeholt wurde, und begann hinaufzusteigen. Dort oben standen unzählige Kisten. Unzählige Kisten mit allem, was ihre Mutter angefasst hatte, jedes Stück Papier, das ins Haus gekommen war, jede einzelne Sitzung, aufgezeichnet auf

Kassetten und ordentlich in alphabetischer Reihenfolge in beschrifteten Kartons gestapelt. Bei Stammkunden, die zwischen ihren Sitzungen lange Pausen einlegten, musste sie sich vor der nächsten Sitzung immer das letzte Treffen anhören, um sich nicht selbst zu widersprechen. Ihr Vorgehen war programmatisch, doch gelegentlich brachte es unterschiedliche Ergebnisse hervor. Es war nicht so, als würde sie den Sternen lauschen und die Sterne hätten vergessen, was sie gesagt hatten. Es war nicht so, als wäre sie ein echtes Medium. Es war eine Fähigkeit, ein gelerntes Verhalten, und das Aufzeichnen jeder Sitzung war Teil dessen, was ihr Geschäft am Laufen hielt. Die heimlichen Aufzeichnungen. Die Kassetten auf dem Dachboden.

Irene spürte den Karton mit dem Buchstaben D auf und begann, seinen Inhalt zu durchwühlen. Eine düstere Vorahnung packte sie, dass sie auf eine Kassette mit dem Namen GEORGE DERMONT stoßen würde, und so war es dann auch. Sie hielt sie nun in der Hand. George Dermont samt jenem Datum, das mit dem Monat übereinstimmte, von dem er behauptete, ihre Mutter aufgesucht zu haben. Irene ging langsam die Treppe hinab, furchtbar langsam, und dachte, wie jedes Mal, wenn sie diese Treppe hinabstieg, über den Sturz ihrer Mutter nach. Welche Stufe verkörperte den Punkt, von dem aus es kein Zurück mehr gegeben hatte? Und hatte sich ihre Mutter gewehrt? Oder war sie einfach gefallen?

Eine Frau auf einer Brücke hat zwei Möglichkeiten: springen oder nicht springen. Eine Frau an einem Kassettenrecorder hat ebenfalls zwei Möglichkeiten: abspielen oder nicht abspielen. Wissen oder nicht wissen. Eine Frau, die hinunterstürzt, hat keine Wahl. Eine Frau, die sich Informationen von einer aufgenommenen Kassette anhört, von etwas, das vor drei Jahren geschehen war, hatte ebenfalls keine Wahl. Sie weiß es ja längst. Da war niemand, der Irene gedrängt hätte, keine

Hand auf ihrem Finger, die den PLAY-Knopf gedrückt, keine aufmunternde Stimme, die »Tu es!« gesagt hätte. War da eine Hand am Rücken ihrer Mutter gewesen, die sie von diesem obersten Treppenabsatz geschubst, die dieser Gleichung jeglichen Ausweg genommen und sie in den Tod geschickt hatte? Irene saß im Sessel ihrer toten Mutter und lauschte den Worten, die aus dem Kassettenrecorder drangen. Sie hatte die Aufzeichnung bis fast zum Anfang zurückgespult. Irene konnte hören, wie sie sich hinsetzten. Und dann folgten die Worte: *Ich sehe sie. Ich liebe sie. Sie ist deine große Liebe. Ich kann nichts dagegen tun, ich liebe sie ebenfalls.*

Was hatte ihre Mutter vorgehabt? Eine wilde, irrsinnige Hoffnung peitschte durch Irene, dass ihre Mutter vielleicht wirklich ein Medium gewesen war. Vielleicht war ihre Mutter in etwas Kosmisches getappt, und George hatte recht, und die Sterne konnten sich mitteilen, und es wäre möglich, dass das Universum sie ausgesucht hatte, um Liebe zu empfangen, sie als würdige Kandidatin auserkoren hatte und die Welt tatsächlich ein wunderschöner Ort war.

Irene saß still da und lauschte der Aufnahme, in der ihre Mutter George zur Haustür begleitete und ihn verabschiedete. Und dann hörte sie Bernices Stimme ganz nah am Kassettenrecorder. Die Stimme klang ruhig und bedächtig.

»Fick dich, Sally.«

22

Ich muss mit meiner Mom reden«, sagte George. In seinem Kopf hämmerte es wieder.

»Wir würden gerne mit Sally Dermont sprechen«, sagte Irene. George stand neben ihr, die Hand auf ihrer Hüfte.

»Wen darf ich anmelden?«, fragte die Empfangssekretärin.

»Ich bin's, Rebecca«, sagte George.

»Aber wer ist *sie*?«, wollte Rebecca wissen.

»Irene Sparks«, sagte Irene. »Ich arbeite mit George zusammen.«

Die Worte, die aus Irenes Mund kamen, klangen abgehackt und erregt, als sei sie wütend. Die Empfangssekretärin drückte auf einen Knopf auf dem Telefon und flüsterte ein paar leise Worte in ihr Headset. Sie klangen ebenfalls wütend. George wusste nicht, was hier los war, aber er fürchtete sich ein wenig, Irene in ihrem gegenwärtigen Zustand anzusprechen. Er hustete mit vorgehaltener Hand und bereute es sogleich. Sein Kopf fühlte sich schrecklich an, und das Husten schickte einen stechenden Schmerz durch seinen Schädel.

»Komm und hol mich ab«, hatte sie zu ihm gesagt. »Wir müssen uns mit deiner Mutter unterhalten. Sofort.« George hatte nach dem Grund gefragt, woraufhin Irene auflegte.

»Ms. Dermont wird in Kürze bei Ihnen sein«, sagte Rebecca.

Irene und George nahmen auf einem der luxuriösen Sofas im Wartebereich Platz. George versuchte, die E-Mails auf seinem Handy zu überfliegen, aber Irene saß einfach steif neben ihm, mit wippenden Beinen und fest zusammengebissenen Zähnen. Auch die E-Mails vermochten es nicht, George aufzubauen. Ein paar Daten von dem alten Orbiter über den Gould'schen Gürtel. Dann noch fakultätsübergreifender Schwach-sinn.

»Was ist los?«, wagte er Irene irgendwann zu fragen. Aber sie schüttelte einfach den Kopf und sagte: »Das weiß ich noch nicht.«

Sie warteten eine geschlagene halbe Stunde, und George war dazu übergegangen, Schach auf seinem Handy zu spielen, als sie schließlich das Geräusch klappernder Stöckelschuhe hörten und Sally Dermont vor ihnen auftauchte.

»Mom«, sagte er. »Hallo.«

Ihre weißblonden Haare lagen wie ein Helm um ihren Kopf. Diesmal war sie nicht in flatternde Hippiegewänder gekleidet, sondern trug einen perfekt geschnittenen Hosenanzug in gedecktem Altrosa und ein elfenbeinfarbenes Tuch um den Hals. Sie hielt ein Blatt Papier in der Hand.

»Ja?«, fragte sie schroff. George hatte das Gefühl, als stecke er auch hier in Schwierigkeiten.

»Ich möchte mit Ihnen reden«, sagte Irene.

»Worüber?«, fragte Sally.

»Über George ...«, sagte Irene. »Und über Bernice. Bernice Sparks. Meine Mutter.«

»Ich glaube nicht, dass ich Sie kenne«, erwiderte Sally. »Wer sind Sie gleich noch mal?«

»Mom, sie war neulich mit mir im Haus im Wald, auf der Veranda, schon vergessen? Und ebenfalls beim Bankett im Institut«, erklärte George. »Das ist Irene Sparks. Wir sind zusammen. Du hast sie ...«

»Um ehrlich zu sein, ich glaube nicht, dass das Bankett unser erstes Treffen war«, schnitt ihm Irene das Wort ab. »Ich bin mir sogar ziemlich sicher, dass ich Sie schon einmal gesehen habe, vielleicht träume ich aber auch nur.«

George sah, wie Sally die Kiefer zusammenpresste, und sie wandte sich ab, als wollte sie geradewegs den Korridor zurückmarschieren, ohne Irene auch nur eines Blickes gewürdigt zu haben. Dann wandte sie jedoch den Kopf rasch über die Schulter, sah George fest in die Augen und sagte: »Folgt mir.«

In Sallys Büro setzte sich Irene in einen der Sessel, die neben dem Schreibtisch standen und für Konsultationen vorgesehen waren, quadratische und niedrige Sitzmöbel, aus Leder und kühlem Metall bestehend. Sally stellte sich hinter ihren Schreibtisch.

»Was genau kann ich nun für Sie tun?«, fragte sie. Sie legte das Blatt Papier mit der Schriftseite nach unten auf den Schreibtisch. »Eine Freundin von George ist wohl auch meine Freundin. Wie sonderbar die Umstände auch zu sein scheinen.« Sie setzte ein gezwungenes Lächeln auf. »Und für angesehene Wissenschaftlerinnen hege ich stets großen Respekt. Natürlich erinnere ich mich jetzt, Sie auf dem Bankett getroffen zu haben. Und auf der Veranda. Sie sind mit meinem Sohn sozusagen liiert. Wenn ich es recht verstanden habe.«

Dieses Verhalten kannte George von seiner Mutter, denn so verhielt sie sich manchmal seinem Vater gegenüber, wenn dieser sich wieder Pillen eingeworfen hatte und drei Tage zugedröhnt war oder wenn er mal wieder vergessen hatte, wo in der Stadt er geparkt hatte. Sie hasste ihn dann dafür, überschüttete ihn mit Schimpftiraden, im nächsten Moment war es jedoch, als hätte sie irgendein Zaubermittel geschluckt, das ihr auf einem Schlag ermöglichte, alles tolerieren zu können. Dann legte sie auch diese schreckliche, aufgesetzte Höflichkeit an den Tag. Bei dem Gedanken an Tabletten erhob sich George und durchquerte das Zimmer, um zum Arzneimittelschrank seiner Mutter zu gelangen und ihn durchwühlen zu können. Er fand ein Fläschchen mit Schmerzmitteln, schraubte den Deckel ab und schüttete sich zwei Pillen in die Hand, die er sofort in den Mund warf. Als er sich wieder umdrehte, sah er, wie seine Mutter und Irene auf ihren jeweiligen Seiten des Schreibtisches Angriffspositionen eingenommen hatten.

»Ich möchte wissen«, sagte Irene, »ob Sie meine Mutter kannten. Sie scheint Sie gekannt zu haben. Außerdem scheint sie George gekannt zu haben.«

»Nein«, sagte Sally. »Ich kenne sie nicht. Ich habe sie nie gekannt.« Sally lächelte und entblößte zwei Reihen makelloser Zähne. Sie trommelte mit den Fingernägeln auf dem Schreibtisch. »Diese Verwechslung tut mir sehr leid.«

»Aber Sie lügen«, sagte Irene ausdruckslos. George starrte sie an. Ihre Haare waren zu einem Pferdeschwanz zurückgebunden, ihr Hemd war falsch geknöpft, mit einem ausgelassenen Knopfloch am Kragen auf der linken Seite. Ein Jeansbein war in die weiße Socke gestopft. George verspürte plötzlich den Drang, sie in die Arme zu nehmen, sie klein zusammenzurollen, gegen seine Brust zu pressen. Woher nahm dieses großartige Geschöpf den Mut, so mit seiner Mutter zu reden? Er war gleichzeitig entsetzt und erregt.

Er trat zu ihr, stellte sich hinter ihren Sessel und legte die Hände auf ihre Schultern. Und von diesem Platz aus konnte er durch die Fenster hinaus auf den Balkon sehen. Dort stand die Göttin der Liebe in einem wunderschön geschneiderten Hosenanzug am Geländer und ließ den Blick über die Stadt schweifen.

»Warum? Warum lügen Sie?«, hakte Irene nach.

Sally zögerte einen Moment, die gespreizten Finger auf den Schreibtisch gestützt, dann wandte sie sich zum Fenster, von wo aus man ganz Toledo überblicken konnte. Draußen auf dem Balkon sah George, wie sich die Göttin der Liebe ohne Vorwarnung nach vorne neigte und über die Brüstung fiel. Seine Mutter sah es nicht. Sie rieb die Fingerknöchel aneinander und schürzte die Lippen.

»Mutter«, sagte George. »Was ist hier los?«

Da drehte sich Sally endlich wieder um, überging Georges Frage und sah geradewegs zu Irene.

»Ich denke, ich weiß, warum Sie hier sind«, sagte sie. »Aber Sie sollten wissen, ich bin eine Nummer zu groß für Sie. Ich kann genau beweisen, wo ich jede einzelne Minute an dem Tag gewesen bin, an dem Ihre Mutter gestorben ist. Und Sie wollen sich sicher nicht mit mir anlegen. Ich bin Anwältin. Ich weiß, wovon ich rede.«

»Der Tag, an dem sie gestorben ist? Woher wissen Sie, wann sie gestorben ist?«

Draußen auf dem Balkon stand die Göttin der Liebe wieder an der Brüstung. Und fiel wieder über den Rand. Ihre Beine verschwanden. Ihre Schuhe verschwanden. Und dann stand sie wieder da, sprungbereit. Der Balkon lag hoch über der Innenstadt von Toledo. Die Göttin der Liebe kippte über das Geländer und fiel weit, weit nach unten. Und stand wieder da.

Sally schwieg.

»Wer sind Sie?«, fragte Irene. »Was haben Sie mit meiner Mutter zu tun? Warum hat sie mit George gesprochen, als wüsste sie, dass er sich in mich verlieben würde? Und warum hat sie auf dem Tonband zu Ihnen geredet? Waren Sie das im dunklen Haus in der Nacht ihres Todes? Waren Sie auch dort, auf der Suche nach ihr?«

»Ich hatte nichts mit ihr zu tun«, sagte Sally, aber Irene redete ungerührt weiter.

»Woher kennen Sie sie? Was haben Sie ihr angetan? Warum

sollte es mich interessieren, wo Sie am Tag ihres Todes waren? An dem Tag, an dem sie gestorben ist? Waren Sie DORT?«

»George, du musst jetzt gehen«, sagte Sally. »Und nimm die da mit.«

»Mutter, das ist meine Freundin. Eigentlich ist sie … meine Verlobte«, verkündete George.

»Nein, bin ich nicht«, sagte Irene.

»Raus!«, fauchte seine Mutter Irene an. Dann sah sie zu George und schüttelte den Kopf. »Es tut mir leid, Liebling. Es tut mir leid.«

»Komm, George«, sagte Irene. »Es ist okay. Es ist in Ordnung. Ich werde die Sache allein aufklären.«

George war jedoch abgelenkt, und es fiel ihm schwer, sich vom Fleck zu bewegen. Er beobachtete, wie sie über die Brüstung fielen, reihenweise, scharenweise, unzählige Göttinnen, die unentwegt vom Balkon stürzten, ohne jemals ihr Gesicht zu zeigen.

Ich träume. Ich fahre auf meinem Moped zwischen der archäologischen Fundstätte Akkad und der Baustelle meines Experiments im Teilchenbeschleuniger hin und her, und alles fühlt sich weich an. Als gäbe es nichts als reine Luft und eine kühle Brise und als hätte jemand das Lichtspektrum um fünf Nanometer nach Blau verschoben, und die Welt dort unten sieht klarer und heiterer aus, und ich stelle nichts davon infrage und weiß nicht, dass ich schlafe.

Könnte ich es durchschauen, dann würde ich den Deckel von diesem Tunnel heben und nach draußen treiben, und ich würde zurück nach Pittsburgh gehen oder zum Mond oder irgendwohin, nur weg von dem Ort, auf den ich mich zubewege. Aber ich durchschaue nichts, weshalb ich einfach weiterfahre.

Die erste Vorahnung trifft mich, als die Lichter allmählich trüber werden, und auf einmal weiß ich in meinem träumenden Herzen, dass ich genau auf das alte Ding zusteuere, das ich am meisten fürchte. Ich sehe defekte Kabel, die Kabel, mit denen die Magneten gespeist werden. Sie sind verdreht und geschwärzt und zerrissen. Dann beginnt der Tunnel an den Rändern abzubröckeln – eine Kachel hier, ein Stück Beton dort –, und ich bekomme Angst. Ich sehe das vertraute Durcheinander vor mir, das sich aus der Dunkelheit schält, den klaffenden Fußboden, das zertrümmerte Stück Welt. Es flüstert und starrt mich an, aber ich sehe es diesmal nicht aus den Augenwinkeln, und es schiebt sich auch nicht vom Rand meines Gesichtsfelds in meinen Blick, sondern es liegt genau vor mir, und ich steuere darauf zu, und ich kann das Moped nicht anhalten, weil es ein Eigenleben hat. Das Zentrum des dunklen Hauses ist hier.

Ich versuche, mich aufzuwecken. Ich zähle die Finger, die die Lenkstange umklammern: vier und sechs. Ich schließe die Augen und zwinge mich, das Haus meiner Mutter zu betreten. Das Badezimmer meiner Mutter. Das Erdgeschoss meiner Mutter. Die Veranda meiner Mutter, wo ich mich auf die Schaukel setze. Irgendwo auf der anderen Seite der Welt, aber stattdessen bin ich auf dem Moped und fliege den Tunnel entlang, Kilometer um Kilometer, in Richtung des klaffenden Fußbodens, der verbogenen Röhre, und ich habe Angst, dass ich einfach in sie hineinrase. Ich habe solche Angst, dass ich mich umdrehe und mir selbst in die Schulter beiße, aber ich spüre nichts. Ich knalle das Gesicht gegen die Lenkstange und spüre es nicht. Ich greife nach einem zerbrochenen Metallstück, das neben mir vom Tunnel abgebrochen ist, und schneide mir damit in die Hand, doch es hinterlässt keine Wunde, und ich spüre nichts.

Dann sehe ich, wie sie vor mir steht: hochgewachsen und

selbstsicher. Georges Mutter. Sie streckt die Hand aus, und mein Motorrad hält an. Auf einmal ist sie mir so vertraut, aber in meiner Erinnerung hat sie lange Haare und sieht glücklich aus. Ich war ein kleines Mädchen, als ich sie kannte, vor der Zeit des Feuers. Ich erinnere mich, wie sie meine Mutter umarmte. Ich schüttle den Kopf vor und zurück, und alles wird klarer. Ich habe mich bisher noch nie an etwas vor dem Feuer erinnern können. Ich hatte immer angenommen, alles vor dem Feuer sei zu schlimm gewesen, um sich auch nur daran zu erinnern. Es stört mich nicht, schlimme Dinge zu vergessen, aber da ist sie – Teil dessen, was ich vergessen habe.

Jetzt ist mir wirklich bewusst, dass ich im dunklen Haus bin. Ich stehe in einem Schlafzimmer. Mein Schaukelpferd ist dort, gerade einmal so weit verkohlt, um meiner Mutter das Feuer ins Gedächtnis zu rufen, aber man kann immer noch damit wippen.

»Ich musste kommen und dich sehen«, grollt Sally, die sich bedrohlich über mich beugt. »Es gibt Dinge, die du wissen solltest, die ich aber vor George nicht besprechen kann.«

»Welche Dinge?«, frage ich.

»Wir hielten es für eine gute Idee!«, schreit sie.

»Wer?«

»Ich! Und Bernice!«, sagt sie. »Und es war eine gute Idee. Es wäre für euch beide gut gewesen. Aber sie hat es vermasselt. Sie hat alles vermasselt.«

»Meine Mutter? Meine Mutter? Wo ist sie?«

»Wir haben euch füreinander gemacht«, sagt sie. »Dich und George. Alles, alles, alles war für dich und ihn bestimmt. Wir haben euch gleichzeitig geboren. Wir wollten, dass ihr zusammenkommt.«

»Aber ich kenne ihn nicht. Ich erinnere mich nicht. Was ist geschehen?«

»Wir waren beste Freundinnen, verstehst du? Wir wollten, dass sich unsere Kinder ineinander verlieben und sie sicher sind und alles einfach ist. Deshalb haben wir euch zusammen in die Welt gesetzt.«

»Und ihr habt gedacht, das würde funktionieren?«

»Ihr hättet niemals davon erfahren sollen! Ihr solltet getrennt voneinander aufwachsen, euch begegnen und ineinander verlieben. Es wäre ein Kinderspiel gewesen, nach allem, was wir getan haben, damit ihr perfekt zueinanderpasst. Wir hatten einen Plan, aber deine Mutter ist zusammengebrochen«, sagt sie.

Es war wirklich einfach gewesen. Ich hatte mich Hals über Kopf in George verliebt, als gäbe es nichts Einfacheres auf der Welt.

»Was hast du meiner Mutter angetan?«, frage ich.

Sie kommt auf mich zu, und sie sieht fast so aus, als möchte sie nett zu mir sein.

»Ich habe ihr nichts angetan, außer dass ich ihr helfen wollte, so wie auch dir. Verstehst du das denn nicht?«, fragt sie. »Ich habe dich geliebt, Irene, vom ersten Moment an. Und ich hatte immer vor, dich weiterhin zu lieben. Aber weil sie so schreckliche Fehler gemacht hat … musste ich dich von mir wegstoßen.«

»Wovon redest du?«

»Sie hat den Verstand verloren. Sie hat euer Haus abgefackelt! Sie war eine … Säuferin!«

»Das weiß ich«, sage ich.

»Du bist verdorben. Ich habe einen Fehler begangen! Du bist das Resultat einer Säuferin und eines … Versagers. Das ist dein Erbgut. Es ist bedauerlich, aber so ist es nun einmal. George hat etwas Besseres verdient.«

»Ich träume«, sage ich. »Du kannst nicht hier sein.«

»Ich weiß, es ist hart«, sagt sie. »Aber du kannst immer noch sagen, dich träfe keine Schuld.«

»Wer war zuerst da, ich oder George?«, will ich wissen. Dieser Punkt erscheint mir wichtig.

»Ihr seid gleichzeitig auf die Welt gekommen«, ruft mir Sally ungeduldig ins Gedächtnis.

»Wer. War. Zuerst. Schwanger.« Ich weiß, was der springende Punkt ist und will es jetzt genau wissen.

»Ich«, faucht Sally. »Und dann haben wir sie geschwängert. Gemeinsam. Und du bist entstanden.«

»Was hast du mit mir gemacht? Was hast du mit ihr gemacht?«

»Weißt du denn nicht, wer dein Vater ist?«, fragt sie mich. Die Welt um sie herum kräuselt sich, als wäre ich längst unter Wasser und würde auf dem Grund des Meeres im kalten Wasser treiben. Doch ich konzentriere mich, um zu lauschen, denn das hier ist wichtig. »Ich verrate es dir. Ich weiß, dass sie es allein nie getan hätte. Es ist Onkel Ray. Es ist Georges ›Onkel Ray‹ … Nein, er ist weder mein Bruder noch Deans Bruder. Der Mann, der sich beim russischen Roulette in den Kopf geschossen hat? Der ist dein Vater.«

»Das ist nicht wahr!«, empöre ich mich.

»Ich habe ihn aus drei Gründen ausgewählt«, fährt sie fort. Sie streckt drei Finger in die Höhe, und ich schaue jeden einzelnen davon an. »Erstens, er war gerade verfügbar. Zweitens, er war bereit, aus deinem Leben zu verschwinden und nicht mehr zurückzukommen. Drittens, sein Geburtstag war im Juni. Da. Dein Vater. Deine Gene. Ich habe dich für George aus ihm und ihr gemacht und ich hatte geplant, dass es für dich perfekt wird. Aber dann hat sich herausgestellt, dass sie so, so schrecklich schlecht war. Es ist nicht deine Schuld, Irene. Du wurdest von zwei schlechten Menschen gezeugt. Was hättest du auch tun können? Was hättest du tun können, um dich zu retten? Etwas Schlechtes steckt in dir. Ich dachte, deine Mutter sei gut. Aber das war sie nicht.«

Ich wehre mich gegen die Bilder und blinden Flecke desjenigen, was ich sehe: Ich sehe mein Leben vor dem Feuer.

Ich sehe Picknicks unter sommerlichem Himmel und winterliche Fausthandschuhe in einem blauen Korb, und ich sehe mein Schaukelpferd, das in einem anderen Zimmer steht, einem Zimmer mit Bäumen vor dem Fenster. Es ist das Zimmer in Georges Haus im Wald, wo ich mit George geschlafen habe. Ich sehe zwei Hochstühle nebeneinander, und ich weiß, dass ich normalerweise in einem von ihnen sitze. Ich sehe Pfannkuchen auf einem Teller und zwei Mütter, die in der Küche kochen. Ich denke scharf nach, und ich sehe George, und ich sehe Georges Mutter, und sie lächelt mich so liebevoll, so aufmunternd an, und ich möchte, dass sie mich liebt. Ich möchte sie nicht enttäuschen. Aber ich weiß, dass ich es getan habe.

»Als ich dich in sie eingepflanzt habe, wusste ich nicht, dass sie Alkoholikerin ist!«, sagt sie. »Ich wusste nicht, dass sie eine Lügnerin ist! Ich dachte, es würde anders werden. Und es tut mir leid, aber du kannst ihn jetzt nicht haben. Das kann ich nicht zulassen.«

»Ist das alles ein Hirngespinst?«, frage ich. »Unsere Liebe? War das alles ein Trick? Nur ein Plan?«

Sie nickt mit dem Kopf. Dann zuckt sie die Schultern. »Wenn du es so nennen willst. Ich habe versucht, sie zum Aufhören zu bewegen, aber sie hat immer weitergemacht. Ich habe versucht, den Stecker zu ziehen, aber sie hat uns nicht in Ruhe gelassen. All die Jahre hat sie nicht lockergelassen. Sie hat nicht aufgehört, ihm nachzuspionieren, hat versucht, euch gleichzumachen. Alles, was wir getan haben, hat sie auch mit dir getan.

Es war so lästig! Als hätte sie nicht eingesehen, nicht verstanden … dass ich nicht so bin wie sie!«

»Wir sind nicht ineinander verliebt?«

»Es war nur Wissenschaft«, sagt sie. »Es war ein guter Plan. Aber sie war es nicht wert, und jetzt stecken wir in diesem Schlamassel.«

Sally verschwimmt und wird dann wieder scharf, als ich aufhöre, sie direkt anzusehen. Ich strecke die Hände aus und betrachte sie. Es sind die Hände eines Monsters. Ich weiß, würde ich in einen Traumspiegel blicken, würde mir das Gesicht eines Monsters daraus entgegenstarren. Alles, worüber ich mir je im Hinblick auf mich Sorgen gemacht habe, kommt aus dem Mund dieser aufgeräumten Frau, diesem großen, herrischen Mund. Ich bin wertlos. Ich bin der unbedeutendste Zellklumpen von allen Zellklumpen, die auf dieser Welt herumlaufen. Ich bin ungewollt. Ich bin eine Kreatur, die für einen speziellen Zweck geschaffen wurde, und ich habe meinen Zweck nicht erfüllt und jetzt gibt es keine Verwendung mehr für mich. Ich verspüre unsägliche Verzweiflung.

Ich steige von dem abgewürgten Moped und mache mich auf den Weg zurück und gehe an der Stelle vorbei, an der sie immer noch steht, so groß und still. Es kommen immer noch Worte aus ihr heraus, die ich aber nicht hören kann. Sie kreischt. Sie schreit mich an. Sie ruft: STOPP, STOPP, und sie ruft: DU BIST SOWIESO DRECK, VERSCHWINDE RUHIG UND SEI TRAURIG, oder sie ruft: DEINE MUTTER IST WIE DU. Sie kann mich weder packen noch berühren. Als ich an ihr vorbei bin, kann ich nicht mehr sagen, was sie mir zuruft, und es spielt auch keine Rolle, denn ich gehe dorthin, wo ich schon immer hingehört habe, zu dem Ort, den ich, wie ich nun erkenne, vor langer Zeit für mich geschaffen habe, um ihn zu benutzen, wenn ich ihn am meisten brauche, nämlich jetzt. Ich spaziere zum Rand des Lochs in der Mitte des dunklen Hauses und ohne zu zögern oder nachzudenken, beuge ich mich vor und falle hinein. Dann bin ich verschwunden. Und es hat sich nicht einmal schlimm angefühlt.

Das Erste, woran ich mich erinnere, als ich in das Loch im dunklen Haus falle, ist meine Mutter, die im Keller neben dem Bügelbrett steht und Kleidung in einen Beutel wirft. Ich weine und sage: »Bitte, geh nicht!« Doch meine Mutter stopft wütend und entschlossen Dinge in diesen Müllbeutel und prescht durch den Keller, als würde sie gerade ihr Leben mit einer Axt zertrümmern. »Ich würde mich umbringen«, sagt meine Mutter in dieser Erinnerung. »Ich würde mich umbringen, umbringen, umringen, umbringen, hätte ich nicht so große Angst, in die Hölle zu fahren. Nach all der Zeit habe ich tatsächlich Angst, dort zu landen!« Und dann stößt meine Mutter ein trockenes, humorloses Lachen aus und marschiert die Kellertreppe hinauf. Ich erinnere mich, wie ich sie am Ellbogen packen will und anflehe, bei mir zu bleiben, da wirbelt sie herum und faucht: »Fass mich nicht an! Fass mich ja nicht an!«

Das Zweite, was ich sehe, ist eine Momentaufnahme, als ich älter bin, vielleicht zwölf. Ich hatte eine Zahnspange, die ich Tag und Nacht tragen musste. Aber ich habe sie beim Schulmittagessen auf dem Tablett vergessen und mit dem Müll weggeworfen. Zweimal. Vor meinem geistigen Auge sehe ich, wie ich die Treppe nach oben steige und meine Mutter in ihrem Bett liegend vorfinde, einen Arm über das Gesicht gelegt. Ich erinnere mich, wie ich im Türrahmen stehe und ihr hastig von der weggeworfenen Zahnspange erzähle und dann wieder in den Gang hinausschlüpfe. Innerhalb weniger Sekunden kommt meine Mutter herausgestürzt, die Zähne gefletscht. »Du undankbares, arrogantes, arrogant, arrogan.« Der Atem meiner Mutter, ihr Körper, ihre Haare, selbst ihre Haut riechen nach Gin. »Das ist die Höhe, die Höhe«, sagt sie zu mir. »Ich hol deine Raketenmodelle und schmelze sie ein. Dann ist es Plastik für Plastik auf dem Küchenherd: Du wirfst dein Plastik weg, ich werfe dein Plastik weg, Plastik für Plastik, für Plastik, für Plastik.« Ich spüre, wie sich ihre Hand in das Fleisch über meinem Ellbogen bohrt. Ihre Füße, aufgedunsen und fleckig, ragen unter ihrem Flanellnachthemd heraus.

Das Dritte, woran ich mich erinnere, ist neu, aus der Zeit vor dem Feuer. Der Nebel zwischen mir und meinem eigenen Bewusstsein hat sich nun gehoben, und ich sehe das zum ersten Mal:

Ich stehe auf der Straße vor Georges Haus im Wald. Ich bin noch sehr klein, knappe drei Jahre alt, und meine Mutter und ich machen einen Spaziergang. Das Feuer ist noch nicht gelegt. Ich falle nach vorne, stürze durch das Loch im dunklen Haus, entsetzlich verängstigt, kann jedoch nicht aufhören, mich zu erinnern. Ich habe Angst nachzudenken, habe Angst vor den Schreckensszenarien, die dort womöglich auf mich warten, auf die schmerzhaften Erinnerungen aus jener Zeit, die ich vergessen habe. Was habe ich all diese Jahre hinter der Mauer des Feuers vor meinem eigenen Bewusstsein versteckt? Aber ich kann nicht weggehen. Denn ich halte die Hand meiner Mutter fest.

»Guck mal, Mama«, sage ich. »Da ist der nackte, haarige Affe!«

»Irene«, sagt meine Mutter mahnend. »Schsch. Komm ins Haus.«

Vor uns, auf der anderen Straßenseite, steht ein Nachbar, der mit nacktem Oberkörper seine lange Hecke schneidet. Er schneidet und schneidet, ich kann den Blick nicht abwenden von den grauen Haaren, die sich unter seinen Armen, auf seiner Brust, seinem Rücken und bis hoch zu seinem Nacken kräuseln. Ich erinnere mich an diesen Mann. Er wohnte nebenan.

Zurück im Haus angelangt bricht meine Mutter in Lachen aus und unterhält sich mit jemandem.

»Ich habe ihn schon tausendmal so genannt, wenn wir über ihn geredet haben!« Meine Mutter lacht. Ich blicke zu ihrem Hinterkopf und kann die andere Person nicht sehen, aber ich höre Gelächter. »Ich hätte nie gedacht, dass sie es nachplappern könnte! Sie hat es ihm ins Gesicht hineingesagt!« Die beiden Personen krümmen sich vor Lachen. Sie können gar nicht mehr damit aufhören.

Ich erinnere mich an Veilchen. Veilchen in meiner Hand, gepflückt aus den Ritzen zwischen den Verandasteinen. Ein Meer aus Veilchen. Ich erinnere mich, dass diese Veilchen vor dem Feuer da waren. Vor dem Feuer gab es da auch einen Jungen in dem anderen Hochstuhl. Es ist George. Er sieht mich geradewegs an.

Und dann verstehe ich, dass der Grund, weshalb ich mich nicht an die Dinge vor dem Feuer erinnere, nicht der ist, dass diese Erinnerungen so schlimm waren, sondern dass sie so schön waren. Damals war es so, so schön.

23

Ich fahre nach San Francisco, George«, sagte Irene. »Zu dieser Konferenz, für die Lebernov mich eingeladen hat, um an einer Podiumsdiskussion teilzunehmen. Dann ziehe ich nach Bowling Green. Ich habe bereits eine Wohnung gefunden, in der Clough Street. Irgendein Trottel ist von der Uni geflogen. Und die Eltern suchen dringend einen Nachmieter.«

Er saß an seinem Schreibtisch. Sie stand im Türrahmen. Seit Tagen hatten sie kein Wort mehr miteinander gewechselt. Absurderweise hing eine Diskokugel von der Decke. Im Fußboden gab es Kratzer und Abschürfungen um die Löcher, die erst kürzlich gebohrt worden waren. Unterschiedlich hohe Stäbe ragten aus den Löchern und auf den Stäben ruhten Galaxien, Nebel und die wichtigsten Punkte des näheren Universums, so wie George es kannte, in einem 3-D-Modell verewigt.

»Ich verstehe das nicht«, sagte George. »Ich dachte, du würdest nicht dorthin fahren. Ich dachte, du fliegst nicht.«

»Sie versuchen, meine Grundlagenforschung zu Strahlendetektoren bei Kernkraftwerken anzuwenden. Ich habe gerade mit Lebernov telefoniert, und er hat mir nachdrücklich empfohlen, an dieser Konferenz teilzunehmen.«

»Dann fahr«, sagte er mit grimmiger Miene. »Aber nach Bowling Green zu ziehen erscheint mir ein wenig überzogen.«

»Frag deine Mutter, was es damit auf sich hat«, sagte Irene.

»Ich habe sie gefragt«, sagte George. »Du bist dabei gewesen. Sie hat eine Menge Mist erzählt, der keine Rolle spielt.«

»Kapierst du es denn nicht?«, sagte Irene. »Sie waren Freundinnen. Sie haben das alles geplant, George. Deine Mutter und meine. All die kleinen Dinge, von denen du angenommen hast, es sei Schicksal? Nein. Das war alles bis ins Kleinste geplant. All die Dinge, die meine Mutter zu dir gesagt hat und von denen du dachtest, sie hätte sie in den Sternen gelesen? Nein. Sie kannte dich noch als kleines Baby. Wäre sie nicht so betrunken und du so beschwipst und todunglücklich gewesen, hättest du sie vielleicht auch erkannt. Aber wie dem auch sei. Du hast recht, es spielt keine Rolle. Wir waren Marionetten.«

»Das interessiert mich nicht«, sagte George. »Das ist nicht wichtig. Das ändert nichts.«

Irene stieß ein trockenes Lachen aus. »Es ändert alles. Es ist nichts so gewesen, wie wir es geglaubt haben. Das Yeats-Gedicht? Sie hatten beschlossen, wann wir beide es auswendig lernen sollten. Du bist im Urlaub nach Thailand gefahren – meine Großmutter wohnte jahrelang in Thailand. Kismet? Nein. Sorgfältige Planung. Auf unsere Kosten. Du hast recht – es hat nie eine Rolle gespielt.«

»Hör auf, das zu sagen. Du hast das nicht richtig durchdacht«, sagte George.

»*Du* hast das nicht richtig durchdacht!«, schrie sie. »Ich bin diejenige, die für dich erschaffen wurde wie eine maßgeschneiderte Hose oder ein spezielles Soßenrezept. Ich bin diejenige, die für dich geboren wurde. Du kannst unmöglich verstehen, wie sich das anfühlt.«

»Das tut mir leid!«, sagte George. »Aber das spielt doch jetzt keine Rolle mehr.«

»Du kannst das auch nur deshalb so sagen, weil es für dich nicht dasselbe ist. Ich jedoch hatte keine Wahl, was ich tun wollte. Ich musste immer das tun, womit ich besser zu dir passen würde, und weil sich meine Mutter diese … diese Lügen …

zur Lebensaufgabe gemacht hat, konnte sie nicht damit aufhören. Ich habe nie eine Wahl gehabt! Nie!«

Er saß hinter einem Stapel Hausarbeiten, die Lesebrille auf der Nase und sah regelrecht anbetungswürdig aus. Aber soweit es Irene betraf, könnte ihr die Idee auch als Kleinkind eingebläut worden sein, dass große Männer mit brauen Haaren, rosigen Wangen und einer Lesebrille passendes Paarungspotenzial bedeuteten. Dieser Gedanke war ihr eingepflanzt worden und dann war ihr der Kopf von den Menschen geleert worden, die in ihr diese Idee gesät hatten, noch bevor die Früchte eingefahren werden konnten. Hier war sie, in voller Blüte, und konnte nichts damit anfangen. Sie wollte sich nur zurückziehen. Zurückziehen, zurückziehen, zurückziehen, bevor noch mehr Peinlichkeiten und Kummer folgen würden.

An diesem Morgen hatte sie einen Immobilienmakler eingeschaltet, der das Haus ihrer Mutter verkaufen sollte, und sie hatte sich einen Schuttcontainer in die Einfahrt stellen lassen. Sie würde das Haus ausräumen. Vielleicht würden Kate und Belion ihr helfen. Dann würde sie nach Bowling Green ziehen und pendeln. Sie würde George wohl manchmal bei der Arbeit über den Weg laufen, aber das Toledo Institute of Astronomy war groß. Sie würde ihm nicht allzu oft begegnen, und wenn es geschähe, würde sie sich professionell verhalten. Er würde eine andere heiraten, eine, die er auf die traditionelle Art ausgewählt hatte, wo man sich umschaute und jemanden sah, den man mochte, und man nicht gleich in Hektik ausbrach und wie ein Verrückter mit dem Wort »Liebe« um sich warf. Sie würde Tag und Nacht am Euphrat-Projekt arbeiten. Sie würde das Experiment zu Ende bringen. Und sollte sie ab und an auf ihrem Heimweg auf der Anthony-Wayne-Brücke anhalten, aus dem Wagen steigen und hoch oben über dem Fluss ein wenig ins Taumeln geraten, könnte es ihr niemand verübeln, wenn sie sich an der Brüstung festhalten würde. Und sobald das Projekt fertig war und funktionierte, die Strahlen strahlten, der Teilchenbeschleuniger Teilchen beschleunigte, würde sie sich nach vorne fallen lassen, auf das Wasser aufprallen, zu einem zerbrochenen Etwas werden. Vielleicht würde man ein Partikel nach ihr benennen. Das Für-George-erschaffene-Ehefrau-Partikel. Wie ruhmreich.

Was sie jedoch wusste, was sie mit unverhohlener, unausweichlicher Klarheit wusste, war, dass wenn sie George nicht bekommen könnte, sie nicht weitermachen könnte. Sie könnte nicht durchs Leben gehen und, so als wäre nichts geschehen, durch eine Röhre sausen, endlos ihre Bahnen ziehen, ein Proton in einem Schaltkreis, ein Hamster in einem Rad, dessen Weg sich mit niemandem kreuzte, und da wäre nichts, was sie aufhielt. Sie würde die Sache selbst stoppen, auf Wasser aufschlagen, auf Beton aufschlagen, auf was auch immer aufschlagen, das sie in Partikel zerschmetterte, die sie völlig unkenntlich machen würden.

»Das wirst du nicht tun«, sagte George. »Du wirst mich nicht verlassen. Du denkst, du wirst es tun, aber das wirst du nicht.«

Bei diesen Worten empörte sich Irene. Fast hätte sie ihm gesagt, er solle zur Hölle fahren. Aber dann hatte sie Mitleid mit George. Es war nicht nur sie, die getäuscht worden war. Der arme Kerl, ihm war die lange, kranke Geschichte sogar noch vor ihr eingetrichtert worden.

»Du kennst mich nicht, George. Du denkst, du tätest es, aber so ist es nicht.«

»Ich kenne dich«, sagte er. »Ich erkenne jeden Teil von dir wieder. Ich habe dich schon gekannt, als ich dich zum ersten Mal gesehen habe, noch bevor wir das alles über diese blöden Gemeinsamkeiten wussten, die sie geplant haben. Ich habe dich gekannt, als ich dich zum ersten Mal auf dem Bankett gesehen habe. Nur weil unsere Mütter damals in den Achtzigern diesen blöden Scheiß gemacht haben. Komm schon. Zwei Menschen treffen und verlieben sich. Dann leben sie glücklich bis ans Ende ihrer Tage. So geht die Geschichte. Das ist die ganze Geschichte.«

»Die Geschichte ist nicht real!«, schrie sie ihn an.

»Was ist in der Zeit, während der wir uns kannten, nicht real gewesen? Was an mir ist nicht real? Was an dir? Vergiss all das Ränkeschmieden und die Gemeinsamkeiten, all diese kleinen Zufälle, die sie geplant haben. Sie haben uns auch gemacht, damit wir auf einer tiefen und grundsätzlichen Ebene zusammenpassen. Du bist der liebende Part, ich der Kämpfer, du diejenige, die glaubt, ich der Pragmatiker, du bist das Herz, ich der Kopf. Das haben sie geschaffen. Wir können es nicht ignorieren – so sind wir nun einmal. Dann lass es uns nicht ignorieren. Vielleicht ist das Liebe.«

»Natürlich glaubst du immer noch an diesen Mist! Du bist derjenige, der die ganze Zeit daran geglaubt hat! Du bist derjenige, der glaubt, George, nicht wahr? Und ich bin die Wissenschaftlerin. Wir sollen zusammenpassen wie ein Puzzle? Aber pass auf, jetzt kommt die Überraschung! Das, woran du so sehr glaubst, bedeutet, dass unsere große, tolle ›wahre Liebe‹ völliger Schwachsinn ist, nichts weiter als ein Haufen Ideen, Manipulationen, Hypnose, was auch immer man uns eingebläut hat!«

»Irene, was aber, wenn es doch noch eine tiefere Ebene gibt, die noch grundlegender ist, unter all diesem Zeug? Wir sind nicht einerseits derjenige, der glaubt, und andererseits der Wissenschaftler. Wir sind nicht die Folkmusik und die Reisen und der Geburtstag. Wir sind zwei Menschen, die treu sind, ehrgeizig und ehrlich, und wir sind *beide* Wissenschaftler –

hallo? Wir sind *beide* Menschen, die glauben – das kannst du nicht leugnen. Die Frau, die glaubte, sie könnte ein schwarzes Lochen in einem Labor erzeugen? Der Kerl, der den Standort weit entfernter Sterne dokumentiert – mit richtiger Mathematik, vielen Dank auch. Wir sind keine sich ergänzenden Puzzleteile. Wir sind im Grunde ein und dasselbe.«

Sie hörte ihm zu, schwer atmend. Er musste sich wie ein Narr vorkommen, dass er mit ihrer Mutter dagesessen hatte, ihrer betrunkenen und verschlagenen Mutter, und einer lächerlichen Weissagung über ein Mädchen mit braunen Haaren, einer Astronomin, Träumerin, und dem ganzen Unsinn gelauscht hatte, über ein Mädchen, das kaum einen Schwangerschaftstest wert gewesen war. Wie lange hatte der Plan ihrer Mutter funktioniert, gerade einmal sechs Jahre? Und dann war er geplatzt. Die beiden waren zu verrückt gewesen. Zu betrunken. Oder besser gesagt, eine hatte ihre Meinung geändert, und die andere war zu betrunken gewesen, um ein Streitgespräch zu führen.

»Warum willst du alles zerstören? Warum kannst du nicht einfach glücklich sein?« Er klang so traurig. Er tat ihr so leid. Sie wollte alles in Ordnung bringen. Aber wie?

»Ich weiß nicht einmal, was Glück ist«, sagte Irene.

»Ich schon«, sagte George.

Sie hätte ihre Mutter das Haus mit ihnen beiden darin niederbrennen lassen sollen. Sie hätte einen tiefen, reinigenden Atemzug nehmen, den Rauch in ihre Lunge saugen und sich in ihrem Bett umdrehen sollen, um das Bewusstsein zu verlieren und genau dort zu sterben. Dann wäre George jetzt mit Kate Oakenshield zusammen. Oder mit Sam Beth. Und Sam Beth würde sich richtig um ihn kümmern. Sie, eine Tochter Babylons, würde wissen, was mit George zu tun wäre. Sie war Astronomin, brünett und eine Träumerin im buchstäblichsten Sinne des Wortes.

»Du passt nicht zu mir«, sagte Irene.

»Du bist nicht bei klarem Verstand«, erwiderte George. Behutsam machte er ein Zeichen auf eine der Hausarbeiten vor ihm und legte sie auf den linken Stapel.

»Vielleicht gehörst du zu Sam Beth«, sagte Irene.

»Wer?«, fragte George. »Patrice?«

Irene begann, sich zerstreut zwischen den Teilen seines Modelluniversums hindurchzubewegen. Mit der linken Hand berührte sie eine Galaxie, dann eine andere Galaxie mit der rechten. Vorsichtig trat sie um einen einzelnen Stern, obwohl sie nicht den blassesten Schimmer hatte, was er ganz allein dort draußen zu suchen hatte. Sie hatte Georges Berechnungen gesehen, seine Versuche, eine Ebene der Symmetrie im Universum aufzudecken, seine Versuche, das Universum auf einer Linie zusammenklappen und beweisen zu können, dass jeder Ort ein Gegenstück auf der anderen Seite hatte. Sie spürte den Magnetismus in seinem Körper, spürte, wie er sie anzog, wie es ihm zunehmend gelang, dass sie ihm glaubte, glauben wollte. Um ein Haar hätte sie loslassen, einfach nicken und lächeln können. Sie musste regelrecht dagegen ankämpfen.

»Jetzt bist du verrückt«, sagte George.

»Nein, du bist nur blind. Vielleicht liebt dich Patrice wirklich«, sagte Irene. »Einfach so. Echte Liebe. Ohne Plan.«

»Du liebst mich«, sagte George.

»Nein, tue ich nicht«, wies Irene ihn scharf zurecht. »George. Es ist nicht so, wie wir dachten. Ich bin konditioniert, etwas für dich zu empfinden, aber das ist nicht Liebe. Das ist Dressur. Vielleicht liebt Sam Beth dich aus freien Stücken. Nimm sie. Warum nicht? Sie ist klug, und sie glaubt an dich.«

»Du auch«, sagte George.

»Ich glaube an nichts. Nein, Berichtigung«, fügte sie hinzu. »Du hast recht. Ich glaube an mein Experiment. Was das Einzige ist, was immer so war, wie es sein sollte. Daran glaube ich. Beobachten. Daten sammeln. Daten aufzeichnen. Schlussfolgerungen aufgrund dieser Daten ziehen und nichts weiter. Absolut nichts weiter.«

George schüttelte den Kopf. »Ich werde mich nicht in Sam Beth verlieben, nur weil du es mir befiehlst«, sagte er. Er lächelte, und sie spürte, wie ihr Herz einen Satz machte. Sie könnte einfach zustimmen. Sie könnte einfach lachen und den Rest vergessen. Aber dann, aber dann wäre da immer noch die Tatsache, wer ihr Vater war, wer ihre Mutter war, wer sie selbst war. Sie könnte nicht einfach lachen und vergessen.

»Gib ihr zumindest eine Chance. Du wärst dumm, würdest du es nicht tun.«

»Nicht dumm, nur glücklich«, sagte George.

»Mach dich nicht lächerlich«, wies Irene ihn zurecht. »Du machst dich lächerlich, was mir unangenehm ist. Warum verstehst du nicht, dass wir getäuscht wurden? Wir wurden reingelegt. Aufs Glatteis geführt. Du bist Gold, und ich bin Schrott. Du bist Teakholz und ich Kiefer. Der Umstand, dass dir das nicht bewusst ist, ist eine Beleidigung für uns beide. Es war ein Trick, George. Es ist ein Trick. Ein Trick.«

»Es spielt keine Rolle, was es war oder was es ist. Wichtig ist nur, was es mit uns macht.«

»Das hier ist es, was es mit uns macht«, sagte Irene. »Und hier wird es enden.«

»Nein, wird es nicht!« Er schlug mit der Hand auf den Schreibtisch und funkelte sie mit feurigen Augen an. »Du denkst, du würdest dich kennen, aber das tust du nicht. Ich kenne dich. Ich sehe dich.«

»Nein, tust du nicht!«, schrie sie zurück, mit einem Mal zutiefst erbittert. »Du siehst nichts. Ich bin nichts weiter als die Trümmer ihres Plans. Ich bin das hoffnungslose Überbleibsel von allem, was schiefgelaufen ist, George. Ich bin deiner nicht würdig, und hätten sie dich keiner Gehirnwäsche unterzogen, damit du denkst, du würdest mich begehren, würdest du das auch sehen. Ich kann nicht trinken, weil ich zu große Angst habe, alle Hemmungen fallen zu lassen. Ich kann keinen Sex haben – ich habe zu große Angst, mich zu verlieben und jemandem zu verfallen. Ich stehe auf Brücken, stehe dort und stehe, obwohl ich eine Todesangst habe, in die Tiefe zu fallen. Ich kann nicht einmal einschlafen und mich einfach fallen lassen, ohne meine Träume zu kontrollieren. Eine Träumerin? O ja, das bin ich. Ich falle, falle, falle die ganze Zeit. Ich stehe wenige Zentimeter vom Selbstmord entfernt, egal, in welche Richtung ich mich wende.«

»Du anbetungswürdige Idiotin«, sagte George jetzt ruhiger. »Das denkst du?« Er stand von seinem Schreibtisch auf und kam auf sie zu, aber sie hielt die Hand hoch, um ihn abzuwehren, und er blieb stehen.

»Du hattest Sex, falls du es nicht bemerkt haben solltest. Du hast dich verliebt. Punkt.«

Irene erwiderte nichts. Ihre Kiefer arbeiteten.

»Du glaubst, du stehst auf Brücken, weil du Angst vor dem Tod hast? Von all den Menschen, Liebling, die ich kenne, bist du diejenige, die am wenigsten Angst vor dem Tod hat, und dort, wo du auf dieser Brücke stehst, sollte dir das mehr als an jedem andern Ort bewusst sein. Selbstmord? Himmel, nein! Auf dieser Brücke verspürst du den *Impuls zu leben*. Wenn wir in unseren normalen Leben herumspazieren, auf Bürgersteigen, auf Fußböden, auf der Erde, müssen wir die Entscheidung nicht treffen, ob wir leben oder sterben wollen. Aber auf der Brücke triffst du diese Entscheidung: LEBEN. Mit deinem ganzen Körper. Genau dort zeigst du, wie stark du bist, Irene. Ich verstehe, dass die Brücke der Ort ist, wo du deinen inneren

Dämon triffst, ja, aber der Grund, warum du dorthin gehst, ist der, dass du ihm einen *Fußtritt* verpasst.«

Irene atmete schwer. »Na gut«, sagte sie, »aber ich habe trotzdem Angst davor, Alkohol zu trinken.«

»Trink oder trink nicht«, sagte er. »Ich verspreche dir, das hat nichts mit uns zu tun.«

Sie lehnte sich gegen den Türrahmen und versuchte, über alles nachzudenken, was er gerade gesagt hatte.

»Mir tut der Kopf weh«, sagte George. »Ich will doch bloß, dass alles wieder so ist, wie es war.«

Doch Irene drehte sich um und ging weg.

Nachdem sie verschwunden war, wurde George übel. Er war sicher, dass sie bald zurückkäme. Doch er vermisste sie jetzt schon.

Er zückte sein Handy und schaltete mit einer Fernbedienung das Licht im Zimmer aus. Augenblicklich ließ der Schmerz in seinem Kopf nach, und er machte sich weniger Sorgen über nahende Erscheinungen. Vorsichtig tastend bewegte er sich bis zur Mitte des Raums, um sich dort auf den Betonboden im Zentrum seines Modelluniversums zu legen. Er blickte zu den Bestandteilen seines Modells hinauf und sah nichts. Ein Vorteil, wenn man im Keller arbeitete, war die völlige Dunkelheit. Er strich mit dem Finger über sein Handy und rief seine Mutter an. Der helle Bildschirm erleuchtete sein Gesicht und die Stäbe um seinen Körper.

Sie hob beim ersten Klingelton ab.

»Hi«, sagte sie.

»Mom«, sagte er. »Du musst das in Ordnung bringen.«

»Ich habe es in Ordnung gebracht, Liebling«, sagte sie. »Das habe ich bereits getan.«

»Nein, das ist falsch«, sagte er. Er war so müde.

»Es tut mir leid, dass du eine schwere Zeit durchmachst«, sagte sie. »Aber so ist es richtig.«

»Ich will sie zurück«, sagte George. Er hatte das Gefühl, wieder fünf Jahre alt zu sein. Wie konnte sie fortgegangen sein? Wie konnte sie ihn verlassen haben? »Du hast das gemacht. Du bringst es in Ordnung. Ich vermisse sie!«

»George, lass uns nicht schon wieder dasselbe durchkauen.«

George legte die Hand auf seine Stirn und drückte fest zu. »Ich verstehe das nicht.«

»Natürlich nicht. Aber es ist okay. Du musst nicht alles verstehen. Lass mich die Sache in Ordnung bringen, und leb dein Leben.«

»Aber du bringst es nicht in Ordnung. Du zerstörst alles.«

»George, du denkst, du liebst sie, aber das tust du nicht wirklich. Du bist von einer Verrückten mit einer Kristallkugel manipuliert worden. Ich weiß, du magst solches Zeug, George, aber es ist einfach verantwortungslos, wichtige Lebensentscheidungen aufgrund irgendeiner Hellseherin zu treffen.«

»Sie hatte mich gern. Das habe ich gespürt. Sie war Irenes Mutter.«

»Sie hat dich nicht gekannt, und sie war nicht fähig, irgendjemanden gernzuhaben. Es tut mir leid, dass sie Irenes Mutter war. Das war ein Fehler, den ich begangen habe und den ich mir niemals verzeihen werde.«

»Ein Fehler?«

»Ich war damals eine Idiotin, George. Aber ich war jung, und ich werde mich nicht wirklich dafür entschuldigen, dass ich einfach nur versucht habe, dich zu lieben und zu retten.«

»Mich wovor retten?«

George hörte, wie die Stimme seiner Mutter schärfer wurde. »Ohne dieses Techtelmechtel bist du besser dran, Liebling.

Sagen wir es mal so, ich habe nur dein Bestes gewollt und entsprechend gehandelt, damals wie heute.«

»Ich will mit Dad sprechen. Ist er da? Bist du bei ihm?«

»Nein«, sagte sie.

»Wo steckt er?«

»George, vergiss deinen Vater mal für einen Augenblick! Er war nichts weiter als eine Enttäuschung.«

»Für dich, Mutter. Er war eine Enttäuschung für dich, nie für mich.«

Sie zögerte.

»Lass uns zum Thema zurückkommen, okay?«, sagte George mit fester Stimme. »Wann genau hast du in meinem besten Interesse gehandelt? Als du dieses Mädchen abgerichtet hast, damit sie sich in mich verliebt, oder als du ihr gesagt hast, es sei alles nur ein Trick, und sie mich verlassen hat und nach Kalifornien gefahren ist?«

»George ...«

»Als könnte sie mich nicht um meiner selbst willen lieben? Bin ich so kaputt ...« Er hustete und merkte, dass er am liebsten in etwas getreten hätte. Er setzte sich auf und rutschte über den Boden, weg von seinem Modell, das er weder treten noch schlagen wollte.

»Sag nicht ›kaputt‹. Das bist du nicht«, sagte sie.

»Du hast nicht geglaubt, sie könnte mich lieben, ohne dass du sie dazu bringst?«

»Ich hatte unrecht«, entgegnete sie. »Ich sagte doch, dass ich damals unrecht gehabt hatte, aber jetzt habe ich es in Ordnung gebracht.«

»Es fühlt sich nicht an, als wäre es in Ordnung!«

George spürte, wie sich seine Hand zur Faust ballte, als würde er gleich zuschlagen.

»Und ich werde gleich irgendetwas schlagen!«, fügte er hinzu.

»Nun, tu dir keinen Zwang an und schlage zu«, sagte seine Mutter. »Nur zu. Du traust dich ja doch nicht.«

»Na schön!«, sagte George. Er ließ sein Handy wie einen schwachen, kleinen Scheinwerfer durch das Zimmer gleiten, und sein Blick blieb auf einem Haufen gefalteter Kartons hängen, die Überreste seines Umzugs hinunter in den Keller von seinem Labor weiter oben.

»Schön!«, sagte seine Mutter. George machte eine Faust und knallte sie in den Stapel Kartons. Sie rutschten zur Seite und gaben unter dem Gewicht seines Arms nach.

»Ich hab's getan«, sagte George. »Ich habe etwas kurz und klein geschlagen. Ich meine es ernst!«

»George, du musst sogar alles kurz und klein schlagen. Und fang am besten mit dir selbst an! Sieh mal, wir brauchen einen Neuanfang. Du musst das als etwas Positives ansehen, und eines Tages wirst du mir dankbar sein.«

»Schwachsinn«, sagte George. Er versetzte den Kartons erneut einen Fausthieb. Er fühlte sich stark und wütend. Fast so, als könnte er aufstehen, das Licht einschalten und hinausstürmen.

»Du bist frei, George!«, sagte sie. »Du weißt jetzt alles. Du weißt, was passiert ist, was ich für dich geplant, was ich getan habe. Hasse mich ruhig. Das ist schon in Ordnung. Hasse mich für den Rest deines Lebens. Aber jetzt bist du frei, um jemanden zu finden, den du lieben kannst, der von diesem Albtraum nicht betroffen ist. Jemand Gutes. Jemand Neues. Denk nur daran, wie viele Frauen es dort draußen gibt, George: kluge, hübsche Frauen, die keine Leichen im Keller versteckt haben. Diese Frau ist es nicht wert, George. Du denkst, sie wäre es, aber das ist sie nicht. Ich habe versucht, sie dazu zu machen, dass sie deiner würdig ist, aber ich habe versagt. Und jetzt bist du an der Reihe. Finde allein jemanden – ich verspreche, ich werde mich heraushalten. George, du bist ein attraktiver Mann, so gut aussehend und lustig, und du hast alles, was es braucht, um eine wundervolle Frau zu finden und ein glückliches Leben zu führen. Glückseligkeit, George. Nicht mit einem verrückten, absonderlichen, kleinen Unfall aus Toledo.«

»Ich will sie zurück«, sagte George. Er versetzte dem Stapel Karton ein, zwei, drei, vier Fausthiebe, für jedes Wort einen. »Und ich werde sie zurückbekommen. Das hat nichts mit dir zu tun. Verstehst du? Rein gar nichts.«

Irene saß im Flugzeug auf einem Fensterplatz. Der Flug dauerte vier Stunden. Sie hatte nie zuvor in ihrem Leben einen Flieger betreten, aber nun, da ihre Mutter tot war, fühlte sie sich von ihrem feierlichen Versprechen entbunden, niemals zu fliegen. Ein junger Mann in Anzug und Krawatte sowie eine Frau in Jogginghose saßen neben ihr. Beide lasen in ihren Zeitschriften. Sie waren seit dreißig Minuten in der Luft, als jemand verkündete, dass Getränke serviert werden würden. Die Stewardess blieb mit ihrem Metallwägelchen im Gang neben Irenes Reihe stehen und fragte, ob sie etwas trinken wollte.

»Ich hätte gerne einen Gin«, sagte Irene.

»Einen Gin Tonic?«, fragte die Stewardess. Sie trug ihre leuchtend roten Haare zu einem strengen Dutt hochgesteckt, ihr Lippenstift, ein mattes Burgunderrot, war fein säuberlich aufgetragen.

»Nein«, sagte Irene. »Nur Gin.«

Irene reichte der Stewardess ihre Kreditkarte. Der Anzugtyp neben ihr nahm einen Tomatensaft. Die Frau in der Jogginghose bestellte eine Cola light. Die beiden mussten nichts bezahlen, Irene hingegen schon, da sie Alkohol bestellt hatte. Der Gin kam in einem kleinen Fläschchen, und die Stewardess gab Irene einen durchsichtigen Plastikbecher mit fünf runden, hohlen Eiswürfeln. Irene drehte den Griff und ließ das Tablett von der Rückenlehne des Sitzes vor ihr nach unten klappen. Sie stellte den Becher mit dem Eis darauf, behielt den Gin jedoch in der Hand.

»Ich werde das jetzt trinken«, sagte sie zu ihrem Sitznachbarn.

»Okay«, sagte er. Er las eine Zeitschrift übers Laufen und das Absolvieren von Triathlons. In dem Artikel, den er gerade vor sich aufgeschlagen hatte, stand, dass es eine gute Idee sei, jeden Lauf mit einem Sprint zu beenden, da es einem ein gutes Gefühl für die nächste Trainingseinheit vermittelte.

»Ich habe noch nie Alkohol getrunken«, sagte sie. »Nicht mal Wein. Nicht mal Messwein.«

Der Mann neben ihr blätterte die Seite um und las in seinem Artikel weiter, dann griff er in die Tasche seines Jacketts und holte Kopfhörer heraus, die er sich in die Ohren steckte, ohne sich die Mühe zu machen, irgendein Musik abspielendes Gerät anzuschalten. Die Frau in der Jogginghose nippte an ihrer Cola light und war in ihre *InStyle* vertieft.

Irene drehte den Deckel ihres Gins ab. Der Lärm des Flugzeugs erzeugte ein tiefes Dröhnen in ihrem Kopf. Sie führte die kleine Flasche an ihre Lippen und hielt inne, wohlwissend, dass nun zeitlebens geübter Verzicht und Kontrolle enden würden. Sie hatte nicht wie ihre Mutter werden wollen. Sie hatte nie auch nur einen Tropfen Alkohol getrunken, nie auch nur einen Zug von einer Zigarette genommen oder eine Linie Koks geschnupft und war hastig, ohne tief einzuatmen, an Leuten vorbeigegangen, die Haschisch rauchten. Sie hatte die Kontrolle nicht verlieren wollen.

Ihre Lippen teilten sich, und der Gin floss in ihren Mund. Er schmeckte nach sehr wenig. Sie schluckte ihn hinunter. Es fühlte sich warm in ihrer Speiseröhre an, als hätte er eine Spur der Hitze hinterlassen, die eine Infrarotkamera an Irenes Brust hätte nachweisen können. Dorthin verschwand der Alkohol. Beim zweiten Schluck traf Irene eine plötzliche Erkenntnis, und sie verstand sich ein bisschen besser. *Ich habe geglaubt, es wäre dasselbe wie Sex*, dachte sie. *Ich habe geglaubt, trinken wäre dasselbe wie Sex und es würde einen die Kontrolle verlieren lassen, und das ist der Grund, warum ich es nie tun wollte.* Sie leerte den Rest der kleinen Ginflasche in ihren Mund, zerbiss das Eis mit den Zähnen und ließ es in kleinen Stückchen die Kehle hinabgleiten. *Das ist der Grund, weshalb ich Jungfrau bleiben wollte*, dachte Irene. *Weil trinken wie Sex ist. Außer dass es das nicht ist. Oder?*

Nichts geschah. Das Flugzeug landete sicher. Sie war zum ersten Mal in ihrem Leben geflogen, und es war nichts Schlimmes passiert. Ihre Mutter hatte wunderbar falsch mit ihrer Vorhersage des Flugzeugabsturzes auf einer Ebene gelegen. Als Irene aus dem Flugzeug stieg, fühlte sie sich nur ein wenig müde. Sie meldete sich im Hotel für die Konferenz an, checkte in ihr Zimmer ein, zog sich aus und ging ins Bett. *Ich habe Alkohol getrunken*, dachte sie. *Ich hatte Sex. Ich bin genau wie meine Mutter. Ich bin genau wie alle anderen.*

In diesem Moment hatte Irene Mitleid mit ihrer Mutter. Was, wenn sie letzten Endes doch nur etwas Gutes hatte tun wollen? Was, wenn sie doch immer Irenes Wohl und ihren Erfolg im Auge gehabt hatte, selbst auf ihre betrunkene Art? Irene hatte sie scharf verurteilt, und das war rechtens gewesen. Aber obwohl es rechtens war, so war es doch auch eiskalt. Während der Gin ihren Körper ermatten ließ, spürte Irene einen Anflug von Wärme für ihre Mutter, etwas, das sie vielleicht eines Tages als Vergebung begreifen würde.

Ich liege auf dem Erdboden im Hinterland. Der Himmel zeichnet sich blass über dem dunklen Haus ab. Seit ich mich in das verfallene Loch gestürzt habe, hat es sich geschlossen. Das Haus meiner Mutter, das dunkle Haus und der Wunschbrunnen stehen wie stille Wächter auf dem Hof. Die Gebäude zerfallen und verblassen, und ich weiß, dass sie bald verschwunden sein werden, zusammen mit jeglichem Beweis, dass ich jemals diesen Traum mit meiner Mutter geteilt oder ihr gestattet habe, dort aufzutauchen. Ich liege auf dem stoppeligen, trockenen Gras und vermisse sie, vermisse George, vermisse alles, was ich verloren, gefunden und dann in einer schier grausam kurzen Zeitspanne wieder verloren habe. Ich will einschlafen, aber ich schlafe längst.

Ich setze mich auf und blicke mich im Innenhof dieses Orts um, den ich erbaut habe. Ich bin im Moment sein einziger Bewohner. Ich bin der einzige Bewohner meines gesamten Lebens. George ist fort. Er war meine Liebe und ich sein Golem. Ich wurde von einer Fremden für ihn erschaffen und dann von derselben herzlosen Fremden wieder von ihm weggerissen. Jetzt ist sogar Sally fort. Ich hatte nicht bemerkt, dass sie überhaupt hier gewesen war, doch das war Sally, sie hatte die Teile auf ihrem blöden Schachbrett herumgeschoben. Ich war nicht einmal ein Bauer. Ich war ein roter Damestein, der unerlaubt auf ihrem schwarz-weiß gemusterten Brett aufgetaucht war. Ich mag sie nicht. Das ist eine schamlose Untertreibung.

Jetzt bin ich ganz allein. Was will ich?

Ich stehe auf, um das alte Spiel meiner Mutter mit dem Wunschbrunnen zu spielen. Ich schließe die Augen und sage: »Zeig mir etwas Hübsches.« Ich ziehe eine Handvoll Herbstblätter in den leuchtendsten Farben heraus. Ich werfe sie in die Luft, und sie schweben davon, zerfallen in winzige Teile und verwehen. »Zeig mir etwas Lustiges«, sage ich. Ich greife tief hinein in den Brunnen, und meine Hand berührt etwas Raues. Ich ziehe eine Karotte heraus, an deren Stängel zwei Wülste sitzen, sodass sie wie Geschlechtsorgane aussehen. Der Anblick bringt mich zum Lachen. Ich schleudere die Karotte so hoch wie nur möglich hinauf in die Luft, und sie fliegt, bis sie sich ebenfalls auflöst. Ich stecke die Hand wieder in den Brunnen. »Was will ich? Zeig mir, was ich will.«

Meine Hand streicht über etwas Weiches, wie Stoff. Ich ziehe daran und hole es aus dem Brunnen. Es ist ein T-Shirt, darin steckt ein Mann. George. George ist hier im Hinterland mit mir, ich hebe ihn heraus und lege ihn ab. Er sitzt auf dem Rand des Wunschbrunnens. Er trägt ein T-Shirt und Jeans und keine Schuhe, und er lächelt, aber sein Blick ist nicht fokussiert.

»George«, sage ich.

Er antwortet nicht.

»George«, wiederhole ich. Ich nehme seine Arme, ziehe an ihnen, schüttele ihn ein wenig. Dann spüre ich, wie nahe sein Körper ist, und ich presse mich an ihn. Ich schlinge die Arme um ihn und drücke ihn an mich, und ich spüre, wie groß er ist und wie lebendig und wie gut es sich anfühlt, dass er bei mir ist, ein anderer Mensch, den ich, wie es der Zufall will, liebe. Er legt ebenfalls die Arme um mich, ohne etwas zu sagen, als wäre es ein automatischer Reflex. Er muss nicht einmal sein Gehirn einschalten, um es zu tun.

»Träumst du, George?«, frage ich, das Kinn auf seiner Schulter abgestützt, die Brust an seiner. Er sitzt auf dem Brunnen und hält mich fest an sich gepresst. Er spricht kein Wort.

Ich gleite mit den Händen über seinen Rücken, streichle ihn. Ich fahre an seiner Wirbelsäule hoch, über seinen Nacken, zu seinem Kopf, vergrabe die Hände in seinem weichen, schimmernden Haar und berge mein Gesicht an seinem

Hals. Er bedeutet mir so viel, ist so kostbar. Wie soll ich ihn jemals aufgeben? Dann berührt meine Hand etwas Böses. Es ist feucht und nachgiebig, und ich weiche zurück. Ich starre ihn an und versuche mit aller Macht, mich trotz des Traumbanns zu konzentrieren und meine Augen scharf zu stellen. Ich sehe, dass etwas aus Georges Kopf kommt. Ich untersuche ihn. Ich schiebe seine Haare auseinander. Dort auf einer Seite seines Schädels klafft eine schreckliche Wunde, eine tiefe Anomalie in seinem wunderschönen Kopf, und sie spuckt Ganglien und blutige Zellmembrane und Teile von etwas aus, das ich nicht kenne.

»George, irgendetwas stimmt nicht mit dir«, sage ich. »Irgendetwas stimmt nicht mit deinem Kopf. Geht's dir gut? Geht's dir gut, George?«

Er lächelt nur und setzt sich, während diese widerlichen Klumpen aus seinem Gehirn quellen, und ich breche in Panik aus und versuche ihn zu schütteln und ihm den Mund aufzustemmen. Aber er hört mir nicht zu. Ich schlage ihn ins Gesicht.

»George«, sage ich, und ich weine. »Du musst mir jetzt zuhören. Da stimmt etwas nicht mit deinem Kopf. Hör mir bitte zu. Wach auf, George. Ich sehe da etwas. Du musst mir zuhören.«

Aber George wacht nicht auf, und ich ebenfalls nicht. Wir bleiben einfach dort im Hinterland und halten uns fest, und ich weiß, dass der Brunnen mich nicht enttäuscht hat, denn das ist genau das, was ich will, nur das, ein Leben lang. Die schreckliche Wahrheit lautet jedoch, dass ich ihn nicht haben kann. Und im Hinterland weiß das mein träumendes Ich. Und ich weine neben dem Brunnen, halte meinen Geliebten fest, und aus seinem Kopf strömt blutiges Gehirn, und es gibt nichts, was ich dagegen tun könnte.

24

George saß am Rand des Untersuchungstisches, seine Beine baumelten über der Kante. Er trug ein Krankenhaushemd, das am Rücken zugebunden war, und seine Füße sahen komisch aus, wie sie unter ihm hervorragten, als wären es die Füße eines Fremden, der blauer, älter, dünner war. Er sah all die sonderbaren kleinen Venen, die sich dort verästelten. *Wie kann es sein, dass ich meine eigenen Füße nicht erkenne?*, dachte er. *Die Welt verändert sich, und das gefällt mir nicht.*

»Meine Füße sehen komisch aus«, sagte er.

»Das liegt am Licht hier drinnen«, sagte Sam Beth. Sie stand neben ihm, gegen den Untersuchungstisch gelehnt, und ihre kleinen Hüften und Schultern zuckten gelegentlich, als würde sie tanzen. Mit Kopfhörern hörte sie etwas auf ihrem Handy und überflog gleichzeitig ihre E-Mails.

»Ich dachte, du würdest mich nicht hören«, sagte George.

»Ich kann dich hören«, sagte sie, ohne die Augen von ihrem Handy zu heben. Ihre Pferdeschwänze wippten hin und her.

»Wie alt bist du, Sam Beth?«, fragte George.

»Vierundzwanzig«, sagte sie.

Auf seiner anderen Seite saß die Göttin des Wettrennens und zappelte nervös. Sie trug einen Trainingsanzug mit Kapuze, die tief in ihre Stirn gezogen war. Unter der Kapuze war ihr blasses, silbriges Gesicht angespannt, und sie biss sich auf die Lippe. George tätschelte ihr Bein. Er konnte ihren Kaugummi mit Eukalyptusgeschmack riechen.

»Ist schon okay«, sagte er. Sie wirbelte den Kopf herum, um George anzusehen, und ihre durchdringenden Augen bohrten sich in seine.

»Ja, alles in Ordnung?«, fragte Sam Beth.

»Mir geht's gut«, sagte George. Er legte die freie Hand auf Sam Beths Schulter, um sie beide zu beruhigen. »Ich brauche bloß bessere Medikamente.«

Alle drei warteten auf die Rückkehr der Ärztin. Sie hatte George oberflächlich untersucht, einen Finger vor seinem Gesicht hin- und herbewegt, ihn gebeten, auf einer gedachten Linie auf dem gefliesten Boden im Zehengang durch das Zimmer zu gehen. Sie hatte seine Reflexe überprüft und schließlich seine Pupillen untersucht. Währenddessen hatte die Göttin des Wettrennens Sprünge aus dem Stand vollführt, wo sie die Knie an die Ellbogen brachte, indem sie wie eine Sprungfeder in die Höhe schoss. Als die Ärztin aus dem Zimmer ging, ließ sich die Göttin wieder neben George nieder und schien sich an ihn kuscheln zu wollen.

Georges Handy läutete. Seine Hose befand sich auf der anderen Seite des Zimmers, aber Sam ging hinüber und fischte das Telefon aus seiner Tasche.

»Sie ist es«, sagte sie nach einem Blick auf das Display.

George sprang auf und riss es ihr aus der Hand. »Irene?«, rief er ins Handy.

»Ich bin's«, erwiderte Irene. »George, hör mir zu.«

»Hi! Wie geht's dir?«

»George, hör mir zu«, wiederholte sie.

»Ich höre zu«, sagte er. Unwillkürlich verzog sich sein Gesicht zu einem breiten Grinsen. Er wollte Sam Beths Schultern drücken, bis sie platzte. Er wollte die Göttin des Wettrennens zu einem Jubel animieren, indem er die Faust in die Luft streckte. Er war so glücklich über Irenes Anruf.

»Ich weiß, dass das komisch klingen wird, aber du musst das hier ernst nehmen, George. Das, was ich jetzt sage.«

»Auf jeden Fall«, sagte er.

»Ich kann hören, dass du es nicht ernst nimmst«, sagte Irene.

George lachte. »Natürlich tue ich das«, sagte er. »Wenn es etwas gibt, das du mir sagen willst, nehme ich das sehr ernst.«

George war bereit für das, was sie zu sagen hatte. Er war bereit, von ihr zu hören, dass es ihr leidtäte, dass sie ihn niemals hätte verlassen dürfen, dass sie übereilt gehandelt hatte. Er wusste, diese Worte würden jetzt folgen. Er wollte bloß, dass sie es laut sagen und es endlich hinter sich bringen würde. Er musste hören, dass sie zu ihm zurückkäme, und dann könnte er sagen, dass alles vergeben und vergessen war. »Wir müssen meine Mutter und meinen Vater nie wiedersehen«, hatte er sich bereits zurechtgelegt. »Wir können so tun, als seien wir von Bäumen gefallen oder in einem Raumschiff gelandet oder im Sumpf geboren. Niemand hat dort, wo wir herkommen, eine Mutter. Wir glauben nicht einmal an Mütter.«

»Du musst zum Arzt gehen«, sagte Irene.

»Okay«, sagte George. »Ist das alles, was du mir sagen wolltest?«

»Ja«, sagte sie. »Das ist alles. Ich glaube – das hört sich zwar sonderbar an, verzeih mir –, ich glaube, dass etwas mit deinem Kopf nicht stimmt.«

George sagte nichts. Er zog das Krankenhaushemd tiefer über sein Knie.

»Hörst du mich?«, fragte Irene.

»Ja«, sagte George. »Ich dachte bloß, ich dachte, dass du etwas anderes sagen würdest.«

»Was?«

»Ich dachte, du würdest sagen …« Die Sache war ihm unangenehm vor Sam Beth und der Göttin. Die beiden wussten bereits so viel von ihm. Es war ihm peinlich.

»Hast du angenommen, ich würde sagen, dass wir wieder zusammenkommen?«, wollte Irene wissen. Ihre schrille Stimme bohrte sich in ihn. Ihm war die Stimme immer wunderschön vorgekommen, so klar und direkt. Aber jetzt klang sie nur schrecklich.

»Nein«, sagte George. »Nun, ja.«

»Das können wir nicht, George. Das weißt du. Wir können das noch nicht mal in Betracht ziehen.«

George schwieg wieder. Er hatte keine Antwort parat. Sein Kopf hämmerte. Die Göttin des Wettrennens legte ihm die Hand auf den Rücken und strich an seiner Wirbelsäule auf und ab, wo ihre plumpen Finger mit ihren kurzen, blassen Nägeln sanft über seine Haut kratzten.

»Und, was dann?«, sagte er schließlich.

»Such einen Arzt auf«, sagte sie. »Lass deinen Kopf untersuchen. Es ist wichtig. Ich kann nicht erklären, warum. Aber es ist wichtig. Ich glaube, dass du vielleicht ernstlich krank bist.«

George stieß ein leises, bitteres Lachen aus. »Okay. Okay, ich gehe zum Arzt.«

»Nimm das nicht auf die leichte Schulter«, sagte Irene. »Hör auf, dir Schmerzmittel in die Nase zu sprühen, und warte keinen weiteren Tag mehr ab. Bitte. Tu es für deine Mutter, wenn du es nicht für mich tun willst. Tu es für Sam Beth.«

»Okay, Irene. Ich sagte, okay«, beruhigte sie George. Er schnitt ihr das Wort ab, bevor sie fragen konnte, ob Sam Beth bei ihm war. Sie war bei ihm. Sie hatte gefragt, ob sie ihn begleiten sollte. Nun tippte sie auf ihrem Bildschirm herum, verschickte E-Mails, sprach sich vielleicht Mut zu mit Zitaten, die sie im Netz fand.

»Okay«, sagte Irene. »Versprich es mir.«

»Versprochen«, sagte George. »Versprochen.«

»Lebe wohl, George«, sagte Irene. »Ich werde dich nicht mehr anrufen, und es tut mir leid wegen dieser Sache. Aber ich musste es dir sagen. Du musst mir nicht Bescheid geben. Ich weiß, dass du sauer bist. Aber bitte, geh einfach hin.«

Das Besetztzeichen erklang, und George wusste, dass sie aufgelegt hatte. Er wusste, sie zog nicht in Betracht, dass er sich dessen bewusst war, dass etwas mit seinem Kopf nicht stimmte. Sie wusste nicht, dass er in ihrem Traum gewesen war, dass er dort gewesen war, mit ihr zusammen geträumt hatte, herausgerissen aus einer verwirrten Version eines Kann-mich-nicht-zur-Arbeit-fertig-machen-Traums und hineingesogen in ihren trostlosen Albtraum. Und alles, woran er denken konnte, während er ihren Worten über den fehlenden Teil seines Gehirns gelauscht hatte, war, wie wunderschön sie war, selbst in dem verschwommenen Hin und Her des Träumens war sie so wunderschön gewesen, und selbst mit dem blutigen Gewebe, das ihm aus dem Schädel tropfte, war er einfach nur glücklich gewesen, in ihren Armen zu liegen.

Als die Ärztin zurückkam, runzelte sie besorgt die Stirn. Sam Beth stopfte ihr Handy in die Gesäßtasche ihrer Jeans und sagte: »Was fehlt ihm?«

George spürte, wie ihm eiskalte Angst in die Brust fuhr, als wäre ein Schneeball auf seinem Brustbein gelandet, hätte sich aufgelöst und wäre nach innen geflossen.

»George, wir werden noch ein paar Tests durchführen müssen. Ich will ehrlich mit Ihnen sein. Denn die Heftigkeit Ihrer Kopfschmerzen gepaart mit anderen Ihrer Symptome bereiten uns ein wenig Sorge. Machen Sie sich bitte noch keine Gedanken, aber lassen Sie mich tun, was ich tun kann, um ein klares Bild davon zu bekommen, was mit Ihnen los ist und wie wir

Sie auf den Weg der Besserung schicken können, okay? Bitte haben Sie noch ein wenig Geduld mit uns, da wir noch Verschiedenes ausprobieren müssen, aber es ist wirklich wichtig, um so viele Informationen wie möglich zu bekommen.«

»Welche Tests?«, fragte Sam Beth.

»Nun, wir fangen mit einem MRT an. Die Krankenschwester wird in Kürze bei Ihnen sein, um Ihnen eine Spritze mit einem Kontrastmittel zu geben, das genau hier in die Vene in Ihrem Arm gespritzt wird.«

»Er will doch bloß ein Medikament gegen seine Kopfschmerzen«, sagte Sam Beth.

Die Ärztin lächelte sie an, und die Haut um ihre Augen kräuselte sich, bis sie fast verschwanden.

»Natürlich, das kommt später«, sagte die Ärztin. Dann beugte sie sich vor, legte die Hand auf Georges Knie und tätschelte es fest. »Ich bin gleich zurück«, fügte sie hinzu.

Sam Beth zog ihr Handy wieder heraus, hielt es jedoch nur schlaff in der Hand. »Mir gefällt das nicht«, sagte sie. »Kontrastmittel.«

»Vielleicht bin ich dann radioaktiv«, sagte George. »Du könntest mich in den Detektor schieben und sagen, hier kommt er.«

Die Krankenschwester half ihm auf die gepolsterte Liege, die ihn in das MRT fahren würde. Der Raum war leuchtend weiß und wurde von einer riesigen beigefarbenen Maschine mit runder Öffnung samt Liege dominiert, die aus der Öffnung herausragte und auf die er sich nun legte. Als er in der richtigen Position war, konnte er die Maschine über seinem Kopf sehen, die Röhre, die auf ihn wartete.

»Wir werden Sie nur rasch noch stabilisieren«, sagte die Krankenschwester. Georges Kopf hämmerte vor Schmerzen, die noch verstärkt wurden durch den Druck ihrer Finger, die ihn am Schädel berührten, ihm das Haar beiseitestrichen, ihn auf der Liege zurechtrückten und ihm dann einen Stützapparat überstülpten, der es ihm unmöglich machte, den Hals zu bewegen oder den Kopf zu drehen. Seine Hand fuhr nach oben, um sich an der Augenbraue zu kratzen, und knallte gegen den Rahmen an seinem Kopf, was der Krankenschwester ein Kichern entlockte.

»Juckt es?«, fragte sie.

»Nein, alles in Ordnung«, sagte George.

In der Röhre liegend wollte er nicht über Irene nachdenken. Stattdessen konzentrierte er sich auf das Klicken und Rattern der Maschine, darauf, die Augen geschlossen zu halten, die Lunge rhythmisch mit Luft zu füllen und wieder zu entleeren, auf das Gefühl des Rahmens um seinen Kopf und dann wieder das Klicken und Rattern. Aber es fiel ihm schwer, die Erinnerung auszublenden, wie er mit ihr zusammen in dem Tunnel gewesen war, in dem der Protonenteilchenbeschleuniger gebaut wurde. Das brennende Verlangen ihrer Hände auf ihm, jede Berührung ihres Mundes wie ein kleiner Brandfleck, ihre Stimme, die ihm unglaubliche Dinge erzählte, nie aufhörte, zu ihm zu sprechen, ihn anstachelte und immer weiter anstachelte, bis es ihn um den Verstand brachte und er sich selbst verlor und die Kopfschmerzen und die Erscheinungen der Götter verschwanden und allein sie um ihn war und auf ihn wartete, ganz einfach, ganz nah.

In dem bildgebenden Apparat mit seinem Knattern und Heulen und seinen Lichtern liegend, die in sonderbaren Formationen über sein Gesicht glitten, fragte er sich, wo Irene wohl gerade war und überlegte, dass wenn man die Vereinigten Staaten auf einer Linie der Symmetrie genau zwischen San Francisco und ihm zusammenfalten würde, nämlich irgendwo in Kansas und Louisiana und Nebraska, und diese Linie korrekt berechnet wäre, er auf ihr abgebildet werden würde und sie auf ihm. Es wäre perfekt asymmetrisch, eine transformative Gleichung, bei der der linke Teil keineswegs den rechten ergab, sondern der rechte war. Wo die Nacht nicht den Tag widerspiegelte, sondern die Nacht war, und der Tag war der Tag, und beides war ein und dasselbe.

»Irene«, würde er dann sagen. »Ich habe mir die Idee vom Tor Gottes nicht selbst ausgedacht.«

»Oh, okay«, würde sie dann sagen. »Woher hast du sie?«

»Ein Gott ist mir erschienen, und dieser Gott hat es mir erzählt.«

Sie würde schweigend seine folgenden Ausführungen abwarten.

»Dann sind mir weitere Götter erschienen, und sie haben die Idee bestätigt und mir alles erklärt. Sie stammt allein von ihnen.«

Dann würde sie sagen: »Aber das ist verrückt.«

Und es war verrückt. George hatte sehr, sehr große Angst davor, dass es tatsächlich sehr, sehr verrückt war.

»Ich weiß«, würde er dann sagen. »Ich weiß, dass es verrückt ist. Und ich habe Angst, dass, weil es verrückt ist, ich auch verrückt bin.«

»Das bist du. Du bist völlig durchgeknallt, wenn du glaubst, dass dich Götter heimgesucht und dir physikalische Konzepte erklärt haben.«

»Ganz genau.«

»Mach dir keine Sorgen. Wir können das in Ordnung bringen.« Irene würde es in Ordnung bringen wollen. Sie war eine Macherin. Eine Ordnerin.

»Aber genau darum geht es doch. Ich will nicht, dass es in Ordnung gebracht wird. Im Grunde genommen habe ich noch mehr Angst davor, dass, wenn ich verrückt bin, ich irgendwann damit aufhören muss, verrückt zu sein.«

George gebot seiner Vorstellungskraft mitten in diesem hypothetischen Gespräch Einhalt, bevor Irene etwas Beleidigendes sagen konnte wie: »Sei nicht so bescheuert! Wenn du die Wahl hast, verrückt zu sein oder nicht, würdest du natürlich wählen, nicht verrückt zu sein.« Oder sie würde vielleicht sagen: »Keine Sorge, verrückt zu sein ist großartig.« Wahrscheinlich aber wohl eher nicht.

Er wollte ihr sagen, dass ihm der Verlust seines Glaubens an die Götter schreckliche Angst einjagte. Dass wenn er die Götter nicht hätte und Irene nicht hätte, er gar nichts hätte. Wenn er sich stark konzentrierte, konnte er sich im Innern des MRT-Geräts mit seinem Gehirn, das, überstimuliert vom Rattern und Knattern und Heulen und den Lichtern des bildgebenden Mechanismus, der sein Gehirn aufzeichnete, fast einreden, dass sie sagen würde: »Babe, wenn du deinen Glauben verlierst, kannst du meinen haben. Meiner ist besser. Ich glaube an Maschinen, schon vergessen? Man wird dich sicher nicht als verrückt bezeichnen, wenn du an Maschinen glaubst.«

Aber würde sie das überhaupt jemals sagen? Wäre er überhaupt jemals mutig genug, ihr davon zu erzählen?

»Sie haben einen Tumor«, sagte die Ärztin. »Es tut mir sehr leid. In Ihrem Gehirn.«

George trug wieder seine Straßenkleidung und saß auf einem der normalen Stühle im Untersuchungsraum. Die Ärztin hatte Sam Beth aus dem Zimmer geschickt, nachdem sie herausgefunden hatte, dass sie weder seine Schwester noch seine Ehefrau war.

»Ein Gehirntumor?«, sagte George. Er konnte die Ärztin nicht richtig verstehen, weil die Göttin des Wettrennens hinter ihr stand, ihr die silbernen Hände auf den breiten Mund legte und sie, so gut es ihr gelang, am Sprechen hinderte. Die Göttin musste ob dieser Anstrengung die Zähne zusammenbeißen. Sie kniff die Augen zusammen. Die Ärztin murmelte.

»Ein Gehirntumor«, wiederholte sie. »George, haben Sie Probleme, mich zu verstehen?«

»Nein«, log George. »Ich bin nur müde.«

»Ich muss Ihnen ein paar Fragen stellen«, sagte die Ärztin. »Ich fürchte, Ihr Zustand ist sehr ernst, und wir müssen rasch handeln. Der Tumor übt einen gewaltigen Druck auf verschiedene Bereiche Ihres Gehirns aus. Ich würde Ihnen gerne ein Bild zeigen.«

Die Ärztin rollte ihren Stuhl zum Flachbildschirm des Computers und öffnete mit ein paar Mausklicks einen Ordner, um George die Aufnahme zeigen zu können.

»Ihr Tumor«, sagte die Ärztin, »ist hier.« Sie zeigte auf eine Region in Georges Gehirn, von der George annahm, sie befände sich im vorderen Bereich.

»Er ist wie eine Hantel geformt.« Die Ärztin deutete mit dem Finger, um die zwei Endstücke des Tumors zu zeigen. »Ein Teil davon liegt hier im Stirnlappen, der andere dort im Temporallappen. Sehen Sie?«

»Ja«, sagte George. Im Stillen dachte er: *Menschen mit Gehirntumoren haben Halluzinationen. So ist das. Sie haben Halluzinationen. Ihnen erscheinen keine Götter, die ihnen physikalische Konzepte erklären. Sie haben Halluzinationen, bei denen ihnen Götter erscheinen, die ihnen physikalische Konzepte erklären. Was etwas völlig anderes ist.*

»Nun zu unseren Fragen. Sie leiden nun schon seit geraumer Zeit an Kopfschmerzen. Diese wurden als Migräne diagnostiziert, und Sie haben Betäubungsmittel eingenommen, um den Schmerz in den Griff zu bekommen. Aber sehen Sie manchmal auch Dinge, die nicht da sind? Oder nehmen Sie komische Gerüche wahr, die keinen Sinn machen? Hören Sie etwa Stimmen?«

George blickte zur Göttin des Wettlaufs hoch, die weiterhin hinter der Ärztin stand, ihm jetzt jedoch ungeduldig Zeichen gab und mit den Armen fuchtelte, als wollte sie sagen: *Nein, hör auf, nicht*. George blickte zu ihr und hatte das Gefühl, als würde er innerlich Zentimeter um Zentimeter zerfetzt werden. Er wollte sie nicht verlieren, wollte weder die Göttin der Liebe verlieren noch die kokette Sexgöttin und noch nicht einmal die Göttin des Reichtums und die Göttin des Krieges, die Meerjungfrau, die Ziege oder die geheimnisvolleren wie Quetzalcoatl und Osiris oder die starken wie Philanthropie und Rache. Diese vertrauten Gestalten, die ihn schon seit so langer Zeit begleiteten.

»Wenn Sie den Tumor herausnehmen, wird dann all das aufhören?«, fragte er die Ärztin.

»Was alles?«, wollte sie wissen. »Was alles?«

25

Irene stand auf der Golden Gate Bridge. Das rote Metall der Brüstung lag kühl unter ihrer Hand und fühlte sich sehr solide an, es hing jedoch Nebel über der Bucht, genau unterhalb der Brücke, sodass sie zu schweben schien. Es war eine wahre Traumbrücke, die über dem Nichts hing, und es wirkte, als könnte man einfach über den Rand fallen und von der Luft getragen werden.

So viele Menschen waren bereits von dieser Brücke gesprungen, dass ein Schild neben Irene an einem der Tragbalken hing, auf der ein Hinweis auf die Telefonseelsorge vermerkt stand, samt Notfallnummer darunter, die man anrufen konnte, wenn es einem nicht gut ging. Auf der Tafel stand, die Folgen eines Sprungs von der Brücke wären tödlich und hätten tragische Konsequenzen. Das Erste war unbestreitbar. Das Zweite, überlegte sie, während sie sich über den Nebel beugte, war nicht so eindeutig. Vielleicht war der Tod überhaupt nicht so schlimm. Wie konnte er es sein, wenn sie ihn so viele Male praktiziert hatte? Was wartete auf der anderen Seite auf sie: eine bewaldete Insel? Ein neues, fröhlicheres Hinterland? George?

Irene lauschte den gedämpften Geräuschen der Meeresvögel, dem Zischen der Autos, die hinter ihr über die Brücke fuhren. Es gab keine Stadt, und es gab keine Berge. Nur Nebel und ein paar Geräusche, die sonderbar verzerrt zu ihr drangen: das Plätschern des Wassers, das Läuten einer Glocke, das

Hämmern ihres Herzens unter ihrer Achsel. Sie dachte darüber nach, was George über das Festklammern am Übergangspunkt zwischen Leben und Tod gesagt hatte. Tat sie es, weil sie ein suizidaler Feigling war, wofür sie sich persönlich hielt, oder wollte sie als Siegerin über ihren Todesdrang hervorgehen, wie George es vorgeschlagen hatte? Die empirischen Beweise deuteten darauf hin, dass sie nicht springen würde. Immerhin war sie noch nie gesprungen. Die Datenlage unterstützte Georges Hypothese.

Da schrillte Irenes Handy. Sie holte es aus der Tasche und besah es sich, als wäre es ein Artefakt aus einer anderen Welt. Bei der Konferenz spazierten Physiker herum, gingen in den verschiedenen Besprechungszimmern des Hotels ein und aus, zusammen mit den Geschäftsleuten, die die Physiker finanzierten. Vielleicht hatte sie sich verspätet. Wie lange stand sie eigentlich schon hier oben? Die Vorwahl war die von Toledo. Es könnte jemand aus ihrem Labor sein, jemand mit einem Problem. Vielleicht war eines der Teile bereits von dem Hersteller zurückgekommen. Vielleicht konnte es schon eingebaut werden.

»Sparks«, sagte sie. Ihre Stimme hallte ein wenig.

»Irene«, sagte Sally. »Hier spricht Sally. Georges Mutter. Du weißt schon.«

Irene stellte sich Sally vor, wie diese in ihrem Büro in Toledo, tadellos zurechtgemacht, schaltete und waltete. Sie malte sich aus, wie sie auf einem Podest stand, gekleidet in einem gerafften Gewand, die Augen verbunden, und eine Waage hochhielt. Sie stellte sich vor, wie sie bei Sam Beths Hochzeit mit George den Ton angeben würde. Sie würde die Kleidung einer Hohepriesterin von Babylon tragen, was bei einer eher skandinavisch aussehenden Frau ziemlich komisch aussehen würde, doch andererseits war Sam Beth Koreanerin, und es schien gut zu funktionieren.

»Hallo«, sagte Irene. »Ist alles in Ordnung?«

»Nun, um ehrlich zu sein, es geht um George.«

»Ist er zum Arzt gegangen? Stimmt etwas nicht mit seinem Gehirn?«

»Woher weißt du das?«, fragte Sally, deren Stimme mit einem Mal scharf und anklagend klang.

»Das spielt doch keine Rolle«, sagte Irene. »Ist er krank? Was hat der Arzt gesagt?«

Es folgte eine lange Pause, und Irene kaute auf ihrer Lippe. Sie griff in ihre Tasche, fand dort einen Kugelschreiber und begann, ihn ins Geländer der Brücke zu bohren, wobei er dort kleine blaue Punkte hinterließ.

»Irene, es ist so … George hat einen Gehirntumor, behauptet der Arzt.«

Sie hielt inne, und Irene kratzte mit dem Kugelschreiber über die Brüstung. »Er ist gefährlich …«, begann Sally. Irene hörte, wie sich Panik in die Stimme der älteren Frau schlich, und sie fürchtete, Sally könnte in Tränen ausbrechen. Doch das tat diese nicht. Sie fuhr mit ihren Erklärungen zum Tumor fort, seiner Form, seiner langsamen Wachstumsgeschwindigkeit.

»Sie können eine Nadelbiopsie machen«, sagte sie. »Sie können in seinen Kopf … bohren …« Ihre Stimme stockte, doch sie redete weiter. »Und eine Probe herausnehmen und nachsehen, was es ist. Oder sie können eine offene Biopsie vornehmen, bei der sie den Tumor entfernen und ihn während der Operation biopsieren. Genau dort, an Ort und Stelle.«

»Das hört sich besser an. Die offene Biopsie. Wann wollen sie operieren?«

»Das ist das Problem«, sagte Sally. »Er will nicht, dass sie ihn operieren.«

»Warum nicht?«, fragte Irene. »Warum sollte er das nicht wollen?«

»Er meint, die Symptome wären seit so langer Zeit unverändert, dass der Tumor nicht gefährlich schnell wachse.«

Die Folgen eines Sprungs von dieser Brücke wären tödlich und tragisch. Ein Mensch, der von dieser Brücke fiel, würde mit Sicherheit sterben. In ihrer Vorstellung hatte sie immer angenommen, dass sie in Toledo sterben würde, im Maumee River, eine Einwohnerin Ohios. Doch das Gefühl, das sie beim tiefen Atemholen auf dieser Brücke überkam, die so hoch war, dass die größten Schiffe darunter hindurchfahren konnten, ließ in ihr Zweifel keimen, dass es auch anders kommen könnte. Sie könnte eine Weltreise zu Selbstmordbrücken machen. Sie hatte noch nie die Brooklyn Bridge oder die Gorge Bridge über dem Rio Grande gesehen. Sie könnte die Möglichkeit des Nichtspringens von jedem Aussichtspunkt der Welt erforschen. Die Türme in Europa, nun da sie fliegen konnte. Die Minarette. Alle Orte, die sie aufsuchen könnte, um nicht zu sterben.

Nachdem sie so viele Male eingeschlafen war, konnte sie nur einmal sterben. Nachdem sie jede Nacht ihres Lebens untergetaucht war, konnte sie nur einmal ins Wasser springen.

»Er hat einen Gehirntumor!«, kreischte Irene ins Handy. Sie drehte sich um und lehnte sich mit dem Rücken gegen die Brüstung, trat mit dem Absatz ihres Schuhs gegen die Absperrung. Ein junges Paar spazierte auf dem Bürgersteig an ihr vorbei, und die Frau sah sie mit einem besorgten Stirnrunzeln an, als wollte sie sagen: *Ist bei Ihnen alles in Ordnung?*

»Beruhige dich«, sagte Sally. Der weinerliche Unterton war aus ihrer Stimme verschwunden. Sie klang wieder völlig sachlich. »Du weißt noch nicht alles. Okay? Hörst du mir zu?«

»Ja«, sagte Irene. Nervös schritt sie neben dem Geländer auf und ab.

»Der Tumor besteht aus zwei Teilen«, begann sie. »Und die

Operation ist gefährlich. George könnte vergessen, wer er ist, entweder ein bisschen oder sehr viel. Vergessen, wen er kennt oder was er weiß. Oder auch nicht, das kommt ganz darauf an, was während der Operation passiert. Deshalb will er sie nicht. Er möchte nichts verlieren.«

»Aber das spielt doch keine Rolle, oder? Könnte er sterben?«

»Die Ärzte würden gerne sofort operieren, da der Druck auf sein Gehirn anscheinend sehr hoch ist.«

Sally stockte, und Irene konnte an der Art, wie sie atmete, hören, dass sie einen weiteren Weinanfall hinunterschluckte. »Aber er lehnt jede Behandlung ab«, brachte sie abgehackt hervor. »Er will weitermachen wie bisher. Er hat große Schmerzen, und sie geben ihm keine Medikamente. Sie wollen, dass er opiatfrei ist, wenn er in den OP kommt.«

»Wer ist bei ihm?«, fragte Irene. »Wo bist du, und wer ist jetzt bei ihm?«

»Sam Beth ist bei ihm«, sagte Sally. »Aber sie wird nicht …«

»Oh, ich verstehe«, sagte Irene. »Sally, was genau willst du von mir? Warum rufst du mich an?«

»Ich möchte, dass du heimkommst.« Die Worte sprudelten in einem Schwall aus ihr heraus. »Es tut mir leid, dass ich dich angeschrien habe. Es tut mir leid, dass ich dich so schlecht behandelt habe. Komm zurück.«

»Es tut dir leid, wie du mich behandelt hast?«, hakte Irene nach. »Es tut dir nicht leid, was du uns angetan hast? Mir und George?«

»Es tut mir leid, was mit deiner Mutter passiert ist.«

»Meine Mutter war Alkoholikerin und hat Selbstmord begangen«, sagte Irene. »Ich weiß nicht, was du von ihr weißt oder was sie dir angetan hat, dass du sie derart hasst, aber für mich ist sie …«

»Sie ist was?«

»Sie ist der Grund, weshalb ich hier stehe!«, fauchte Irene. »Sie ist oder war, was ich bin: wertlos, kaputt, ein Golem, eine Selbstmörderin. Das ist es, was wir sind. Ausgebrannt und dann vor Scham unfähig weiterzumachen.«

»Nein«, sagte Sally. »Sie war keine Selbstmörderin.«

»Doch«, sagte Irene. »Sie hat sich selbst umgebracht! Das weiß ich! Du weißt nicht, wo ich gerade stehe. Du verstehst überhaupt nichts.«

»Nein, sie hat sich nicht umgebracht, Irene.«

»Woher willst du das wissen? Warst du *dort*? Wirst du mir endlich die Wahrheit sagen?«

»Irene, ich war dort. Ich war dort!«

»Warum?«, fragte Irene. »Warum?«

»Wegen George«, sagte Sally. »Ich war bei ihr, um sie anzuschreien, weil sie ihn nicht in Ruhe lassen wollte. Sie hat ihn gestalkt, dich mit Informationen über ihn gefüttert, dein Leben exakt auf seines abgestimmt. Und das, obwohl ich ihr gesagt hatte, es sein zu lassen!«

Irene schluckte. »Hast du sie gestoßen? Hast du sie umgebracht?«

»Nein. Und sie hat sich nicht umgebracht. Sie hat getrunken und ist gestürzt und dann gestorben. Wir haben geredet, uns gestritten, und sie ist einfach die Treppe hinuntergefallen.« Sally hustete und fuhr fort: »Ich habe sie nicht einfach aus meinem Leben gestrichen. All die Jahre nicht. Ich habe immer mal wieder nach ihr gesehen, nur um sicherzugehen, dass bei ihr alles in Ordnung ist.«

Irene nahm einen tiefen Atemzug. Nur eine Säuferin. Nur ein Sturz. Sally musste die Kundin gewesen sein, die Mrs. Betty gesehen hatte. Nur eine alte Freundin, ein alter Streit. Nichts Komplizierteres. »Schon gut, schon gut. Sie hat jede Hilfe gebraucht, die sie bekommen konnte. Und sieh mich an«, sagte sie. »Ich bin genau wie sie. Du weißt, dass ich nicht zu ihm passe. Du hast es selbst gesagt: Ich bin kaputt. Ich bin ein Wrack. Ich gehöre nicht zu ihm.«

»Hör auf damit«, sagte Sally mit wilder Stimme. »Und jetzt hörst du mir mal zu. Du hast Angst, dass du nach ihr schlägst?«

»Ja«, erwiderte Irene. »Ich stamme von ihr ab und bin wie sie.«

»Natürlich bist du das. Natürlich bist du wie sie«, sagte Sally. »Und das solltest du auch sein. Deine Mutter ist betrunken gestorben, Irene. Und das war schrecklich. Aber Bernice hat wunderschön gelebt, und sie hat unendlich geliebt. Du könntest dich glücklich schätzen, so gut wie sie zu sein, aber es wäre eine Schande, wenn du ebenso unglücklich wärst. Es war nicht ihre Schuld, dass sie diese Treppe hinuntergefallen ist.«

»Wessen Schuld war es dann?«, schluchzte Irene. »Ich hätte nicht mehr machen können, als was ich sowieso schon getan habe. Ich habe alles in meiner Macht Stehende getan.«

»Ich hätte ihr helfen müssen«, weinte Sally. »Ich hätte dort sein müssen, nicht um sie anzuschreien, sondern um ihr als Freundin beizustehen. Aber ich war ein Feigling, und ich habe sie im Stich gelassen. Ich war es. Ich war das, vor zwanzig Jahren. Ich habe das überhaupt erst möglich gemacht. Und ich werde es wiedergutmachen. Ich werde tun, was immer du willst, aber bitte komm nach Hause. Er braucht dich hier, und für mich ist nichts wichtiger, als dass es ihm gut geht.«

Irene zögerte.

»Lass ihn nicht für meine Schuld büßen. Ich flehe dich an«, sagte Sally. »Es tut mir so schrecklich leid. Du musst mir verzeihen. Ich wollte dir helfen. Ich wollte dich retten! Euch beide, verstehst du, wir waren eine Familie. Ich …«

»Warum hast du sie verlassen? Warum hast du uns verlassen?«

Doch Sally schwieg. Irene kaute wutentbrannt auf ihrer Lippe, und sie schickte sich an, das Handy weiterhin zwischen ihrem Kopf und ihrer Schulter eingeklemmt, von der Brücke zu marschieren. Alles, woran sie plötzlich denken musste, war Sam Beth. Sie dachte: *Wie kann sie es wagen? Wie kann sie es wagen, dort zu stehen, wo ich stehen sollte? Wie kann sie es wagen, mit ihren kleinen goldenen Schlangenarmbändern und ihrem beschränkten Verständnis der Stringtheorie und ihrem dunklen Eyeliner?* Ich gehöre dorthin. Ich gehöre zu ihm. Und sie wusste, es waren ihre Zweifel und ihre Angst, die sie fernhielten, und ihr Selbsthass und ihre Sehnsucht, zu sterben oder auch nicht zu sterben, und das schreckliche Versagen ihrer Mutter. Sie konnte sagen, was auch immer sie wollte, und auf jeder x-beliebigen Brücke stehen und jeden x-beliebigen Standpunkt einnehmen, aber das war alles Schwachsinn. Was spielte es schon für eine Rolle, wer im Recht war?

Sie gehörte zu ihm, mit Leib und Seele, und das schon so lange sie lebte. Während sie die Zähne in ihre Lippe bohrte und ihre Haut aufriss und sie das Eisen in ihrem eigenen Blut schmeckte, erkannte sie, welch eine törichte Idiotin sie wäre, sich selbst und ihn für die Verfehlungen ihrer Mütter zu bestrafen. Ihre Mütter spielten keine Rolle. Eine war tot und die andere verrückt. Es gab keine alte Rechnung zu begleichen, der Gerechtigkeit musste nicht Genüge getan werden. Es gab entweder ein Leben voll Einsamkeit mit dem Tod am Ende oder Liebe und Glückseligkeit, und Irene hatte selbst in der Hand, was sie wählen wollte. In diesem Moment entschied sie, nicht länger töricht zu sein.

»Na schön, ich komme«, sagte sie. »Und es interessiert mich nicht, was du über die Vergangenheit zu sagen hast. Und es interessiert mich nicht, wer du bist oder wer meine Mutter war oder was vor zwanzig Jahren oder auf dieser Treppe passiert ist oder welcher Stern wo am Himmel stand oder welcher Planet welchen Stern umkreist hat oder welche Verrückte auf welchem Treppenabsatz war. Es interessiert mich nicht. Ich komme nach Hause.«

»Komm bitte«, sagte Sally. »Komm bitte. Ich brauche dich. Bitte verzeih mir und komm. Du musst mir glauben, bei all dem wollte ich nur George helfen. Und das willst du doch auch, nicht wahr? Nicht wahr?«

»Ich nehme den ersten Flieger, den ich bekommen kann.«

»Flieg nicht«, sagte Sally. »Sie hat immer gesagt …«

»Nun komm schon … reiß dich zusammen«, fauchte Irene. »Und mach dich nicht lächerlich. Verstehst du das nicht? All diese Flugzeuge, die auf eine Ebene abstürzen, dabei geht es in Wirklichkeit um George! Seine Ebene, seine symmetrische Ebene im Universum, all seine Forschung – das muss es sein, was sie gesehen hat. Sie hat diese Ebene und diesen tödlichen Absturz nur falsch interpretiert.«

»Ich weiß nicht so recht«, sagte Sally.

»Ich bin hierhergeflogen, nichts ist passiert, und ich werde nach Hause fliegen. Aber ich weiß nicht, wie einfach es sein wird, von hier wegzukommen, und wie lang es dauern wird. Wenn du es nicht schaffst, ihn in den OP zu bringen, musst du jemanden finden, der es kann. Wo ist Dr. Bryant?«

»Er will außer Sam Beth niemanden vom Institut sehen.«

»Und sein Vater? Wo ist der? Hast du ihm davon erzählt?«

»Ich weiß nicht, wo er steckt. Wir haben uns gestritten …«

»Finde ihn«, befahl Irene. »Finde ihn, und bring ihn ins Krankenhaus, und bring ihn in das Zimmer. Sag ihm, er muss George überreden, diesem Eingriff zuzustimmen. Und ich werde so bald wie möglich da sein.«

Während Irene von der Brücke marschierte, war sie von einem Gefühl des tiefen Verstehens erfüllt, und das Zielobjekt dieses Gefühls war ihre Mutter. Vielleicht war es aber auch Mitleid. Oder Respekt. Es war ihr zu fremd, um es richtig verstehen zu können, aber an der Oberfläche ihres Bewusstseins hämmerte ein Satz im Gleichklang mit dem Geräusch, das ihre Absätze auf dem Bürgersteig machten: Es hat funktioniert. Ihre Mutter hatte sie erschaffen, einen Golem, ein Monster. Sie war Frankensteins Braut. Und eigentlich hätte sie wütend sein müssen, sie hätte sich dem Zorn verschreiben sollen, der ihre Stirn in Falten legte, dem Groll, der sie hassen ließ. *Aber letztlich liebe ich George*, dachte sie. Konnte sie den Weg verachten, der sie hierhergeführt hatte? Konnte sie es ihrer Mutter verübeln? Vielleicht war es letztendlich doch aus Liebe geschehen, und Liebe war das Ergebnis. Nach all den düsteren Momenten und den Problemen und Rückschlägen und den richtigen und falschen Schritten liebte sie ihn. Und während sie nun zu ihm flog, war alles, was sie ihrer Mutter sagen wollte: *Danke*.

Ganz gleich, welche Liebe oder Wissenschaft oder Theorie oder welcher Glaube dahintersteckte, es hatte funktioniert und sie liebten sich, und das war alles, was zählte.

Georges Vater betrat das Krankenhauszimmer, wo sie darauf warteten, George für die Operation vorzubereiten, sobald er ihr endlich zustimmte. Dean trug eine graue Hose, die mit roter und orangefarbener Farbe beschmiert war, Arbeiterstiefel, ein kariertes Hemd und ein Tweedsakko. Auf dem Kopf trug er einen Schlapphut, den er beim Eintreten ins Zimmer sofort abnahm. Mit ehrfurchtsvoller Geste legte er ihn auf den Nachttisch neben George.

»George«, sagte Dean.

George zuckte zusammen, als hätte er Dean nicht richtig gesehen oder nicht erwartet, dass er etwas sagen könnte.

»Dad!«, rief George. »Wie schön, dich zu sehen!«

»Deine Mom hat mich gebeten herzukommen«, sagte Dean. »Sie hat mich angerufen und dann hat sie mich hergefahren. Es war wirklich unglaublich. Ich habe mich die ganze Zeit gefragt, ob nicht sie diejenige mit dem Gehirntumor ist.«

George lächelte. »Demnach haben sie es dir erzählt.«

»Ja, haben sie«, erwiderte Dean. »Nun ja, *sie* war es. Willst du mir erzählen, was du darüber weißt?«

»Nein«, sagte George. »Ich bin sicher, sie hat dich umfassend und detailgetreu informiert. Da ist ein Tumor. Er muss herausgeholt werden, weil er auf mein Gehirn drückt. Wenn sie ihn herausholen und irgendetwas schiefläuft, während sie dort mit einem Messer herumschneiden, könnte ich aufwachen und glauben, mein Name sei Diana, und dann in meinen Stöckelschuhen herumspazieren.«

Jetzt lächelte Dean. »Hat diese Möglichkeit je so im Raum gestanden?«

»Es ist ein möglicher Nebeneffekt, wenn man wahnsinnig wird.«

Dean setzte sich an den Rand des Bettes und nahm Georges Hand in seine, auf eine Art, die zugleich sanft und väterlich war. George erinnerte sich an die Hände seines Vaters, als er ihm das Malen beigebracht oder ihm gezeigt hatte, wie man einen Setzling in die Erde drückte oder einen Wurzelstock zurückschnitt oder einen Holzkohlestift hielt. Sein Vater hatte ihn niemals geschlagen, ihn nie angeschrien, ihm nie befohlen, was er zu tun hatte, war aber auch nie sonderlich an ihm interessiert gewesen, dachte George.

»Ich will, dass du jetzt völlig ehrlich zu dir bist, George«, sagte Dean. »Und ich will, dass du eindringlich darüber nachdenkst, was du hier tust. Warum weigerst du dich, dir helfen zu lassen? Du kannst so nicht ewig weitermachen.«

»Ich weiß, aber ich kann auch nicht ändern, wer ich bin«, sagte George. »Wenn ich mich in jemand anderen verwandle, wer bin ich dann? Was passiert mit dem, der ich früher einmal war?«

»Du wirst derselbe bleiben«, sagte Dean. »Nur ohne diese gottverdammten Kopfschmerzen.«

»Du weißt doch nicht, ob ich derselbe bleibe«, sagte George. »Und außerdem kannst du nicht mit Sicherheit sagen, dass der Tumor nicht zurückkommt.«

»Er wächst nur langsam«, sagte Dean. »Ich bin zutiefst beschämt, dass deine Mutter und ich ihn nicht bemerkt haben. Wir haben dich wirklich im Stich gelassen. Es tut mir leid.«

»Ja, aber ich habe ihn auch nicht bemerkt, und er war in meinem Kopf.«

»Es war nur so, dass deine Symptome so abstrus waren, mein Sohn«, sagte Dean. Er tätschelte Dean den Kopf. »Aber natürlich habe ich dir auch nicht meine ungeteilte Aufmerksamkeit geschenkt.«

George war verblüfft, doch sein Vater redete ungerührt weiter, tätschelte unaufhörlich seinen Kopf und lächelte warmherzig.

»Das tut mir wirklich leid, George«, sagte Dean.

»Du hattest keine Wahl. Mom hat dich von mir ferngehalten.«

»Nun, ich bin mächtiger als deine Mutter«, entgegnete der Vater sanft. »Eigentlich bin ich wirklich mächtig. Es ist meine Schuld.«

George ließ den Kopf zurück ins Kissen sinken. Er schloss die Augen und öffnete sie wieder, und da war sein Vater, voller Farbkleckse, mit zerzaustem Haar und faltig von der Sonne.

»Wenn ich mich nicht verhört habe, hast du gesagt, du wärst wirklich mächtig«, sagte George. »Das ist lustig.«

»Wäre ganz nett, einen allmächtigen Vater in der Nähe zu haben, oder?« Deans Augen funkelten. »Vielleicht entschädigt dich das fast für das Ausbleiben dieser bescheuerten Gottheiten, die dir dein ganzes Leben auf die Nerven gegangen sind.«

George setzte sich hastig auf, und sein Kopf hämmerte.

»Was?!«, quietschte er.

»George, ich weiß von diesen Erscheinungen, schon vergessen?«, sagte sein Vater. »Du hast mir von ihnen erzählt. Und jetzt bin ich hier, um dir zu sagen … Ich sehe sie auch. Ich sehe sie, weil ich einer von ihnen bin. Verstehst du? Ich bin einer von ihnen.«

Während George ihn musterte, wurden die Zähne seines Vaters allmählich gerade, die Haut wurde glatter, wölbte sich aus seinen Falten und spannte sich glatt über seinen Knochen. Er sah, wie die Farbkleckse auf den Händen seines Vaters verschwanden, und dann sagte er: »Wow, Dad. Was zum Teufel geht hier vor sich?«

»Ich will, dass du dich jetzt dieser Operation unterziehst, mein Sohn«, sagte Dean. »Und falls du diese Erscheinungen verlieren solltest, dann lass sie los. Mich wirst du nie verlieren. Niemals. So beschissen, wie ich war, so zerstreut, wie ich war, so wertlos, wie ich war, werde ich dich nie wieder im Stich lassen.«

»Du bist auch ein Gott?«

Dean musste es nicht erklären – George konnte es in jedem Haar auf seinem Kopf, jeder Pore in seiner Haut sehen, und da verstand er seine Mutter und seine Visionen und sich selbst.

»Ich will sie nicht verlieren«, sagte George. »Sie flüstern mir Dinge zu, Dinge, die ich für die Arbeit brauche! All meine Ideen stammen von ihnen, und alles, was ich in der Astronomie erreicht habe, habe ich ihnen zu verdanken.«

»Ich weiß, du hast Angst, sie gehen zu lassen. Aber du solltest niemals aus Angst Entscheidungen treffen«, sagte sein Vater. »Angst ist ein schlechter Grund, einen Tumor im Kopf zu behalten. Ich denke, du solltest einen Schritt nach vorne machen, einen Schritt in die Zukunft.«

»Und wenn ich sterben sollte?«

»Dann ist das der nächste Schritt«, sagte sein Vater.

»Ich habe diese Frau kennengelernt, Dad«, sagte George. »Ich will sie nicht verlieren. Sie ist so toll, sie hat eine echt große Klappe, und sie ist klug, aber sie ist auch irgendwie schüchtern, und sie ist richtig gut in Mathe.«

Dean lachte und faltete die Hände über seinem Knie.

»George, ich kenne sie. Das weißt du doch. Ihr zwei seid zusammen aufgewachsen, als ihr noch ganz klein wart, also kenne ich sie natürlich.«

»Richtig«, sagte George.

»Und ich habe ihren Vater eine Ewigkeit gekannt. Ich meine, buchstäblich eine Ewigkeit.«

George hatte das Gefühl, als würde sein Kopf aufplatzen, samt Tumor und allem. »Was? Onkel Ray ist ein Gott?«

»Nur ein verfluchter Scheißkerl, der die Fliege gemacht hat«, sagte Dean.

»Das ist nicht dein Ernst«, sagte George. »Ich dachte, er wäre gestorben!?«

»Ja, das war sein einziger Ausweg, zumindest hat er das geglaubt. Dieser Versager, der sich um die Alimente drücken wollte. Jetzt hör mir zu, lass uns keine Zeit mit diesem Mist verschwenden. Lass uns deinen Kopf in Ordnung bringen, Sohn. Und dann können wir diese Frau finden und ihr alles erklären.«

»Ich habe so viele Fragen, die ich dir stellen will«, sagte George.

»Ich habe dir doch schon versprochen, dass ich von nun an mehr Zeit für dich haben werde«, sagte Dean. »Du kannst mich dann alles fragen, was dir auf der Seele brennt.«

»Aber was, wenn ich mich nicht erinnere? Was, wenn ich mich nicht einmal mehr an das hier erinnern werde? Was, wenn das nur eine weitere Vision ist und alles verloren geht?«

»George«, sagte Dean. »Es tut mir leid, dass ich es nicht in Ordnung bringen kann. Wenn ich es könnte, würde ich es tun.«

»Ich könnte sterben, Dad. Ich könnte sterben. Ich habe Angst vor dem Tod.«

»Ich denke nicht, dass das passieren wird.«

»Und wenn doch? Was geschieht dann?«

»Solltest du sterben, wirst du einfach träumen. Den allerschönsten Traum. Einen Traum, der nie endet.«

Innerhalb weniger Stunden wurde alles in die Wege geleitet. George wurde ruhiggestellt, sein Kopf rasiert. Sein Körper war schlaff und mit Medikamenten vollgepumpt, und er fühlte sich gleichzeitig besser und schlechter als je zuvor in seinem Leben. Seine Mutter und sein Vater waren bei ihm. Er war nicht allein. Aber er hatte das Gefühl, als bräuchte er noch ein bisschen mehr Zeit, bevor er in den Schlaf glitt. Der Chirurg würde seine Kopfhaut zurückschieben, ein Stück seines Schädels aufbohren, über Monitoren mit kleinen radioaktiven Messern operieren und das Ding herausholen, das ihm so große Schmerzen verursachte, aber gleichzeitig auch jenes Ding, das ihm so viele Ideen, so viele Einsichten zugeflüstert hatte, das Ding, das ihn zu dem machte, wer er war. Und der Grund, weshalb er hier lag, statt sich in seinem Zimmer oder zu Hause oder an irgendeinem anderen Ort weiterhin hartnäckig zu weigern, war der, dass sein Vater an sein

Krankenhausbett getreten war und behauptet hatte, ein Gott zu sein.

Das Schlimme an einem Gehirntumor ist, dass du niemandem trauen kann, einschließlich dir selbst. Aber letztlich würde es keine Rolle spielen, weil er höchstwahrscheinlich aufwachen und sich an nichts weiter erinnern würde, als dass sein Name Diana war und er Stringtangas lieber mochte als Slips. *Wenn ich leer aufwache*, dachte George, *dann kann ich mich zumindest noch einmal in Irene verlieben, und diesmal wird sie mir glauben, dass ich sie liebe, nicht wegen der Dinge, an die ich mich erinnere oder die mir beigebracht wurden, sondern weil ich ich bin.*

Irene befand sich im Flugzeug auf der letzten Teilstrecke ihrer Reise von San Francisco zurück nach Osten. Es war ein kleines Flugzeug, das von Chicago nach Toledo hüpfte, und Irene hatte erneut einen Fensterplatz, allerdings ohne einen Sitznachbarn. Der gekrümmte Rumpf des Flugzeugs beschrieb einen Bogen um ihren Körper. Irene entschied sich gegen einen Gin und zugunsten einer Orangenlimonade und las rasch zwei kurze Abstracts von Leuten, die sie auf der Konferenz getroffen hatte. Ihr Herz fühlte sich krank an, ihr Kopf schwer und benebelt. Während sich das Flugzeug seinen Weg nach Osten bahnte und die Nacht dunkler wurde, registrierte Irene, dass sie die Augen nicht vom Fenster lösen konnte und starr in die Richtung blicken musste, von der sie wusste, dass George sich dort aufhielt. Sie lehnte die Stirn gegen das kühle Plastik des Fensters und schaute hinaus in die Nacht.

Hoch oben sah sie alle Fixsterne. Genau dieselben, die Aristoteles gesehen hatte, als er sich ausmalte, wie sie in perfekten Kristallsphären angeordnet waren, hingen funkelnd über der toten, verrottenden Erde. Wie wunderschön sie waren, diese perfekten Lichtpunkte, weit verstreut über den chaotischen, schwachen Menschen tief unten. Wie perfekt waren doch die Götter. Irene blickte hinunter auf die Erde und sah die leuchtenden Silhouetten der Straßen, die von schimmernden Lichtern erhellt wurden, die Zusammenballung von Häusern, Gebäuden, langgezogenen Parkplätzen und hier und da ein vereinzelter Schimmer, ein Lichtpunkt in den Weiten der Dunkelheit, ähnlich einem einzelnen Stern. Es erinnerte sie daran, wie sie mit George auf dem One Seagate gestanden und den Blick über ganz Toledo hatte schweifen lassen und er sie gefragt hatte, was der Unterschied zwischen den Sternen hoch oben und der Erde unten sei. Während sie zum Himmel hinaufstarrte, der mit Sternbildern übersät war, und dann hinunter auf die schwarze Erde, die von Straßen und funkelnden Städten durchzogen war, ergab plötzlich alles einen Sinn. Und sie wusste die Antwort auf die Frage: Was ist der Unterschied?

Irene schloss die Augen und spürte die Bewegungen des kleinen Flugzeugs. Ein dumpfes Grollen, dann Stille, ein Ruckeln, ein tiefes Seufzen. Sie spürte, wie sie in den vertrauten Nebel des Schlafs glitt und ihre Sinne ausschaltete, während sie diesen riesigen Abgrund überquerte, der so schnell wie ein Atemzug vorüber war, so sanft wie ein Flügelschlag, zwischen ihr und dem, was auf der anderen Seite lag, diesem atemberaubenden Jenseitsort: Sie verlor sich in sich selbst, das Flugzeug ruckelte und zuckte, und dann begann sie zu träumen.

Sie war außerhalb des Flugzeugs und fiel, fiel hinab in die Stadt Toledo. Die Stadt war hell erleuchtet und lebendig, Autos brummten, Motorboote schossen den Fluss hinauf und hinunter, kleine Menschenansammlungen auf den Bürgersteigen überquerten Straßen, liefen im Dunkeln aufeinander zu. Und als sie den Kopf hob und in den Nachthimmel blickte, in all seine ferne Perfektion, mit seiner würdevollen Zeitlosigkeit und seiner grenzenlosen Tiefe, wusste sie es. Das ist der Unterschied zwischen Göttern und Menschen. Das ist der Unterschied zwischen der Göttlichkeit und dem, was auf der Erde passiert: Toledo ist in Bewegung. Die Stadt lebt und verändert sich. Die Mythen, die Sterne, die unveränderlichen Geschichten – sie alle sind statisch und werden nur von der Mathematik und dem Gedächtnis gemessen. Die Menschen, die Wissenschaft, die sie betreiben, die Straßen, die sie befahren – das alles bewegt sich, verändert sich und wächst. Sie verändert sich, wollte sie George sagen. Das ist der Unterschied zwischen Toledo und dem Nachthimmel. Die Stadt verändert sich.

Ich liebe das alles, dachte Irene. Ihr Herz erstarrte vor Glück. Ihre Arme breiteten sich aus, während sie durch die Luft fiel, ihr Körper der Umriss eines Sterns, der trudelnd hinunter nach Toledo segelte. *Ich liebe, was ich bin, dieser Mensch, selbst wenn das der Punkt ist, wo ich hinübergleite, verblute und sterbe. Das ist der Punkt, an dem ich menschlich werde. Diese verschmutzte Stadt voller Menschen, diese Liebe, das ist, was ich bin, mehr als die Sterne, obwohl sie so groß und so gewaltig und so perfekt sind. Sie sind einfach so weit weg.*

Irene fiel hinab in das orangefarbene Sternbild, das Toledo darstellte, diesen Umriss, der sich regte, sich veränderte, schmutzig und lebendig war. Sie schloss die Augen und fiel.

26

Irenes Augen waren geschlossen, ihr Kopf lag auf Georges Bauch. Sie hörte die Geräusche, die sein Magen verursachte, das Gurgeln und Gluckern, und sie stimmten sie ein wenig zuversichtlicher, was seine Prognose betraf. Sein Gesicht war reglos, vollkommen reglos, und sein ganzer Körper schien sich in einem sonderbaren Winterschlaf zu befinden. Aus einer Seite des Kopfes ragte ein Drainageschlauch aus dem Verband an seiner Wunde und wand sich bis zu einem kleinen Sammelgefäß. Ein zweiter Schlauch kam aus seiner Nase und führte zu einem Beutel, und da war ein weiterer Schlauch, der an eine Nadel in seinem Arm festgeklebt war, wo sie eine unbestimmte Flüssigkeit in ihn hineinträufelten. Sein Kopf war fein säuberlich rasiert.

Irene hatte seit Stunden dort gesessen, beinahe reglos an ihn gelehnt. Die Krankenschwestern waren hereingekommen, um nach ihm zu sehen, seine Körperwerte abzulesen, seinen Puls zu messen und die Anzeigen auf den verschiedenen Maschinen um sein Bett zu überprüfen. Er lag auf der Intensivstation. Das bedeutete für Irene, dass er sich erholen würde. Die Pflege, die ihm zuteilwurde, war intensiv. Sein Leben war im Toledo General von Bedeutung und wurde intensiv überwacht. Es hatte nie zur Diskussion gestanden, Irene hinauszuwerfen, obwohl es auf der Intensivstation streng geregelte Besuchszeiten gab. Niemand hatte auch nur einen Gedanken darauf verwendet, sie zum Gehen zu bewegen. Sie war so traurig und ernst und ihm so zugetan. Es war, als hätten sie überhaupt nicht bemerkt, dass sie da war.

Am wichtigsten war für sie, dass sie sich allein auf ihn konzentrierte, damit ihr keine noch so kleine Bewegung seines Augenlids oder seiner Lippen entgehen würde und sie nach den Krankenschwestern rufen, nach den Ärzten rufen, den Verantwortlichen lautstark Bescheid geben könnte, wenn er zurück war. Wie er zurück sein würde, wussten sie nicht. Ob er zurück war für einen Neuanfang in seinem Leben oder ob er zurück war, um genau dort weiterzumachen, wo er aufgehört hatte, oder ob er zurück war, um von nun an als sabbernder Schwachkopf dahinzuvegetieren, wusste niemand. Irene hoffte, und Irene malte sich aus, dass George die Augen öffnen, zu ihr hochblicken und sagen würde: »Du bist zurück.« Diese Worte würden bedeuten, dass er sie erkannte, dass er sich an alles erinnerte, dass er ihr vergab und vollständig genesen würde. Oder vielleicht würde er einfach nur »Irene« sagen. Oder vielleicht würde er »Aua« sagen und sich dann übergeben. Wirklich, dachte Irene allmählich, alles wäre besser, als dass er einfach still hier herumlag, zurückgezogen in seine eigene Bewusstseinswelt.

Die Krankenschwestern, die hereinkamen und wieder gingen, wirkten zunehmend niedergeschlagen. Die Ärztin hatte vorbeigeschaut und George mehrmals untersucht. Er zeigte keinerlei Reaktion, als sie ihm fest über die Fußsohlen kratzte. Er zeigte keinerlei Reaktion, als sie ihm mit einer Lampe in die Augen leuchtete. Er zeigte keinerlei Reaktion. Irene wünschte, die Ärztin würde ihr die Schulter tätscheln und sagen: »Ihm wird es bald besser gehen. Der Tumor ist entfernt. Ich denke, er wird vollständig genesen.« Aber die Ärztin sagte kein Wort zu ihr. Niemand sagte etwas zu ihr. Sie war unsichtbar. So viel Traurigkeit, geballt in einer einzigen Person, kann eine Dunkelheit hervorrufen, die niemand berühren will. So war es bei

Irene, die sich kläglich an George presste und so sehr daran glaubte, dass er zu ihr zurückkommen könnte.

Die Ärzte und Krankenschwestern warteten ab, um zu sehen, ob sein Gehirn angegriffen wäre. Ob er der Alte werden oder als jemand völlig Fremder erwachen würde. Irene lag über ihm, hielt ihm die Hand, strich über den Ärmel seines Krankenhaushemdes und vergoss gelegentlich eine Träne. Sie aß und trank nichts. Sie ging nicht ans Handy, als ihr Labor anrief. Sie blieb bei ihm und wartete, und Georges Mutter kam und ging wieder, ohne sie zu stören. Sein Vater kam und ging, sagte jedoch kein Wort. Die Intensivstation war hell erleuchtet und ruhig. Es schien, als würde das ewig so weitergehen.

Dann spürte Irene auf einmal, dass George einen kräftigen Atemzug tat, wie ein Mensch, der aus der Tiefe des Meeres an die Oberfläche kommt und seine Lunge mit Leben und Sauerstoff füllt.

»Die Krümmung«, sagte George. Er sagte es laut, eindringlich. Irenes Oberkörper schnellte in die Höhe, wobei sie seine Hand weiterhin festhielt.

»Was?«, fragte sie. Aber George sagte nichts weiter, und als sie sein Gesicht musterte, bemerkte sie keine Veränderung. Dann kräuselte sich seine Augenbraue, seine Hand umklammerte ihre, und er wiederholte: »Die Krümmung.«

»Die Krümmung?«, fragte sie. Seine Augen waren immer noch nicht geöffnet.

»Es ist die Krümmung!« Jetzt lächelte er, und seine Brust erzitterte vor Lachen, als hätte er einen wunderschönen Traum.

»George, was ist die Krümmung? Bleib ruhig liegen! Du hast überall Schläuche an dir!«

Er öffnete die Augen. Er sah sie an, und ihre Augen trafen sich, und er sagte: »Es ist die Krümmung. Das ist der Grund, weshalb ich die Ebene der Symmetrie nicht finden kann.«

»Okay«, sagte Irene. Sie stimmte jetzt in sein Lachen ein. Sie wusste nicht, ob er sie wiedererkannte oder ob er auch nur seinen Namen kannte, aber sein Gehirn funktionierte allem Anschein nach, und er versuchte, sich aufzusetzen. »Bleib liegen, George«, sagte sie. »Bleib liegen. Du musst dich ausruhen.«

Gehorsam legte er sich wieder hin, drehte jedoch den Kopf, um sie anzusehen, und mit dem für George typischen Funkeln in den Augen erklärte er: »Der Grund, weshalb ich die Ebene der Symmetrie nicht finden kann, ist der, weil es keine Ebene ist. Es ist eine Linse. Liebling, es ist eine Linse. Eine Linse! Warum hast du das nicht erkannt? Warum habe ich das nicht erkannt? Wenn wir so klug sind, warum in aller Welt haben wir nicht erkannt, dass es eine Linse ist? EINE LINSE!«

Er wurde immer lauter. Die Krankenschwestern stürzten herein. Die Maschinen um ihn herum piepsten und schrillten. Türen flogen auf, und Ärzte erteilten barsch Befehle. Doch George war das alles egal. Er hatte die Hand jetzt hinter Irenes Kopf, und er zog sie für einen Kuss zu sich, und als sie ihn küsste, wusste sie, dass er sie erkannt hatte und dass er sich an alles erinnerte und dass alles gut werden würde.

Der Frühling hatte Toledo mit blühenden Bäumen geweckt, die wie Laternen glühten und überall in der Stadt ihr Licht verstreuten. An einem wunderschönen Morgen im April gingen George und Irene auf dem viereckigen Hauptplatz des Campus spazieren, so wie sie es regelmäßig einmal täglich um Georges Gesundheit willen machten. Irene erlaubte ihm nicht, sich in Berechnungen und Modellen zu vergraben oder sich beim Zeichnen und Planen zu verausgaben, noch ließ sie es zu, dass er sich an dem Satellitenteleskop zu Tode arbeitete, in das immer noch all seine Zeit floss. Sie zwang ihn hinaus an die frische Luft, denn sie wusste, dass das genau das Richtige war, um sein Gehirn in regelmäßigen Abständen zur Ruhe kommen zu lassen, ähnlich wie ein Mensch mit unzähligen Gehirnerschütterungen in der Dunkelheit, in der Ruhe und Stille abwartet, damit sein Kopf heilt, bevor er etwas Neues anfangen kann. George wartete nicht ab, aber er legte Pausen ein, sobald Irene es anordnete.

Sie spazierten Hand in Hand um den Platz und betrachteten die Tulpen, die aus ihren Zwiebeln austrieben, Blumenzwiebeln, die im vergangenen Herbst gepflanzt worden waren. Sie versuchten, über nichts zu reden. Sein Gehirn zu strapazieren war genau das Gegenteil davon, was sie in seinen Ruhephasen tun sollten. Und so rezitierten sie manchmal Gedichte, die sie beide gut kannten, oder summten Lieder, die sie beide gelernt hatten, oder sie gingen einfach schweigend nebeneinanderher.

Irenes Arbeit im Teilchenbeschleuniger nahm allmählich Konturen an. Die Bauarbeiten an ihrem Experiment waren fast beendet, und sobald die anderen Teams fertig waren und mit ihrer Arbeit begannen und der Teilchenbeschleuniger sich in Bewegung setzte, würde die Welt der Astronomie große Dinge von ihr und ihrem Detektor erwarten.

»Ich bin so froh, dass du der Operation zugestimmt hast«, sagte sie zu ihm. »Dieser Tag wäre nicht so schön, wenn du immer noch wegen deines opiumhaltigen Nasensprays unter Drogen stehen würdest.«

»Ich bin auch froh«, sagte George. »Denn jetzt darf ich mich ständig über dich lustig machen, weil du Dinge tust wie etwa, einen wunderschönen Tag zu schätzen.«

»Ich bin eine neue Frau«, sagte Irene. »Jetzt tue ich solche Dinge. Warum auch nicht?«

»Warum auch nicht ist gut.« George drückte ihre Hand. »Ich habe dich nie mehr geliebt als heute.«

»Was hat dein Vater zu dir gesagt, das dich zu dem Entschluss brachte, es zu tun?« Sie hatte ihm diese Frage schon unzählige Male gestellt, als glaubte sie, die Antwort doch irgendwann aus ihm herauskitzeln zu können. Doch sie war stets dieselbe.

»Ich kann mich nicht erinnern«, sagte George. »Bei aller Liebe, ich kann mich kaum an etwas erinnern, was er mir gesagt hat.«

»Würdest du es mir verraten?«, fragte sie. »Würdest du mir verraten, was er gesagt hat und was du sonst noch angeblich vergessen hast? Denn allem Anschein nach ist das das Einzige, was du vergessen hast.«

»Ich habe keine Geheimnisse vor dir, Irene«, sagte er. »Ich erinnere mich, dass er meinte, er würde versuchen, ein besserer Dad zu werden, sollte ich meine Meinung ändern. Und das ist er geworden. Das ist er wirklich geworden.«

Eine Weile gingen sie in angenehmem Schweigen nebeneinanderher. Dann ergriff Irene wieder das Wort.

»Weißt du, was mir jetzt erst auffällt, George?«

»Was?«, wollte George wissen.

»Es ist bescheuert, aber es bringt mich fast um den Verstand.«

»Was denn?«, fragte er. »Jetzt bitte nichts Mathematisches… Du weißt, dass sich meine Synapsen im Standby-Modus befinden.«

»Es ist nichts Mathematisches. Im Grunde ist es das genaue Gegenteil von Mathematik. Diese Tulpen sind so willkürlich gepflanzt, da gibt es Büschel voll roter und weißer, die überall in dem Beet verstreut sind, ohne jedes ersichtliche Muster.«

George blickte zu den Tulpen und nickte. Ein Ring aus Tulpen war in dem Innenhof gepflanzt worden, und die Anordnung von weißen und roten Blumen war weder symmetrisch noch in einem sich wiederholenden Muster. Sie schien völlig zufällig zu sein.

»Wow, du hast recht«, sagte er langsam.

»Welcher Idiot hat das gemacht? Ich meine, ganz offensichtlich, na ja, was soll's. Es spielt keine Rolle, nicht wahr? Aber wirklich, jetzt werden sie jahrelang so wachsen, so dicht beieinander und unregelmäßig. Verdammt! Ich bin versucht, sie einfach auszureißen.«

»Sonderbar«, sagte George.

Irene spazierte weiter, den Arm in Georges Arm untergehakt, sie waren jedoch in ein schnelleres Tempo verfallen.

»Vielleicht sollten wir von nun an lieber zur Tempelruine gehen«, sagte sie. »Und dieses Durcheinander meiden.«

»Vielleicht ist es die Fibonacci-Folge«, sagte George mit einem Blick auf die Tulpen. Irene blieb mitten in der Bewegung stehen und funkelte die Tulpen stirnrunzelnd an. Sie hob die Hand, als würde sie sie zählen oder sie vor ihrem geistigen Auge neu arrangieren.

»Nein, es ist nicht die Fibonacci-Folge«, sagte sie. »Sieh doch genauer hin … Komm schon, das macht überhaupt keinen Sinn. Schlaft weiter, Synapsen.«

Sie begann wieder loszumarschieren, zog ihn mit sich, doch dann blieb sie erneut stehen und sagte: »Moment mal.«

Sie sah zu den Tulpen in dem ringförmigen Beet und glitt mit dem Finger auf und ab, als sich die Farbe von Rot zu Weiß änderte und wieder zurück zu Rot.

»Oh, um Himmels willen«, entfuhr es ihr. »Das war nicht irgendein bescheuerter Gärtner, das war ein ganz bestimmter bescheuerter Programmierer. Ich weiß, was das ist.«

»Und was ist es?«, fragte George.

»Belion!«, erklärte sie. »Dieser törichte, dumme Ochse muss sich einen Weg überlegt haben, um Kate Oakenshield, das Mädchen, das großgezogen worden war, als sei sie von Geburt an stumm, einen Heiratsantrag zu machen, und das schon vor Monaten. Und ich denke, es ist ihm schließlich gelungen. Oder besser gesagt letzten Herbst.«

»Wovon redest du?«, fragte George.

»Nun, schau dir die Tulpen an. Nein, schau lieber nicht hin, denn das ist dasselbe wie zählen oder so etwas. Gönn deinem Gehirn eine Ruhepause, und ich sage dir einfach, dass sie binär gepflanzt sind. Wie Morsezeichen, verstehst du, rot und weiß für eins und null. Und es bedeutet »Heirate mich«. Süß. Sehr süß. Ich meine, es ist superbekloppt und alles, aber sie wird diesen Scheiß lieben, als wären es Wein und Rosen. Bekloppt, wie sie ist. Tut mir leid, aber das ist sie.«

»Irene«, sagte George. »Du hast ja keine Ahnung, wie erleichtert ich bin, dass du die blöden Tulpen endlich bemerkt hast.«

Er griff in die Tasche seiner Khakihose.

»Ich trage dieses Ding schon seit Wochen mit mir herum, in der Hoffnung, du würdest den Binärcode knacken, bevor die Blütenblätter verrotten und ich mit Azaleen oder Stiefmütterchen oder irgendeiner anderen Blume noch mal von vorne anfangen müsste.«

»Was?«

Er fiel dort auf dem Platz vor ihr auf die Knie, und sie umschloss mit beiden Händen sein Gesicht. Er lächelte sie an, ein perfektes Lächeln.

»Irene, willst du mich heiraten?«

»Du hast das getan? Du warst das mit den Tulpen?«

»Ich war das mit den Tulpen. Willst du mich trotzdem heiraten?«

»George, ja!«, rief sie und warf sich in seine Arme. »Ja, ja, ja. Ich will dich heiraten, du bescheuerter Dummkopf. Ich will dich für alle Ewigkeit heiraten.«

»Ich bin so glücklich«, sagte George. Dann hob er sie hoch. »Ich bin so glücklich, das muss ein Traum sein. Das muss ein Traum sein.«

Überall um sie herum fanden die Bewohner Toledos ihr eigenes Glück, mit oder ohne elterliche Intrigen, oder sie begingen schreckliche Fehler und behoben sie und schliefen ein und wachten wieder auf. Sie zogen törichte Dinge und weise Dinge aus ihren Wunschbrunnen. Sie erkannten die Wahrheit und vergaben einander, oder sie lernten nie, wie das ging, und starben so ohne Versöhnung. Manchmal blickten sie mit Linealen in die Sterne und schrieben Beweise und Zahlen nieder und benutzten ein Richtscheit, um ihre Leben zu vermessen. Und manchmal starrten sie in Kristallkugeln und stellten fest, dass die wahre Liebe ein Rätsel ist, ein Rätsel, das sie niemals begreifen können.

Anmerkung der Autorin

Vor dreizehn Jahren saß ich mit meiner lieben Freundin Kristen im Wohnzimmer ihrer Mom in Ohio. Auf dem Boden spielte mein einjähriger Sohn mit ihrer einjährigen Tochter. Während wir ihnen beim Spielen zusahen, machten wir Scherze darüber, wie toll es wäre, wenn die beiden später heiraten würden, wie wir es lieben würden, gemeinsam Großeltern zu sein und wie viele mögliche Probleme abgewendet werden könnten, wenn sie besonnene, miteinander befreundete Schwiegereltern wie uns hätten. »Sie wären perfekt füreinander!«, witzelten wir. »Wir könnten sie perfekt füreinander machen!« Diese Idee ist mir offensichtlich nie so ganz aus dem Kopf gegangen, weshalb ich Kristen für die Inspiration danke und dafür, dass ich meine sonderbare, eigenwillige Heldin nach ihrer wunderschönen, temperamentvollen Tochter benennen durfte.

Zweite Romane sind schwierig. Ohne die Ermunterung und Tritte in den Hintern meiner Freunde wäre dieser Roman nie geschrieben worden. Joshilyn Jackson, das ist dein Buch. Vielen Dank, dass du es geliebt hast, als ich es nicht konnte, dass du dich für die Charaktere starkgemacht und das Ende mitgeformt hast. Susannah Breslin, vielen Dank für deinen unermüdlichen Tatendrang. Als ich in einer meiner Phasen der Überarbeitung jammerte, sagtest du: »Wenn eines deiner Kinder auf den Boden kackt, würdest du dann einfach herumstehen und dich beschweren? Nein, du würdest die Ärmel hochkrempeln und loslegen. Und jetzt leg los.« Eigentlich sollte man meinen, es wäre eine bodenlose Beleidigung, einen Roman mit einem Windelunfall zu vergleichen, doch ich für meinen Teil finde, dieser Ausspruch verdiente es, mittels Kreuzstichen verewigt zu werden.

Mein Dank geht an meine brillante Agentin Caryn Karmatz Rudy: Du bist der Traum einer jeden Autorin. Vielen Dank, dass du so hart und so lang an diesem Buch gefeilt hast. An meine brillante Lektorin Hilary Teeman Rubin: Ich bin so dankbar, dich an meiner Seite zu wissen. Deine Ansichten und Ideen waren unschätzbar für diesen Roman. Ein herzliches Dankeschön an meine weise und hilfreiche Redakteurin Dori Weintraub bei St. Martin's.

Meiner Schreibgruppe gebührt ebenfalls ein Dankeschön: Veronica Porterfield, Antonia Giordano und Layla Denny sowie meine ersten Leserinnen: Sherene Silverberg, Kristen DeHaan, insbesondere Andrea Kinnear, die mich darin bestätigte, über einen Gehirntumor schreiben zu können. Ein besonders nachdrückliches Dankeschön verdient Christian Kiefer, der sich durch eine frühe Version durchgearbeitet hat und die wahren, harten Dinge aussprach. Mein Dank gilt meinen Freunden im Netz, insbesondere meinen Freunden bei *Book Pregnant* und meinen Freunden draußen in der echten Welt: Ihr habt mein Buch gekauft, ihr habt mich zu euren Buchclubs eingeladen, ihr habt meinen Link gepostet und mich auf Twitter weiterempfohlen. Ihr seid unglaublich.

Die Buchhändler, die ich im Laufe der vergangenen zwei Jahre kennenlernen durfte, gehören zu den großartigsten, intelligentesten, engagiertesten und zauberhaftesten Menschen, die ich in meinem ganzen Leben getroffen habe. Ich bin so dankbar für die Arbeit, die ihr alle verrichtet, indem ihr Bücher und Leser zusammenbringt!

Meine wundervollen Kinder Benny und Sadie sind ein fröhlicher, notwendiger Gegenpol zu der Dunkelheit in meinem Kopf – mehr als eine Ablenkung von der Arbeit sind sie meine Rettung vor der Arbeit. Mein Ehemann Dan ist ein nie versiegender Quell des Glücks und ein begnadeter Zuhörer mit einem geschickten Händchen für das Entwirren von Problemknoten in manchen Handlungsfäden. In allererster Linie danke ich meiner Familie.